JN259454

真夏の夜の悲劇

イヴ&ローク59

J・D・ロブ

青木悦子 訳

RANDOM IN DEATH

by J.D. Robb

Translation by Etsuko Aoki

mira

RANDOM IN DEATH

by J.D. Robb

Japanese translation rights arranged with Writers House LLC
through Japan UNI Agency, Inc., Tokyo

Published by K.K. HarperCollins Japan, 2025

血に汚れ、情欲におぼれた悪党め！
良心もなく、不忠で好色で冷酷な悪党め！
——ウィリアム・シェイクスピア

憎しみに息がつまるのは
あらゆる悪い運命の中でも最悪のものだろう。
——ウィリアム・バトラー・イェーツ

真夏の夜の悲劇

イヴ＆ローク59

おもな登場人物

イヴ・ダラス――ニューヨーク市警察治安本部（NYPSD）殺人課警部補
ローク――実業家。イヴの夫
ディリア・ピーボディ――イヴのパートナー捜査官
イアン・マクナブ――電子探査課（EDD）捜査官。ピーボディの恋人
ライアン・フィーニー――EDD警部
シャーロット・マイラ――NYPSD精神分析医
リー・モリス――NYPSD主任検死官
ナディーン・ファースト――〈チャンネル75〉レポーター
ジェイク・キンケード――ロックバンド〝アヴェニューA〟のフロントマン
ジェイミー・リングストローム――大学生。ITの天才
クゥイラ・マグナム――〈アン・ジーザン〉の生徒
ジェンナ・ハーバー――高校生。ミュージシャン志望
アーリー・ディロン――高校生。デザイナー志望
キキ・ローゼンバーグ――高校生
アリッサンドラ・チャーロ――買い物代行業者

プロローグ

アヴェニューAを聴かせてよ、だってグッとくるんだもの。

頭の中のリズムに浮き立ち、ジェンナ・ハーバーはビートに合わせてヒップを振った。

あの人たちはおじさんかもしれない、でもロックしてるしロールしてる。

たぶん彼らは〝おじさん〟という言葉は気に入らないだろう、しかし彼女の十六歳の目からすれば、誰でも、ほら、四十歳かそれくらいに近づいている人間は〝おじさん〟なのだった。

つまり、ええと、彼女の両親ですら彼らの音楽が好きということだ。だからこそ、ジェンナが親友二人と一緒にこのクラブへ来て、生《ライヴ》でじかに彼らを聴くことを許してくれたのだ。

アヴェニューAは〈クラブ・ロック・イット〉で年に二回演奏する、そして夏にひと晩だけ、アルコール禁止のうえで、二十一歳未満にクラブを開放してくれる。

彼らの音楽の歴史を知る人間なら誰でも、ずっと昔、二〇四〇年代（やっぱりおじさんだ！）の頃、アヴェニューAが最初の本物のギグを〈クラブ・ロック・イット〉でやったいきさつを知っている。だから彼らは年に二回、そのお返しをしてくれるのだ。いまやどこからみても、スタジアムや巨大コンサートホールで満員の聴衆を相手に演奏するロックの神々、〃最高《エクストリーム》〃になっていても。

ジェンナは年に一回のこの夜に行くため、三年前から作戦を立てて実行してきたが、親からはとりつく島もない〃ノー〃しかもらえなかった。でも今回は！

いま彼女はリーリーとチェルシーと一緒に踊り、アヴェニューAは『ベイビー、ドゥ・ミー・ライト』を超カッコよくプレイしていた。

そして彼女は、ジェイク・キンケードの顔の汗が見えるほどステージの近くで踊っていた。おじさんにしては、彼はいまも超絶サイコー《エクストリーム》にみえた。すごく背が高いからかもしれない。彼の黒髪に入っているブルーのメッシュにライトがあたってステキ――それに彼の目にもぴったり合ってる。

ゆ・め・み・た・い！

でもそれだけじゃなく、彼の指がギターの弦の上をカッコよく飛ぶのも好きだった。

いつか自分の指もあれができるようになる。自分が上達していることはわかっていた。毎日練習しているし、それにわかる、ただわかるのだ、いつか自分もステージに立って、自分の音楽で聴衆を圧倒するだろうと。

ジェンナはバッグにデモディスクを入れてきた。今夜という最大の夢には、ジェイク・キンケードの手にこれを渡す方法を見つけることも含まれていた。一曲しか入れなかった、いままで書いた最高の曲だ、それに本当に一生懸命デモを作った。

スタジオレベルのなめらかさやプロらしさはないかもしれない、でも誰だってどこかから始めなければならないのだ。それにアヴェニューAが本格的に活動を始めたのは彼女の年の頃だった、だから、もしかしたら。

演奏はとぎれなしに『イッツ・オールウェイズ・ナウ』に変わった、定番の客受けする曲だ、そして新たな客たちがどっとダンスフロアへ出てきた。

ジェンナは気にしなかった――人が多ければ多いほどいい。それに彼女は音楽に夢中になっていた。

そのとき、ほんの一秒、わずか一瞬、ジェイクの目が彼女の目と合った。彼は笑ってくれ――ジェンナは昇天した。

キャーッと声をあげ、彼女はリーリーの手をつかんだ。

「彼があたしを見た！」

「ええ？」

すぐにチェルシーの手をつかんだ、自分の顔が真っ赤になっていて、つまさきにもその熱さが感じられるほどだったから。「ジェイク・キンケードがあたしを見た。あたしに笑ったの！」

「現実に？」チェルシーがきいた。

「現実だって！　超ヤバい！」

ジェンナはセットリストの最後の曲にのせて、友人たちとぴょんぴょん飛んで踊った。

「あたしとロックの神様の目が合ったなんて。二人だけの時間だった」

「なんとかして彼にあんたのデモを渡しなさいよ、ジェンナ。すっごいいい出来だったじゃない」チェルシーが励ました。

「もしかしたら――あっ！」何かで腕がズキンとして、彼女はそこを手で押さえた。どこかの男が彼女に険しい笑みを見せて中指を立て、群衆の中へ消えた。

「クソったれに何か刺された！」でもすぐにその男のことは忘れてただ踊った。

「ちょっと座らないと」その曲が終わるとジェンナは言った。「計画を立てて、それから――ああ、何だか頭がふわふわしちゃう。あの目！」

「もう死にそう」チェルシーが喉に手をやり、舌を突き出した。「甘くてシュワシュワした水を飲まなきゃ」

「行って席をとっといてよ、ジェンナ、あたしたちは飲み物を買ってくる。あとでその計画を手伝ってあげるから」

「わかった」

ジェンナは自分たちの小さなテーブルまで行こうとして少し吐き気をおぼえた。ふわふわする、と思った。

それからまた熱さが戻ってきたけれど、百万度もありそうだった。息をしてそれを追い払おうとしながら、大きな怒ったスズメバチに噛《か》みつかれたみたいに感じる腕をさすった。甘くてシュワシュワする水を飲まなきゃ、と思った。でもそのとき、胃がけいれんし、吐いてみっともないことになるんじゃないかと怖くなり、トイレへ走った。

ジェイクが汗をふいていると、バンドのドラマー、マックが笑いかけてきた。「俺たち、まだやれたな、ボス」

「鈍ったりするもんか。ちょっと外に出て風にあたってくる。まったく、ハーヅとグローはここにまともなエアコンを入れてもいいいと思わないか」

「それでこの雰囲気をなくすのか？」キーボードのレンがジェイクに缶入りの水をほうった。

「ありがとう。五分で戻る」

ジェイクはセットリストの最後の曲のときにやったように、聴衆を見てみたが、やはりナディーンの姿はなかった。たぶんトイレに行ったんだろう――だとしたら健闘を祈る、と彼は思った。

今夜一緒に来てくれたことで彼女には大きなポイントが入った。〈ロック・イット〉はいかがわしい酒場でもみすぼらしい店でもないが、クラブというものがそうであるように、アルファベット・シティにおろした根からぴったり離れなかった。豪華になることもなく、高級になることもない。そしてそれを誇りにしている。

だが彼のエースレポーターにしてベストセラー作家、オスカー受賞者のレディは、彼と彼の友達、バンド仲間たちにとっていまも大切な夜に来てくれた。

この夜は彼らに自分たちのルーツを、始まりを思い出させてくれた。そしてどんなに遠くへ来たのかも。

ジェイクはクラブの楽屋――それほどのものじゃないが――を通って、路地へのドアから外へ出た。

そして息をした。

二〇六一年のうだるような夏でも、外の風は中よりも涼しく吹いていた。

缶をパキッとあけ、ごくごく飲んだ。

中身のあふれたリサイクル機《リサイクラー》のにおいがしたが、気にならなかった。それもまた、彼に自分のルーツを思い出させた。やせっぽちでひょろひょろしたA街《アヴェニューA》の子どもで、はじめてのギターを買う金をためようと、学校が終わったあとや週末に働いていた。

彼は勉強をしているはずの時間に曲を書いていた、なぜなら音楽こそが彼にとって最初であり最後のものだったから。ずっと。

　地下鉄の通路でリーオンと、次にリーオンとレンと、路上ライヴをしたことを思い出した。みんな十五歳にもなっていなかった。そしてハイスクールのバンドコンサートでマックがドラムを叩《たた》くのを見たこと。やがてアートがするりとおさまって、彼らはアヴェニューAになった。

　アパートメントビルの倉庫で練習した、そのあとはマックのおじさんの車庫で。やがてハーヴを口説いて彼らに演奏を、一度だけギグをさせてもらうことになった。まだみんな、ビールも買えない年だった。

　一度のギグはその夏の二週間に変わり、最後にはレコーディング契約になった。だからそう、彼には大事な夜だった。アヴェニューAにはたくさんのきっかけがあった――その最初のギター、マックのおじさんが甥《おい》っ子に古いドラムセットを好きなだけ叩かせてくれたこと。彼の母親が夢をつかんでそれに乗っていきなさいと言ったこと。たくさんのきっかけ、そして〈クラブ・ロック・イット〉はその上位に入っていた。

　ジェイクはドアのほうへ戻ろうと振り返ったが、ドアがあいた。少女がよろけながら出てきた。

　その子は毛先をピンクにしたゆたかなブラウンの髪で、短い黒のスカートに、胴の出る赤いトップスを身につけていた。顔はチョークのように白く、大きなブラウンの目はぼうっとしていた。

彼女は言った。「気持ちが悪い」

「大丈夫だ、ハニー。よくあることだよ」

グローは未成年向けの夜には、クラブにアルコールとドラッグを入れないよう警戒しているだろうが、若者は方法を見つけるものだ。

彼もそうだった。

「中へ戻ろう。静かに座って、酔いざまし《ソバー・アップ》を飲める場所がある」

「酔っ払ってるんじゃないの。ちゃんと息ができない。あの男に刺されたの！　あいつに刺された！」

ジェイクは彼女の腕に手を伸ばした。そこで彼女の目が裏返って白目になった。

彼は少女が舗道に倒れる前に受け止めた。

「誰に刺されたって？」そう言いながら、少女の顔が白ではなく、わずかに青みがかっていることに気がついた。さむけで震えている。

針の痕が、赤く腫れて、左上腕にくっきり見えた。

「何てことだ。ちくしょう」ジェイクは自分のリンクを引っぱり出しながら地面に彼女をおろした。緊急通報にかける。「救急車をよこしてくれ」いそいで住所を告げるあいだに、彼女の脈をとった。

弱い。そう思いながら、パニックにならないようつとめた。脈はどんどん弱くなっている。

「俺の言うことを聞いて。こっちを見てくれ、オーケイ？　こっちを見て」

一瞬、彼女の目がジェイクを見た。しかし、何も見えていなかった。

「しっかりしろ、がんばるんだ。いま助けが来る。きみの名前は、ベイビー？　名前を教えてくれ」

しかし、路地の地面に座って腕に少女を抱きながら、ジェイクは彼女がいってしまうのを感じていた。

彼女を横たえ、心肺蘇生《そせい》を始めた。

路地へのドアがまた開いた。「ヘイ、ギター・ヒーローさん、マックが言っていたわよ――ちょっと、どうしたの？」

ナディーンが彼の横にしゃがみこんだ。

「彼女は息をしてない。俺じゃ連れ戻せない。彼女の腕を、腕を見てくれ。誰かに刺されたと言っていた」

「救急車を呼ぶわ」

「もうこっちに向かってる。彼女の腕。針の痕だ。針を使うのは高圧スプレー注射器を買えないジャンキーだけだ。彼女はジャンキーじゃない。しっかりしろ、きみ、戻ってこい。

いいから戻ってこい」

彼の横で、ナディーンは針の痕を見て、地面に横たわっている少女の一点を見つめているブラウンの目を見た。

蘇生をやめるようにとは言わなかったが、彼の背中に手を置いて、自分のリンクを出した。

「ジェイク、ダラスに連絡するわ」

彼はナディーンに目を向け、ただただ絶望につつまれた。「まだほんの子どもじゃないか」

子ども、とナディーンは思った。この子はこれ以上大人になることはない。

1

イヴ・ダラス警部補が事件を抱えていないとき、土曜の晩はしばしば映画、ポップコーン、セックスという意味になる。サマーセット、すなわちロークの家令にして、イヴが歩くときの邪魔者が、友人たち――それが誰であろうと――と夜の外出に行ってしまって家にいないとあって、その晩のセックス部分は早々にゲーム室で始まった。

イヴはピンボールで三回のうち二回はロークを負かせるほうに賭けていた。そして賭けに負けた。

というか、負けたんだっけ？

いずれにしても、パティオでのディナー、庭園の散歩、ゲーム室でのセックスのあと、二人はソファに落ち着き、足元には猫が丸くなっていた。

彼女はロークと、ポップコーンと、ワインと、それにバンバン、ドカーンがたっぷりあるアクション映画で、土曜をわが家で終えようとしていた。

ロークのことはわかっているので、アンコールとして二ラウンドめのセックスがあるだろう。

そしてそれは彼女も望むところだった。

彼は折りに触れて、自分がニューヨーク市の中心に築いた城にメディアルームを加えることを口にしていた。しかし彼女はこのルーティンが気に入っていた。寝室のシッティングエリアにあるソファに体を伸ばすか、あるいは丸くなるかして、猫は喉をごろごろ鳴らしながら眠り、夫のすばらしい体が彼女の体にあたたかくくっついているのが。

わたしの人生は彼が入ってきたときに劇的に変わった、とイヴは思った。これだけたってもまだそれに慣れない。ロークと出会う前、彼女の人生は仕事であり、仕事が彼女の人生だった。

いまは、これまで期待したこともなく、探してもいなかった二つのものを持っている。愛とわが家を。

そしてその二つの――いまではそれに気づいていた――おかげで、よりよい仕事ができ、部署を率いるのもうまくやれ、もっと死者の味方になれる。

行為のあいまに、ロークがボトルに手を伸ばし、二人のグラスをいっぱいにした。

「たくさんワインを飲んじゃうわね」

「わが家で安全にぬくぬくしているんだから」アイルランドの霧が彼の声に織りこまれていた。「もうちょっとしたら、つけこもうと思っていることがあるんだ」

「そうなの？　スクリーン停止」イヴは命じ、体をまわして彼の上にのった。

ほんとにおかしなくらいセクシー、と思った。善をおこなう神々のつくった顔、彫刻のような口、野性的な青い目。「それならいまが最適よ」

その彫刻のような口を奪い、彼の顔を縁取る黒いたてがみのような髪に、あいているほうの手をすべりこませる。

ロークがグラスをボトルの横に置き、それから彼女の手からもグラスをとって同じようにした。

彼が体の上下を入れ替えるとイヴは笑い、ギャラハッドがうなってソファを降りた。

それからロークの両手がイヴに触れ、彼女のだぼだぼの〝家にいる土曜のTシャツ〟の下へすべりこんだ。そしてキスが貪欲になるにつれ、イヴは自分の欲望と、ワインと、この瞬間が結びついて、ひとつの純粋な興奮になるのを感じた。

彼の顎に歯をたて、両手をたがいのあいだで動かし、彼のジーンズのボタンをはずした。

イヴのリンクが鳴った。

「もう、かんべんしてよ！」

ロークは頭を傾けて、リンクのディスプレーを読んだ。「ナディーンだ」

「そう。あとで折り返すわ。いつかは」

しかしイヴがもう一度彼を引きおろそうとすると、ロークは頭を振った。

「イヴ、ナディーンが土曜の夜の十一時近くに連絡してきたことがどれだけあった?」

「一度も。くそっ。ちくしょう」

ロークが体を離すと、イヴは起き上がり、リンクをつかんだ。

「誰かが死んだんじゃないかぎり、わたしは――」

「彼女は死んだわ。ごめんなさい、ダラス、あなたが必要なの。わたしたちは〈クラブ・ロック・イット〉にいる、クラブの裏の路地に。ええと、A街《アヴェニューA》にある店よ、でも住所はわからない」

「彼女って誰?」

「わからない。女の子よ、ティーンエイジの女の子。ジェイクが――彼らが二十一歳未満向けの特別なギグをやっていたの。わたしは外に出て――裏の路地よ――そうしたら彼が心肺蘇生をやっていた。救急車はもう呼んでいた。医療員がついさっき来たところ。ジェイクの話では、その女の子は誰かに刺されたと言っていたって」

イヴのブラウンの目がうっすらいらだったものから、警官らしい無表情に変わった。

「刃物で刺されたの?」

「違う、違う、針の痕があるわ、その子の腕に。もしくはとても薄い刃物かも。血は出ていなかったけれど、腫れているようにみえた」

「医療員に遺体を動かさないよう言って。わたしから署に連絡するから、制服警官たちが対応して、現場を保全する。すぐ行くわ」

「ありがとう」ナディーンはまだ話を続けようとしたが、イヴは切った。

ロークがブラウンのパンツとジャケット、ネイビーのタンクトップ、ブーツ、ベルトを出してくれていた。

イヴは彼が服を選んだことには文句を言わず、コミュニケーターをとって署にかけた。

「ピーボディに連絡するよう言わなかったね」

イヴはだぶだぶの夏の土曜日用短パンを長い脚から脱ぎ、パンツをはいた。「どういうことかわかるまで、彼女の夜をだいなしにしなくてもいいでしょ」タンクトップを着て、それからぼさぼさのブラウンの髪をかきあげた。「わたしたちの夜はだいなしになっちゃってごめんなさい」

「警部補さん、それが僕らの仕事だよ。ナディーンは動揺しているようだったね」ロークはシャツを着替えながら言った。「めったにないことなのに」

「そうね、わたしもそれは気づいた」

イヴはすばやく、能率的に動いた。長く引きしまった体にやせた顔、顎に浅いくぼみがあり、頭は殺人のことを考えている女。

ポケットに警官バッジを入れ、それから武器ハーネスを装着した。「酔っ払ってはいないけど――」

「ワインをたくさん飲んだ、だから二人とも酔いざまし《ソバー・アップ》だな」ロークは彼女をまわってバスルームへ入り、それぞれ用に錠剤を持って出てきた。「僕が運転しよう。あのクラブは知っている」

イヴはジャケットを着ながら彼に目を向けた。「あなたの店？」

「いや、違う。でもビルはそうだ。用意はいい？」

「ええ」

二人は階下へ降りて、ロークがすでにリモコンで呼んでいた車へ向かって外へ出た。わたしのＤＬＥ（イヴの車。プレートのナンバーがＤＬＥ〝ダラス、警部補イヴ〟になっている）だ、とイヴは思った。彼女がそのまま仕事を続けることになった場合にそなえて。

助手席に乗ると、イヴは窓を下げた。新鮮な風が、まして彼が運転するこのスピードなら、ソバー・アップをがつんと効かせてくれるだろう。

「ティーンエイジャー向けのクラブなの？」

ロークは私道を飛ばして、ゲートを抜けた。

「いや。だが毎年夏に、アヴェニューＡはそこでティーンエイジの客たち向けにひと晩演奏するんだ。ジェイクがつい先日そのことを話してくれたよ。彼は〈アン・ジーザン〉でワークショップをやったんだ。どうやら、彼らがまだあれくらいの年齢だった頃に、あのクラブで最初の有料ギグをやったらしい。

アルコールは禁止だよ」彼はイヴが言う前に言い足した。

「そうかもね。クラブを経営しているのは誰？　調べたいわ」

「いま僕の頭の中にその名前はないな」

「探してみる」

手のひらサイズのＰＣ《PPC》を出して、イヴは作業にかかった。

「ハーヴァード・グリーンボームおよびグロー・ライザー。ハーヴァードって名前じゃないでしょ、あれは大学じゃない。それにグローってどういう名前よ？　グリーンボームに犯罪歴は見当たらない、年齢六十三、ニューヨーク生まれ、約二十年前にライザーと結婚、子どもはなし。彼女のほうは十五歳で暴行の前歴がある、告発は取り下げられた。年齢六十一、こちらも生粋のニューヨーカー。

　クラブは彼らが所有してからの二十数年間に、たびたび保健所の規則違反をしている。すべて対処ずみ。未成年にサーヴィスを提供したことでの召喚はなし。一度も」

「ジェイクが彼らはその点に関して厳しいと言っていたよ」

　そうかもね、とイヴはまた思った。

　ソバー・アップと、あけた窓から吹きこんでくる風で頭がすっきりし、コーヒーが飲みたくてたまらなくなった。ダッシュボードのオートシェフを使って、自分たち両方のぶんをプログラムした。

「そのクラブの最大収容人数は知らないわよね？」

「知らないな、でも広さを思い出すと、二百は超えないだろう」

「二百人のティーンエイジ容疑者たちか、最高」

「何人かはスタッフだろうし、親たちもいるんじゃないか」

「児童保護サーヴィスに入ってもらわないと」イヴは言い、リンクを出した。「事故による薬物過剰摂取《OD》にみえるとしても、誰かが必要になる。二人来てもらえればなおいいわ」

「また誰か、土曜の夜がだいなしになりそうだね」

イヴはクラブの前にパトカーと救急車を見つけた。このクラブならすぐ見つかるわね、と思った。店名が虹のネオンサインと一緒に光っていて、そのまわりを音符が飛びかっている。

「パトカーの横に二重駐車して」

「すぐそこに荷積みゾーンがある」ロークは言い、そこに車を入れた。「きみの捜査キットを持っていくよ」

イヴは〝公務中〟のライトを点灯し、車を降りてクラブを見てみた。

古いレンガにある落書きはわざと書かれたもののようだった。ギター、ドラム、たくさんの人影がたくさん集まっている。踊っているんだ、とイヴは判断し、正面ドアについている制服警官のところへ歩いていった。

「警部補」女性警官は言った。

「巡査」

「われわれが到着してから入ったり出ていったりしようとした者はいません。オーナーは、状況を知らされると、飛び入り歓迎タイムみたいにして客たちをバンドと一緒にステージに上げて、中の状況を平静に保っています。ミスター・キンケードとミズ・ファーストはまだ路地に、被害者と医療員たちといます。わたしのパートナーもそちらです」

「それでいいわ。児童保護サーヴィスにはもう知らせて、未成年者を含む聴取をアシストしてもらうことにした。彼らが来たら路地のほうへ連れてきて」

「わかりました」

「待機していて、巡査」

ロークから捜査キットを受け取ると、イヴは建物をまわって路地へ行った。途中まで行ったところで、医療員たちが制服警官と一緒にいた。ナディーンはジェイクと一緒で、手をつなぎ、少し離れていた。

ナディーンがこちらに気づいたが、イヴは手を上げて彼女を後ろにとどめた。

「待機していて、巡査。何かわかった？」イヴは医療員たちに尋ねた。

「被害者は十五歳から十七歳です。ＩＤを探して彼女のバッグを見ることはしていません、警部補、できるだけ現場をクリーンに保っておこうと」

「助かるわ」

「はっきりした死因《COD》は言えませんが、ODのようです。皮膚に青みが出ていて、針の痕は新しいものです。でも使用ずみの針だと思います、まわりが赤くなっていますから。ほかに目視できる痕はありません。健康的な体重、まずまずの筋肉があるようです。検死官がもっと詳しい全体像を出してくれるでしょう。

われわれは二三〇四時に通報にこたえましたが、彼女はすでに死亡していました。ジェイク、いや、ミスター・キンケードがわれわれの到着したときに心肺蘇生を試みていました。ですが彼女は亡くなりました」

「わかった。もう一度言うけれど、できるだけ現場を保全してくれて助かったわ。ここからはわたしが引き受ける」

二人めの医療員がジェイクのほうへ目を向けた。「あなたはできることは全部やってくれましたよ」

イヴは遺体を見おろした。身長百六十センチくらい、体重は四十五キロプラス少々だろうか。楽しもうとおしゃれをしてきて、小さなキラキラしたバッグを斜めがけにしている。

イヴはキットを開いてコート剤をつけた。「ローク、ジェイクとナディーンを連れて散歩してきたら？　二人にコーヒーを飲ませてあげて」彼女はジェイクを見た――青ざめ、目にはいっぱいの悲しみと、一抹のショックがある。「あとであなたたちと話をする必要があるわ、あなたたち両方とも、でもいまは、この子を見てあげなければならないの」

「彼女はただ……ただそのドアからよろよろ出てきたんだ、それから――」

「こんなことになって残念よ、ジェイク、でもいまは彼女をわたしにまかせてくれなければだめ」

「行きましょう、ジェイク」ナディーンが彼の腰に腕をまわした。「ダラスにするべきことをさせてあげないと」

ロークが二人を連れていってしまうと、イヴはしゃがんで被害者の小さなバッグを慎重にあけた。

小型リンク、唇につけるもの、ＩＤ、キーカード、現金少々、それから〝ジェイク・キンケードに渡すデモ〟と書かれたディスク。

イヴは思った――ああ、くそっ。

「被害者が身につけていたバッグに入っていたＩＤはジェンナ・ハーバー、年齢十六、混合人種のもの。髪と目はブラウンとブラウン、身長百六十センチ、約四十八キロ。写真と一致した」

ブラウンの毛先に入れたピンクの色と、大きなブラウンの目に宿っていた生命力以外は。

バッグの中身を証拠課に持っていくため袋に入れたあと、イヴは身元照合《ID》パッドを出してそれを公式にする手続きをした。

「指紋一致」住所を読み上げて記録し、そこでその住所は友人のチャールズとルイーズの隣家に違いないと気がついた。「両親、シェーンおよびジュリア・ハーバー、年下のきょうだい、男子、リード、年齢十二」

計測器を出した。「死亡時刻、二二五八時」

拡大ゴーグルをつけ、腕の傷をよく見ようとかがみこんだ。

「誰かに刺された、と被害者は言っていた、それにそう、それが本当らしい。腕の傷は新しい。腫れて、赤くなってもいる。可能性として、本人が自傷したかもしれないけれど、体に施術はなく、違法ドラッグ乱用の徴候もなし。あとで検死官に確認」

彼氏か彼女が、たぶん、被害者に何か新しいものを試してみるよう強要したのでは？

反抗的な、若さに満ちた衝動が、ひどくまずいことになったのでは？

誰かに刺されたの。

あるいはほかの何か。

そっと遺体をひっくり返してみたが、目視できる傷はなかった。

かかとに体重をかけてしゃがみ、リンクを出して、ピーボディを呼び出した。それから立ち上がり、モルグと遺留物採取班に連絡した。

「あなたは中に入ったの、巡査？」

「はい、警部補。少しだけ」

「あそこにだいたい何人いる？」

「そうですね、ぎゅうぎゅう詰めですよ。二百人はいるでしょう」

「オーケイ。遺体運搬車が来て被害者を運ぶまで、あなたはここに待機していて。それから遺留物採取班が来て現場を調べる。そのあと、あなたとパートナーは中へ入って、群衆コントロールを手伝って」

「わかりました。ひどいことですね、警部補。わたしにもこの子くらいの孫がいるんです。子どもを現場で見るのはいやなものです。彼女が運ばれていくまで、わたしが見ていますよ」

　次はジェイクに話をききたかったので、イヴは路地を歩いて戻った。彼はナディーン、ロークと一緒に、イヴの車のそばにいた。イヴは立ち止まって二人めの制服警官に指示を与え、それからまた歩いていった。

「ナディーン、ロークとこのブロックを歩いてまわってきたら？」

「わたしは行きたくな――」

「ジェイクと話をしなきゃならないの。ジェイクだけと。それからあなたと話をしたい。あなただけと」

　ナディーンは口を開いたが、すぐにまた口を閉じてうなずいた。彼女はジェイクに向き直り、つまさき立ちになって、彼にキスをした。

ロークがナディーンを連れていくと、ジェイクはイヴのほうを向いた。「彼女は俺が泣きくずれると思っているんだ、それにそれほど間違ってない。連れ戻すことができなかった、あの女の子を」

「彼女のことは知っていたの？」

「いや。さっき見たんだ。フロアに出てきて、踊っているのを見たって気がついた。セットリストの終わるすぐ前に。とても楽しそうだった」

「今夜以前に彼女を見たことはないのね？」

「ない」

「彼女の名前はジェンナ・ハーバー。聞きおぼえはある？」

「ない。ジェンナか」ジェイクはそっと繰り返し、それから目を押さえた。

悲しみをのぞけば、彼は本来の姿であるロックスターにみえた。色あせたジーンズに黒いハイトップのスニーカー、すばらしい体を強調している黒いTシャツ、褐色で先がブルーになっている髪はむとんちゃくに乱れている。

しかし、彼の悲しみが周囲の空気に靄《もや》のようにかかっていた。

「風にあたりに出てきたんだ。クラブの中はすごく暑くて。セットリストのあいだに十五分休憩をとっていた、だから俺は外に出て、水をがぶがぶ飲んで、風にあたった。そうしたらあの子が路地側のドアからよろけて出てきたんだ」

「よろけて?」

「そう」

　イヴは彼が息を吸いこむ音を聞いた――男が自分をしゃんとさせる音だ。

「ちょっと呂律《ろれつ》がまわってなかった、わかるかい？　気持ちが悪いって言っていた、だから彼女が酒を持ちこむ方法を見つけたんだなと思った。グローはその点では鷹《たか》みたいに目を光らせているが、どうしても飲みたければ手段を見つけるやつもいると思わないと。彼女は少し酔っているようにみえたけど、酔っていると思ったからだろうな。彼女を中へ連れていこうとした、オフィスへ入って、ハーヴかグローを呼ぼうと。彼らはあの子に腹を立てるだろうが、面倒は見てくれるだろう、親に連絡したり、そういうことを」

　ジェイクは目を閉じ、イヴは彼が沈黙しているにまかせた。こちらから尋ねなくても、必要としていることを話してくれている。

「針の痕にはすぐには気づかなかった、彼女の顔を見ていたからじゃないかな。すごく青白くて――でもそのとき彼女が言ったんだ、〝あの男に刺された。あいつに刺された〟って。二度、そんなふうに。それで針の痕が目に入って、彼女が白いというより、かすかに青みがかっていたのが見えたんだが」

「ええ」

「そうだ」ジェイクは手で顔をぬぐった。「あれは前にも見たことがある。ツアーで、ローディーのひとりが。みんなで彼を蘇生させた、間に合って蘇生できたんだ。でもあの子は倒れそうになった。地面にぶつかる前に受け止めたよ。脈はかろうじてあった、それからあの子は……救急車を呼んだんだ、でも……。

誰かが死ぬのは見たことがなかった、ただ……いってしまうのは。俺は彼女を抱いて、話しかけて、しゃべってもらおうと、名前を言ってもらおうとした。彼女をこっちにつなぎとめられることは何でも。だけどあの子は死んでしまった。見てわかったんだ、でも思った、心肺蘇生《CPR》をするんだ、って。彼女は若い、きっと息を吹き返す、それに医療員もじきに来る、って。ナディーンが俺を探しに出てきて、ダラスが必要だと言ったとき、俺にはわかった、あの子は――ジェンナは――もう戻ってこないと。もし俺が――」

「ジェイク、あなたがいま話してくれたことは、せいぜい二分か三分だったはずよ」

「ああ、ほんの二分だったんだな。もっと長く感じたよ」彼はつぶやいた。「でも、そうだ、あっという間だった」

「さっきの医療員が言ったことを繰り返すわ、だからあなたは聞かなきゃだめよ、わたしたちは毎日こういうことに向き合っているんだから。あなたはやれることは全部やってくれた」

ジェイクの目がイヴの目と合った。ロークの野性的な青ではなく、もっと深い青がいまは悲しみに濡《ぬ》れていた。「そうは思えない」

「みんな――ファンとか、グルーピーとか、そういう人たち――は、あなたにデモディスクを送ったり渡したりしてくるの?」

彼は少し笑った。「ああ、うん。どうして?」

「調べなきゃならないことがあるの。あなたがいつ外に出てきたか、何時頃だったかわかる?」

「わかるよ、十五分の休憩が終わる前に戻ってこようとチェックしたから。十時五十五分だった。真夜中に終了する前に、もうひとつ短いセットリストがあったんだ。俺たちは少し時間を超えてもいいんだが、そのセットをやるときは、最後の曲が真夜中になるようにするんだよ。子どもたちは門限があるから」

「なるほど」イヴはロークとナディーンが角を曲がってくるのを目にした。「あしたセントラルへ来てもらいたいの、追加の聴取のために。十時にしましょうか」

「オーケイ、わかった。あのさ、あの子に家族はいるのかな? 詳しいことを言えないのは知っているけど――」

「いるわ。今夜知らせるつもり」

ジェイクはまた目を閉じた。「もしその人たちが俺と話をしたければ――俺はあの子についていたから、あのとき……」

「遺族に伝えておくわ。今度はあなたが散歩してくる番」

「わかった。ダラス、彼女が言ったことなんだが。もし誰かが彼女をこんな目にあわせたのなら――」

「突き止めるのはわたしの仕事よ。もう一回行ってきて」イヴはロークに言うと、今度はナディーンのほうを向いた。

「あんなふうになったジェイクは見たことがないわ。いつも自制心がある人なのに。彼をここから連れ出さなきゃ、ダラス」

「それじゃさっさとやってしまいましょう。バンドが休憩に入ったのは何時?」

「え、わからないわ、十一時直前だったかしら。休憩になるってわかっていたから、百人のティーンエイジの女の子たちが同じことを思う前に、女子トイレに走ったの。出てきて、ジェイクを探したら、レンが彼なら路地へ出ていったと教えてくれて。だからわたしも外へ出た。そうしたらジェイクがあの女の子にCPRをしていたのよ。わたしは医療員を呼ぼうとした、でも彼は自分がもうやったと言った。それにね、ダラス、わたしには手遅れだとわかった。彼はあの子を救おうと必死だったけれど、彼女はもう亡くなっていた。それであなたに連絡すると言ったのよ。

そうしたら、そう言ったわたしを彼が見たの」息を吸い、ナディーンは涙をはらった。

「まるでわたしがあの人の心を打ち砕いたみたいに見たの。

彼があの子に何かしたなんて疑ってはだめよ。あなたならわかる――」

「疑ってないわ、でも同時に、彼からいかなる疑いも排除するために、とらなければならない手続きがあるの。あなたならわかるでしょう」

ナディーンはまた涙をはらった。今度はいらだたしげに。「ことが自分の恋人となれば話は別よ。あなただってわかるでしょう。それにわたしはあなたを知っている」彼女は付け加えた。「だからあなたなら、あのかわいそうな子にこんなことをしたやつを突き止めるってわかっている」

「現時点で、誰かが彼女にやったと言い切ることはできないわ」

ナディーンはハイライトの入ったブロンドの髪をかきやり、いつもの鋭い緑の目でイヴをじっと見た。「言えないでしょうね、でもわかってはいる」

「それにあなたもわかってるでしょうけど、ジェイク・キンケードとナディーン・ファーストがどこかの路地で、死んだ未成年の女性といた事実は、メディアじゅうで大々的にとりあげられるわよ」

ナディーンはぴったりしたブラックジーンズの腰に手を置いた。「わたしは犯罪担当のレポーターなのよ、だからそのことはじゅうじゅう承知している。それがジェイクをここから連れ出したいもうひとつの理由。わたしたちは対処できるわ」

「わたしが許可するまでインタビューはなしよ」

そのひと言でようやく、ナディーンの表情も声もいつもの彼女らしくなった。「憲法修正条項ってものを聞いたことがあるかしら？　第一条（言論の自由などを保障している）っていうんだけど」

「誰かが彼女をこんな目にあわせたのなら、自分のやった卑劣な行為がセレブのゴシップチャンネルじゅうで放送されれば喜びのダンスを踊るだけなんじゃない？　彼女の名前はジェンナよ。彼女も、あなたの恋人も、わたしたちにできなくなるまでは、そこから遠ざけておきましょう」

「あなたの言うとおりね、それにインタビューをするつもりはなかったわ。だめだと言われるのが好きじゃないだけ。二人が戻ってきたわよ。ロークは本当に強い人ね、ダラス」

「それもわかってる。ジェイクを家へ送って。彼はあしたの午前中に追加の聴取に来ることになっている。幸運とモリスがついてくれれば、そのときまでには死因《COD》がわかっているでしょう」

　イヴはクラブを振り返った。「それにクソたっぷりの幸運があれば、容疑者も今夜じゅうにつかめるかも」

「バンドのほかのメンバーはどうなるの？　ジェイクが知りたがるわ。彼らはファミリーだから」

「彼らにも話をきく必要がある、そうしたら帰ってもらってかまわない。これは手続きなのよ、ナディーン。それにピーボディもマクナブと来てくれたわ。ジェイクを家へ送っていって」イヴはもう一度言い、パートナーとパートナーの恋人と合流しに反対の方向へ歩いていった。

　ストライプのバギーパンツと蛍光ピンクのTシャツを着たマクナブ捜査官――電子探査課《EDD》のスターのひとり――は、一輪車に乗ってジャグリングをしているほうがいいようにみえた。

　耳たぶはスタッズや小さな輪っかできらきらしている。彼がこちらへはねるような足どりで来るあいだ、結んだ長いブロンドの髪が揺れていた。

　ピーボディはいつものピンクのブーツでどすんどすんと歩いてきた。彼よりは地味な黒いズボンとおとなしめのピンクのシャツを着ているかもしれないが、それでも褐色の、いまは毛先が広がった髪に赤いハイライトを入れていた。

「そこの路地で、亡くなったティーンエイジの女の子が死体運搬車を待ってる。クラブの中には」イヴは続けた。「たぶん百人かそれ以上のティーンエイジャーが、いまはアヴェニューAのほかのメンバーのおかげで留め置かれてる。スタッフ、親、保護者も入れれば二百人のほうに近いかもしれないわ」

「ジェイクはどうしてます？」ピーボディがきいた。

「持ちこたえてる。わたしたちは中にいる人たちを切り分けて、解放しにかからなきゃならない――それから児童保護サーヴィスはまだ来てない。被害者の両親に知らせる必要もある。それはいまわたしが引き受けないとね。ピーボディ、児童保護サーヴィスにもう一度連絡して、誰かここによこさないと、何人かフライにしてやるって伝えてちょうだい。そいつだかそいつらだかがここに来て未成年者の権利の代理をし、大人や、親または保護者がついている未成年者に付き添わないなら、って。

マクナブ、バンドの人たちと話をして、いつどこにいたかをききだして。彼らは二二五五時くらいに休憩をとった。防犯カメラの映像ももらってきて、正面と裏口と」

イヴは被害者の外見と彼女が着ていたものを話した。「誰か彼女を見た者がいるか、何か見た者がいるかどうか調べて。わたしはできるだけ早く戻る」

イヴはまたロークのところへ歩いていった。「さっきみたいにこのブロックをまわってくれてありがとう」

「散歩するにはすてきな夜だよ、そうしなければならない理由がひどいものだとしても」

「被害者の親たちには本当にひどい夜になるわ。これから知らせにいくの」

「ピーボディ抜きで？」

「クラブの中にあれだけ目撃者や容疑者になるかもしれない人間がいるのに、そのために彼女を不在にするわけにいかないもの。ねえ、この事件にどれだけかかるかわからないから――」

「ご両親にお子さんが亡くなったと知らせにいくんだろう」ロークは彼女の捜査キットをとって、車のトランクに入れた。「一緒に行くよ、警部補」

彼はトランクを閉めた。「彼らのことは調べたのかい？」

「まだ」

「僕が運転しているあいだにやったらどう？」

イヴはひと呼吸し、夜風が強く吹いていくにまかせた。

「それがいいわね。両親はチャールズとルイーズの隣に住んでるの」

「そうなのかい？」ロークはつぶやいた。「世界の広さに驚くたびに、どんなに狭いものにもなるか思い出させられるね。たぶん彼らは知り合いだろうな」

「ええ」イヴは車に乗った。「きっと。被害者はバッグにディスクを入れていた。ラベルが貼ってあったわ。ジェイク・キンケードに渡すデモ、って」

「ああ、そうか。彼には話したのかい？」

「いいえ、ディスクを調べるまで、いまは最小限の人にしか知らせないでおく。ジェイクにきいたわ、彼女を知っていたか、接触したことはあるか、彼女の名前に聞きおぼえはあるか。すべてノーだった。彼の話では、休憩前の最後の曲のとき、彼女がフロアに出て、踊っていたのを見たそうよ。わたしは彼を信じた。彼のことを知らなくても、信じたと思う。プラス、タイミングが一致するでしょう、つまり彼が被害者の腕に針を刺すことはできなかったはず。もし彼がナディーンみたいな人間や、わたしや、あなたから、自分が凶悪なティーンエイジ少女殺しだという事実を隠しているとしても」

「でもそれがひっかかっているんだろう」

「状況が複雑なのよ、ジェイクと被害者にはつながりがあったかもしれない。彼の話は本当のように聞こえた、それにもう一度言うけど、彼のことを知らなくてもそうだったでしょうね。それにタイミングもある。でも状況は複雑」

それを解明しなければならない。

しかしまず先に、三人の人間の世界と人生を永久に変えなければならなかった。

二人の車は堂々としたブラウンストーンの家々や夏の緑の木々のある、静かなロウアー・ウェスト・サイドへ入っていった。イヴはチャールズとルイーズが住んでいる家に明かりが二つともっているのを見た。ハーバー家には少なくともその二倍の明かりがついていた。

娘を待っているんだ、とイヴは思った。たぶん時間を見ながら、待っている。イヴは親たちが心配しているとわかっていた——それがわかるくらいには親たちに会ってきた——それに最悪のことを予想している親もいるだろうと。

しかしそれが玄関のドアを叩くまで、誰も最悪のことは信じない。

「母親は医者だわ」イヴはロークに言った。「ということは、ルイーズを知っている確率が上がるわね。父親はウォール街の会社の重役で、所属部署のトップ。結婚して二十年。母親は暴行で告発されたことがある——彼女の娘の年だった頃に。本人の要請により封印されていない」

話しながら、イヴは車を降りて歩道に立ち、その家をじっくり見た。

「彼女、女性ヘルスクリニックを見張っていた男が、彼女と母親が入るのを邪魔しようとしたので、パンチを食らわせたのよ」

二人は光っている玄関灯にはさまれたドアへ歩いた。

しっかりしたセキュリティだ、とイヴは習慣的に見てとり、証拠品袋に入れたキーカードを思い出した。ジェンナ・ハーバーがあれを使うことは二度とない。

ベルを鳴らし、ロークが背中に短く手を置いて励ましてくれているのを感じた。

出てきた男はぼさぼさのブラウンの髪に白髪がまじっていた。そのやせた体にグレーのスウェットの短パンと、こう書いてあるTシャツを着ていた。

〝そのわけは〟

男の細い顔には、週末の無精ひげらしきものがあった。感じのよい笑みを見せてはいたが、ハシバミ色の目は好奇心でいっぱいだった。

「何かご用ですか？」

「ミスター・ハーバー、わたしはニューヨーク市警察治安本部《NYPSD》のダラス警部補です」イヴはバッジを持ち上げてみせた。

　彼女がそれ以上言う前に、男はびくっとした。「ああ、まさか、あの子がトラブルにあったんですか？　ティーンエイジャーがロッククラブにいたって、何も問題ないでしょう？　ジュール！　保釈金を供託しなきゃならないようだよ。すみません、中へどうぞ。あの子は門限をすぎても帰ってこないんです」彼は続けた。「だからその点ではハンマーが落ちてきますよ」

「ミスター・ハーバー」イヴはもう一度話をしようとした。三人が入ったホワイエは、右手に開いた幅広いドア枠のむこうにリビングエリアがあり、左手にはもっと小さい部屋があって、上へ通じる階段がついていた。

「あの子ったらリンクに出ないわ」女がひとり、リンクに顔をしかめながら廊下を歩いてきた。混合人種、たっぷりしたウェービーなブラウンの髪には光るハイライトが入っていて、娘に引き継いだ大きなブラウンの目をしていた。

「あの子は――」

　彼女は顔を上げ、イヴとロークを見てしゃべるのをやめた。

　その目が空白になり、顔が灰色になった。

「あなたが誰か知っているわ。ジェンナに何があったの？　ジェンナはどこ？」

「ドクター・ハーバー――」

「言って」ジュリアは手を伸ばして夫の腕をつかんだ。

「残念なお知らせですが、娘さんは亡くなりました」

「何だって?」シェーンの声が、息もつかず怒って飛び出した。「そんな馬鹿な話があるか。帰ってくれ、いますぐに」

「シェーン」ジュリアが振り向き、彼に腕をまわした。「うちのベイビーが。うちのベイビーが」

「そんなのはでたらめだ。こんなことはやめてくれ。ジェンナは元気なんだ。すぐにでも帰ってくる。あの子を迎えにいくよ。いますぐ迎えにいく」

「シェーン」頬に涙を流しながら、ジュリアは体を引いて彼の顔を見つめた。

そしてシェーンが彼女の顔に見たものが、彼の顔にあった怒りを奪い去って、ショックに、否定に、そして恐ろしい悲しみへと変えた。

「違う」彼は言った。「違う、違う、違う」

彼が床に崩れ、ジュリアも彼と一緒に、彼に腕をまわしたまま崩れ落ちた。

「何かの間違いだ」頭を振りながら、シェーンは涙声で言った。「ひどい間違いだ。あの子はすぐに帰ってくる」

「シェーン。シェーン、わたしを助けて。しっかりして、わたしを助けて。わたしたち、何があったのか知らなければならないのよ」

「わたしは信じない。信じるものか。ジュリア、ジェンナだなんて」

「わかっている。わかっているわ」今度は彼の顔を両手にはさみ、ジュリアは夫の頬にキスをした。「さあ行きましょう。立って。知らなければならないわ。ジェンナのことなんですもの。知らなければ」

ジュリアは夫に手を貸して立ち上がらせ、それからイヴと向き合った。「何があったか知らなければなりません」

「みんなで座れれば、わたしに話せることはすべてお話しします」

2

リビングエリアはいくつかのアンティーク、哀感ただよう絵画、青いすじの入った白い大理石で縁取られた暖炉をそなえた、上品なしつらえになっていた。

ハーバー夫妻は同じ青いすじが入った柄のソファに並んで座った。イヴは彼らに向き合う白いウィングバックチェアにした。

「本当にあの子なんですか？　答えはわかっているんです」ジュリアが言った。「でも――」

「そうです。本当にお気の毒でした」

イヴはときおり思うのだが、こういう言葉は、自分にとってと同じように、被害者に愛されていた人々にも空虚に響くのだろうか。

「今晩十一時頃、ジェンナは〈クラブ・ロック・イット〉の路地側のドアから歩いて出ていきました。目撃者によれば、ひどく具合が悪そうで倒れたということです。目撃者は九一一に連絡して医療員を呼び、ＣＰＲを試みました」

「しかし――しかし――あの子は健康だ。まだ十六歳なんだ」シェーンが抗議した。「ジュリア、ほんの二週間前にきみが徹底的な健診をしたじゃないか」

「医療員たちは五分足らずで現場に到着しましたが、ジェンナはすでに死亡していました。左の腕に新しい針の痕がありました」

「何だって！」シェーンが勢いよく立ち上がった。「きみはそこに座ってうちの娘が違法ドラッグを使ったと言おうとしているのか？　あの子がジャンキーだと？」

「シェーン、やめて。いまはやめて」

「こんなことは馬鹿げているよ、ジュリア。こんなのはひどい」

「ミスター・ハーバー、わたしが現場で見たかぎりでは、娘さんが違法ドラッグの常習者である徴候はありませんでした。それはあとで検死官が確認してくれると思いますが、彼女がやったことがあるとあなた方が知っているか、疑ったことがあるか、おききしなければなりません」

「あの子がやったことなどないと疑問の余地なくわかっています。わたしは医者ですし、うちの子どもたちの両方に徹底的な健診をしてから三週間もたっていません。医者として、使っていればわかったはずです。母親としても、わかったはずです。それに針と言いましたね。あの子は針の恐怖症なんです。高圧スプレー注射でもだめなんですが、絶対に自分から針の注射を使ったりしません。絶対に自分で刺したりしません。

座って、シェーン。この方はダラス警部補よ。チャールズとルイーズのお友達なの。それに殺人課の方よ」

「殺人」シェーンはのろのろと座り、そのあいだに顔からいっさいの色が消えていった。「誰かがうちのベイビーを殺した？　いったいどうしてそんなことになるんだ？　あそこはちゃんとしたクラブだ。ジュリアとわたしも行ったことがあるんだよ、それについ先週も二人で行ったんだ、ジェンナを行かせることになっていたから確認しておこうと」

「まだ殺人事件とは判断していません。現在捜査中です。捜査官たちに、クラブにいた全員の供述をとらせています。目撃者にも話をききました。まだ確実な情報はお話しできません。早急にお知らせすることが大事だと思いましたので」

「あの子はまだあそこにいるんですか？」ジュリアはシェーンと手をつなぎ、ぎゅっと握った。「あの子に会わせてください」

「あそこにはいません。主任検死官に彼女をみてくれるよう頼みました、それにこれは保証できますが、その人以上に思いやりをもって彼女をみてくれる人はいないでしょう。おつらいのはわかりますが、あしたまで、彼のほうから連絡があるまで、待っていただけるのがいちばんいいんです」

「つらいのがわかるだって？　あなたは知らない人が玄関にあらわれて、娘はどこかの路地で死んだと言われたことがあるのか？」

「シェーン」ジュリアは階段の足音を聞きつけて、そちらへ目を向けた。「リードよ。あの子を止めてきて、シェーン。上へ連れ戻して。あの子には言わないで。お願いよ、朝になったらわたしたちで話しましょう。一緒に」

彼がいそいで出ていくと、ジュリアはイヴに向き直った。

「すみません」

「お気になさらず。ドクター・ハーバー、ジェンナの部屋を見せていただけると助かるんですが。部屋を調べる許可をいただけると」

新たな苦しみがあらわれ、ジュリアは両手を握りしめた。「あの子の部屋はリードの真向かいなんです」

「あしたでもかまいません」

「あの子たちは喧嘩《けんか》をしました、きょうだいならみんなするように、でも息子はジェンナを尊敬していました。二人は争ったり、つまらない口喧嘩をしましたけれど、強い絆《きずな》があったんです。息子にどう話したらいいのかわかりません。ジェンナの祖父母にも、それから……そうだわ、あの子はチェルシーとリーリーと一緒に出かけたんです。友達の。あの二人は無事なんですか？」

「わたしの知るかぎりでは、それにすぐ警察が対応しましたから。現場に戻ったらたしかめましょう」

「目撃者がいたと言いましたね」ジュリアは両手で涙をぬぐった。「その人がやったんじゃありませんか？」

「そうは思いません。時間がそうではないことを示していますし、その男性の証言、それから二人めの目撃者の証言も、事実と一致します。ドクター・ハーバー、われわれはまだ捜査のほんの初期段階にいるんです、ですからわたしも答えより疑問を多く持っています。ジェンナは友達とクラブに行ったとおっしゃいましたね」

「ええ、それに彼女たちのことはわたしが保証します。二人のことは知っていますし、その子たちの家族も知っています」

「ジェンナは誰かとデートしていましたか？」

「全然。出かけることはたびたびありました、映画とか、そういうものにです。たいていはグループで。男の子に興味はありますよ。十六ですもの。でもジェンナは音楽に夢中なんです。ソングライター、パフォーマーになりたいんです。それが今夜、あの子を行かせた理由のひとつです。あの子はアヴェニューAを崇拝しているんですよ。彼らはジェンナが夢見ていることをやっている、それにスタートしたのもあの子の年の頃でした。彼らはロールモデルなんです。とくにジェイク・キンケードが」

　ジュリアは少し笑った。「ティーンエイジの男の子がロックスターにかなうわけありませんよね？」

「ジェンナは彼に会ったことがありますか?」

「別の夢でね、でもそんなことがあったならあの子は気絶したと思います。実をいうと、あの子はデモディスクを作ったんです——それにいい出来なんです。母親としてそう言っていますけれど、あの子には才能があります。あの子は、今夜なんとか手段を見つけてそれを彼に渡すことを思いえがいていました。それから、もちろん、彼が聴いてくれて、そしてあの子をスターにしてくれる、と。わたしはあの子の気をくじくことができませんでした。夢は大事ですから」

ジュリアは唇を手で押さえ、体を揺らした。

「ドクター・ハーバー」ロークがやさしく言った。「何か持ってきましょうか? 水は? 誰か連絡してほしい人はいますか?」

「いいえ、いいえ、ありがとう」ジュリアはひとつ息をした。「ありがとう。こんなことを言ったらとても奇妙に聞こえるでしょうけれど、あなた方が知り合いのような気がするんです。チャールズとルイーズは——二人が隣に住んでいることはご存じでしょう——あの人たちはあなた方二人のことをとてもほめているから。それにあの映画——『アイコーヴ』の映画。見たんですよ、家族全員で。うちの娘に何があったか突き止めるために、本当にあんなに熱心にやってもらえるんですか?」

「それには僕からお答えしますよ」ロークはイヴの手に自分の手を重ねた。「彼女はやります。答えを見つけるまで、決して立ち止まりません」

「知りたいんです」ジュリアはもう一度言った。「でもあなたがその答えをくれても、ジェンナは取り戻せません」

「ええ、娘さんを取り戻すことはできません。でも彼女に正義をもたらすことはできます」


家を出ると、ロークは車のところへ行くまで待った。それから振り返り、イヴに両腕をまわした。

「一分くれ」彼はイヴの額に自分の額をつけた。「こうしたいんだ。きみがやっているあらゆることの中で、僕が見てきたことや、手伝ったことすべての中で、この仕事を、この恐ろしい重荷を、きみがどうやって背負っているのかわからないよ」

「ただ持ち上げていようとしなければならないだけよ。でもキリストに誓って言うわ、ローク、それをやるたびに、ほんの少しずつ重さが増していくの。


隣の明かりがまだついてる。チャールズとルイーズに、ジェンナ・ハーバーのことをざっと説明して、彼女について二人の意見を聞いておきたいわ」

「わかった。僕としては両親の言っていたことは本当に聞こえたと言わざるをえないな。専門家コンサルタントとしての僕の耳にはね、民間人の」

「ええ、でもそれでも彼らは被害者の両親だもの。チャールズとルイーズも同じ意見かきいてみたいの。そうしたら、自分で自分に突きつけた仮説を多少なりと黙らせられるでしょ」

ロークは彼女の手をとり、一緒に歩道を歩きはじめた。「きみだって信じていないだろう」

「信じることは事実にならない。これもそうはならないけど、重みは増す。それに敬意をはらっている専門家たちから、ハーバー夫妻の印象も聞けるわ」

二人はゲートを抜け、小さな庭の小道を歩いていった。イヴは春にその庭で、ドクター・ルイーズ・ディマットが花を植えていたのを見たことがあった。

それがいまたしかに咲いていた。

ベルを鳴らすと、チャールズ――元公認《L》コンパニオン《C》で、いまはセックスセラピスト――が出てきた。

「おや、これは珍しい。会えてうれしいよ、ローク。可愛い警部補《シュガー》さん。さあ入ってくれ。ルイーズはもう一本ワインをあけにいったところなんだ」

彼は後ろへさがった。背が高く、魅力的なハンサムで、シルクのような黒いラウンジパンツに、ブルーベリー色のゆったりしたシャツを着ている。

「ワインはまた今度にしないと」イヴは彼に言った。「公務なの」

「ああ。思いつきで寄ってくれたわけじゃないんだね」

「ええ、ごめんなさい」

「ソーヴィニヨン・ブランにしたわ、だからこれを上で飲んだら……」

ルイーズ――白いシルクのパンツと細いストラップの白いトップスで、エレガントにセクシー――が、ボトルを手に立ち止まった。

「あら。あら」彼女は繰り返し、やがてため息をついた。「誰が死んだの？」

「ジェンナ・ハーバー」

「まさか、そんな」チャールズは片手で髪をかきやった。「そんなことってあるかい、まだほんの子どもなのに。それにきみがここへ来たってことは、事故じゃないんだろう」

「わたし、ジュリアのところへ行ったほうがいいの？」ルイーズはワインを置いてからこちらへ歩いてきた。

「あしたにしたほうがいいかも。ちょっと座れない？」

「もちろんいいわよ。あのクラブで何かあったの？」ルイーズは全員でリビングエリアへ入りながらきいた。「ジェンナが今夜、友達二人と〈クラブ・ロック・イット〉へ行ったことは知ってるの。アヴェニューＡは夏にあそこで二十一歳未満のナイトライヴをやるのよね」

コーヒーテーブルにワイングラスがあり、チーズボードの残りも一緒にあった。ソファのクッションに重みのかかっていた跡がある。

経験豊かな捜査者として、イヴは最近性的行為がおこなわれたと推理した。

ルイーズはクッションをポンポンと叩いてふくらませ、それからみんなで座った。

「ああ、こんなのひどいわ。ジェンナは今夜をそれはもう楽しみにしていたのに。着ていくものはこれでいいか、わたしにききにきたのよ」ぎゅっと目を閉じ、ルイーズはチャールズの手に自分の手を伸ばした。「どうやら、自分のお母さんよりわたしのほうがファッションコンサルタントとして上だと思ってくれてたみたい」

「家族とは親しいの？」

「ほぼチャールズがこの家を買ったときから」

「それにルイーズはジュリアに話をして、クリニックで月に二度ボランティアをしてもらっているんだ」チャールズが付け加えた。「ジェンナに何があったんだい？」

「薬物過剰摂取《OD》」

「それはありえない」曇りなくきっぱりとしたグレーの目で、ルイーズは首を振った。

「あの子は使っていなかったもの」

「それはたしか？」

「絶対に」ルイーズがチャールズを見ると、彼もうなずいた。「あの子が違法ドラッグを使っていたはずないわ。第一に、ジュリアはすごく優秀な医師だし、使っていたら徴候がわかったはず。それに彼女はすばらしい、熱心な母親でもあるの。家族はしっかり結びついている。とてもしっかりとね。それに使っていたらわたしも徴候がわかったはずよ、チャールズだって」

「一度だけだったら」イヴは指摘した。

「ジェンナはやらないよ」チャールズがなおも言った。「とくに今夜はね、あの子は何か月もかけて今夜行くための準備をしていたんだから。それに基本的にはルールを守る子だよ。今夜の彼女がそうだったように、待ちに待っていた夜に違法ドラッグを試すなんて、いちばんんやりそうにないことだろう」

「モリスはまだ解剖をしていないんでしょう。ODのはずないわ」

「あるのよ」イヴは訂正した。「でも自分で摂取したようにはみえない」

「誰かに飲まされたの？」

「注射よ、針の注射器」

「あの子が針を使うはずないわ。それに、そう、そのこともたしかよ」ルイーズが言った。「ジェンナは針を怖がっていたから。誰かがあの子にやったのよ、ダラス。誰かがあのやさしい、若い女の子をこんな目にあわせたんだわ」

「彼女が誰かとトラブルになっていたか知ってる？」

「いいえ、知らない」考えながら、ルイーズは額を手で押さえた。「デートはしていたわよ、でも気軽なものだった。あの子が大好きだったのは？　音楽よ。わたしがアヴェニューAに実際に会ったこと、それからわたしたちの友達とジェイクが付き合っていることを話したら、あの子、本当にわたしの足元にひれ伏したんだから。それからメイヴィスとのつながりもあるでしょ。あの子は文字どおり言葉を失っていたわ」

「ジェンナがデモディスクを作って、今夜ジェイクに渡そうとしていたのは知っているよ」チャールズが言った。「もしできなかったら、僕たちを説得して彼に渡してもらうつもりだったのも知っている」

「ええ」ルイーズもうなずいた。「そうくるだろうと思っていた。ダラス、ジェンナは本当にやさしくて、面白い子だったの。すごくすてきな声をしていたし、わたしは専門家じゃないけれど、作曲の才能があった。良質でしっかりした家庭生活を送り、いい友達がいて、学校でもうまくやっていた。どうしてあの子に危害を加えようとした人がいたのかわからない」

「オーケイ、助かったわ。わたしは現場に戻らないと」

「また状況を教えてくれる？」みんなで立ち上がったとき、ルイーズがきいた。「制限があるのはわかっている、でも話せることなら何でもいいから。それに、わたしたちにできることがあれば」

「ご家族は誰か頼れる人が必要になるだろうね」ロークが言った。

「僕たちがついているよ」チャールズが請け合った。

「わたしにはいまの話でじゅうぶんだった」イヴはロークと車へ戻りながら言った。「事実ではないけど、いまのでほかのことがすべてしっかりした」

「彼らにジェイクのことは言わなかったね」

「必要なかったもの、あの二人が話してくれたことを引き出すには。じきにわかるでしょうけど。あなたは家に帰ったほうがいいわ。わたしはまだしばらくこの件にかかりそうだし」

「僕もあの子を見たんだよ。路地で死んでいる若い女の子を」ロークは車に乗った。「僕も一緒に行く」

それを受け入れ、彼を受け入れ、イヴは頭を後ろへ倒して目を閉じた。

「あの二人、ソファでセックスしてたわね」

「それを言うなら、僕たちだって同じことをするところだったじゃないか」

それを聞いてイヴは笑った。「あなたにピンボールで負けてあげたとき、ゲーム室で早く始めたのがよかったのね」

「そう信じたいんだろう。最初のゲームでわざと負けてチャンスをあげたんだよ」

「それはほら吹きって言うのよ、だったら再試合を要求するわ」

「いいとも」

クラブに車を停《と》めると、ピーボディが立ち入り禁止柵を設置させ、制服警官を増員しているのがわかった。その柵のむこうにたくさんの人々が立っていた。

「子どもたちが親にメールしたんだろう」ロークが推測した。「これで親たちが子どもを引き取りに押し寄せてくるぞ」

「考えておくべきだったわね」

「きみはひとりの子どもだけのことを考えていたから」

「もう供述をとって、解放された子たちもいるでしょうね。何かわかったかききにいきましょう」

イヴがドアへ近づいていくと、ちょうど二人のティーンエイジャーが——男女ひとりずつ——飛び出してきた。

柵のむこうから声があがった。

「ダーリー！　タナー！」

子どもたちはおたがいに目をぐるりとやったが、声のほうへ駆けだした。

そしてあの子たちは、とイヴは思った。被害者とは違って、今夜自分のベッドで眠れるだろう。

中へ入った。

照明がフルについていて、室内のへこみがいくつも見えていた。使い古されたテーブル、傷だらけのダンスフロア、カウンターはいつもならアルコール類が置いてある奥の棚がからっぽになっていた。

店の中はキャンディと汗のにおいがした。

汗のほうは無理もない、と彼女は思った。温度調節機が二十七度近くを表示していたからだ。

相手にしなければならないのが二百人いかないとわかって少しほっとした。五十人くらいまで減っている、と見積もった。少なくともクラブ本体の中には。あきらかにテーブルのひとつでマクナブが二人の若者と話していて、ほかの子たちは椅子に座っているのが見えた。彼らはおしゃべりや不安でざわついていた。退屈そうにしたり、反抗的なふうにみせようとしている者もいたが、うまくいっていなかった。

経理オタクのような外見で、バギージーンズをはき、くたっとした砂色の髪、ぽこんと出た腹の男がひとり、イヴたちのところへ走ってきた。

「あんたがダラス警部補だね。それからロークか」彼はロークの手をとり、ぶんぶん振って、それからイヴにも同じようにした。「俺はハーヴ・グリーンボーム。ここは俺のクラブなんだ。むかついてるよ、ほんとにむかついてるんだ、ここで起きたことに。こんなことはこれまでなかったんだ、これだけ長くやってきて。何人か追い出さなきゃならないことはあったよ、そりゃあね、でもこんなことはなかった。それも子どもたちの夜に。あのかわいそうな子」

「ミスター・グリーンボーム」

「ハーヴだ、ただのハーヴ。ミスター・グリーンボームはうちの親父《おやじ》だよ」

「ハーヴ。誰かあなたの供述をとりました？」

「ああ、ああ。あそこにいるブロンドくんが」彼はマクナブをさした。「全然警官にみえないけど、彼が動きだしたら、状況が動きだした。彼が俺とグローに話をしたんだ。俺のパートナーだよ、公私の両方で」

「彼はあなたにもう帰っていいと言いました？」

「最後の子が出ていくまで、それに――神様頼む――無事に家に帰るまで、俺たちは帰らないよ。こんなことが起きたのは俺たちのクラブなんだ。グローはそのことは黙ってろって言うんだよ、それに俺たちはきっと訴えられるって。だけど、ジーザス・エアボードに乗った・キリスト様、ここは俺たちのクラブなんだから」

「わかりました。ピーボディ捜査官はどこにいるか教えてもらえます？」

「ああ、ピンク《プリティ・イン・ピンク》が似合う人だろ。ここの楽屋でほかの子どもたちと話してるよ。スタッフの聴取はもう終わったんだ、バンドのほうも。ああ、気の毒なジェイク。ジェイクと仲間たち、あいつらは自分たちのルーツを忘れないんだ」

「楽屋のピーボディ捜査官のところへ連れていってもらえますか？」

「もちろん。おっと、ヘイ、このビルはあんたが持ってるんだよな?」

「そうです」ロークは肯定した。

「それじゃ、こんなときに言いたくないんだが、ちょうど今日、温度調節機がどこかおかしくなっちゃってさ。知らせる時間がなかったんだけど――」

「手配しておきますよ」

「助かるよ。何かがおかしくなると、いつもおたくの人たちはすぐやってくれるね」

「マクナブが入口にある防犯カメラの映像をチェックする時間があったかどうか、きいてきてもらえないかしら」イヴはロークに言った。

「ビデオのコピーを彼に渡したよ」ハーヴが言った。

「見てみてくれる?」そしてロークにそれを託すと、イヴはハーヴと一緒に行った。

「うちのは楽屋と言えるほどのものじゃないんだ。着替え室やそういうものを置く余裕がなくて」

「大丈夫です」

二人はトイレの前を通りすぎ、短い廊下を進み、路地へのドアを通りすぎた。そこで使ったばかりの洗浄剤に隠れて、かすかに吐瀉物《としゃぶつ》のにおいがした。それからハーヴがクラブの楽屋と言っているところへ行った。

八人ほどの若者が壁につけて並んだ椅子に座っていた。別のドアに〝従業員専用〟の札、別のスペースに回転式の服用ラック、それから〝オフィス〟とあるドアが見えた。

「彼女はそこに子どもたちを入れているよ。何か冷たい飲み物を持ってこようか？　ここはちょっと暑いだろ。俺は気にしないけど、かなり暑いし」

「ペプシをもらえますか」

「わかった」ハーヴはドアをノックし、それから頭を中へ入れた。「偉いお巡りさん《ボス・コップ》が来たよ」

イヴが入ると、そこは彼女の寝室のクローゼットより狭いオフィスだった。窓はないが、彼女の目にはまぶしすぎるくらいで、しかもものすごく整理整頓されていた。ピーボディはドアのほうに向けてあるデスクに座っていた。二人の若者――ひとりはピーボディのブーツくらいあざやかなピンクの髪で、もうひとりはぴったり分けた髪の片側がパープル、反対側が同じくピンク――はそれぞれ椅子に座っている。

イヴはそれぞれの塗った化粧品を合わせたら五キロ近くあるに違いないと思った。

「オーケイ、ガビー、オーケイ、アップル、ききたいことはそれだけです、ありがとう。お母さんが外で待ってますよ、ガビー。それからアップル、あなたのお母さんは、予定どおりガビーの家に泊まっていいと言っていました」

「もうあたしたち、二十歳になるまでクラブに行けないだろうなあ。それってすっごいどぴゅーんだよ」ガビーはそう付け足して、アップルと出ていった。

「どびゅーん？」

「大打撃ってことですね」

「あの子たちはどびゅーんなのは女の子が亡くなったからと考えるべきじゃないの。状況は？」

「それがかなりの運に恵まれました。被害者と一緒に来た女の子二人と話をしたんです」

「チェルシーとリーリー」

「ええ、その子たちです。これは本当なんですが、二人はジェンナの死んだことをどびゅーんだと思っているだけじゃないんです。二人を興奮状態から落ち着かせたあと、いろいろなことの時間や段階をききだせました」

ピーボディは後ろにそり、両手を顔の上へ突き出し、戻して髪をかきやった。「すみません、もうたいへんだったんですよ。意地悪なのや、おびえているのや、ふてくされているのや、あまのじゃくなのや、めそめそしているのや。いま言ったのは全部いましたし、もっといろいろいたんです」

ノックの音がしてハーヴが入ってきた。「炭酸のおかわりを持ってきたよ、ＰＩＰ」

「ハーヴ、あなたは王子様です」

「あんたのペプシだよ、ボス・コップ」

「ありがとう」

「次の子を連れてきていいかい？」

「一分待って」イヴは答えた。

「わかった。何か必要になったら大きな声を出してくれればいいから」

「ＰＩＰ」イヴは彼が出ていくと言った。「ピンクが似合う人《プリティ・イン・ピンク》でしょ」

「ええっ、わかったんですね！」

「彼があなたをそう呼んでたのよ。こっちが運に恵まれたのはどこらへん？」

「どちらの女の子も同じことを話しました。三人は踊っていました、休憩前の最後の曲だったようです。ジェンナはキャーキャー言っていて、それはジェイクが彼女をまっすぐ見て笑ってくれたからと言ったそうです。ジェイクは彼女の神様兼ヒーローなんですって、リーリーの話では。それから二人の両方が言っていましたが、ジェンナはバッグにデモディスクを入れてきていて、それをジェイクに渡す方法を見つけるつもりだったと。彼女は――」

「音楽に、作曲に夢中だった。そのへんは全部聞いたわ」

「いずれにしても、二人の話ではジェンナが完全に〝ウーシュ〟だったと――二人の言葉ですよ――真っ赤になってぼうっとしていた、ってことです。彼女は落ち着こうとして自分たちの席をとりにいき、ほかの二人は飲み物を買いにカウンターへ行ったんです。

アルコール類はしっかりしまわれていましたよ、ダラス。その点で問題はありません。

チェルシーの供述では、彼女たちの言う〝ジェイクの笑顔〟と曲の終わりと、飲み物を買おうという話のあいだに、ジェンナが自分の腕を押さえた。ジェンナは誰かに、あるいは何かに刺されたと言ったそうです」

「三人がダンスフロアにいたあいだね？」

「そうです。それでリーリーはジェンナがあたりを見まわし、たぶん誰かを見たんだろうと言っていました。〝たぶん〟と言ったのは、どちらの子も実際には気づかなかったからでしょうね。でもジェンナは〝クソったれ〟と言った。それから三人は曲の最後まで踊り、少しおしゃべりし、分かれたそうです」

言葉を切り、ピーボディは炭酸を長々と飲んだ。

「二人は飲み物を買うのにどれくらい時間がかかったかおぼえていません。でもしばらくはかかった。テーブルに戻ったときには、二人はジェンナが女子トイレに行ったと思った、もしくは――彼女たち、ジェンナがジェイクに会ったかもしれないと思って〝ツーシュ〟だったんですよ。それから二人も女子トイレに行き、それもしばらくかかった。またテーブルに戻ったときには、アヴェニューAが、ジェイクはいなかったんですが、飛び入り歓迎タイムをしていたそうです。

二人はジェンナがいないかまわりを見ました、彼女ならステージに上がって、観客をわかせるだろうと思って。二人ともジェンナにメールを送り、リーリーはもう一度女子トイレに彼女を探しにいきました。それでその頃、マクナブとわたしがクラブの中へ入りました」

「二人は誰か知り合いを見かけてた？」

「ええ。同じ学校の子が何人かと、近所の子が何人か。ダウンタウンで彼女たちの年頃のグループにとっては、これは一大事ですからね」

「ジェンナには彼氏か彼女がいたの？」

「特別な相手は誰も」

「最近誰かを振ったとか？」

「二人はないと言っていました。でも誘ってきた男の子たちと二度だけ踊ったそうです。ジェンナは今夜は相手探しには興味なかったので、みんな一緒にたいていはグループで踊り、ジェンナはずいぶん〝いいえ、でもありがとう〟を言っていたと」

「誰かが今夜彼女に針を刺したとしたら、そいつは注射器と中身を持っていた。そういうものを持ち歩いて、それからこんなふうに思うのって辻褄《つじつま》が合わないいんじゃない──〝俺と踊らないいんだな、ビッチ？　殺してやる〟なんて」

「ええ、そうですね。このクラブに注射器具を持って入った者はいません。わたしたちが話をきいた人たちはみんな、ポケットやバッグの中身を見せることに同意してくれましたよ──それにマクナブも同じだったと言っていました。遺留物採取班はまだ何も発見していません。あっ、しまった――わたしは見つけました。むこうに新しい吐瀉物があります、路地へのドアのそばに」

「ええ、においでわかった」

「マークはつけました、遺留物採取班がサンプルもとっています。被害者のものかもしれません。たぶんそうでしょう」

「わかった。休憩して。あなたたちが待たせている残りの人はわたしが話をきく。みんな家に帰さないと」

「休憩はありがたいです。二分休んで、そうしたら残りをマクナブと分担しますよ。二人組で入ってきたいという子たちもいるんです。今夜ひとりで来ている子はほとんどいませんから、ペアかグループで話をきいています」

ピーボディは立ち上がった。「いちばん年の若い子たちから始めました、十二歳から十五歳とか。いまは十六歳以上です。十六歳以上は少数ですね、比べればですが。マクナブが防犯カメラの映像のコピーをもらったんですが、まずは供述をとりたかったので、まだざっと見ただけなんです」

「それはロークが見てるわ」

またノックがあり、イヴが振り向くと、ドアが開いて遺留物採取班のひとりがいた。

「警部補《LT》、男子トイレで何か見つけたようなんですが」

「休憩はあとでとりますよ」ピーボディが言ってくれた。「もう次の聴取対象者を連れてきてますし」

　イヴは採取班員について外へ出て、男子トイレへ行った。すえた小便とすえたおならのようなにおいがした。

「そこの窓の下の壁の、足の跡がわかりますか？」

「ええ、わかる」イヴはもっとよく見ようと近づいていった。「新しい跡ね。誰かが足をかけて、この窓から出たんだわ」

「シャツかズボンを引っかけてますよ」採取班員が小さなびんを持ち上げてみせた。「糸を何本か残していっています。この大きさの窓だと？　小柄なやつか、体を持ち上げて出られるくらいには機敏なやつですね」

「ここだと路地の端近くに出るわね。ドアのカメラから離れている」イヴは足の跡をじっくり見た。「下足痕《ゲソこん》の一部でもとれる？」

「やってみますよ。壁にも窓にも指紋はありません」

「手をコートするくらいには利口なのね。でも足のことは思いつかなかった。さっきの糸はハーヴォが担当するようにして」

「毛髪と繊維の女王以外さわらせませんよ。被害者はまだ十六だったそうですね？」

「ええ」

「そういうのはいやですね。足の跡はやってみます」

イヴは後ろへさがった。

ダンスフロアで被害者を刺し、それから歩き去る。男子トイレへ入った、ということは男だ——ただし。

イヴはそこを出て、女子トイレへ行った。同じつくりだ——ただしにおいは安い香水と、顔につけるベタベタのもの。窓はある、でも……。

誰かが中に、個室に、鏡のところにいたのかもしれない。女の子はトイレにいる時間が長いものだ。

それでも、男の確率のほうが高い、と思った。武器を持ってきて、あらかじめ逃走プランも立てていた男。

刺し、その場を離れ、トイレに入り、窓から出る。

彼女が死ぬのを見る必要はなかったのね、とイヴは思った。

彼女を殺すだけでじゅうぶんだったのだ。

3

彼女は男子トイレを出てロークを探した。

そして彼がカウンターのむこうに座り、肘のところに炭酸水のグラスを置いて、ＰＰＣで作業しているのを見つけた。

「該当時間内におもてや裏のドアから出ていった人間はいないよ」と彼は言った。「ジェイクが裏から出ていき、制服警官たちが到着する前の十五分は」

「それは忘れて。犯人は男子トイレの窓から逃げたのよ。クラブが開店した時間までさかのぼって、どちらのドアからも出ていかなかった人間を見つけるようやってみる。それをＥＤＤに伝えて顔認証をやってもらうわ」

「せっかくここにいるんだから、それは僕が始めておこう。窓のことはたしかなんだね？」

「犯人は壁に足の跡を残していってるし、窓枠に繊維を引っかけていったの。細い体格のやつね。体重は関係ないでしょうけど、大柄じゃない。あの窓を抜けられないもの」

「女性かもしれない」

「それは排除できないわね。マクナブと話さないと」

イヴは歩いていって、マクナブの肩を叩き、彼が供述をとっていたティーンエイジの少年に指を一本立ててみせた。「一分待って」

「えー、俺、うちに帰んなきゃいけないんだけど」

「そうね、わたしもよ」マクナブを数歩離れたところへ引っぱっていった。「話をきいた人たちにトイレを使わせてあげた？」

「ええ、でないと大混乱になりますからね」

「ひとりで？」

「まさか。女の子は三人ひと組にして行かせました――個室が三つなんで――それから男は四人ひと組です――小便器が二つ、個室が二つ。どの組も制服を一緒に行かせましたよ。ピーボディのほうのグループが行って、それから俺のほう、それから彼女のほう。そんな感じで」

「制服は中まで一緒に入った？」

「ええ、もちろん」マクナブが頭をまわすと、耳の輪っかの森が星のようにきらきら光った。「抜け道を与えたくないですからね、でしょ？」

「そのとおり。容疑者は男子トイレの窓から逃げたわ」

「えー、そんな！　制服たちに確認してくださいよ、ダラス。グレイディ巡査が男のほう、ローレン巡査が女のほうです。中へ入るよう指示されていましたよ。二人とも新米じゃないですし」

「確認してみるわ、でも容疑者は警察がここに到着する前に逃げたの」

「えー、そんなが二つだ」

「聴取を最後までやって。誰かが何かを見ているかもしれない。犯人は休憩前の最後の曲のあいだに逃げたはず」

「わかりました」

イヴが制服二人に確認すると、両名とも命令されたとおり、それぞれのグループを指定のトイレへ連れていき、彼らと中へ入り、また聞きとり用の待合いエリアに連れて戻ってきた、と述べた。

それからイヴはハーヴを探しにいった。

彼はバーキッチンの中に、アマゾン族のような体格の女といた。女はスパンコール付きのぴったりしたワンピースにしみだらけのエプロンをつけ、配膳カウンターをものすごい勢いで磨いていた。

店内は油と、タマネギと、人工レモンのにおいがした。

ハーヴは床にごしごしモップをかけていた手を止め、モップの柄に寄りかかった。「何か見つかったかい、ボス・コップ？」

「カウンターの中の明かりを、バンドが休憩する前にやった曲のときになっていたように してもらえますか」

「ああ、いいよ、それならできる。グロー、こちらはボス・コップのダラスだ」

「だろうと思った」グローが体を起こすと、たっぷり百八十センチはある、とイヴは見積もった——それから彼女がはいているきらきらしたヒールの八センチをプラス。肌は磨き上げた樫《オーク》のようで、目は緑のレーザー光線のよう、そして千メートルもありそうなコークスクリューみたいにカールした髪を頭のてっぺんで束ねていた。

「ほかの警官たちが、ここにあるキッチン用品は彼らが調べおえるまで洗っちゃだめだって言ったのよ。そのせいでそれ以上に大きなトラブルになっても」

「彼らはもう作業を終えたんですか？　洗ってもいいと言いました？」

「あたしたちは洗ってる、そうでしょ？　洗わなかったら保健所に召喚されるもの、洗った罪であたしたちを逮捕する気？」

「いいえ、マァム、わたしは——」

「〝マァム〟なんて呼ばないで！」グローは爪をグリーンに塗った指をイヴに突きつけた。

「あたしはあんたの奥さん《マァム》じゃない」

「さあ、グロー」モップをカウンターに立てかけ、ハーヴがカウンターをまわっていって彼女をポンポンと叩いた。「みんな自分の仕事をやっているだけなんだから」

「あたしはここで自分の仕事をやってるのよ、どこかのお偉いお巡りが来てああしろこうしろ言ってくるすじあいなんかない。あたしたちは二十年以上もこの店をやってきた。ここに警官が来たことが何回あるか知ってる？　教えてあげる」彼女はイヴが答える前にぴしゃりと言った。「三回だけよ」

グローはイヴが数える必要がある場合にそなえて指を三本立てた。

「二十年以上のあいだに三回だけ。うちはまともなクラブをやってるの、だからくだらないことを言ったら許さない。誰かが一線を越えたら、出ていってもらう。誰も――」

グローは言葉を切り、両手で顔をおおった。

彼女のまつげの長さを考えると、指のあいだからそのまつげが出ないのは驚きだった。

「ああ、どうしよう、ハーヴ。ここで子どもが死んだなんて。子どもが」

「わかるよ、ベイブ」ハーヴは彼女に腕をまわし、彼の頭は彼女の肩にようやく届くくらいではあったが、彼女が寄りかかれる支えは提供できているようだった。

「子どもたちだけ」グローは言った。「子どもたちだけなのに。あたしたちは何年もこのキッズ・ナイトをやってきた。子どもがこっそりお酒を持ちこもうとしたら、とりあげて、捨てる。子どもたちには一度だけ警告をする。もう一度やらかしたら、それでアウト。違法ドラッグを持ちこもうとしたら、同じこと。ハードドラッグだったら？　警告はなし、出入り禁止でおしまい。

　でも女の子が死んだのよ、うちの店で、それにあんたたちお巡りは過剰摂取が原因だって言う、おまけに誰かがあの子にそうしたのかもしれないって。いったいどうしてそんなことが起きるわけ？」

「それを突き止めるのがわたしの仕事です」イヴは彼女に言った。「ミズ・ライザー」

「もう、やめてよ。あたしはグロー、それに半分は――半分だけだけど――謝るわ」

「半分だけ受け取っておきます」イヴは言い返し、かすかな笑みを返された。「グロー、あなたの店のアルコール類がいまも、今回のイベントのあいだもしっかり保管されていたことは確認しました。ビールの容器もロックしたうえで動かないようにされています。現時点で、あなたやあなたのパートナーが、ジェンナ・ハーバーの死につながった状況に責任があるとする理由はありません」

「彼女はここで死んだのよ」

　気持ちはわかるので、イヴはそのシンプルな言葉にうなずいた。「どうやって、なぜだったのかを突き止めましょう。うちの捜査官たちがもうすぐ供述をとりおえるところですから、最後の人もじきに解放されるはずです。最後の曲のあいだ、クラブエリアがどんなふうだったのか見てみたいのですが」

「俺がライトをつけるよ。それをやってしまおう、グロー」

「ええ、やりましょう。もちろんやるわ。音楽もあったほうがいいわね？　うち用の録音テープに彼らの演奏がとってあるの。その曲をかけるわ。今夜のライヴバージョンじゃないけど、それに近いものよ」

「助かります。それにかかる前に、供述をとるのが終わったかどうか確認させてください」

行ってみると、マクナブのほうはあと五人だけだった。

「ピーボディは何分か前に、六人くらい連れていったよ」ロークが教えてくれた。

「そっちは運に恵まれた？」

「いまのところはないな、それに問題がありそうだ」

彼が手招きしたので、イヴは歩いていって、画面を見た。

「たくさんのグループがいて、たくさんの――おもに少年たちが――うつむいて、髪を垂らし、両手をポケットに入れている」

「カッコよく見せようとしてるのね。あなたも昔はやってたんでしょ」

ロークは笑った。「うつむいていたら、楽にすれるポケットを見逃してしまうかもしれない。そのゲームでは、透明になること、もしくは少なくとも悪いことなどしていないふうにみえることのほうが大事なんだ、カッコいいことよりも」

「なるほど」この人ならどちらにしてもカッコよかっただろうけど、とイヴは思った。

「遺留物採取班の様子をみてくる――もう終わる頃のはずだから。最後の子どもが帰ったら、クラブの中を調べないと」

遺留物採取班は仕事を終えたので、イヴは報告を受け取った。クラブの中、リサイクル機《リサイクラー》の中、路地に注射器はなし。吐瀉物はあとで分析し、靴の跡も調べる。毛髪と繊維の女王が窓枠から採取した糸を担当してくれるだろう。ほかに採取された証拠はなし。

イヴが戻ると、マクナブとピーボディがテーブルに座って炭酸を飲んでいた。ロークも炭酸水を持って、彼らに加わった。

イヴはキッチンへ引き返した。

「さっきのライトと、音楽もやってもらっていいですか」

みんなのいるテーブルへ行った。

「これからジェンナが刺されたと言ったときに演奏していた曲の録音をかけてくれるから。それにライトも用意してくれたから、状況がどんなふうだったか見られるわ。あなたたち二人とも、報告書を書くのは午前中でいい。ピーボディ、あなたのはわたしたちがモリスと話したあとで。モルグに、八時きっかり」

「モルグで一日を始めるくらいすてきなことはありませんね」

「そういうもんだよ」マクナブが言った。「誰かが人を殺したら、殺人課の警官は休《レスト》みなし（〝レスト〟には永眠の意味がある）」

「ハハ」イヴは言い、ダンスフロアへ出ていった。

ホワイトとブルーの線のライトがステージを縦横に動く。クラブの中では、ノリにノったギターリフで音楽が爆発すると、ライトが明るさを落としてブルーになった。アヴェニューＡが演奏するのは見たことがあったので、配置を頭に思い浮かべた。ドラムがいくらか奥で中央、ギター三人が前。ひとりが左、ひとりが右、ひとりが中央。キーボードは少し横で、演奏する人間がしょっちゅうその場を離れ、別の楽器を手にとる。

ドラマー以外の全員がかなりステージを動きまわっていた、とイヴは思い出した。場所を変え、踊ってまわり、おたがいに向けて演奏し、観衆に向けて演奏する。

ダンスフロアには、ブルーのライトに照らされ、動きがあっただろう。足、腰、腕。体がかすれあい、ぶつかる。

あのキャンディと汗のにおいと、ティーンエイジの欲望を帯びた雰囲気。

犯人はジェンナが友達と踊っているのを見ていた、動いているほかの体にかこまれて。

彼女を知っていたのか？　そうかもしれないし、そうじゃないかもしれない。

短いスカートをはいたきれいな女の子、胴をあらわにして、髪をなびかせ、目は輝いている。

ほかにもたくさん人がいるのに、なぜ彼女を？

犯人は彼女を知っていた、もしくは……誰かを選ばなければならなかった、それで彼女がはずれくじを引いた。

ライトが青から赤に変わった。

ステージの上では、ジェイクが踊る子たちを見ている。どれも若い顔、若い体が、音楽に夢中になっているのを。ジェンナは彼を見る、すると彼がほほえむ。

それで、うわぁ、と彼女の心臓ははねあがる。肌に電気が走る。

ジェンナは興奮して叫び、友達にしゃべり、息もつけないほどになる。

彼があたしを見た！

そのとき、すばやく鋭い痛みが腕に走る。

それを見て、それを感じて、イヴは自分の腕を手で押さえた。

誰かに刺された。

そして左側を見る。

犯人がこちらを見る。ジェンナが怒っているのを見て喜んでいる？　すでに注射器はポケットに戻している、けれど、そのときはわざわざ時間をとって彼女を見たのでは？　姿を消す前に彼女の怒った目と目を合わせるために。

犯人は走らなかった、走るのは人目を惹《ひ》くから、でも歩く――イヴがいまやっているように——そうやってほかの人々と体をかすりあわせ、ぶつかりながら、フロアを離れる。フロアは混んでいて、音が大きく、ライトは薄暗くて赤い。

テーブルを迂回《うかい》し、進みつづける。

まっすぐ男子トイレへ行く。すでに下見をしてあり、防犯カメラを避ける逃走ルートも計画ずみだ。警察はこの時間帯にクラブを出ていった人間を厳しく調べるだろうから。

音楽が壁にズンズン響いている。

誰かがトイレの中にいたら、小便器を使うか、個室を使うかして、ただ待つ。誰もいなければ、すばやく行動する。

イヴは両手を持ち上げ、体を引き上げた。彼女は壁に足をつく必要はなく、難なく窓を抜けて路地へ出た。

まだ音楽が、もっとかすかになっているけれど、路地の先を見ているいまも聞こえてきた。

イヴは引き返し、中へ入り、ちょうどそのとき曲が終わった。

「もう一度かけようか?」彼女がクラブエリアへ戻ると、ハーヴがきいた。

「いえ、大丈夫です。もうお店を閉めてけっこうですよ。われわれは引き上げます。ご協力ありがとうございました」

「うちはあしたも閉めておくよ、俺たちの気持ちだ。でも何かできることがあれば、連絡先はブロンドくんが知ってるから。それと、どういうことで、なぜかってことがわかったら、知らせてほしい」

「またご連絡します」

イヴはテーブルへ戻った。「ここはもういいわ。二人とも家まで送っていく。マクナブ、ロークがやりおえたところから、顔認証を続けてくれる？」

「わかりました」

外に出ると、イヴは夜の風にあたった。「犯人は計画を立ててあった。被害者に注射をしてダンスフロアを離れ、男子トイレに入るのには一分半もかからなかったでしょう。それにタイミングも見はからってあった」イヴは車に乗りながら続けた。「休憩前の最後の曲。休憩に入ったら、トイレは混み合って、通路まで行列になったでしょうね」

「それにあの曲は有名なやつですよ」マクナブが言った。「みんなダンスフロアに出ていくって曲のひとつです。アートが言ってたんですけど、バンドはよく休憩前にあれを演奏するそうです。アートは結婚してるメンバーです。休憩中は奥さんとリンクで話してました。もうじき二人めの子どもが生まれるんですよ。確認しておきました」

「わかった。オーケイ、というわけでトイレに人がいない確率は高くなる。犯人はそのタイミングをはかっていた。彼はティーンエイジャーか、そういうふうにみえる。大人だと目立ったでしょう、親だとしても」

「親たちも踊っていましたよ」ピーボディがあくびをこらえた。「でもわたしが話をきいたところだと、親たちはまわりにとどまっていました、フロアは子どもたちに譲って」

いまの情報を頭にとじこみ、イヴはうなずいた。「細い体格、わたしより小柄、もしくは体幹がしっかりしていない。犯人は窓から出るために必死になり、体を持ち上げるのに足を使わなければならなかった。わたしは必要なかったわ。でも犯人はその脱出ルートがあるとわかる程度にはあのクラブをよく知っていた。襲撃と逃亡のタイミングのはかり方がわかる程度には、あのバンドをよく知っていた。

　でも犯人が被害者を知っていたのか、おおぜいの中から彼女を選んだのかはまだわからない」

「犯人が彼女を知らなかったのなら、動機は何です？」

イヴはピーボディに肩をすくめてみせた。「いずれわかるわ。モルグ、八時きっかりよ」

ロークがアパートメントのビルに車を停めると、イヴはそう付け加えた。「手を貸してくれてありがとう、マクナブ」

「俺はナイスバディ《シー・ボディ》と一緒ですから」

彼は車を降り、それからイヴのほうの窓にかがみこんだ。「子どもを殺すやつをフィーニーがどう思うか知ってますよね」

「知ってるわ」

「それに、彼がアヴェニューAをどう思ってるかも」

「ええ」

「きっとこの件に加わりたがりますよ」

「彼の希望どおりになるわ。おやすみ」

ロークが車を出すと、イヴはシートにもたれた。

「動機についてはどう考えているんだい?」ロークが彼女のほうを見た。「何か考えていることがあるんだろう」

「ジェンナが犯人を振った。わたしが間違っていて犯人が女なら、何らかの常軌を逸した嫉妬、あるいは、やっぱり振ったのかもしれない。でもジェンナが犯人の男、もしくは女を知っていたとは思えない。男よ、ちくしょう。いずれにしても、ジェンナはその人物を知らなかった、もしくは何の感情も持っていなかった」

「なぜ?」

「彼女は〝クソったれ〟って言ったのよ。その場にいた友達に〝あのクソったれのボブが〟とか、〝あのビッチのジェーンが〟とは言わなかった。〝あのクソったれのボブがわたしを刺した〟とは言わなかった。それに彼女はジェイクにそのことを言ったとき〝あの男〟と言ったの。〝あの男に刺された〟彼女は刺した人間を見た、刺した人間が男なのを見た、そしてそいつを知らなかった、ってこと。だからって犯人が彼女を知らなかったことにはならないけど。

同じ学校の生徒かも」イヴは続けた。「でも彼はジェンナのグループ、彼女のスクールカーストにはいない、だからジェンナは彼が目に入らない、もしくは気づいていない。それってむかつくわよね。あるいは犯人はあのクラブで、あの手段で人を殺す用意をしてきた、だから誰かを選ばなければならなかった。ジェンナが何かに該当するタイプだったのかも。犯人は彼女に踊ろうと誘いかけて、断られたのかも。それもむかつくわよね」

「きみはすばらしいな」

「ただの推論よ」

「きみがそんなふうにすべてを並べるときは、たしかにそうだね。それじゃジェンナかティーンエイジの女の子に、殺人に至るほどの恨みを持つ、ティーンエイジの少年ということになりそうだな。細い体格で、百七十五センチ以下、殺しに使った物質を手に入れられる人物」

「それから計画を立てられるくらい頭がよくて、すじ道だった思考ができる」イヴは目をつぶり、そのことを考えた。「頭がいい、と思うわ、クラブにひとりで入らないくらいには。犯人は防犯カメラのことを考える、だからグループに混じって入る。うつむいて、顔をそらして。でもグループで来てはいない、いなくなったときに誰にも気づかれないように」

自分が眠ってしまいそうなのを感じ、イヴはもう一度背すじを伸ばした。「顔認証では犯人を特定できないでしょうね――顔は見られないだろうし。でも体格や服、髪は見られるかも。消去法よ。その体格、その服、その髪で、もう一度出ていかなかったのは誰か？」

イヴはふーっと息を吐いた。「それっていまわたしが考えてるのと同じくらい、複雑で時間を食う作業になるわよね？」

「それ以上だろうね」

「まあ、フィーニーが加わってくれるだろうし。マクナブは間違ってない。フィーニーはきっと捜査に加わってくれる」

「彼以上の適材はいないね」ロークはもう一度イヴを見た。

警官のアドレナリンが消えかかっている、と彼は気づいた。疲労がイヴを襲い、それもひどく襲いかかったとき、彼女はとても顔が青白くなる。ときどき、あまりに青白いので、ロークは自分の手が彼女を通り抜けそうだと思うことがあった。

「もうすぐ三時だし、あしたが日曜なのはわかっているんだろう」

「いま聞いたわけじゃないわね」

「朝になってから、一、二時間後に始めればいいんじゃないか」

「事件がまだ熱いときは、こっちも熱く仕事をするの。週末にあたってるのは誰だっけ？」頭からそれを引っぱり出そうとして、イヴは目をこすった。「週末の勤務にあたってたのは誰？　カーマイケルとサンチャゴね。バクスターとトゥルーハートが控え。モリスと話したらもっと多くのことがわかる、そうしたら彼らがシフトに入っていなくても、必要なら引っぱりこめるわ」

ロークがゲートを走り抜けると、イヴはため息をついた。「何が家でのんびりした週末よ」

「そのほぼ半分は過ごせたじゃないか」

「次に二人そろって何もない週末を迎えられたら、まるごと休みにしましょうよ。あの島へ行ってもいいし」

車を停めると、ロークは身を乗り出して、イヴにキスをした。「この次にね」

「交渉成立。車は置いといて。じきにまた乗るし」

家に入り、一緒に階段をのぼった。「六時に起きなきゃ」

「どうしてだい？　きみなら服を着てダウンタウンへ行くのに二時間もかからないだろう」

「頭がハイになってて、今夜は報告書を書けないもの。それに記録ブックを開いて、事件ボードも設置したい。あれがあるとモリスのところへ行ったとき、頭の中で状況をはっきりさせておけるし」

「それじゃ六時だ」

「あなたは六時に起きなくていいのよ。何も予定はない日でしょ」

「イアンのセリフをなぞると、僕もボス・コップと一緒に行くよ。いや、モルグへじゃない」イヴがぼんやりしはじめたので、ロークがベッドへ連れていくと、猫が大の字になっていた。「でも僕が起こしてあげるよ、警部補さん」

「オーケイ《ケイ》」

イヴはブーツを脱ぎ、服を脱ぎ、ロークが先にベッドカバーをめくっていなければ、顔からベッドへ倒れこむところだった。

彼が隣に入ったときには、もう眠りこんでいた。

猫はもう一度場所を変えるくらいには目をさましていた。

ロークはイヴの髪に軽く唇をつけ、目を閉じた。そして彼女と一緒に眠りに落ちた。


六時に、ロークがコーヒーで起こしてくれ、ふらふらしてはいたものの、イヴは彼が人類史上、最高にすばらしい人間だと思った。

そう思ったので、コーヒーを横に置いて、指を曲げた。「こっちに来て」

彼の首に両腕をまわすと、長く、ゆっくりと、深いキスをした。

「きみがくたっとして眠そうで裸のときに、いまのはずいぶんずるいんじゃないか」

「知ってる」イヴは重い頭を彼の方につけた。「わたしにとってもそうよ、それにあなたは裸になってもいない」

それから彼の体を押し戻し、コーヒーをとった。

「これをありがとう。シャワーでがつんと自分を起こしてくるわ。五分。それから連続二回になるけど、あなたが服を選んでも文句を言ったりしない」

ロークはイヴの思う〝がつんと〟とは、シャワーの温度を沸騰するくらいまで上げることだと知っていた。それで身震いしそうになりながら、彼女のクローゼットに入っていって考えた。

予報ではまた暑い日になる、と彼は考えた。なのでペールグレーのリネンのパンツ、ぱりっとした半袖の白いシャツ、それに合わせたダークグレーのベスト、ブーツ、ベルト、そして彼女が外回りをして武器を隠す必要がある場合にそなえて、ペールグレーのリネンのジャケットを選んだ。

ベストもジャケットも〝薄い盾《シン・シールド》〟の裏地がついていた、だからイヴは彼にできうるかぎり安全だ。

それに彼女が仕事をするあいだ、ぱりっとして元気にみえる。

ロークが服を並べているときにちょうど彼女がドアをあけた。乾燥チューブの熱で少し肌に赤みがさしている。

「いいわね、ありがとう。もっといるわ」〝もっと〟はコーヒーのことで、イヴは服を着る前に寝室のオートシェフに注文を入れた。

「仕事をしながら何か食べるだろう」

「ええ、もちろん」

ロークはただ眉を上げた。ベーコン入りのエッグポケットを食べさせよう、彼女が気づかないくらいにちょっとほうれん草を入れて。

「わたしがセントラルにいるあいだ、あなたは何をする予定？」

「何かすることを見つけるよ」

武器ハーネスを装着しながら、イヴは彼を見て眉を上げた。「仕事をするんでしょう？小さな国を買うとか」

「小さいのだけかい？」

「日曜だもの、だから小さいほう」

「ああ、なるほど。実を言うと、ぶらぶら歩いていって、きみの新しい不動産を見てくるかもしれない。あそこのクラブに名前を考えないとだめだよ。〈ストーナーズ〉とは呼びたくないだろう」

「あのろくでなし《アスホール》。それでいいわよ。あそこは〈ストーナーズは最悪の店《アスホール》〉にすればいいわ」

「真実が必ずしもピタリとくるわけじゃないな」

イヴがジャケットをとると、ロークは一緒に部屋を出た。

「どういうふうにものに名前をつければいいのかわからないの」というか、実際には、所有することもだ。「あなたがやってよ。あなたがつけて」

「きみの店だよ」

「あなたが買ったんじゃない」

「まあ、いずれ何か思いつくよ。事件ボードに記載したい事項をプリントアウトしたらどうだい？　ボードは僕が設置するから」

ビルを所有することを考えなくてよくなったのがありがたく、イヴはコマンドセンターに座り、オペレーションを開いた。

プリントアウトを命令し、その作業がされているあいだに、報告書を書きはじめた。

ロークは彼女のユニットの横に、エッグポケットののった皿を置いた。「燃料だよ、警部補さん」

「ええ、オーケイ」

いいにおいがした。イヴはほうれん草が入っているのではないかと疑ったが、いいにおいだった。

仕事をしながら食べた。報告書を仕上げると、記録ブックを開いた。

コーヒー、燃料（ほうれん草は入ってるけど）、仕事とやっていくうちに、しっかり目がさめたのを感じた。

小さなキッチンでロークが猫に話しかけているのが聞こえた。あの猫ったら、わたしたちが寝室を出てきたときにはぐっすり眠りこんでいたくせに、とイヴは思った。どうやら、ギャラハッドの超能力には食べ物、とくにベーコンのにおいをかぎつけることが含まれているらしい。あいだの距離にかかわらず。

イヴは立ち上がり、ボードを見た。ジェンナのID写真。若さと可能性で生気にあふれている。そしてそれがすっかり消し去られている現場写真。

イヴは友人二人、クラブのオーナーたち、ジェイクとほかのバンドメンバー、ナディーン、それからすべての証拠を加えた。

デモディスク、針の痕の拡大写真、吐瀉物、足の跡、開いたトイレの窓。

それからさっき割り出した時系列表を加えた。

まだそれほどわかってはいない、でもいずれもっとつかんでみせる。

母親の顔が灰色に変わるのを、父親がただ床に崩れたのを思い出した。

必ずもっとつかんでみせる。

「きみがつかんだ犯人の外見特徴も加えるべきじゃないか」ロークが後ろから言った。

あの猫《キャット》のほうが、ここにいる元泥棒《キャット・バーグラー》より音をたてるわ、とイヴは思った。

「推測よ。でも……そうかも。今日何がつかめるかやってみましょう。モルグに行くの、それから今日じゅうに被害者の寝室を調べたい。ハーヴォが担当してくれたかどうか科研《ラボ》に連絡するつもりだけど、今日は日曜だからたぶんないわね」

日曜は――イヴは経験から知っていた――急を要する日にはいらいらさせられることになるだろう。

「被害者の二人の友達ともう一度話をして、どっちかが学校か、彼女たちがよく行くほかの場所で知っている誰かを見なかったか知りたい。フィーニーとも話をしなきゃ。それにジェイクが午前中に来ることになってる、ということはナディーンもね」

「彼女はジェイクを愛している。見ればわかるよ」

「ええ」イヴはふうっと息を吐いた。「ええ、見ればわかる、どちらもね。さっき防犯カメラの映像を見たわ、路地側のドアの」

そして若い女の子が死ぬのを見届けた。

「ジェイクの証言は正確だった」イヴは言った。「時間も可能なかぎり近かった。彼が出てきたときも、被害者が出てきたときも。よろめきながら出てきていた、彼がそうだったと言ったとおりに。ジェイクは彼女を助けようとした。すべて適切にやった。彼女を助けるためにできることはすべて」

「わかっているよ。僕も見たから」

イヴは彼に顔を向けた。「でもジェイクにできることはなかった、なぜなら彼女はあのドアから出てきたときにもう死んでいたから。彼女を救うにはもう手遅れだった」

「僕も同じことを思った」

イヴは頭を振った。「思った、じゃない、実際にそうなの。死がどんなふうかわたしは知っている、そして彼女の全身にそれがあらわれていた。彼女にチャンスはなかったの。注射針に入っていたものが彼女の中へ入ったらもう最後だった。彼女はそれから二分間フロアにいて踊っていたけれど、もう死んでいたのよ」

イヴは両手で顔をこすった。「オーケイ。オーケイ。もう行かなくちゃ」

「連絡してくれないか、今日の仕事が終わったら。終わる前でもいい、僕にできることがあれば。僕はぶらつくとしたら、〝豪邸プロジェクト〟のあたりをぶらぶらしているだろうな。いずれにしても、きみの不動産を見にダウンタウンへ行くよ」

「わかった」

彼が別れのキスをすると、イヴは彼の腕の中へ入った。

「一日じゅう署にいることはないと思う。日曜は人が訪ねていったら逃げにくいでしょ」

「どちらにせよ、僕のお巡りさんの面倒を頼むよ」

イヴが出ていくと、ロークは猫のほうを向いた。「それで、おまえの日曜はどんな感じだい？」

ロークの脚のあいだをすばやくぐるぐるまわったあと、ギャラハッドは寝椅子に飛び乗り、体を伸ばした。

「思ったとおりだな」

4

　その日はおだやかに始まったものの、そのままですむはずはなかったので、イヴはダウンタウンへ車を走らせるあいだ、窓をあけっぱなしにしておいた。何時であろうと、ニューヨークにはその景色と音があった。

　三匹の猫サイズの犬が短くキャンキャン吠《ほ》え、散歩させている人間の先をはねまわっている。人間のほうは彼らの後ろで体をはずませており、たぶん彼女のイヤフォンでかかっているもののビートに合わせているのだろう。

　犬たちはきらきらするものをはめこんだ首輪をつけており、それがレーザーのように日光を反射した。イヴはラインストーンだろうと思ったが、まあ、わかるはずもない。

　そのレーザー光線のせいで、イヴは自分の悪党ふうサングラスがあれば、と思った。考えこみ、ジャケットのポケットを調べてみると、やったね、そこにあった。ロークに得点、と思い、それをかけた。

　大型《マキシ》バスが耳ざわりな音をたて、ゼーゼーいいながら停留所に停まった。眠たげな人々が列になって降り、眠たげな人々が列になって乗った。

イヴはたびたび思うように、どうして眠たそうな人たちはもっと職場の近くに住む方法を見つけないんだろう、と思った。

それを言うなら、ここにいる自分だって、アップタウンに住み、仕事のためにダウンタウンへ車を走らせているのだが。

人生は思いがけない球を投げてくるものだ。

グライドカートのコーヒーのにおいがした――焼けた段ボールを連想する――青信号になってもさっさと動かないときのクラクションの音は聞き流した。それからバイクのメッセンジャーが、命と手足をリスクにさらして、混んできた車のあいだをぬっていくのをながめた。彼は黄色信号を走り抜け、それが赤になったところで、彼が交差点であやうくぺしゃんこにしそうになった歩行者が指を立てた。

商店主が金属の防犯ドアを持ち上げてガランガランと音をたて、誰かのあけた窓からスラッシュ・メタルがガンガン鳴り響いた。

路上生活者が物乞いの許可証を提示し、それを建物に立てかけ、呼び水のバケツにコインをいくつか投げ入れて、ハーモニカを吹きはじめた。

ひとつ先のブロックでは、さわやかな夏のワンピースと摩天楼なみに高いヒールの女が、銀色のタワーの通りに面したドアから出てきた。流れるように、スマートな黒のリムジンへ乗り、ドアマンと運転手が彼女の山のような荷物を積みこんだ。

ニューヨークでは、何の悩みもない金持ちと、静かに絶望した者が、同じ空気を呼吸している。

イヴはモルグに着くと、使い捨てカップの大でコーヒーをひとつプログラムした。それを持って、音の響く、死と消毒剤のにおいのする長く白いトンネルへ入った。

思ったより通勤に時間がかからなかったので、数分早く着いてしまった。それにモリスが死体を切るのをピーボディが見たがらないことは承知していたので、パートナーは何分か遅れてくるだろうと思った。

ダブルドアを押して入ると、モリスはジェンナ・ハーバーの横に立っていた。ジェンナの体は裸で横たわり、彼の正確なY字切開で開かれていた。

彼が自分のためと同様、死者のためにもかけている音楽を、イヴは知っていた――アヴエニューAだ。

「日曜の朝なのに来てくれてありがたいわ、だからコーヒーを持ってきた」

「かぎりなく感謝するよ」モリスは言った。

彼のコートした手がジェンナの血にまみれていたので、イヴは流しの横にコーヒーを置いた。

モリスは保護ケープの下にいつものスーツではなく、ジーンズ――黒――とTシャツ

──こちらは白──を着ていた。長い黒髪をねじって一本の三つ編みにまとめている。

歩いて戻り、イヴはジェンナをはさんで解剖台の反対側に行った。

「若く、美しく、だがもう決して花開くことはないつぼみだ」肝臓を取り出したあと、モリスは重さを量り、スキャンした。透明なシールドのむこうで、彼の目は哀れみをたたえており、イヴは被害者の両親に対するものだろうと思った。

イヴはジェンナを見おろした。「体の外には、違法ドラッグやアルコールの乱用を示すものはないわね」

「それに体の内側にも見つかっていないよ。ラボが徹底的な毒物検査をしてくれるだろう、もちろん、でもわたしの予備的見解では、健康な死亡女性だね。歯、骨、皮膚、筋肉、内臓は良質の栄養と運動を示している。処女膜は無傷だった、したがって性的行為があったとしても貫通はなかった。

指先にたこがあるね。ギターを弾くのかな?」

「どうかしら、でも音楽が好きだったようよ」

「足の左の小指の横にかすかな水ぶくれが見えるだろう。わたしの考えでは──靴をおろしたんだな。それ以外は、左の上腕にある針の痕だけだ」

「彼女は友達二人と一緒だったの。どちらの供述でも、三人は一緒にステージの近くで踊っていた。被害者は自分の腕をつかんで、誰かに刺されたと言ったそうよ」

「それは本当だと思うね」

モリスは流しへ戻っていって両手を洗い、それからコーヒーをとった。

「ああ、あらゆる神と女神の美酒でも、これよりゆたかな味わいがあるかな？」彼は飲み、それからまたカップを置いた。「刺されたというのは正確な言葉だ。針は強く入っている――その衝撃で死亡前に軽い内出血を起こしているくらいだ。それに、きみの現場での報告からすると、数分で影響が出はじめた。ただの針じゃないんだよ、ダラス、汚れた針なんだ。先も鈍い」

拡大ゴーグルではなく、モリスはスキャナーを使い、傷をスクリーンに映して拡大した。

イヴはその画像を見つめた。その場所は腫れを見せており、生々しい赤い扇形が刺し穴と、モリスの言った軽い内出血をかこんでいた。

「どう考えても、針が入った時間から彼女が路地で死に向かうまで、十分もなかったはず。そんなに速いのって何？」

「注射器も針も見つかっていないから、それは分析できないな。でも傷からみて、感染が急激に広がったんじゃないか？　単に汚れた針ではなく、何かの物質、細菌、ウィルスを付着させてあったのではないかと思う」

イヴはスクリーンに映った画像に目を凝らした。「それが彼女を殺したの？　数分で？」

「いや、単に痛みと苦しみが増しただけだ。毒物分析報告書が必要だよ、だがもう一度言うと、わたしの予備的意見は混合物だ、きわめて有害な。彼女の皮膚、爪、唇の青みからすると？　たぶんヘロインだね、しかし――」

ピーボディが入ってきたのでモリスは話を中断した。

「おはよう、ピーボディ」

ピーボディはかすかな笑みを浮かべ、用心深く遺体を見るのを避けた。「ダブルのエスプレッソを飲んできたので、もうだいたい大丈夫です。まだ八時を二分しかすぎてませんよ」彼女はイヴに言った。

「わたしが思ったより早く着いたの。しかし？」イヴはモリスに先をうながした。

「反応の速さ、注入から死亡までの短い時間から考えると？　少なくとも混合物にほかの薬品がひとつは見つかるだろう。その時間内での被害者の行動、反応、症状について教えてもらえるかい？」

イヴが彼にことのしだいを話しているあいだ、モリスはうなずき、戻っていってジェンナの額に手を置いた。

「もしその時系列が正しければ、それにわたしは正しいと思うが、街で出ているジャンクを注射しても、そんなに速く死亡することはない。それだけじゃないな、とりわけ彼女は常習者でもなく、健康だったからね。医療員はすぐに到着した、そしてオピオイド拮抗薬《きっこうやく》を注入したかもしれない。純度の高いヘロイン、大量投与？　だとしてもそんなわずかな時間で？」

　モリスは頭を振った。「ラボで混合ドラッグが見つかると思うよ、迅速に彼女の内臓を停止させはじめ、健康な心臓が脈打つのをやめさせたものが」

「どうして毒物でただ彼女を殺さなかったんでしょう？」ピーボディが不思議がった。

「まあ、やったんじゃないか？　本質的には」

「このほうがもっと……奇抜だから」イヴは考察をめぐらせた。「もっと特別だから。署名みたいに？」ジェンナを振り返った。「彼女は犯人を知らなかった、あるいは少なくとも彼だと見分けられなかった。犯人がとくに彼女を殺しにきたのか、ただ目についた誰でもよかったのかはわからないわ。

　もしそれが混合ドラッグだったなら」イヴは言った。モリスの分析に一年ぶんの給料を賭けてもよかった。「犯人は違法ドラッグ、規制物質、それを作る手段、方法を手に入れるつてがあったはず」

「そうだな」

「どこからか手をつけなきゃ。被害者の遺族だけど、彼らから今朝あなたに連絡が来ると思うわ」

「彼女の準備をしておこう」

「日曜なのに出勤してくれてありがとう」

「彼女はそれ以上の価値があるよ」モリスは答えた。「わたしたち全員にとって」

ピーボディと外へ出ながら、イヴはモリスから聞いたことをすべて話した。

「モリスは犯人が汚れた針を使ったと言っていたわ、たぶん細菌かウィルスをつけたもので、現場で効き目を速めるために」

「ひどい！　わたしはやりすぎだと言おうとしてたんですが、それじゃただもうスナーリーですね」

「スナーリー？」

「卑劣とか、こずるいとか、全部積み重ねて、ひとつにまとめたみたいな」

「その全部ね。その物質を混ぜるのを考えつくこと、手に入れること、混ぜるやり方を知ること、バクテリアやウィルスを手に入れること？　大人ってことも考えなおさなきゃならないわね。被害者、そのスナーリーってこと、犯行場所。それは全部ティーンエイジの少年をさしている。でも……」

「ティーンエイジャーで通る大人かもしれません」

かもしれない、とイヴは思いながら車に乗った。「でなければまわりにジャンキーがいるとか、薬品、規制物質を扱う仕事をしている人間がそばにいる子ども。医学研究の仕事をしている人間か、している人間の周囲にいる人間。大人が少年を殺し屋として使っているのかも」

「誰かスナーリーなやつが」

「誰かスナーリーなやつがね」イヴは同意し、車をセントラルへ走らせた。

「コーヒーは飲みますか？　わたしも飲みたいんですけど、ダブルのエスプレッソを飲んじゃいましたから、いまはやめておきます」

「飲みたい」

ピーボディはイヴ用にブラックコーヒーをプログラムし、自分は水でがまんした。

「署に行ったら、ハーバー家に連絡して。被害者の部屋を調べさせてもらうのに、いちばん都合のいい時間をきいて。ジェイクが十時に来るから、そこから一時間は入れないで。ハーバー一家はチャールズとルイーズの隣に住んでる」

「本当ですか？」

「知り合いよ。親しいの。母親のほうは医者で、ルイーズの無料クリニックタイムを何時間かやっている。ルイーズたちは被害者を知っていた」

「ルイーズたちはいい人ですから、ハーバー一家が頼れますね」

「ルイーズたちの家にまだ明かりがついていたから、ハーバー家に知らせにいったあと、寄ったの。あの一家、被害者について別の意見を聞きたかったし」

セントラルの駐車場へ入ると、イヴは自分の駐車スペースへ向かった。

「しっかりしている、ってわたしの印象と同じだったわ。強く結ばれていて、安定している。ルイーズはジェンナがドラッグを使っていないことに絶対の確信を持っていた。ティーンエイジのロマンスはなし、具体的なものも本気のものも。音楽、作曲。両親も、ルイーズとチャールズも、ジェンナがデモディスクを作って、ゆうべジェイクに渡したいと思っていたと言っていた。全員が、彼女がこれまでジェイクにもバンドのメンバーにも会ったことはないとはっきり言っている。もし会っていたら、彼らや、ほかに話せる相手には誰にでも話していたはずだと」

「みんなジェイクがやっていないことはわかっているとわかっていますが、それでこれまでつかんだことに説得力が増しますね」

「それに路地の防犯カメラも増してくれてる。映像はジェイクが言ったこととぴったり一致していたから」

それにイヴは彼が感じたすべてを見ていた。最初の面白がっているのが混じった懸念、それから警戒、パニック、絶望、そして悲しみ。

「追加の聴取をしないと。ジェイクは彼女が踊っているのを見た。彼女に笑いかけたのもおぼえている。ゆうべはショックで浮かんでこなかった何かほかのことを見ているかもしれない」

「バンドのほかのメンバーも何か見ているかもしれませんよ。マクナブが聴取したのは知っていますが、それでも、追加の聴取で出てくるかも」

「そうね、それはやりましょう。フィーニーがそれを引き受けてくれるかどうかきいてみるわ」

ピーボディは一緒にエレベーターに乗りながらにやっとした。「あなたはいい仲間ですねえ」

「彼は優秀な警官だもの」

「ええ、たしかに、それに彼らの誰かが、何か関係あるものを目にしていたのなら、フィーニーなら記憶を引き出すにはどのボタンを押せばいいのかわかるでしょうし。彼らの聴取をするのはフィーニーにはおおいに励みになりますよ」

「そうね、防犯ビデオを見て、誰がそこに来て、そのあといなくなったのか見つけようとするには、その励みが必要になるわ」

イヴはからっぽのエレベーターを日曜の朝から働くことの役得だと考えた。

殺人課に入っていくと、サンチャゴとカーマイケルが、カーマイケルのデスクでカードをやっていた。イヴは哀れみの目でサンチャゴを見た。

「賭けてるの？」

「俺が勝ってるんです」

カーマイケルは髪を後ろへはらった。「長くは続かないわよ。ヘイ、警部補《LT》、ピーボディ、日曜の朝早くに二人が来るとは思いませんでした」

「そのようね、でなければカードでパートナーをカモるかわりに、仕事をしていたでしょ」

「カモったりしてませんよ」カーマイケルは指で心臓のところを叩いた。「単にわたしのほうが腕がいいんです」

サンチャゴはパートナーをにらんだ。「俺のほうが勝ってるんだぞ」

「はいはい。きのう二人で書類仕事を片づけました、事件が二つあって——ひとつは事故と判断しました。被害者がころんで道路に出て、ラピッド・キャブの前に出てしまったんです。すっごい靴で」カーマイケルは親指と人差し指を開いて、どれだけ高さがあったか見せた。

「なるほど、ああいうものは命取りになるわね」

「まあ、彼女はひどく酔ってもいたんです、それでバランスを失って」

「もう一件はカップル間の事件でした」サンチャゴが言い足した。「前の彼女といちゃついてたんじゃないかって口喧嘩がエスカレートして、いまの彼女がキッチンナイフで彼氏を刺したんです。フィレナイフで。俺はいまシェフと付き合ってるんですよ、そしたらこういう事件に当たるんですから」

「火遊びはやめておくことね」イヴは忠告した。「また新しい捜査官を仕込まなきゃならないなんてごめんよ」

カーマイケルが忍び笑いをした。「彼女は事故だったと主張しようとしました、何か言おうと振り向いたら、彼がナイフに飛びこんできたんだと。彼女が彼にあけたひとつめの穴はそうだったかもしれませんが」

「でも穴はほかに四つあったんで、われわれは故意と判断しました。というわけでどちらの事件も終結です」

「よろしい。それじゃ二人ともちょっと調査をする時間はあるわね。リストを送るから」

「どんな事件です？」サンチャゴが知りたがった。

「二人に説明して、ピーボディ」

イヴは自分のオフィスに入り、事件ボードと記録ブックを設置した。それから前の夜に聴取された全員を部下たちに割り当てた。

犯人がその中にいないのはわかっていたが、それでもやらなければならない作業だった。

それから、時間を見て、フィーニーに連絡した。

「よっ」スクリーンに顔が映って、彼が言った。日曜であろうとなかろうと、彼はいつものうんち茶色のネクタイ、ベージュのシャツ、うんち茶色のジャケットを身につけていた。もしゃもしゃの白髪まじりの赤毛は、雷雨の中でひと晩過ごしたかのようだった。

しかしいじけた犬のような目はまったく油断がない。

「いま署に向かってるところだ。うちの坊やが連絡してきて、全部聞いたよ。ジェイクはどんな様子だ？」

「あと一時間くらいでわかるわ。電子作業は時間を食うってわかってるけど、もう少し時間をつくってもらえない？」

「ほかに何か抱えてるのか？」

「記憶が新しいうちにあたりたいのよ。モリスと話したわ、それでダンスフロアにいた誰かが被害者に針の注射器を刺したことがわかった。中に何が入っていたにせよ、それに加えて針が汚染されていたの」

「くそったれが。女の子を狙うなんて」

「ええ、そのとおり。ジェイクは彼女がダンスフロアにいるのを見ているの、あの――何だっけ――セットリストのあいだに。終わりに向かっていって、それに近くなった頃にみえるわ、彼女が襲われた時刻は。アヴェニューAのほかのメンバーにももう一度聴取しないとならない、彼らが関係する誰か、あるいは何かを目にしたのを思い出す場合にそなえて」

フィーニーのすでに油断ない目が輝いた。「それは僕が引き受けるよ、もちろん」

「助かるわ。わたしはジェイクの供述をもう一度さらって、被害者の自室に行って、ゆうべ彼女が一緒に行った女の子二人にももう一度話をきかないと」

「問題ないよ、さっきのは僕がやるから。うちのラボでサーチをセットアップしたら、それを動かす。アート、レン、リーオン、マックにも僕が連絡をとる。彼らが僕のところに来られなかったら、マクナブにサーチを続けてもらって、僕のほうから出向くよ」

「それならいいわね」

「いま駐車場に入るところだ」

「今日じゅうにまた連絡する」

通信を切ると、イヴはこれで仕事を減らし、聴取を名人の手にゆだねることができたと思った。おまけにボーナスとして、ＥＤＤの警部にして以前のパートナーを喜ばせることもできた。

悪くない。

調査を丸投げし、聴取を人にまかせることができたので、ラボに連絡して結果を催促する時間ができた。

それでもたいした成果はなく、ラボの技術主任のベレンスキーが休みなので、賄賂を試してみることもできなかった。

日曜だから。

もしかしたら、もしかしたらだが、日曜出勤の者たちが今日の終わりまでに毒物検査をやってくれるかもしれない。だがそれ以外はすべて月曜まで保留のままだ。

だからイヴは五分とり、デスクにブーツの足をのせて、事件ボードをじっと見た。

感じのいい少女、しっかりした家庭、友達と夜のイベントへ出かけた。

犯人は彼女がそこへ来るとわかっていたのか？

たしかめる方法はない、どちらにしても。

被害者は音楽が好きだった、そこにはヒーローへの崇拝と、大きな夢があった。ほかの客と二度踊ったけれど、だいたいは女友達二人とだった。

彼氏はなく、女友達とのロマンティックな関係もなし。まだ性体験なし。セックスや、性的な付き合いを求めてはいなかった。軽いものにしろ、真剣なものにしろ。

犯人は殺す準備をしてやってきた。それには時間がかかるし、注射器に入れたものを手間ひまかけてつくらなければならなかった。ウィルスや細菌を扱う方法を知っていなければならないし、入手する手段もあったはず。

それは大人をさしている、でもそうじゃない、とイヴは思った。大人じゃない。

少なくとも感情面は違う、と考えた。あるいは、もし大人が子どもを使って殺しているのだとしたら。

マイラへの質問だ、ということはあしたまで待たなければならない。

犯人はクラブの中へ入る方法を知っていて、出ていく方法も知っていた。そこに衝動的なものは何もない。

犯人と被害者が顔見知りでなかったのなら——それにイヴはまだそれをはっきりとは判

断できなかった――どうして犯人は彼女を選んだのか？

彼女の顔、体、動き方、服？　なぜなら殺しも衝動ではなかったのだから。犯人は待ち、タイミングをはかっていた、セットリストの終わり近くまで。

犯人には時間刻みの予定が、進行表が、ターゲットがあった。

犯人はイベントのあいだ、ターゲットを選ぶ時間がたっぷりあった――彼が前もってジェンナを選んでいなかったとすれば。なぜ彼女にしたのだろう？

ピーボディがどすんどすんとオフィスのほうへ歩いてくる音がしたので、イヴはブーツの足をおろした。

「ジェイクとナディーンが来ましたよ。この身を剣の上に投げ打って（自分のしたことの責任をとる、の意）、ナディーンを止めましょうか」

「必要ないわ。彼女も何かを見ていて、ゆうべは思い出さなかったかもしれないし」

「よかった、剣の上に身を投げ打つのはいやですから」

「なんでそんなことする人がいるの？」

ピーボディは肩をそびやかした。「不名誉よりも死、でしょうか？」

「死んだら終わりよ。不名誉からは復帰できる。ラウンジでやりましょう」

外へ出ると、ジェイクが髪からブルーの色を洗い落としてきたのがわかった。目には隈《くま》ができていて、ひどい夜を過ごした男のような様子だった。

実際にそうだったのだろう。

彼の横には、ナディーンが黒いスーツでいつでもカメラに撮られてよい様子で立っていた。メイクで大半が隠れていたけれど、イヴは彼女にも隈ができていることに気づいた。

「仕事中？」ナディーンにきいた。

「リークがあったのよ、予想しておくべきだった。局に行って、短いスタジオ放送をやってきたの。あなたと一対一のインタビューをできたら助かるんだけど。視聴率のためじゃないわよ、ダラス」イヴが冷ややかに見たのでナディーンはすぐに言った。

「落ち着いて、ロイス（スーパーマンの恋人の新聞記者ロイス・レインのこと）」ジェイクはナディーンの手をとり、かがんで彼女の頭のてっぺんにキスをした。

「それはわかってるわ、ミズ・レイン。進行中の捜査について、とくにいまの段階でわたしに言えることはあまりないってあなたがわかっているようにね。加えて、わたしたちは友達という事実もある、それにわたしはジェイクを知っている」

「何でもいいのよ。いくらかでもプレッシャーを減らせるものなら何でも。ねえ、ダラス、メディアはジェイクのお母さんの家まで見張っているの」

「いいんだよ」ジェイクは握っていた手をぎゅっとつかんだ。「母なら対応できる。俺たちも対応できる。娘を失った母親がいるんだ。こんなこと何でもないよ」

比較にはならない、とイヴは思った。でも何でもないわけじゃない。

「この話はラウンジでやりましょう。それが終わったら、あなたは短い——ごく短い——一対一をピーボディとやってもいいわ」

「ピーボディとわたしだって友達よ」ナディーンが言い返した。「ピーボディもジェイクを知っているし」

「でも彼女はうちのボスでもないし、今回の捜査における主任でもないでしょ」

「たしかにそうね、ありがとう」

「これを言わせて」イヴは彼らと歩きながら続けた。「ジェイク、あなたは容疑者じゃないわ。証人なの。証拠であなたは完全に無実だとわかっている」

「そのことは心配してなかったよ。考えもしなかった」

「ほらね、わたしは考えなきゃならないの、ボス・コップだから、ハーヴにそう渾名《あだな》をつけられたとおり。しまった、コーヒーを忘れた」

「俺が買うよ」ジェイクがラウンジにある自販機のほうを向いた。

「だめ、本当に、あんな排水を飲まないで。ピーボディ、わたしのコードを使って——その度胸があるならね——わたしにはペプシを買ってきて。署のコーヒーは飲んじゃだめよ」イヴはジェイクに言った。

「ただの水で」ジェイクは両手でモップのような髪をかきあげた。「水でいい」

「わたしはダラスと同じものを飲むわ——ローカロリーのどれか」ナディーンは腰をおろ

し、もう一度ジェイクと手をつないだ。「強壮ドリンク《ブースター》を飲もうかな。わたしたち、あまり眠れなかったから」

「あの子のご家族に話をしたんだろう。俺も本当にご家族に話がしたいんだ、むこうがよければだが」

イヴはジェイクにうなずいた。「その水はあとで検査するわ。ゆうべあなたがしてくれた供述に何か付け加えたいことか、訂正したいことはある？」

「何も思いつかないな。頭の中で何度も何度も思い返してみたんだ、彼女が路地のドアから出てきたときから……医療員が彼女の死を宣言するまで」

「そこからに戻りましょうか。あなたは彼女がダンスフロアにいるのを見たのよね」

「ああ、うん、そうだ。ありがとう」ジェイクはピーボディが缶入りの水を渡したのでそう言った。「彼女はダンスフロアの前側近くにいた。できるときには観客とつながりをつくろうとするんだ。彼女はキュートだった、それに踊っていた、でも俺たちを見上げていたんだ、だから笑いかけた」

「それはセットリストの最後の曲だったの？」

「ああ、それはかなりたしかだ。休憩に入ったとき、俺はナディーンが座っていたところをちょっと振り返ったんだ。彼女は女子トイレか、カウンターに行ったとわかったよ」

「あなたがジェンナを見たときから、セットリストの終わりまで、どれくらいあった？

だいたいでいいから」

「ええと……」ジェイクは目を閉じた。「思い出させてくれ。いや、わかった、マックがちょうどドラムソロを始めたところで、俺は彼が思いきりやれるようにステージの右へ行ったから。そのときだよ、彼女を見たのは。だからだいたい二分残っていた。マックはときどき夢中になって、ちょっと時間をオーバーするんだが。でも二分半より長くはない」

「二分から二分半ね。それよりあまり短くもなく、長くもない？」

「ああ、そのあいだっていうのが近いかな」

「彼女はほかの女の子二人と踊っていたの。その子たちが見えた？　誰かがジェンナのほうへ動くのを見た？――男の子か、大人の男が？」

「ダラス、彼らはかたまっているんだよ。誰もが誰かと踊っている、端にいるか、なんとかして人のいないスペースをつくらないかぎり。俺が彼女を見たのは、そうだな、彼女がすぐそこにいて、それにハートの目をしてこっちを見ていたからだ。

くそっ」ジェイクはひと呼吸おいた。「笑ってあげるくらい何でもない」

彼はまた言葉を切り、水を飲んだ。

「あなたは誰かを選び出して、そういうコンタクトをして、そういうつながりを持つのよね、でも仕事に集中している――音楽や、動きに」

ジェイクは姿勢を変え、少し前へ乗り出した。「これまで何回その曲をプレイして、その音を弾いてきても関係ないんだ。マックがソロの最後のビートを叩くと、その最後のビートが終わると同時に俺がリフで出ていく。それからみんなでヴォーカルをとると、バーン、四部のハーモニーができるんだ」

彼はまた体を引いた。「演奏に集中しなきゃならない。ほかの女の子たちのことや、誰かが彼女に近づいたかどうかについては、具体的なことは言えないな、すごく集中していたから。でもセットリストを終えて休憩を告げるほんの二分前だったよ。またナディーンを見る前」

「オーケイ。ナディーン、あなたはトイレに行ったのよね」

「バンドが最後の曲を演奏しはじめた直後にね。あのコンサートで人がフロアにあふれているのは見ていたから、チャンスに飛びついたわけ」

「どれくらいそこにいた?」

「第一に、そこへ行くまでちょっとかかったの。クラブの中は混んでいたし、ちょっと立ち止まってグローと話をしたのよ。彼女は飲み物を出すのを手伝っていたの、混んでいたから。トイレに行ったときも音楽が聞こえたのはおぼえている。叫んだり拍手したりがどっと聞こえたときも、まだそこにいて手早くメイクを直していたわ。出ていくときに、ジェイクが休憩にするって言っているのが聞こえて、クラブの録音テープが流れはじめた」

「誰かが男子トイレに入るのを見た?」

「わたしが入っていったときには見なかったわ。いいタイミングだったと言わせてちょうだい、わたしが出てきたときには、ティーンたちが、男も女も、先を争って走ってきたんだから。わたしはそこを通り抜けて、楽屋に行ってジェイクはどこにいるのかきいた。レンが彼は風にあたりに路地へ出ていったと教えてくれたわ。クラブの中はすごく暑かったのよ」

「あなたがトイレにいたとき、男子トイレのほうに誰かがいる物音が聞こえた？」

「あの曲が演奏されていたのに？　ほとんど聞こえなかったわ」そこでナディーンの目が鋭くなった。「なぜ？」

イヴは椅子にもたれた。「ロイス・レインが使える話じゃないわ」

「オフレコで」ナディーンは言った。「あなたがオフレコにしておきたいものは全部オフレコにする。これは仕事じゃないのよ、ダラス。わたしにかかわりがあることなの」

「そしてわたしがこれからあなたに、あなたたち両方に話すのは、あなたたちにかかわりがあるからよ。犯人は男子トイレの窓から出ていったの、そのタイミングからすると、あなたが女子トイレにいるあいだに出ていった」

「路地では誰も見なかったが」ジェイクが言った。

「犯人はそのタイミングをはかっていたからよ。そいつはさっきの二分か二分半のあいだに、ジェンナに何かを注射し、歩いて男子トイレへ行き、あなたたちがセットリストを終えて外へ出る前に、窓から逃げたの」

だから、とイヴは思った。あなたが休憩にすると言ったときには、もう通りへ出ていたでしょうね。

「ジェイク？」

彼は顔を上げ、イヴと目を合わせた。

「あなたが何をしようと、犯人が彼女の腕に針を刺したあとは、彼女を救うことはできなかった。それはわたしだけじゃなく、主任検死官の見解でもある。でもあなたのおかげで、彼女はひとりぼっちで死なずにすんだのよ」

5

イヴはしばらくおいてもう一度彼を落ち着かせた。

「あなたもかかわりがあるから、そしてオフレコだけれど、あなたが知っておくべきことがほかにもあるの。ジェンナ・ハーバーは作曲と演奏への夢があった。彼女はバッグにディスクを入れていたの、デモディスクとラベルがつけてあって、できたらあなたに渡すつもりだった」

ジェイクの顔をさまざまな感情が流れた。驚き、悲しみ、罪悪感。「聴かせてもらえるかい？」

「いまは証拠課にある。手続きがすんだら、彼女の私物はご両親のものになるの。わたしにできることがあるかどうかやってみる」

「ご両親は俺と話をしてくれるかな？　何を言うか決めてないけど、何か言うべきだと思うんだ」

「それもわたしにできることがあるかどうかやってみるわ。それまでのあいだ、フィーニーがアヴェニューAのほかのメンバーと話をする。いまはもう、事件の具体的な時系列がわかったから、彼女がいつどこで毒物を注射されたかもわかっている、彼らが何かおぼえているかもしれない。そのときはぴんとこなかったことも気がついているかも」

「みんなでゆうべ全部たどってみたんだ、でも何かがぴんとくるかもしれないな」

「それじゃこれからあなたに別のことを話す、だから聞いてもらいたいの」

　イヴは彼が身構えるのを見た。

「オーケイ」

「あなたがいたおかげで違ったことがある。いまはそう思えないでしょう、これからもずっとそうかもしれない。でも毎日毎日、死に直面している人間としてあなたに言いたい。それに、同じことをしているピーボディもわたしの言うとおりだと思ってくれるでしょう」

「このことについては完全に。あなたのやってくれたことには意味があったんですよ」

「ジェンナはひとりぼっちじゃなかった」イヴは続けた。「彼女が恐れ、混乱し、痛みを感じていたその数分間、一緒にいてくれる人がいた。あなたがいてくれた。彼女にはあなたの声が聞こえていた、言葉は理解できなかったかもしれないけれど、あなたの声は聞こえていた。あなたの顔を見て、あなたの腕がまわされているのを感じ、ひとりじゃないとわかっていた。

それを理解して、信じてほしい。わたしたちは警官よ。殺人課の警官、それに個人的なことはさておき、それについてあなたにでたらめを言う理由は何もない」

「彼女はもうわたしたちのものなんです」ピーボディが言い添えた。「最後のときには、彼女はあなたのものだった、そしてあなたは彼女のために最善をつくしてくれた。これからはわたしたちがそうします」

「言っておくけど、彼女は俺だとわからなかったんじゃないかな。それが何か大事なことだとしたら。きみたちの役に立つこと、って意味だけど」

「体にドラッグがまわって、そのせいで苦しんでいたのなら、それも意外じゃないわ。あなたもその業界には長くいるから、いずれメディアがこの件に群がると察しがつくでしょう、彼らはあなただと気づくから。もう気づいているわね、あきらかに。だからあなたが言ったように、あなたとあなたのバンドはそれにどう対処するべきか、わかっているんでしょう」

険しい顔になり、ジェイクはまた水をとった。「ああ、俺たちは対処できる」

「声明を出すべきよ」

「ピートが——広報が作業中なんだ、でも——」

「この人は広報というものに抵抗しているの」ナディーンがさえぎった。「わたしが彼らと作業をするわ、声明に関するジェイクの考えは以前もいまもひどいものだから」

「中身がからっぽの、二行ですますやつなんかやりたくないんだ」彼は厳しい声で言った。イヴはジェイクが何かをきつい声で言うのを聞いたのはこれがはじめてだと思った。

「でも感情過多な、罪悪感のにじんだひとりごとで大衆をあおるわけにはいかないでしょう」ナディーンが完全無欠の冷静さで答えた。

ジェイクがまたきつく言う前に――そうなるとわかったから――イヴは手を上げた。

「答えはいまの二つのあいだにあると思う。短いものにしたほうがいいわ」そう付け加えた。「多くを言いすぎないほうがいい、ジェンナのため、ご遺族のため、捜査のために。それにほかの誰かが書いたみたいなものにしたくないんでしょ。あなたの広報担当は知らないけど、この件はナディーンに主導権を持たせたほうが賢いと思うわ」

「このことについてはわたしも警部補を支持します」ピーボディが言った。「ナディーンはメディアの動き方をわかっていますし、われわれの仕事のやり方もわかっています、それにあなたのこともわかっています」

「声明は公表する前にわたしも見たいわ」イヴは言った。「あなたにそうする義務はないけれど――」

「あなたの意見がもらえたらありがたいわ」ナディーンは答えた。「あとで草稿のコピーを送る」

「冷たいものにしたくないんだ」はっとして、ジェイクはナディーンを見た。「ごめん、本当にごめん。きみが冷たいとか、そんなふうに聞こえるってつもりじゃなかったんだ。ただ――少し時間がほしい」

「あなたが必要なだけとって。今回は」

「わたしは捜査に戻らないと。ピーボディ、一対一のインタビューをやって、それから捜査に戻って」

イヴが立ち上がったのでジェイクも立ち上がった。「わかってるんだ、きみがあまり……少し時間がほしい」彼は言い、イヴをハグした。「ありがとう」

「オーケイ。手短にしてよ」イヴはナディーンに言った。「こっちは仕事があるんだから」

イヴは戻ろうとしたが、そこで曲がって大部屋《ブルペン》に入った。部下たちは二人ともそれぞれのデスクに座っていた。「状況は？」

「みんな子どもですよ。少々の瑕《きず》はあります」サンチャゴは作業しながら肩をすくめた。

「万引き、未成年飲酒、無断欠席。子どもならではの何やかや」

「わたしは大人からやりました」カーマイケルはパートナーの肩すくめをまねしてみせた。

「小さな瑕がごくわずか。これといったものはありません」

イヴは彼らのどちらかが事件解決に結びつく何かを見つける確率は、サンチャゴがカードでカーマイケルに勝つのと同じだろうと思った。

自分のオフィスに入ると、被害者の友人たちそれぞれの親と連絡をとり、追加の聴取の手配をした。どちらもセントラルに来ることに同意したのは意外ではなかった。多くの人々は自宅に警官が来るのを好まない。ボーナスだろうか？おかげで時間が節約できる。

意外だったものは、〝受信〟にラボの報告書というかたちで入ってきた。

誰かが日曜の朝を吐瀉物の分析についやしてくれたのだ。

そしてそれは被害者のＤＮＡとも一致していた。

内容物は、チェリーソーダ、大豆《ソイ》フライ、グミ以外では、ジャンキーの夢のドラッグが含まれていた。イヴもモリスも推測していたヘロイン、それからケタミン（即効性のある全身麻酔薬）、微量の塩化カリウム——それが、死刑が禁止される以前の死刑用薬物注射に使われていたことは知っていた。

それから驚いたことにロヒプノール（強力な精神安定剤）もあった。

死がゴールなのに、なぜデートレイプドラッグを入れたのだろう？

ヘロインは、モリスの意見を裏づけており、ジャンクではなかった。路上に出回っているレベルのものではなく、純度が高く、よくある安い薬品で薄められていなかった。

死がゴールだ。

でもなぜほかのドラッグを？　なぜロヒプノール《ルーフィー》を？　なぜ汚染した針を？

遊んでいる？　実験している？

イヴは立ち上がり、コーヒーをプログラムして、細い窓のところに立って、いつものニューヨークの景色を見ながら飲んだ。

症状を増やすため？　ゴールに着くスピード？　痛み、めまい、混乱、たぶん幻覚も、感情の動揺もあったかも。そして数分のうちに死。

犯人はそのすべてを求めていたんだ。

ピーボディの足音が聞こえて、イヴは振り返った。

「被害者が吐いたのは――DNAは確認された――致死性の混合ドラッグよ、おもにヘロイン――ジャンクではなく、純粋なやつ。犯人はケタミンを加えていた――それもやはり、ストリートレベルのケトルじゃない。微量の塩化カリウムも――昔は死刑の薬剤注射の最後のステップだったやつ。犯人はルーフィーも加えていた」

「ルーフィー？」

「それには理由があったはず。犯人は彼女をレイプするつもりじゃなかった――彼女は死ぬはずだったんだから」

ピーボディの顔に心痛と嫌悪の混ざったものが浮かんだ。「ただし犯人が……げっ、彼女が死んだあとに？」

「どうしてかはわからない。犯人はすでに姿を消していた、窓から出て。それに犯人は彼女が外に出ることは知りようがなかったし、どこで彼女が死ぬかもわからなかったはず。

でも何か理由はあるのよ。

被害者は性的に積極的じゃなかった、だからあそこで犯人を振ったのかもしれない。彼が目に入ってなかったのかも」イヴは目を閉じて、クラブの中へ戻ってみた。〝クソったれ〟と言ったのは反射的なものだったのかもしれない。でも、ちくしょう、何もかもがあっという間だった。彼女には犯人が見えたように思える」

「そうかもしれませんが、あのライト、混雑で、よくは見えなかったんじゃ」

「そうね。もう一度ラウンジで準備をしましょう。被害者の友人たちが来るわよ、それぞれ親付きで、追加の聴取に」

「被害者の母親は、用意ができたら連絡してくることになっています。自分たちがいないときに、被害者の自室を調べてほしいそうです。だからモリスが彼らを迎える準備ができたときですね」

「それでいいわ。マクナブに状況を聞いて、何かつかめたか確認してきて」

イヴはまた腰をおろし、ジェイクの追加聴取でとったメモを記録ブックに追加した。

そしてもう一度時系列をじっくり考えた。

そう、混雑していたフロア、薄暗くてムードのあるライト。でも犯人は針を使うには、被害者のすぐ隣に行かなければならなかった。刺せば痛みがあり、彼女は痛みのほうに顔を向けた。

犯人を見なかったはずがない。

イヴは自分を犯人として考えてみた。

クラブに入る、手には注射器を持っている。

興奮している、びくびくしている、怒っている、冷めている？

状況による。ただの実験だったなら、冷めているのもありうるだろう。

でもそれがゴールだったら？　興奮している、というほうがありそうだ。

被害者は踊っている、むこうを向いて、友達と体をはずませている。

彼女の腕に針を刺し、注射器のピストンを押し、中身を押し出す。

細かいことを気にしなければ、二秒ですむ。

座って、イヴはその行動をまねてみた。

高圧スプレー注射のほうが速かったはず。でも針のほうが痛みがある。それは選択だ、意図だ。

注入に二秒？　注射器をポケットに戻すまでに三秒、もしかしたら四秒。

彼女が振り返るまでどれくらいあっただろう？

痛っ。びくっとして、友達から離れ、痛んだところを手で押さえる。ほんの一瞬、数秒。振り返る。

犯人は彼女の顔を見たかっただろうか？　彼女が死ぬのを見るつもりはなかった、でも彼女の顔も見ないつもり？

たとえ単なる実験だったとしても、データの一部にはなるはずだ、そうじゃない？　行動もしくは反応が。

「彼女は犯人を見た」イヴは立ち上がり、歩きはじめた。「犯人が身をひるがえして消えようとしていても、彼女はそいつを見たはず。

なんでわたしはそこに引っかかってるの？」自分自身にいらだち、イヴは両手で顔をごしごしやった。

ピーボディが戻ってきた。「マクナブはとりかかってますが、まだ何も出ていないそうです。バンドの残りのメンバーは、彼らのスタジオでフィーニーが担当することになりました。容疑者ではないので、全員一度に話をきくそうです。誰かがほかのメンバーの記憶を呼びさますかどうかみてみると」

イヴが被害者の友人たちを二人とも一緒に話をきこうとしているのも、まったく同じ理由だった。

「それから被害者の友人たち、その母親たちがこちらに向かっているとのことです」

「あなたは誰かに注射したことがある？」

「そんな、ないですよ」ピーボディはそれを思って身震いした。「動物に薬とかを与えるのになにやらなきゃいけないときもありますけど。わたしはあれをやるのが嫌いだったので、だいたいは逃げる口実を見つけましたね」

フリー・エイジャー、とイヴは考えた。農場の動物。似たようなものだ。

「あなたはポケットに注射器を持っていて、わたしがターゲットだとする。あなたは後ろから近づいて、わたしが笑ったりよそに気をとられているあいだに左側に来る」

イヴは顔をそむけた。「刺してみて。指で」

「オーケイ、でも針ですから、チップをとらなきゃなりませんよ――知ってますよね、自分を刺さないようにする小さな保護チップ。それから気泡が入らないように少し出して、それから――」

「犯人は気泡は気にしてない。刺して、ピストンを押し下げて――速く。注射器をポケットに戻して離れていく」

ピーボディは言われたとおりにした。

「痛っ」イヴはびくっとし、腕を見おろし、そこに手をあてた。「誰かに刺された」顔を向ける。

ピーボディはちょうど離れていこうと身をひるがえしたところだった。

「三十センチしか離れてないわね」

「そうですね、わたしは混んだダンスフロアにいるというつもりでやっていました」

「そのとおりね。被害者は彼を見た。あんなにちらっとだけだとしても。犯人は計画を立てる人間よ。だからリハーサルを、いろいろな想定でやってきたことは確実。犯人は彼女がそういうふうにちらりと見ることもわかっていたはず」

「でも彼女はこう言ったかもしれないでしょ、〝あのバカのジョン・スミスに刺された〟って。彼女が数分内に死ぬこともわかっていましたよ、だからどうでもよかったのでは」

「彼女はその場ですぐ倒れて死んだわけじゃない。友達二人と一緒だった。〝誰かに刺された〟、振り返り、見て、言う、〝あのクソったれのジョン・スミス〟。犯人が彼女を知っていたかどうか、現時点で知るすべはない、でも彼女は犯人をかいま見た、少なくともちらりと見た、でも彼を知らなかった」

「犯人も彼女を知らなかったんじゃないかと案じているんですね、なぜなら、知らなかったとすれば、被害者は無作為に選ばれたから」

「彼女が無作為に選ばれたなら、単に何かのタイプに該当した、単に若い女の子で、犯人がゴールに達したのなら、もう一度達したくなるでしょうね。友人たちに話をききましょう。運に恵まれるかもしれない」

「リーリーの母親はマディ・スペンサーです。チェルシーのほうはオードリー・ファイン」

「わかった」

二人がブルペンへ入ると、ちょうど四人も入ってきた。

「ミズ・スペンサー、ミズ・ファイン。ダラス警部補、ピーボディ捜査官です」イヴは二人に手をさしだした。「こんなに早く来てくださってありがとうございます」

「手伝えることはすべてやりたいんです」マディが言った。「ジェンナはわたしたちの家族のようなものでしたから」

「わたしたちみんな、娘たちがミドルスクールの頃から知り合いなんです」オードリーはチェルシーの肩に手を置いたままだった。

「一緒に来ていただけますか」

「このフロアにラウンジがあるんです」ピーボディが娘たちにじかに話しかけて言った。「今日はそこもとても静かだと思います。こんなことになってつらいでしょうね。ゆうべ話をしたときには、あなたたち二人とも本当に助けになってくれました」

「あたしたち、彼女が具合が悪いなんて知らなかったんです」リーリーの目がうるんだ。「本当に知らなかったんです」

「わかったはずありませんよ。あそこの大きなテーブルに行きましょう」ピーボディはこの状況を予測して、すでにテーブルをくっつけてあった。「何か飲みますか？　この時季には自販機にレモネードがあるんですが、信じられないくらいひどくて」ピーボディは母親たちに笑いかけた。「コーヒーはさらにその上をいくひどさなんです」

「わたしたちはコークをいただけますか。いいかしら、マディ？　みんなゆうべはあまり眠れていないんです」そばかすの肌に赤毛のオードリーは腰をおろし、青い目を腫らしてパープルのハイライトの入ったブロンドのチェルシーを隣に座らせた。

「ルールをゆるめましょう」褐色の肌でブルネット、ブラウンの目が娘とそっくりなマディが同じことをしているあいだに、ピーボディは自販機のところへ行った。

「あなたたちがゆうべピーボディ捜査官と話し、彼女がさっき言ったように、とても助けになってくれたことは知っているわ。もう一度同じことを頼んで申し訳ないけれど、前には思い出さなかったことを、ほんの小さなことを、思い出すこともあるの」

「ママはこれがジェンナの助けになるって言うの、でも助けになることがあるなんて思えない」今度はチェルシーの目がうるんだ。「もう二度と彼女に会えないんだもの」

「誰かが彼女に危害を加えたのよ」イヴは言った。

「ジェイク・キンケードじゃない！」リーリーが爆発したように言った。「あたしたち、インターネットでいろいろ見たの。ひどいでたらめ、それに――」

「ジェイク・キンケードじゃないわ。彼はジェンナを助けるために、できることはすべてやってくれた」

「彼を逮捕したりしないわよね？」チェルシーは隈のできた疑いの目でイヴを見た。「ママが警察は嘘をつくことがあるって言ってる。ママは弁護士なの」

イヴは家族について経歴を調べてあったので、知っていた。「わたしたちはしっかりした証拠をもとに、最終的に確証を得たわ。ミスター・キンケードは、いかなる点でも、ジェンナの死に責任はない」

「ママ？」

「ダラス警部補がそのことで嘘をつく理由はないわ、ベイビー」

リーリーが友達を肘でつついた。「それに、あのクローンの映画も一緒に見たでしょ、この人が悪いやつらをつかまえてすっごいかっこよかったじゃない。あなたも」彼女はピーボディが飲み物を運んでくるとそう言った。

「そうかも」チェルシーは涙をぬぐった。「でもあたしは知ってるんだもの、ジェイクとリーオンとマックとアートとレンが全員、ジェンナが誰かに刺されたと言ったときにはステージの上にいたって、それにみんなジェンナが死んだのは違法ドラッグのせいだって言ってるし、どこかのクソバカが――」

「チェルス！」

「どうでもいいでしょ、ママ」少女の声が甲高く、大きくなった。「すんごい頭にくるんだもん、だってジェンナが過剰摂取だとか、彼女がジャンキーだったとか言うなんてクソバカよ」

「そいつらはクソバカね」イヴは母親にはかまわず、少女のほうに目を向けて同意した。

「それにそういう連中は、自分を守ることができない相手について悪い噂《うわさ》を流そうとしている嘘つきよ。わたしたちはしっかりした証拠をもとに、やはり最終的な結論を出したわ、ジェンナは違法ドラッグを使っていなかったと」

「まるで使ってたみたいに」リーリーがつぶやいた。「違法ドラッグなんてだめなやつ、変なやつ《フレイカー》が使うものじゃない。ジェンナはそうじゃなかった」

「とはいえ誰かが彼女を刺した、そして彼女は過剰摂取になった――彼女自身のせいではまったくなく。あなたたちには休憩前の最後の曲のときを思い出してもらいたいの」

「もう何度も何度も考えたわ」

「それにつらいですよね」ピーボディが言葉をはさんだ。「考えつづけるのはつらいです。でも、犯人がジェンナに危害を加えた時間と場所が大事なんです」

「あたしたちみんなそこにいたの、三人とも。これくらい近くに」チェルシーは両手を持ち上げ、三十センチほど離してみせた。「それに彼女はすっごい興奮してた、ジェイクが彼女を見て、まっすぐ見て、笑ってくれたから。それってヤバイでしょ！」

「ジェンナはすごく彼に会いたがってたの」リーリーが先を続けた。「もし会えたら、彼がデモディスクを受け取って、聴いてくれるって信じてた」

「それじゃそのときなのね、彼女がうれしがって、ジェイクが自分に笑ってくれたと言ったとき、そのすぐあとに、誰かに刺されたと言ったのね？　いま思い出してみるとそういうこと？」

「あたしたちみんな興奮してたの、だってそれってヤバイから、それでステージを見た。バンドの誰かがまたあたしたちを見てくれるかもしれない、そうでしょ？　だからむこうを見てた」チェルシーは続けた。「そしたらジェンナが叫んだの、叫ぶみたいに、っていうか。〝痛っ！〟っていうふうに」

「そうだった。あたしはだいたい彼女を見てたんだけど、目をすごく見ひらいてて、彼女はちょっとびくっとして」

「あなたは彼女を見ていたのね、リーリー？　ジェンナの後ろに誰かいた？」

「いろんな人が。誰もが踊ったり、叫んだり、歌ったり、手を叩いたり、何でも。アヴェニューAのあの曲って超クールなの、それにあたしたちはあれをライヴで聴いたことなかったし、そしたら最高にクールだった。あたしは誰かが彼女の足を踏んだか、強くぶつかったんだと思った。それがあたしの思ったこと」

　また涙がこぼれ、リーリーの母親がコークの缶をあけ、娘にすすめた。「少し飲みなさい、それから呼吸をして」

「オーケイ《ケイ》。彼女は怒ってるようにみえた気がする。ぶつかられたときってたいていはただそうなっちゃっただけでしょ、でも彼女は怒ってるふうで、それにちょっとびくっとしたの。そのとき刺されたってことを言ってた。あたしはそれでも、ただ誰かの肘が彼女に突き当たったか何かだと思ってた」

「それから彼女はどうした？」

「ええと。たしかあたしは落ち着きなよって言いかけて、でも彼女が腕を押さえたの。こんなふうに」リーリーは自分の上腕を手で押さえた。「それで思った、たしか、誰かの肘がすごく強く、痛いって感じでぶつかっちゃったんだな、って。そしたら彼女はちょっと振り向いて、後ろを見たの。〝クソったれ〟って言って、それから刺されたところをはらうみたいにして、あとは一緒に踊りつづけた。だからそのときもまだ肘がぶつかったんだと思ってたの。強く」

ジェンナもそうだったのかもしれない、とイヴは気づいた。

「彼女が手ではらって、振り返って見る前に、あなたは何をした？」

「踊っていたと思う、それからステージを見てた、見ていたかったから」

「誰かがダンスフロアを出ていくのには気がつかなかったのね、ちょうどその頃に？　ジェンナが振り返って見た直後に」

「全然気がつかなかった。みんなあの笑顔と音楽にノリノリだったから」

「あたし、見たかも」

イヴはチェルシーへ目を移した。「誰かがダンスフロアを出ていくのを見たのね」

「たぶん」

「ちょっと止まって考えなさい」母親が言った。「ダラス警部補がそうじゃないかと言ったから、誰かを思い浮かべているの、それとも自分で見たと思っているから？」

「見たと思う。みんなすっごい舞い上がってたから、すごく注意していたわけじゃないけど。でもそいつはちょっと……」チェルシーは肩を左右に揺らした。「ほら、ええと、見せびらかすみたいだったの、男が自分はイケてると思ってるときに歩くみたいに。でもそいつは踊ってなかった、歩いていくところだった、だから思ったの。〝ドゥーザー〟は曲が終わるまで待てないのね、ちょうどノッてるところなのに、オシッコに行っちゃうんだ、って。ごめんなさい」

オードリーは天井に目をやった。「ルールはゆるめたから」

「その人物はどんな外見だった？」

チェルシーは肩をすくめた。「ドゥーザーよ。黒いバギーパンツに黒いTシャツだったと思う、たぶん。ポケットに両手を入れてた、カッコつけてるみたいに」

「背は高かった、低かった？」

「わかんない、ちょっと低かったかも。わかんない」

「髪の色、肌の色はどう？」

彼女は肩をすくめた。「ライトがぐるぐる回ってて赤かったから。ほんの二秒くらいだったし。そいつがドゥーザーっぽく歩いているのに気がついただけ。ゆうべはそのことは思いつきもしなかった。ほんとよ」

「わたしたちもゆうべはあなたにそれを尋ねるべきだなんて知りませんでしたから」ピーボディがいつもの〝わかっていますよ〟トーンで言った。

「誰かがジェンナに危害を加えるなんて思いもしなかった。あたしたちみんな超サイコーの気分だった、それからリーリーとあたしは冷たい飲み物を買ってくるって言ったの」

「ジェンナは座りにいって、ジェイクに会う方法を考えたいって。彼女は何だかふわふわするって言ってたけど、あたしたちは〝あの笑顔〟のせいだと思ってて」

「きっとそうだったんですよ」ピーボディは手を伸ばし、リーリーの手を握った。

「それっきり彼女を見なかった。やっと二人でテーブルに戻ったときは、彼女があたしたちを探しにいったか、トイレに行ったんだと思ったの。だからトイレに行ってみて、そしたら列が永遠に並んでて。もっと早くジェンナを探していたら、でなきゃもっといそいで探したら、もしかしたら――」

「チェルシー」イヴはさえぎった。「そうしていたとしてもどうしようもなかったのよ。あなたたちが彼女を助けたかったのと同じくらい、できなかったの。誰にもできなかった」

「本当？　助けを呼んだり、救急車や、警察を呼べたでしょ」

「それはジェイクがしてくれたわ。彼はジェンナを刺した人物が立ち去ったあとほんの数分でそれをやってくれた。医療員はそのわずか五分後に到着したけれど、彼らもジェンナを助けられなかった」

「そいつはどうしてこんなことをしたの？　どうして彼女を殺したの？　ジェンナは誰も傷つけたことなんかないのに。あたしたち、まだ十六歳なのに」

「わたしたちはこれからできることをすべてやって、〝なぜ〟を突き止め、〝誰〟を突き止め、そいつをこれ以上誰も傷つけられないところへ追い払う。もう一度思い出してもらえる、もっと前のことを？　誰かジェンナに踊ってくれるよう迫ってきた？」

「あたしたち、何人かの男や、ほかの女の子たちと、何度か踊ったわ。たいていはみんなただ踊ってた、そうよね？」リーリーは考えようとして眉根を寄せた。「あたしたちみんな、〝遠慮しとく〟って二回くらい言ったかな、だってほかのことをやってたじゃない？　飲み物を飲みたかったり、オシッコに行きたかったり、いろいろ。だいたいはみんな一緒に踊ってた」

「誰かが、ええと、スナーリーな感じになった？」

女の子たちは顔を見合わせ、そろって頭を振った。

「もっと前、ゆうべより前はどう。誰か彼女がデートした相手で、彼女が望む以上のことをしようとした人は？」

「そういうことがあったら彼女は絶対話してくれたはずだし、話してなかった。彼女はまだちゃんと付き合う気がなかったの。誰とも決めないでいたかったのよ、いろいろ計画があったから。作曲や、練習や、準備をととのえること。彼女はソロアーティストになるつもりだったの、だって彼女が望んでいるものを望んでいる、っていうか、じゅうぶんに望んでいる人が知り合いにいなかったから」

「誰か彼女と付き合いたがったけれど、彼女が断った人は？」

「誰も思いつかない」チェルシーがリーリーを見ると、またうなずきが返ってきた。「つまり、誰かが誘ってきて、彼女が夢中になっているものがなければ、一緒に出かけたと思う。あたしたち、たぶんグループで出かけることにしたんじゃないかな。リーリーは彼氏がいるの」

「夢中ってわけじゃないわよ」リーリーはあわてて言い、ちらっと横目で母親を見た。「だいたいはぶらぶらしてるだけ。でも彼はいま家族と休暇旅行中だから、ゆうべは行けなかったの。どっちにしても、警部補さんのきいているのが学校でのことなら、ジェンナにはきまった相手はいなかったし、ほしがってもいなかった。でもみんなとはうまくやっていた、わかる？　彼女はイタいやつ《ウィーズ》じゃなかったし、乱暴な男《ブルーザー》が選ぶようなウィーブや、それをひけらかすトットでもなかった」

「男をじらして遊ぶ子でもなく、オタクでもなかったわ」

「一種の音楽オタクではあったかもね」

チェルシーはやっと笑った。「うん、そうだったかも」

「わかったわ。もし何か思い出したら――どんな小さなことでも、どんな出来事でも、何でもいい――わたしかピーボディ捜査官に連絡して」

「警部補」マディが言った。「この子たち二人とも、ジェンナのご家族にとても会いたがっているんです。適切なときが来たら」

「今日、あとでお会いすることになっています。先方にお伝えしておきますよ。むこうから連絡がいくようにします。改めて、来てくださってありがとう、ご協力に感謝します。足は入り用ですか？」

「いいえ、大丈夫です」オードリーが立ち上がり、手をさしだした。「わたしたちにはつらいことなんです、わかってくださってありがとう。あなた方の評判は知っています。どうか犯人を見つけてください、警部補、捜査官。どうかそいつを見つけて」

イヴたちは一行をブルペンまで見送り、彼女たちが下りのグライドに乗っていくまで待った。

「〝ドゥーザー〟って何？」イヴがきいた。

「ああ、いやなやつ《ディック》とだめなやつ《ルーザー》のまじわるところですね」

イヴは考えこんだ。「それはぴったりね。〝ウィーブ〟と〝トット〟も知っておいたほうがいい？　ほかのはわかったから」

「いいえ、でも基本的には、ウィーブは退屈かぶきっちょで、トットは男にだらしないタイプのことです」

「じゃあいいわ、わたしたちが探すのはドゥーザーで、たぶん黒いバギーパンツをはいて、背は低めかもしれず、それ以上の外見特徴は不明」

「前よりは情報が増えましたよ」

「そうね。それから被害者は反応が出なかった、劇的に具合が悪くはならなかった、少なくとも二分間は。犯人が立ち去り、曲が終わり、三人の女の子たちが別々になるまでの時間。ジェンナはたぶん、はじめは肘がぶつかったと思ったんでしょう。ドゥーザーがヘロインや、そのほか犯人が思いつくものを詰めこんだ注射針で自分を刺したなんて、子どもが考えるわけないものね？」

「それに彼女は〝あの笑顔〟に舞い上がっていました。辻褄が合いますね。彼女は興奮していて、頭がくらくらしていた。クラブは暑くて、彼女は息を切らしていた。いずれにしてもまだ十六歳で、永遠に生きるつもりだったんです」

「彼女がテーブルに戻るまで、薬物は本当には効いていなかった。ふわふわしている感じ、当然よね、〝あの笑顔〟、熱気、踊っていたし。だけどいまは、気持ちが悪いし、何だか体がおかしい――女子トイレへ行こうとする、でも具合がひどく悪い、それに彼女の前には列ができている」

まう」

「路地へ出ようとする」ピーボディが続けた。「でもそこへ行く前に胃がせりあがってし

「その頃にはたぶん腕が焼けるようになっていて、彼女もどこかでさっき刺されたことを思い出したでしょう。吐き気、意識の混乱、痛み、彼女はよろめきながら路地へ出た。

　その時間はわかってる。犯人が彼女に注入した薬もわかってるし、バギーパンツをはいたドゥーザーの姿もつかんだ」

「被害者の親友二人が、こんなことをしたがる人間に心当たりはないこともつかみましたよ」ピーボディはそう付け加えた。「あの夜のクラブにいた人間は誰も。ゆうべ以前にも誰も。警部補の言ったとおりじゃないですか。被害者は犯人を知らなかったんですよ」

「犯人のほうが彼女を知っていたのかどうか突き止めないと。彼女の学校と近所から始めましょう。学校に連絡をとって、被害者の去年からの教師を集められるかきいてみて。被害者の自室を調べたあと、制服に近所をあたらせる」

「すぐかかります」

「混合ドラッグにルーフィーが入っていたのには理由がある」イヴは考えた。「犯人は彼女を見ていて、彼女がほしくなったのかも。被害者のほうは彼が目に入ってないんだから、振ることすらしていない。俺には高嶺《たかね》の花、彼女はそう思ってるんだ、俺の名前すら知らないんだ。そういうのが積み重なって、とうとう彼は決心する、彼女もやっと俺に気がつ

くだろう。俺を無視した代償を払うんだ。それに誰にも彼女を渡すもんか。絶対に」

「極端ですね」

「ええ、ヘロインの混合ドラッグを彼女に打ったことがものすごく極端だもの」イヴは鳴りはじめたリンクを出した。「メールだ。ジュリア・ハーバーから。用意ができたそうよ。わたしたちは外回りに出るから」サンチャゴとカーマイケルに声をかけ、それからエレベーターへ向かった。

6

駐車場へ向かう途中で、フィーニーに状況をきいた。

「いまのところ幸運はないな」彼は言った。「いま署に向かうところだ」

「背が低めでドゥーザーのタイプ、黒いバギーパンツ、セットリストの終わり近くで両手をポケットに入れて、ダンスフロアを気取って歩きながらトイレへ向かう人物に気がついたかどうかきいてみて。もしくは、それより前に被害者のそばにいたそういうやつ」

「やってみるよ」

「わたしたちは被害者の寝室を調べにいくところ。カーマイケルとサンチャゴが供述をした人たちを調べてる」

「きみのドゥーザーに当たったら連絡するよ。そうでなければ、しばらくマクナブと作業する」

「そのときにはさっき言った外見特徴に目を光らせておいて、たいした情報じゃないけど。ありがとう」

「マクナブにドゥーザーのことを知らせているところです」ピーボディは言い、じきにリンクをポケットに戻した。「ゆうべあのクラブに黒いバギーパンツが何人来たのか、見当もつきません」

「手に入ったものは手に入ったとおりに受け取っておくのよ」

ガレージを通って車のところへ行った。

「犯人には入手源があるはず」車を出し、イヴは出口へ向かった。「もしくは手段、知識、設備よ、あの種の混合ドラッグを作るための。被害者の学校を第一に、〝彼女は犯人が眼中になかった〟の線であたりましょう。でももし犯人が流し釣りをして、ターゲットを探していたのなら、大学かも。十八歳から二十歳のタイプ。大学ならいい設備があり、研究し、練習する時間ももっとある」

「それじゃ化学専攻かもしれませんね、教育助手かも。もっと若くて大学にいる人物かも――超人的頭脳の人間」

「そこから、ドラッグ中毒や売人、アヘン常用者とひとつ屋根の下に住んでいて、家業を勉強中の子どもまで何でもありよ。まずはいちばんありそうなのから始めましょう。犯人はターゲットを知っていた、もしくは手に入れたがっていた、凶器のドラッグを作るための入手源・知識を使った。そこから始めて、広げていくわ」

ハーバー家から一メートルもないくらいの駐車場所を見つけることができたのも、日曜日の役得だとイヴは思った。

　それも受け取っておこう。

「蒸してきましたね」ピーボディが言った。「でも文句は言いませんよ、夏は大好きですから。それにいまは本物の庭があるので、いっそう大好きになりました。ああ、それにルイーズがあの小さな正面の中庭《コートヤード》にクラシックなコテージガーデンを作ってくれて、本当にうれしいです」

「どうして法廷の庭《コートヤード》っていうの！　みんながそれを裁くの？　そこに法廷があるの？　アイルランドではドアヤードっていうそうよ、それもわからないけどね、でも少なくとも玄関ドアの外に庭みたいなものがある」

　ベルを鳴らした。

　追いついてきたピーボディがきいた。「どうしてヤードなんでしょうね？　庭がすべて三フィートの倍数でできているわけじゃありませんし（一ヤードは三フィート）」

　イヴは彼女の肩をつついた。「そうよ。どうしてヤードなの？」

　ジュリアがドアをあけたので、それはあとで考えることにしてしまいこんだ。

　もう何日も眠っていないようにみえた。髪を後ろでまとめ、その顔を、その生気のない色を、あらわにしていた。影が深いあざのように、泣いて赤くなった目の下に広がっていた。

「どうぞ入ってください」

「ドクター・ハーバー、わたしのパートナーのピーボディ捜査官です」

「このたびはお気の毒なことでした、ドクター・ハーバー」

「ありがとう」

その顔色と同様、言葉も生気がなかった。「みんな中にいます」

シェーンは腕の下に息子を抱えて座っていた。ジェンナが父親の肌色を持っていたのに対し、イヴにはDNAの料理長たちが両親の遺伝子コードをミックスし、ひとりの少年の中で両者の完璧に近いブレンドをつくったかのようにみえた。

母親の肌の色、父親の目、母親の口、父親の髪。

姉は可愛《かわい》らしかったが、この少年は目を奪うほど美しかった。

チャールズとルイーズがそばに座っていて、二人が入っていくとチャールズが立ち上がった。

「ルイーズは……ルイーズはわたしたちと一緒に行ってくれるんです」ジュリアが言った。「チャールズにお願いしたんです、あなた方が……わたしたちが出かけてあなた方がここにいるあいだ、知っている誰かに家にいてもらいたくて。いえ、別に――」

「かまいませんよ」イヴはそう言った。

「リードも家にいてもらいたいんですが――」

「僕は行く」涙がその反抗的な口調の強さをやわらげていた。

「ドクター・モリスは許可されていると言っていました、でも……」

「お姉さんに会って、お別れを言わなければならないんですよね」ピーボディがリードのほうへ進み出た。「つらいだろうとわかっていても、お姉さんに会わなければならない、あなたのためにも」

「お姉ちゃんは戻ってくるはずだったんだ。お姉ちゃんが出かけるとき、僕は、かっこいいじゃん、イタいやつにしてはね、って言ったんだ」

シェーンの頬を涙が流れ落ちたが、ピーボディは少年だけを見ていた。「それならあなたはあなたのやるべきことをやったのよ。わたしにも兄弟がいるの、みんないつも自分のするべきことをしてくれる」

「お姉ちゃんは笑った」

「それをおぼえておいて。お姉さんが笑っていたのをおぼえていることは大事よ」

「お姉ちゃんを殺したやつをつかまえたら、そいつをひどい目にあわせてくれる？」リードが目を上げ、今度はいっしんにイヴを見た。「すごくひどい目にあわせてよ」

「残りの一生を刑務所で過ごすのはすごくひどい目でしょう」

「それじゃ足りないよ」

「もうやめなさい、リード」シェーンは息子の髪にキスをした。「わたしたちはもう行かないと」

リードは立ち上がった。「あなたたちの映画を見たよ」彼はピーボディに言った。「だからあなたが感じのいいほうだって知ってる。あなたは意地悪になれるんでしょう」イヴにそう言った。「お姉ちゃんを殺した悪いやつには意地悪にならなきゃだめだよ。わかった?」

「わたしはたくさんの人間を逮捕してきたのよ。その人たちの誰も、わたしが感じがいいとは思わなかったでしょうね」

「リード、あなたとパパはもう外へ出て。わたしはあと一分だけかかるの」

「僕に聞かれたくないことを話したいだけでしょ、だから僕は——」

「お願いよ、リード」ジュリアの声は涙でいっぱいになった。「今日はやめて。お願いだから」

リードの顔にあった怒りが消えた。彼はただうなずき、父親と出ていった。

「あの子も本当につらいんです」ジュリアはつぶやいた。「あの子たちはこっちの頭が爆発するんじゃないかと思うくらい口喧嘩をしてましたけど、おたがいを愛していました。あの子は家に残っていてくれたらと思いますけれど、それはこちらの勝手ですね。捜査官、あなたの言ってくださったことは、それにルイーズが言ってくれたことも、そのとおりです」

　ジュリアは深く息を吸った。「捜査で新しいことがわかったら教えてください。シェーンとリードにはそれをやわらげて伝えます。それに、教えてもらった情報は家族以外にはもらさないと約束できます」

「娘さんが襲われた時間と場所はわかりました。娘さんが致死性の混合ドラッグを注射されたこともわかりました」

「どんなドラッグです？」イヴがためらっていると、ジュリアは断固として立ち上がった。「わたしは医師です。あの子の母親です。あなた方がメディアに情報がもれないようにしなければならないことはちゃんとわかっています。ジェイク・キンケードがかかわっていたことのようにね、あなた方は話してくれませんでしたけれど」

「この話から始めましょう。ヘロイン、ケタミン、塩化カリウム、ロヒプノール。針は、われわれの考えでは故意に汚染されていました」

「そんな」ジュリアはぎゅっと目を閉じた。「かわいそうに」彼女は自分を立て直した。「あの子が性的暴行を受けたことは話してくれませんでしたね」

「受けていません。ロヒプノールが含まれていた目的はわかりません、でもジェンナはレイプされていませんでした。薬を打たれて数分で亡くなったんです。ジェイク・キンケードの関与は、彼女が吐き気をおぼえ、混乱して外に出てきたときに、路地にいたことに限定されています、そして医療者として、娘さんがすでに亡くなりかけていたのはおわかりでしょう」

「でも――」

「娘さんが倒れたとき、彼が受け止めたんです。彼はジェンナを助けようとした、救急車を呼び、CPRで彼女を蘇生させようとしました――それはすぐあとに路地に出てきたナディーン・ファーストと、やはりその後すぐに到着した医療員たちによって証言されています」

「あの人が本当に娘についていてくれたんですか？　一緒にいてくれたんですか？」

「そうです。いまのことはすべて、議論の余地なく立証されています、ドアの防犯カメラの映像によって」

「それを見せてください」

「だめです」

「わたしには権利があります――」

「いいえ、ありません。娘さんは最後のときにひとりぼっちではなかった、それがあなたの知っておくべきことです。もう一度お尋ねしますが、ジェンナにつきまとったり、彼女に不快な思いをさせたりした人物で、彼女がはねつけた人はいましたか？　あるいは彼女に目を向けすぎているとあなたが気づいた人物は？　おそらく十五歳から二十歳の男性で」

「いません。知っていたら必ずお話ししています。それにあの子が話してくれたはずだと信じています。わたしでなくても、チェルシーかリーリーに話したでしょう。彼女たちにきいてみてください」

「ききました。二人ともいないと言っています」

「でしたらいないんです。ジェンナは秘密を持っていられる子ではありませんでした。あの子が何もかもわたしに話していたとは言いません。あの年頃の女の子は母親に何もかも話したりはしないものですから。でもジェンナのような女の子は、親友たちには話すものです」

「オーケイ。チェルシー、リーリー、それから彼女たちの家族があなた方に会うか、話をしたいそうです、あなた方の用意ができたときに」

「ええ。あした。あしたならたぶん」

「ジェンナはデモディスクを作って、ジェイク・キンケードに渡したいと思っていましたね。彼がそれを聴かせてもらえないかと言っていました」

涙がジュリアの目にあふれ、流れ落ちた。「それはあの子の夢でした」

ティッシュで武装し、ルイーズが歩いてきて、ジュリアの腰に腕をまわした。

「彼はいい人だと言っていたわね」

「ええ。いい人よ」ルイーズは請け合った。

「彼はあの子といてくれたんですね。ジェンナについていてくれたんですね？」

「ドクター・ハーバー、娘さんは彼の腕の中で亡くなりました。彼は娘さんを支え、助けを呼び、それから蘇生させようとしました。決して娘さんを置き去りにはしませんでした」

「わたしができなかったときに、あの子を支えてくれたんですね。一緒にいてくれた。ええ、もちろん、あの子のデモディスクを聴いてもらってかまいません。何はさておいても、彼のために作ったんですから。もう行かないと。長く待たせすぎています」

イヴはルイーズが彼女を送り出すまで待ち、それから肩の力を抜いた。

「きみたちのどちらも、いまやった以上にうまく対処することはできなかっただろうね。きみたちがどうやってのけているのかわからないよ」チャールズが付け加えた。「邪魔はしないよ、でも僕に手伝えることがあれば、ここにいるから」

「最初の手伝いをしてくれる？　ジェンナの部屋はどこ？」

「二階だよ、右へ行って、左側の二つめのドア。キッチンのあたりはよく知っているから、もし飲みたければコーヒーをいれてくるよ」

「いらないわ、でもありがとう」

ピーボディをともない、イヴは上の階へ行った。幅広い廊下を左右にさっと見たところ、ドアはすべて閉まっていた。

むずむずした。家に警官が入ってくるときにプライヴァシーを守りたくなる欲求は理解できたが、警官としてはその閉じられたドアのむこうをざっと見てみたかった。

言われた左側のドアをあけた。

「わあ、すごい」ピーボディの目が飛び出した。「まるでベッド付きの音楽スタジオですね。それに壁の色、あれはエナジーカラーですよ」

ポスターが――アヴェニューA、メイヴィス、それからほかの音楽界の有名人たち――その壁の大半をおおっていたが、イヴに見えた部分は、熟れた紫のブドウをつぶしたら出てきそうな色だった。

片側にベッドがあり、白い羽毛布団、さまざまな色のクッションの山、子ども時代から十代への変化に寄り添ってくれたと思われるぬいぐるみ二つがのっていた。

ピーボディが言ったように、ジェンナは部屋のほかの部分を自分の夢に捧《ささ》げていた。

コンピューターデスクにはスクリーンが二つあった。スタンドにギターが一本立ててかけてあり、小さめのカウンターにはキーボードがのっていて、その横にヘッドフォンがあった。別のカウンターにはほかの機器、また別のヘッドフォンが置かれていた。

「これは一級品ですよ」ピーボディが言った。「メイヴィスが自宅に設置したスタジオより規模は小さいし、質も低いけれど、それでも一級品です。本格的な設備ですよ。それにこれに関しては両親が援助していたことを示していますね。若い子じゃこれを全部買う余裕はなかったでしょう」

　彼女は歩いていって、コントロールキーボードをタップした。自分の声を録音して多重録音したり、

「たとえばこれですが？　いろいろな楽器をミックスして、自分の声を録音して多重録音したり、そういうのが全部できます」

　それに関しては、イヴはピーボディの話をそのまま受け取った。「整理整頓されていて、清潔ね。家のほかのところより涼しいわ」

「機器のためでしょう。涼しくしておかないといけないんですよ、それに塵《ちり》やパンくず、液体も機器に入ったらまずいですし」

　イヴはドアをあけた。「オーケイ、クローゼットね。ここはそれほど清潔でも整理整頓されてもいない」

　別のドアをあけてみた。「小さなバスルーム、清潔、でもカウンターじゅうに毛髪や顔に使うものが散らかっている」

「楽しい夜のために支度していたんですよ」

「そうね。機器のほうはあなたが詳しいから、そっちから始めて。わたしはクローゼットとバスルームをやる」

　イヴはクローゼットをじっくり見た。イヴが知っているたくさんの女たちと同じく、ジエンナも靴に弱かった。スキッズ、運動靴、ブーティ、サンダル、飾りのある靴、ごつご

つした靴。ハイトップ、ロートップ、エアブーツ。

服にも出し惜しみはしていなかった。ほとんどがパンツ――バギーパンツ、ジーンズ、クロップドパンツ。ワンピースは片手で数えられるくらい、スカートはそれより多く、ディナーナプキンよりかろうじて長いものもあれば、ジェンナの足首まであっただろうものも。

ぴったりしたトップス、だぶっとしたトップス、ふわっとしたもの、ぴっちりしたもの――それにその中間の全部。

ポケットの中には何もなく、靴のつまさきにも、半ダースあるバッグ――どれも小さくて、斜めがけするタイプ――の中にも、こっそりしまわれているものはなかった。

作業をしていると、後ろの部屋で音楽が鳴り響いた。

「録音を見つけました」ピーボディが呼びかけてきた。「これはアヴェニューAの『イン・ザ・ダーク』と、ジェンナの『ゴーイング・ダウン』という曲のマッシュアップ（別々の曲からヴォーカルトラックと伴奏トラックを抜き出し、それを重ねてひとつにする手法）です。これはいいですよ、ダラス。本当にいいです。彼女の声を聞いてください。多重録音しているので、自分の声とハモってるんです。かなりのものですよ」

イヴはいくつもの声がたがいにからみあい、とけあうのを聞いた。ちょっと反抗的な、怒りのとげがまざって、誰かを自分の人生から蹴り出すといった歌詞にぴったりだった。

それからアヴェニューAがとってかわった。すさまじいギター、そしてそう、反抗的で怒っている男の声。

同じテーマだ、とイヴは気づいた。別の視点での。

「彼女はこのセクションにマッシュアップを入れています」ピーボディはスクリーンのほうを指さした。「別のエリアはオリジナル用。カバーをやったエリアもあります。それからもうひとつが、進行中の作品のもの。

彼女はノートパソコンを持っていて、しまってありました。学校用に限られているようです。少なくともざっと見たかぎりではそれしか見つかりませんでした。パスコードでロックされているものはありません」

「クローゼットは捜索完了——隠し場所なし。バッグのひとつに現金が少し入れてあった。百ドル足らず。クローゼットにはTシャツも下着もなかったんだけど。ドレッサーもないわよね」

「ベッドの下に引き出しが。まだそこは見てないんです」

「わたしが見るわ」

引き出しのひとつにTシャツ、タンクトップ、トレーナー、ショートパンツがあった。下着——シンプル、可愛い、でもセクシーすぎない——はまた別の引き出し。

反対側にノートが何冊かあった。

作詞用だった。まとまっていない考えやアイディア用の。いたずら書きや、ときおり補足の書きこみも。

リードってほんとにガキなんだから！

うちの親って超ゲンカク！！　あたしは十四歳よ！！！　たかがタトゥーひとつじゃない、まったく！　なのにもらえた答えは〝絶対にだめ〟。んもう！

ジェンナはあきらかに歌詞や、考えや、補足書きこみをさかのぼって見ていた。それに書き加えていたから。

今日で十六歳！　それでもやっぱりあのタトゥーを入れたい。あと二年！！

イヴは床に座り、ノートをめくっていった。何か手がかりが飛びこんでこないかと。探しているあいだに、ピーボディが音楽を変えた。

一種のバラード、ソロで、死んだ少女の声は鐘のように澄み、天使のように清らかだった。

むこうへ目をやると、デスクを調べているピーボディの目が輝いているのがわかった。音楽を止めなさいと言うこともできるけど、とイヴは思った。でもあの声、そこにある心がピーボディに――わたしたちに――わたしたちが味方になった少女を思いえがかせてくれる。

ほかの短いメモも見つけた。リーリーが髪を切った。チェルシーがブルーのハイライトを入れた。みんながマニキュア、ペディキュアをしてる。

ジェンナはジェイという名前の人物と映画に出かけていた。

彼がおやすみのキスしてくれたのがすてきだった。胃が全部ん〜んってなった感じ。またいつか一緒に出かけるかも。でもまず音楽だ！

イヴが読んだもののすべてが供述を裏づけていた。真剣な交際なし、彼女に強引に迫ったり、プレッシャーをかけたりしてきた人物なし、彼女が振った相手もなし――彼女が書いていた、もしくは気づいていた相手は。

そして最後のノートに、最後のメモを見つけた。

とうとう今夜だ！！！！！　ついにここまで来たなんて信じられない。ジェイクとあの

人たちに渡すデモを必死で作った。これはサイコーだ、わたしにはわかる。彼に渡す手段を見つけなくちゃ。ああ、きっと絶対に超最高になる！　アヴェニューAを直接見られるんだ！！！！！　キャー！　彼らが大好き！！　（とくにジェイク！）　LとCが服を選ぶのを手伝って、二人にもわたしが選ぶのを手伝ってもらった。わたしたちは今晩すっごくイケてみえる！！　ジェイクに会ってデモを渡すとき、自分がべらべらしゃべったり、イタい人みたいなことをしませんように。わたしが真剣にやってるミュージシャンで作曲家だと彼にわかってほしい。一生で最高の夜になりそう！

イヴはノートを戻し、次の引き出しをあけた。がらくた用の引き出し。ギターのピック、ギターの弦のパック、使いかけのネイルのボトル、鉛筆、マーカー、何も書いてないノート、はさみ、サングラス、その他もろもろ。秘密なし、おどすようなメッセージもなし。

バスルームを調べようと立ち上がった。

「こっちは何も見つかっていません、ダラス。彼女の音楽のセクションは広くて整理されています。自分の好きなグループやアーティストの曲をたくさん持っていますね――すごいコレクションですよ、実際――それにその曲について、いくつかかなり技術的な意見も。彼女が練習している映像もあります、ここで演奏しているのとか。いろいろなスタイルを試したり、本人いわく、自分のテーマ音楽みたいなものを作ろうとしたり」

「いくつかコピーして。あとで見てみる。そのコンピューターを使ったメール、ビデオ通信は？」

「たいしてありません、でも彼女の年齢グループはリンクで生きてますからね。ここはもうほぼ終わりました」

「あとはバスルームだけね」

作業を進めながら、イヴはピーボディにさっきのノートや、そこにあった短いコメントのことを話した。それからジェンナが最後に書いていたことも。

バスルームには想像できるかぎりの、そしてそれを超えるたくさんの色のマスカラがあった。どこかのビルをそっくりピンクに変えられるくらいの口紅《リップ・ダイ》。アイシャドウ、アイライナー、ハイライトと呼ばれているもの、チークカラー、その他。それからそういうものをつけるために使うもの、そういうものをとるために使うもの。そういうものをとったあとにつけるもの。

まったく、十六歳の顔をカッコよくみせるためにどれだけのものが必要なの？

作業を終えたとき、チャールズが寝室の戸枠をコンコンと叩いた。

「お邪魔して悪いね。ルイーズがメールで、そろそろ家に戻ると連絡してきたんだ。きみたちが知りたいだろうと思って」

「ええ。ここはもう終わった。ピーボディ？」

「同じくです」

「もう出ましょう。家族が戻ってきたとき、わたしたちにいてもらいたくないだろうし。彼らに知らせてもらえるかしら、チャールズ、部屋は調べおわりました、ジェンナのパーソナルスペースに入ることを許してくださって感謝します、って」

「わかった」

三人は一緒に一階へ降りていった。

「きみたちが見たものの印象を彼らに伝えていいかな？」

「あなたがやって、ピーボディ」

「こう伝えてください、ジェンナはずば抜けた才能を持ったすてきな女性だとわかりました。彼女をご家族から奪った人間を見つけるべく、力をつくします」

「完璧だ」チャールズはピーボディを抱きしめた。「会えてよかったよ、ディー、こんなひどい状況であっても」

「あなたとルイーズができるときに、またうちに寄ってください。最後に見てもらってから、また進んでるんですから」

「必ずそうするよ」

「最後にひとつ」イヴはピーボディと外に出ながら言った。「ご家族は彼女の葬儀をするでしょう。その日時と場所を知りたい」

「こんなことをしたやつがあらわれるかもしれないと思っているんだね？」

「よくあるのよ」

「彼らに親類がいて、来てくれるよう頼んでいたのは知っている——でもみんながニューヨークやその近くに住んでいるわけじゃない。彼らは葬儀の日を決めたがっている。ルイーズと僕も手伝うことになっているから、決まったら知らせるよ」

「わかった。じゃあまた」

「僕もリードと同じ気持ちだよ」チャールズが呼びかけた。「その悪いやつを見つけたら、ひどい目にあわせてやってくれ」

「あの部屋を調べたあとだと、同じ気持ちにならないでいるのはむずかしいですね」

「捜査はそういうふうにやるものじゃないわ」イヴはピーボディに思い出させた。

「わかっています、でもそれも必要かもしれない、と思わずにいるのはむずかしいです、法のもとでですが」

車に乗ると、イヴはしばらくシートにもたれた。

「ＥＤＤに進行状況をきくわ。彼らが何かつかんでいなければ、今日はこの件についてやれることはない。被害者の学校との手はずをととのえないと、それから別の化学ラボを調べたほうがいいわね——ほかの学校、大学。

考える時間がいるわ」

「わたしの脳はもう思考できません。それに胃がからっぽです。あなたのもそのはずですよ」

イヴは食べ物のことは考えていなかったが、疲労が脳を襲っていたのは認めざるをえなかった。

「あなたがEDDに連絡して。彼らが何かつかんでいたとしても、家から仕事することもできるし、引き返して彼らが見つけた人物を引っぱってもいい。ロークに連絡しなきゃ。終わったら連絡してくれって言われてるの、もう終わったし」

「わたしたち、今日はよく働きましたよ、ダラス。捜査を進められました」

二人はそれぞれの連絡をした。

「まだ何もないそうです。もしかしたらというのがひとりいたそうですが、うつむいていて、顔は見えてない。黒いバギーパンツ、黒いTシャツでフラグを立てていますが、ひとりではすまないそうです。もう作業をやめて、あとは自動で走らせておく。何かあったら、彼らのリンクにシグナルが送られてくると」

「これまでのところ、犯人がやらかした唯一の失敗は、あの足の跡と窓の繊維ね。あしたはそこから続きをやりましょう。ロークは家にいるって――あなたたちの家よ。そっちかアパートメントかに送っていってあげる」

「そっちでお願いします！　何か食べるものを作れますよ。あなたも食べなきゃだめです。わたしのクラフトルームは塗装したんですよ――中間色でやったんです、毛糸や布地が目立つように。それにメイヴィスのほうの主寝室とバスルームも終わりました。ベラの部屋もです。ああ、家具を置いたら、すっごく可愛くなりますよ」

どっちにしてもイヴは考えられなかったので、道中はピーボディにしゃべらせておいた。

前に車をつけると、〝豪邸プロジェクト〟のゲートが開いた。

家の外側は前回見たときと同じようにみえた。仕上がっていて、くつろいだ感じで、楽しげ。花に木々、緑の芝生、広いポーチ、背の高い窓。

車を停めると、ロークが家の裏からまわってきた。変なの、とイヴは思った。彼と別れてからまだたった何時間かなのに、もう何日もたったように感じる。

ロークはさっと彼女を見た。「疲れているね、警部補さん。きみもだ、ピーボディ。みんな裏のパティオにいるよ。来て、しばらく座っておいで」

三人で家をまわり、ちょっと曲がりくねっている舗装された小道を進んでいくあいだ、ピーボディは木陰をつくる植物を植えることや、球根や何かで自然な感じにすることを話していた。

イヴはロークの肩に頭をのせて目を閉じたかった。何時間か。

そのとき、ベラが裏の角を走ってまわってきて、ミサイルのようにイヴに突進してきた。

ああもう、とイヴは思ったが、選択の余地はなく、赤いショートパンツと、ユニコーンが虹を飛びこえているシャツの女の子が飛びついてくるのを受け止めた。

「ダス！　ダス！　ダス！」

イヴの顔を両手ではさみ、両方の頬にべたべたのキスをした。それから体を引く。服の虹のように可愛い顔が、同情でくしゃっとなった。「あー、ダス、にぇむそう。にぇて」

「それができればね」

ベラはイヴの肩に頭をつけ、イヴの腕をぽんぽんと叩いて、何か甘くて意味のわからない歌をうたった。

「子守唄ですよ」ピーボディが教えてくれた。「ベラが眠るときにメイヴィスが歌ってあげているんです」

イヴは降参した。子ども恐怖症の警官ですら、ベラには抵抗できない。

ベラの母親はパティオのテーブルに座り、片手を成長中の〝二番ちゃん《ナンバー・ツー》〟に置き、もう片方の手は炭酸入りのレモネードらしきもののグラスを持っていた。

レオナルドは流れるようなノースリーブのシャツを、流れるようなコットンパンツの上に着て、彼女の隣に座っていた。自分の世界にすっかり満足しているようにみえた。

赤ん坊でお腹が大きくなっているにもかかわらず、メイヴィスは飛び上がり、いまの髪色と揃《そろ》いのパープルのスニーカーでぴょんとはねた。

「来てくれたらなあって思ってた！」

イヴの腕に飛びこんでこそこなかったが、自分の体に両腕をまわした。「くたびれた顔してんね、あんたたち二人とも。座って、脚を伸ばして、ワインを飲んでよ」

「わたしは本当に――」

「ワインを飲んでよ、そのあとであたしたちがステキな新しいグリルを稼動させて、バーガーを作るから――ロークがくれた雌牛のお肉で。本物のじゃがいももあるんだよ。うちの庭のじゃないけど、まだね、でも本物なんだ」

「ワォ。わたしがフライを作りますよ。新鮮な、手でカットしたやつを」

「オートシェフにいくらか入ってるよ。ピーボディ、あんたはくたびれてへたばってるじゃん」

「バーガーとフライを思っただけで元気が出てきましたよ。それにうちのゴージャスなキッチンで料理できるチャンスも」

「それじゃあたしはサラダを作るね――うちのサイコーの庭でとれたやつで。でもまず、みんなでワインだよ」喜びで輝き、メイヴィスは妊娠したお腹をぽんと叩いた。「あたしと、一番ちゃんと、二番ちゃん以外ね」

「ベラは一番ちゃん！」

「こっち来て座ってよ。これからはじめてのディナーパーティーをするんだから。マクナブは？」

「もうじき来るはずですよ」

レオナルドが立ち上がり、イヴの頬にキスをした。「僕がワインをとってくるよ」

イヴはワインを飲んだ。それにベラが「見て！」と叫ぶので、彼女が遊び場ですべり台を降りるのを見守り、ピーボディの本当にすばらしいウォーターフィーチャー（池や噴水など水が織りなす景観）の滝に耳をすませた。

そしてこの幸せと居心地のよさが要求したので、殺人はしばらく横に置いておいた。

イヴは庭のことは何もわからなかったが、メイヴィスと歩き、かの都会っ子にして音楽界の風雲児、元は街の詐欺師が茎からトマトを摘み、地面からニンジンを抜き、レタスを刈り取るのを見物した。

「ジェイクがどうしてるかきく時間がほしかったんだ。ひどいなんてもんじゃない事件だよね」

「彼は大丈夫よ。きっとよくなる」

「でもそのかわいそうな若い子はならない」

「ええ」

「でも彼女にはあんたとピーボディがついてる、それにマクナブとフィーニーも。ロークも」メイヴィスは歩きながらいろいろなものをもぎ、ねじって摘み、刈り取ってバスケットに入れた。「誰がそんなことをしたのか、あんたが突き止めてくれる」

「そのつもりよ。それじゃ多いんじゃない？」

「一緒にしたら多くないよ。激うまのサラダを作ってあげる」娘そっくりに、メイヴィスは頭をのけぞらせて笑った。「こんなふうになるなんて誰に予想できただろうね？」

「わたしじゃないわね」

「マクナブが来たよ。ベラが行くのを見て。あの子ってみんながまわりにいてくれるのが何より好きなんだ。あの子もいつか十六歳になるんだよねえ」

「メイヴィス」

「違うよ、あたしは、何ていうんだっけ、投影しているわけじゃないの。ただ、人は子どもを手放しはじめなきゃいけないんだ、ちょっとずつ、ほんとに、ほんとにすぐに。そうしなきゃいけないの、だってそれも子育ての一部だから。すんごく怖いよ、ダラス、そのちょっとずつが、でもやらなきゃいけない、だからそれだけのこと。それにそのイカれたところってわかる？　子どもっておっかないよ、でも同時にバカみたいに誇らしくもしてくれるんだ」

「あなたとレオナルドはとってもうまくやってるわよ」

「そーだよね。それにいまやあたしたちはこういういろんなものを持ってて、ベラや、二番ちゃんや、そのあとに来る子たちみんなにあげられる」

「みんな？　そのあと？」

「そーだよ、きっとそうなる。もっと増える。ほらピーボディだよ、じゃがいもでフライを作りにいったんだ。すごいんだよ、ダラス、彼女、すごくたくさんのことを教えてくれるの」

メイヴィスはイヴににっこり笑った。「激うまサラダの作り方を教えてほしい？」

「全然」

そのかわりにイヴはもっとワインを飲み、マクナブから手短に最新状況をきさ、それからそれをまた全部押しやった。

いちばん古い友達の作ったサラダ、レオナルドが――ほとんどはロークにやり方を教わりながら――料理したバーガーを食べた。それからピーボディのキッチンから揚げたての、おかしなくらいおいしい手作りのフライが出てきた。

イヴはレオナルドが自分の世界にすっかり満足しているのも当然だと思った。音楽界の風雲児、デザイナー、警官たち、そして子ども（と、もうじき生まれる子）は、ものすごくいい世界をつくりあげたのだから。

7

運転は喜んでロークにまかせ、イヴはシートでリラックスしながら家へ帰った。

彼はイヴの脚を愛情をこめて撫《な》でた。

「彼らにはとても意味があったんだよ、きみがワインとバーガーのあいだずっといてくれることが」

「五分しかいないつもりだったのよ、なのに結局は三時間近くなっちゃった。でもわたしにもとても意味があった。あれは最高に幸せな未完成の家ね」

「あと六週間から八週間したら完成するよ、そうすればもっと幸せになる」

「メイヴィスが地面からニンジンを抜いたの。ニンジンの部分が地面に埋もれてたのに、ニンジンだったたわかってたし、どうやって引っこ抜くかもわかっていた。地面からよ。そのあとどうすればいいかも」

それは困惑することでもあり、驚くことでもあった。

「はじめてメイヴィスに会った頃、彼女がニンジンにいちばん近づくとしたら、キャンデイバーを万引きしようとしてマーケットでそばを通りすぎるときだったでしょうね」

　イヴは考えこんだ。「誰かの財布をすったあとに」

「あれはすばらしいサラダだった」

「彼女、あの花を入れてたわね。むかつく《ナスティ》何とか」

「キンレンカ《ナスタチウム》」

「そう、それ。花を食べるって変な感じよ、たとえそれが、まあ、おいしくても。それにあなたはレオナルドにバーガーの作り方を教えてあげて、ピーボディはじゃがいもでフライを作って、マクナブはあの子を肩にのせて踊ってまわって。

　あの子、どこであんな笑い方をおぼえたのかしら？」いまでも聞こえるようだった。「頭の病院でハイになるドラッグを飲んだ人みたい」

　イヴは目を閉じかけたが、そこでもしそうしたら、もう一度あける前に寝入ってしまうと気がついた。

「被害者の寝室だけど。ピーボディはベッド付きの音楽スタジオって言ってたわ、まさにそのとおり」

「それじゃ音楽に真剣だったんだね？」

「心の底からね。それに、驚いたわ、ローク、あの子はすばらしい声を持っていたの。ピーボディが彼女の機器や、録音を全部調べた。ジェイクは被害者が作ったデモを聴きたがってる。被害者が彼に渡そうと思って、クラブに持っていったやつ」

「もちろん聴きたいだろう」

ジェイクならもちろんだ、とイヴも思った。しかしほかの人ならたいていは逆を希望するだろう。本能的な自己防衛で。

「聴いたら彼は身を切られる思いがするでしょうね。わたしも今日聴いて身を切られる思いだった、だからわかる。彼は鋭く切りつけられるわ」

「彼女のことを話してくれ。きみはもう彼女をわかっているんだろう」

「年のわりに幼いわね。それは親たちが盾になっていたからでもあるし、本人が音楽のことしか頭になかったからでもある。同時に成熟したところもある。彼女は目標をリストアップしていた。男の子は好きだけれど、付き合うことには興味がなかった。友達二人や家族としっかり結びついていた。

タトゥーを入れたがってたのよ」イヴは思い出した。「音符の——ノートに三つの音符が描《か》いてあった。手首に」自分の手首の内側を叩いてみせた。「親という盾からは強い反対が出て、彼女はそのことで怒っていた。彼女はウィーズでもウィーブでもトットでもフレイカーでもブルーザーでもなかった」

「いまのは何語だい?」ロークはゲートへ近づきながらきいた。

「ティーンエイジ語よ。彼女はまずまずの成績をとり、トラブルからは遠ざかっていた、チェリーソーダが好きだった。もっと脚が長くて、おっぱいが大きければいいのにと思ってた。両親が厳しすぎるとか、弟にはいらいらするとかのよくある不満はあったけど、家族を愛していたことは伝わってきたわ。

すばらしい才能があって、その土台の上に築く夢を持っていた」

家の大小の塔の中には大きなベッドがあるので、イヴはふたたび疲れが押し寄せてくるのにまかせた。

「わたしが思うに、本当に思うんだけど、もしどこかのドゥーザーに殺されなければ、彼女はその夢をつかんだんじゃないかな」

「ドゥーザーを翻訳してくれ」

「いやなやつ《ディック》とだめなやつ《ルーザー》のコンボ」

「よくできてるな」

「わたしもそう言った」

「どうして犯人がドゥーザーだとわかるんだい、具体的には？」

「被害者の友達の片方が男をちらっと見ていたの——黒いバギーパンツ、黒いTシャツ——ジェンナが刺されたあとすぐ、ダンスフロアをトイレのほうへ気取って歩いていったって。

百パーセント確実とはいえないけど」イヴは言いながら車を降り、ゆったりした川のようにふわふわと流れる風の中へ出た。

というか、自分がそこにふわふわ浮かんでいるのかもしれないが。

「九十パーセントはたしかだと思う。タイミングがぴったりだし。いまってまだ日曜よね？」

「そうだよ」

「どうしてただのんびりしてるだけの日曜は、そうじゃないときの日曜より短いの？」

「フェアじゃないね？」

「ムカつくわ」

ロークが疲れきった妻を家に入れると、サマーセットが足元の猫と一緒に待っていた。

「たいへんな週末のあと、ご友人たちとの時間を楽しまれたならよいのですが」

「楽しんだよ。まさに、しばしのあいだ重荷を軽くしてくれるものだった」

「先ほどジェイクの声明を聞きました。短くかつ思いやりがあると同時に、被害者の子どもに焦点を絞っておりました。少なくとも端々にあなた様の手が入っているのを感じました よ、警部補」

「わたしよりナディーンのよ」イヴは言い、そのまま階段のほうへ行こうとした。

上に行けばベッドがある。

そこで思い出した。サマーセットは子どもをなくしてるんだった。娘を、さんざん痛めつけられて殺されて。

なのに警官たちは何もしなかった。あの警官たちは何もしない以下だった。

イヴは振り返り、サマーセットの目を見た。「犯人は必ずつかまえる。必ず刑務所送りにするから」

「その点は疑っておりません」

猫が先に立って階段を駆け上がっていくと、ロークはイヴを抱き上げた。

「自分で歩けるわよ。ちょっと、わたしは……オーケイ」そしてあきらめ、彼の肩に頭をつけた。

気持ちがよすぎる。やっと頭をぼうっとさせて体から力を抜くのは何て気持ちがいいんだろう。

「ちょっと仮眠というのはどうかな？」

「賛成」

ロークがイヴを抱いて入っていくと、猫はすでにベッドを占領していて、彼はその横にイヴをおろした。そしてイヴが体をひねってうつぶせになる前に止めた。

「武器はいらないだろう」

「あなたも、わたしより眠ったわけじゃないんでしょ」ロークにハーネスをはずされながらイヴは言った。

「だから僕も一緒に少し仮眠するよ。ブーツを脱いで」

「ほんとにまだ日曜なの？」

「ああ、そうだよ、それにまだ何時間かある」

「よかった。それはよかった」ロークが武器とブーツを横に置くと、イヴは体をまわしてうつぶせになった。「月曜になったら起こして」

自分も靴を脱ぐと、ロークは彼女の隣に体を伸ばした。反対側にはギャラハッドが守りについていた。

「夢はなしだよ、ダーリン・イヴ」彼はつぶやいた。「いまは夢はなし。ただお眠り」


薄暗い、消えかけた光の中で目をさましたイヴは、自分がどこにいるのかわからなかった。ロークのひそやかにつぶやく声が聞こえて、まばたきし、彼がギャラハッドに猫用おやつをやっているのをながめた。ギャラハッドはジャンキーがファンクをほしがるみたいに、それをほしがるのだ。

体をまわし、ベッドの頭上にある天窓のむこうへ目を向け、時間の見当をつけようとした。

あきらめて、起き上がった。

「そうだよ」ロークが言った。「まだ日曜だ」

「わたし、どれくらい眠ってた？」

「一緒にメイヴィスのところにいた時間くらいだね、おかげでずいぶん元気そうになった」

「あなたは眠ったの？」

「しっかり一時間、充電した」

イヴは顔から髪を両手でこすりあげた。「コーヒーを飲んで、ボードを更新しなきゃ」

「教えてくれないか、いまボードを更新して、きみの捜査や被害者に何か変化はあるのかい？」

「ううん」

「じゃあこうしよう。さっきのほしくてたまらなかった仮眠の仕上げに泳がないか？　そのあとで、まだきみが更新したければ、手を貸すよ」

「いい取り引きね」たぶん、コーヒーよりもちょっといい。「泳ぐのも悪くないわ」

「あとで着るのに、仕事着よりもっと着心地のいいものを持っておいで」

「それって古いものってこと？」イヴはベッドから出た。「何かもっと着心地のいいものを着るって」

ロークは妻を、そのウィスキー色の目がふたたび油断なくなり、体は力が入らないのではなく、ゆったりしているのを見た。

「それでもいいが、そういうつもりで言ったんじゃない。僕はTシャツとラウンジパンツを考えていた」

イヴは両方を引っぱり出した。「こんな感じ？」

「そういうこと」

彼女の手をとり、エレベーターへ連れていった。

乗りこむと、イヴは楽しげに彼に寄りかかった。「ニンジンを抜いたことある？」

「やけにそれにこだわっているね？」

「そうねえ、すごく変だったんだもの。ある？」

「ないな」ロークは警戒の目を向けた。「ニンジンを収穫できるよう、植えてみたいって言うつもりかい？　というか、さっき言っていたように、地面から引っこ抜くために？」

「やだ、違うわよ」そのことと、自分たち二人がそうやっている場面を思い浮かべて、イヴは笑いだした。「わたしたちはあの池のほとりに木を植えたわ、そうでしょ？　生きているあいだはあれでじゅうぶんだと思う」

「あの木を植えるのは楽しかったが、同感だな。僕たちのぶんはあれでいい」

二人は鉢植えの椰子《やし》の木や、あざやかに花開いているつる植物のあるプールハウスの中の、熱帯の空気の中へ入った。

水がきらめき、完璧なブルーだ。

「何日かごとに水泳のトレーニングをしないと、ここがどんなにいい気持ちか忘れちゃう」イヴはベストを脱いだ。「今日はジムに行って、それから道場を使って、その次にプール、って予定にしてたの。でも三つのうちひとつだけでも悪くないわ」

「僕は三つともやったんだが、罪悪感をおぼえるべきかな？」

一緒に服を脱ぎながら、イヴはちらっと振り返った。「いいえ。どうせ追いつくし。仕事もしたんでしょ？」

「こっちで少し、あっちで少しね。きみのビルの基礎構造強化の進行は順調だよ」

それを聞くと、イヴはぐるりと目をまわし、水へ飛びこんだ。

最初の往復《ラップ》をしているとき、彼が飛びこむのが聞こえた。彼はイヴの横を、ゆったりしたペースで泳いだ。眠りがやみくもな欲求だったのに対し、泳ぐこと、まわりのひんやりした水、温まって伸びた筋肉は、イヴを心身ともにリラックスさせてくれた。

六回ラップをしたあと、水面からもぐり、最後の二回は水中でやった。

それから浮き上がって空気を吸いこみ、体をまわしてぷかぷか浮かんだ。

「警官向けのバーをやろうかな」

ロークは浮かぶのではなく、彼女の横を歩いた。「いいんじゃないか、きみの店だからね、でもそれだとバー以上のものになるんじゃないか？　あのスペースは音楽をやる店、クラブだよ。それに付け加えると、きみたちが酒や人工《フェイク》バーガーといったものにありつくには、何ブロックも離れている〈ブルー・ライン〉しかない」

「そうね。まあ、警官は音楽が好きよ。それに警官だけのための店じゃない」

「それだときみの得意客は限られるな」

「クラブはうるさいんだもの。ふつうクラブには行かないでしょ——警官は行かないわよ——事件のむずかしいところを、〈ブルー・ライン〉みたいなバーで話すみたいに、あれこれ話し合うためには。民間人も同じ。仕事上の問題をブレインストームしたり、おしゃべりしにクラブへ行ったりしないでしょ？　人がクラブへ行くのは息抜きするためか、セックスしたがっている誰かを探すため。だから……」

　イヴはもう一度体をまわし、彼と一緒に水の中を歩いた。「〈勤務時間外《オフ・デューティ》〉」

「さえてるね。気に入ったよ。人に酒を出して長い一日を送ったウェイターも、そこに来れば、仕事で一日を送った警官と同じように職務を離れている《オフ・デューティ》。業務管理役も、店員も、そのほかも。みんな〝オフ・デューティ〟だ」

「いいわね。それじゃもうわたしはそのことを考えなくていいのよね」

「数日後に、きみに合わせた設計オプションをいくつか出すから、見てもらうよ」

　それを聞くと、イヴはそのまま水の中へ沈んだ。

　笑いだし、ロークも水にもぐり、彼女をつかまえた。そして引き寄せ、唇を重ねた。ぴったりくっついたまま、二人は浮かび上がった。

彼と並んでのんびりと脚を蹴りながら、イヴは彼を見つめた。

「わたしに何かもっと着心地のいいものを着てもらいたくなかったんでしょ。裸でいてほしかったんでしょ」

「そうでなかったらどうかしているだろう」

「それにあなたの〝仮眠の仕上げ〟にはプールでのセックスが入っていた」

「まあ、いまとなっては、自然にね」

「プラス、いまはまだ日曜日」

「月曜になる前に、日曜のプールセックスをする時間はじゅうぶんすぎるほどある」

「どれくらい長く息を止めてられる？」そうきくなり、イヴは唇を重ね、彼を水の下へ引っぱった。

じゅうぶん長く、とイヴは思った。彼女の血に熱を送りこむには。彼が自分たちを深く水の中へ連れていき、キスをし、やがて底を押し返して、まだぴったり体をつけあったまま、もう一度空気の中へ浮かんでくるには。

「きみはどれくらいできる？」もうひとつキスをすると、ロークはまたおたがいを水の中へ連れていき、二人は一緒に体を回し、たわむれるようなダンスをし、手をすべらせて求め合った。すべらせて求め合ったまま、一緒に上へあがった。

「時間をはかりましょうよ」イヴはロークの喉の横に歯をたてた。「どっちが肺活量があるかやってみるの」

「勝者総取りかい？」

「勝っても負けても、二人で総取りよ」

「それなら」

ロークはふたたび自分たちを水の中へ引っぱっていき、するりとイヴの脚のあいだに手をすべりこませて、あっという間に不意打ちで絶頂へ導いた。

イヴは水に浮かび上がった。体に力が入らず、息を切らして。「あんなのずるいわ」

「ルールについては何も聞いていなかったが」

たしかに、とイヴは思い、彼と目と目を合わせたまま、その濡れてなめらかになった黒い髪を撫でた。「どっちにしても破るんでしょ」

「きみを手に入れるために？　あらゆるルールを破るよ」

しかし彼が引き寄せようとすると、イヴはさっと離れ、深くもぐり、スピードを出して反対側をめざした。

魚みたいに泳ぐんだな、とロークは思い、彼女の思いどおりと承知のうえで追いはじめた。いや、人魚だ、と訂正する。水の中であれだけの優美さとパワーを持っているのだから。

追いかけるのは、手に彼女の肌を感じることや、舌で彼女を味わうことと同じくらい、ロークの血を騒がせた。

彼女をつかまえると――簡単ではなかった――彼女の笑い声が泡になるのが聞こえた。もう一度一緒に水面へ出ると、二人とも息ができないほどだった。

「五分五分ってところね」

ロークは彼女の心臓が自分の心臓の上で激しく打っているのを感じた。「引き分けにしよう《テイク・ア・ドロー》」

「それじゃわたしを奪って《テイク・ミー》。わたしはあなたを奪う《テイク・ユー》」

今度はイヴは彼に両脚を巻きつけ、残っていた彼の呼吸を唇で奪った。

イヴは彼に魔法をかけ、歓喜させ、魅惑する。そしてどうしてかわからないほどかきたてる。

ロークはプールの端をつかむと、濡れた壁に彼女の背中を押しつけた。「僕のものだ」

彼女の顎の小さなくぼみに指を触れ、それからその指を下へ、下へとなぞっていった。

「きみは全部僕のものだ」

「あなたもよ。さあ見せて。どんなにわたしがほしいか見せて」

最初に彼女の口を奪い、飢えを呼び、その飢えが痛いほど自分を満たすにまかせるあいだ、彼女も同じだけの熱さでこたえてきた。そしてイヴの腕がロークの首にしっかりまわると、彼女がロークを満たした。

彼はイヴの中に入り、その喜びが彼女の目にどっと押し寄せるのを見つめ、吸っては吐く彼女の息づかいにそのこだまを聞き取った。

「見せてくれ」彼は言った。

彼に見せたくて、彼がほしくて、イヴはきつく腕をまわしたままでいた。彼女の腰が動き、彼の突きを迎えて合わせていくあいだ、二人のまわりで水がはねる。

彼の目、水より青く深い目がイヴの目をとらえ、彼女のすべてが彼を求めて開き、彼に向かって開いた。重なり、また重なっていく、あのめくるめく興奮が、めまいのするような待ちかねた熱がわきあがり、広がっていき、やがて長くゆったりとした上昇がイヴを頂へと連れていった。

そして彼女をあふれさせた。

それでも、イヴは彼にしがみついていた。さらに多くを彼に与えて。

「愛してるわ」彼女の言葉に、その愛がふたたび戻ってきて彼の目に浮かんだ。イヴがアイルランド語で言おうとすると、ロークの唇があまりにもやさしく重なってきて、イヴの心は泣いてしまった。

「愛する人《アグロー》」

彼はイヴの肩に、喉の横に唇をつけた。そして愛で自分たちを奪った。

喜びに満たされて、イヴは彼にしがみついた。彼の鼓動がふたたびゆっくりになるのがわかる。自分の鼓動と同じように。長かった今日に向き合ったものが何であろうと、次の日に向き合うものが何であろうと、彼女にはいまがあった。

「ほんとにいい仕上げだったわ」ため息をつき、イヴは彼の髪を撫でた。「それに日曜はまだいくらか残ってるんじゃない」

「残っているね」

彼はその残りを使ってボードを設置することや、彼女が推理や、時系列や、必要なものを何でもぶつけることを手伝ってくれるだろう。

そしていまは、彼がそうしてくれるとわかっているだけでじゅうぶんだった。

「ポップコーンを食べて、もう少しワインを飲んで、あの映画を最後まで見ない？」

彼は体を引き、イヴの顔を見た。「完璧だな」

二人でソファに体を伸ばし、ポップコーン、ワイン、猫をそばに置きながら、イヴは思った。あとのことは全部月曜でいい。

メモリアル・パークでおこなわれる毎年恒例の〝バンド対抗戦《バトル・オヴ・ザ・バンズ》〟はたくさんの観衆を引き寄せていた。大物スターこそいなかったが、音楽は無料だし、バンドにはチャンスが与えられていた——ふだんは家のガレージや地下室で演奏しているバンドたちだ——本物の聴衆に向けて演奏できるのだ。

この夏の夜に入る頃には、本当にひどいバンドははじかれており、半ダースほどのファイナリストたちがなんとか持ちこたえていた。

ほとんどのバンドは報酬の出るライヴの予定があった——スクールダンス、どこかの家の裏庭でのパーティー——それでは地下鉄代と炭酸飲料がかろうじて買える程度だが。

しかし今夜は、大賞は本物の一万ドルがもらえ、おまけに、『ヒアズ・タレント』のゲスト出演、プロによるビデオおよびディスク制作、それに加えてインターネットの出演まであった。

どのバンドも演奏するのは三曲。オリジナル曲は通常、お粗末なものでないかぎり、三人のジャッジからなる審査員団に特別ポイントをもらえる。

ロックをやるバンドもいるし、ポップスをやるバンド、スラッシュ・メタル、しゃっくりみたいに足を踏みならすバンドもいる。

そしてステージに上がった全員が、聴衆の反応が審査員の点数に影響することを知っていた。

どのバンドも必死に演奏した。

アーリーは観客たちと一緒にやじったり、歓声をあげたりした。いくつかのバンドは——いまのところ三つ——予想していたよりいい。でももっといいことは？　夏の夜に、付き合って丸四か月になる彼氏とここに来られたこと。

彼の友達がアロウでベースとヴォーカルをやっていたのだ。今夜の最後に出るバンド。アーリーとモーゼズ、彼女の友達のニッキ、ニッキの彼女のドーンはアロウのために、頭がおかしくなったみたいに叫ぶつもりだった。

無料の音楽と、夜の外出が大好きなのと同じくらい、アーリーはコスチュームや小物を品評するのをおおいに楽しんでいた。

彼女は二週間前に十七歳になったばかりだった。ハイスクールはあと一年、しかもヘイ、最上級学年だ、そのあとはカレッジへ行ってデザインを勉強しよう。

アーリーは少額の大学ファンドを持っていて、これまで夏や、たくさんの週末、休みのときに母親の店で働いて、できるだけ貯金をしてきた。

母親は仕立て屋、それもものすごくいい腕だったので、それは充実した体験だった。しかしアーリーは服を直すことはしたくなかった。服をデザインしたかった。

彼女は奨学金を希望していた、それならカレッジで休みや週末のたびに働かなくてすむ。しっかりしたインターンシップをとれれば別だけれど。

しかしそういったことは全部道の先にある、母親が言ったように。いまは、音楽が鳴り響き、彼女はほかのおおぜいと同じように立って、踊ったり、手を叩いたりしていた。

アロウは前に聴いたことがあり、とってもイカしてた。でも彼らがいまステージに上がっているバンドに勝てないいんじゃないかと心配になった。全員が女性のバンド、シスターズは聴衆を揺さぶってものすごく盛り上げている。

モーゼズに――アーリーはモーゼズに夢中だった――がっかりしてほしくなかった。それを証明するため、拍手するのを抑えて、モーゼズにキスをした。音楽が鳴り響く中、星の下で彼にキスをした。

彼もそうしてくれた！　それに自分たちはもう〝あれ〟を四回やっていた。今夜は、彼の両親が街の外へ友達を訪ねていっており、彼女のママもアーリーがニッキのところに泊まってもいいと言ってくれたので、きっと大事な五回めになるだろう。ひと晩じゅうだ。ニッキが隠れみのになってくれるだろうし、そうすればモーゼズと夜じゅう一緒にいられるから。

彼とはこれまで実際に一緒に〝寝て眠〟ったことはないし、ともに朝を迎えたこともない。それができると思うと、アーリーの夢見る心は舞い上がった。

シスターズが三曲めに突入すると、アーリーは両腕を高くあげ、彼女たちに向けて振った。

「この人たちいいわね、モース」

「ああ、嘘はつけないな。でもアロウはドカーンといくよ。だからきっと一位になる」

彼は振り向いてドーンに何か言い、アーリーはバンドに目を戻した。

あたしが彼女たちの衣装をデザインしてたら、リードヴォーカルには赤い革のスキンパンツを着せたのに。彼女はそれにぴったりの体をしてる。一緒に合わせるのは——

何かがアーリーの腕を刺した。最初に思ったのはスズメバチだということで、思わず悲鳴をあげた。しかしその声は音楽やシャウトにまぎれて聞こえなかった。

アーリーはスズメバチが大嫌いで、とても恐れていた。だから下を向くには心の準備をしなければならず、ハチを追い払うにはもっと準備が必要だったので歯を食いしばった。しかし見えたのは赤くなった痕だけで、アーリーはほっとしながらもこう思った。こんちくしょう。さっさとほかのやつを刺しにいけ。

彼女がそこをさすっていると、どこかのバカがこっちににやにや笑っているのが見えた。

「これが面白いの？」彼女が叫ぶと、モーゼズが振り向いた。

「何？　何が面白いんだ？」

「何でもない。スズメバチに刺されたの、たぶん、ミツバチかも、そしたらあいつが——」

アーリーはしゃべるのをやめた。そいつを指さそうとしたが、もういなかったからだ。

「忘れて。何でもない。ただのバカだから」

「刺されたの？　見せてごらん」

「たいしたことないのよ」アーリーは自分がスズメバチのことで子どもみたいになったせいで、雰囲気を壊したくなかった。それでも刺された痕に手を押しつけ、しつこい痛みをやわらげようとした。

「さあ、見てみようよ」モーゼズは彼女の手をどかし、腕をひねった。「わっ、スズメバチだったんだね。これは痛いだろ」

「うん、それに熱い」

「氷をもらいにいってくるよ」

「やさしいのね」アーリーはもう一度彼にキスをした。「バンドのあいだの休憩まで待って。ただ刺されただけだもの」

しかしその曲が興奮した歓声で終わったときには、アーリーは両脚の感覚がおかしくなっていた。

地面に座らなければならず、そのあいだにモーゼズが氷をもらいにいった。氷があれば助かるだろう、本当に体がかっかしてきたから。

「見せてみて」医学部をめざしているニッキが腕をとった。「ちょっと、アーリー、何かの菌が入ったみたいよ。それにこれはスズメバチやミツバチに刺されたようにはみえない」

もう頭も感覚がおかしくなってきた。肩の上からころがり落ちそうだ。腕が焼けているよう。そこから炎があがるのが見えるようだった。

「あそこにウサギがいる。ウサギはどこであの服を買ったの？」

友達の目をさっと見ただけで、ニッキは心臓がどきどきしてきた。

「ドーン、九一一に通報して。救急車を呼んで」

「彼女、ミツバチのアレルギーなの？」

「違う、でもこれは針で刺されたんだと思う。九一一よ、ドーン。いますぐ。さあ、アーリー、横になって」

「何だか変なの。息ができない」

吐き気で喉が詰まる。ほとんど何も出てこないまま、アーリーはくずおれた。「息ができない。息ができない」

「ゆっくり息をして。ドーン、むこうへ行って、マイクを使わせてもらって医者を探して」

アーリーの唇が青くなってきて、彼女が動かなくなってきたから。

「早く！　早く！」

〈クラブ・ロック・イット〉での女の子のニュースを思い出し、ニッキは心肺蘇生をしながら涙を流した。

「誰か助けて」圧を加えつづけながら叫んだ。「医者を呼んで！」

医療員が到着する前に医者が来てくれた。

でももう遅すぎた。

8

スクリーンでは主役のタフな女《キック・アス》が、悪党どもと時計の両方と戦いながらあばれまくって《キック・アス》いた。もうひとりの主役、専門バカの男は時間と競争し、人質たちを連れて――その中には小さい、いたいけな子どもたちもいる――ターゲットのビルが爆発する数秒前に脱出した。

　爆弾の破片で傷を負ってはいたが、彼はみずからの勇気を示し、煙の雲の中からよちよち歩きの幼児を腕に抱えて飛び出した。

　距離を考えると、とイヴは見積もった。彼らは全員――さっきの幼児も含めて――ピンクの靄の中で昇天したはずだ。しかしそれは忘れることにして、映像を楽しんだ。ちょうど音楽が高まってきたとき、イヴのコミュニケーターが鳴った。

「んもう。ちくしょう」

　ロークは何も言わず、ソファから立ち上がって彼女のクローゼットへ歩いていった。

「ダラスです」

〝通信指令部です、ダラス、警部補イヴ。メモリアル・パークで警官たちと合流してください。未成年女性、現場にて死亡《DOS》、薬物過剰摂取《OD》のもよう〟

「被害者の身元はわかってる？」

〝九一一への通報者が、被害者はアーリー・ディロンと証言。ダラスが確認してください〟


「ピーボディ、捜査官ディィリアに連絡を。わたしはすぐに向かう。ダラス、通信終了」

ロークはすでに軽いグレーのズボンと袖なしのトップス、さっきの専門バカの男が出てきた煙の色をしたウエスト丈のジャケットを持って出てきていた。

彼はブーツ、ベルトも添えてくれてあり、すでに自分自身も着替えはじめていた。

「また遅くなりそうよ」イヴは言った。「あなたは来なくても――」

「僕が運転するよ」彼は新しいTシャツを着た。「きみは被害者の調査をしたいんだろう、ジェンナ・ハーバーとのつながりが見つからないかと。もしつながりがなければ、無差別殺人だね？」彼はイヴと目を合わせた。「そうなれば最悪のケースだ」

「あなたが警官みたいに考えているんだから、警官みたいに考えるのねって言っても不機嫌にならないでよ」

武器を装着すると、イヴはバッジとリンクをつかんだ。

ロークは彼女がいろいろなものをポケットに突っこみながら、また悪態をつくのを耳にした。

「どうしたんだい？」

「何でもない。さあ行きましょう」

「持ち合わせが足りないんだろう？」

イヴは部屋を出ながら、いらいらと肩をすくめた。「土曜の夜から日曜まで仕事をすることになるとは思わなかったんだもの。月曜の朝までか。現金を引き出す以外に、考えることがいろいろあったのよ。

ATMに行けるまで、ピーボディに借りられるから」

「止まって」一緒に階段を降りながら、ロークはマネークリップを出して、何枚か紙幣をとった。イヴが足を止めないので、彼は黙って彼女のポケットにそれを突っこんだ。

「きみに持ち合わせがなくて、僕は違うからって不機嫌にならないでくれよ」

「あなたも持ち合わせがなくなることがあるみたいな言い方ね」

そのことでは言い争いたかった――またしても――しかし時間もエネルギーも割くわけ

にはいかなかった。

そうするかわりに、待っていた車の助手席に乗り、調査を始めた。

「つながりがいる」イヴはつぶやいた。「同じ学校とか、同じ居住地、同じ何か」

「二人は同じ場所にちょくちょく行っていたのかもしれないよ。クラブ、ゲームセンター。同じものに興味があったとか」

「場所はなさそうね、最初の被害者はロウアー・ウェストに住んでいて、今回の被害者はアッパー・イーストだから。ああもう。親か、友達を通じたつながりかも。

なんで彼女はメモリアル・パークにいたの、ええと、日曜の夜十一時頃に?」

イヴはそこでのイベントをサーチした。

「〝バトル・オヴ・ザ・バンズ〟。音楽か。彼女たちはそれが共通の興味でおたがいを知っていたのかも。音楽。アーリー・ディロンの最近親者はティーシャ・ディロン、母親。シングル、結婚歴なし、仕立て屋、自営。記録に父親はない、きょうだいもなし。ハーバー家は仕立て屋を使っていたのかもしれない、でも彼らがそんなに遠くまで行く理由がわからない、ディロン家が医者にかかりにダウンタウンへ行く理由が見つからない以上に。でも、あるかも」

運転するぶんの時間が稼げたので、さらに調べてみた。

「被害者に過去の瑕《きず》はなし。十七歳、二週間前になったばかり、つまりジェンナよりほぼ一歳上。医療記録は……重大なものはない、でもジュリア・ハーバーがかかりつけ医でないことは確認できた。被害者は母親の店でアルバイトをしていた、学校の成績はすばらしい。

ここにSNSがいくつかある」

ざっと見てみたあと、イヴは頭を振った。「音楽は彼女の趣味じゃなかった。彼女のはファッション。デザインすること。ちくしょう。彼氏あり。今回のバンドのやつの写真をもういくつも投稿してる。〝バトルの準備オッケー！〟って彼女と男の子が写ってるわ、背が高くて、白人種、同じくらいの年。それから別のグループ写真もある、ほかに二人の未成年女性が一緒。カップルね、ボディランゲージからすると。ということは四人のグループか」

イヴはPPCをしまい、ロークとパークへ近づいていった。「彼らの誰かが何か見ていることを願いましょう」

警察の仕切り柵へ歩いていくイヴの目に映ったのは、ジェイミー・リングストロームとクゥイラ・マグナムだった。

大学生で電子の天才ジェイミーは、ポケットに両手を突っこんで立っていた。金髪をぎりぎり結べるくらいの長さに伸ばしている。

クゥイラはナディーンの十代のインターンであり、訓練中のレポーターであり、ロークの〈アン・ジーザン〉の生徒で、ジェイミーの横に立っていた。真っ赤なショートパンツと、いまの髪色と揃えたパープルのハイトップをはいて、Tシャツには髪を尻まで伸ばしてギターを持ち上げている男がついていた。

イヴはバッジを出して通っていき、言った。「これはどういうこと？」

「あたしたち、ここに来ていたの」クゥイラがまくしたてた。「学校からグループで。クラックとミズ・ピカリングも来たのよ。あたしたちは来年、バンドを組もうってことになってるんで、どういうふうにやるのか知りたかったら、来るしかないって」

イヴはジェイミーのほうを向いた。「あなたはコロンビア大に行ってるんじゃないの、EDDやロークのところでインターンをしてないときは？」

「まあ、そうだけど。くっついてきたんです。事件のときは近くにいなかったんですよ、警部補」

イヴは彼が階級で呼び、慎重に調整した警官口調で話したことに高評価をつけた。

「暴行は見ませんでしたが、そっちの方向へ行こうとしているところでした。クゥイラと僕がです、彼女が映像を撮っていたので」

「それで勉強できるように」クゥイラが付け加えた。「それと、このイベントについて記事を書けるように」彼女はイヴにディスクをさしだした。「あなた用にコピーを作っておいたの。何か、ええと、関係あることが映っているかもしれないし」

「オーケイ」イヴはポケットから証拠品袋を出した。「あなたたちの監督の大人は？」

「みんなを後ろへ連れていったわ。むこうにいるって意味」振り返り、クゥイラは指さした。「それに事件はあっちで起きたの。誰も何も見ようがなかった。でもミズ・ピカリングが、全員が聴取を受けられるようにしておきましょうって言って」

「わかった。あなたたちはなぜまだここにいるの？」

「許可はもらってあるの、ジェイミーがついていてくれるし、あなたが来るところだったから。それにナディーンに連絡したわ、そしたら記録しておくようにって言ってた、彼女もこっちへ向かってる」

「〈クラブ・ロック・イット〉での殺人事件に関係があると思います？」

イヴは長く、表情のない視線をジェイミーに向けた。「この時間、この場所でその質問をするには、あなたは頭がよすぎるんじゃない」

「そうですね、サー」

「ここにいて」

「あの、サー、僕に手伝えることが――」

イヴは同じ視線でジェイミーをさえぎった。「ここに未成年の女性がいるでしょ。彼女はあなたの責任よ」

「バカらし」がクゥイラの意見だった。そしてその意見のせいでジェイミーからすばやく肘で突かれることになった。その結果、クゥイラははなはだしくおおげさにぐるりと目をまわした。

そのどれかをおおごとにしてやるのはやめ、イヴは歩いて離れていった。「なんであの二人がデートしてるのよね？」そう思うと何だかむずむずした。

「あの二人はデートなんかするの？」

「そうだな、それはふつう、共通の好きなものから始まるんじゃないか、たぶん音楽への興味とか」

「黙っててよ」

芝生の上に遺体が見えた。いまは誰もいないステージへの距離を測る。だいぶ後ろだ、とイヴは判断した。前に人がいただろう。

遺体のそばにいた制服二人のところへ行った。

「状況を聞かせて」

「サー。二二四〇時に通報がありました。医療員がこのイベントのために待機していましたので、二分足らずで対応しました。目撃者、ニッキ・リーバーマンが被害者に心肺蘇生をおこなっており、医師のドクター・ジェームズ・マーセルがあとを引き継ぎました。医療員たちも被害者の蘇生を試みましたが、だめでした。このイベントに割り当てられていた警官たち数名も、わたしとダンビー巡査も含めて、対応しました。ダンビーとわたしが到着したとき、ちょうど医療員が被害者の蘇生を引き継ぎました。われわれは現場を保存し、ほかの巡査たちが群衆を移動させました」

「群衆はどれくらい?」

「二千二百人くらいと見積もっています、警部補」ダンビーが答えた。「演奏者、審査員、映像クルー、場内売店やみやげ物店は含まないで、です。

被害者と一緒に来た三人を留め置いてあります、警部補。演奏者たちと映像クルー、そのほかのイベント実行スタッフも確保してあります。群衆の大半は分散してしまいました。若い子がおおぜいです、警部補《ルー》」彼はそう言い足した。「それに、大人と一緒に来ていれば、大人が連れて帰りました。パニックも多少あって対処しましたが、現場の保全が優先だと思いましたので」

犯人はどのみちとっくに消えているだろう、とイヴは思った。

「被害者が一緒に来た人たちはどこ?」

「ステージの後ろにテントが二つあるんです。彼らの親たちは供述をとる許可をくれました。テントのひとつで巡査がひとり、彼らについています。みんなかなりショックを受けていますよ」

「わかった。遺体のまわりにシールドをめぐらせて。その死んだ女の子を朝の報道で見たくないから」

布をかけたテーブルに目をやり——審査員のテーブルだ——あのながめのいい場所からは、彼らは役に立つものは見ていないだろうと判断した。「誰か審査員の供述をとって、彼らの連絡先をきいて。それから解放して。ステージの後ろ、テントのどちらかにいた人間も全員、同様にして。映像クルーと、ステージにいた人間は全員引き留めておいて。わたしのパートナーかわたしができるだけ早く被害者の友達と話をする」

捜査キットを持って、遺体の横にしゃがんだ。きれいな子で、青のまじった黒い髪を長く編んでいる。青。彼女の皮膚の底にある色のような、彼女の口の色のような。

イヴはＩＤパッドを出した。

「被害者はアーリー・ディロン、混合人種の女性、年齢十七と確認。三番街一二〇五に居住。被害者の皮膚、口に青み。目視できる傷はひとつだけ、あきらかに針の痕、赤くなって腫れている、左の上腕。現場でのわたしの結論は、ジェンナ・ハーバーと同じ手口、同じ混合ドラッグで、本人の同意なく投与された」

計測器を出した。「死亡時刻《TOD》、二二四二時。九一一への通報の二分後。薬の投与からどれくらいか？　長くはない。長くはないはず」

アーリーは斜めがけのバッグを身につけていた。ジェンナのより大きい。それを開き、イヴは記録のために中身を読み上げていった。

「バッグに入っているのは被害者のＩＤ、現金二十六ドル、リンク、スワイプキー二つ、化粧品、ロールオンタイプの香水、歯ブラシ、未開封のコンドーム二つ、替えの下着」

　ロークが彼女に証拠品袋を渡した。

「今夜は家に帰らないつもりだったのね、アーリー？」

「ピーボディとマクナブが来たよ」

「そろそろだと思ってた」

　イヴは注射痕をもっとよく見ようと拡大ゴーグルを出した。

　同じだ。

「ダラス、すみません、すみません。いつものようにベッド横にコミュニケーターを置いてなくて。わたしたち、ぐっすり眠りこんでいたんです。どれくらいコミュニケーターが鳴ってたのか、二人とも聞こえてなかったんです」

　大局的にみれば、たいした違いはないとイヴは思った。

　またひとり、ティーンエイジの女の子が二度と家へ帰らなくなった。

「モルグの連中と、遺留物採取班を入れて。むこうにちょっと吐瀉物があるから、しるしをつけておいて。遺留物採取班もこの混乱状況ではたいしたものは見つけられないでしょう。二千人以上の人間が歩きまわったんだから」

「メディアが押し寄せてきますね」ピーボディが言った。

「ええ、間違いない」

「ナディーンがむこうでクウィラとジェイミーと一緒にいますよ。ジェイミーに、何か手伝えないかあなたにきいてくれと言われました、ナディーンが来てくれたからと」

立ち上がり、イヴはため息をついた。「彼を連れてきて、マクナブ。あなたから離さないで。襲撃の時刻にステージに上がっていたグループを連れてきて。彼らはステージの後ろのテントに留め置かれてる。ジェイミーには口を閉じて、耳と目を開いておきなさい、そうすれば学べることがあると言って」

イヴは制服たちが設置したシールドをまわっていった。

「ピーボディ、一緒に来て。被害者はほかに三人と一緒に来た、そのひとりが心肺蘇生を試みていた。あなたも来る？」ロークにきいた。

「役に立てるかい？」

「映像クルーが撮ったビデオを調べてみて。きっと何度か聴衆をパンしていったでしょう。あなたはここからのアングルを見て、わたしたちの探しているものもわかってる。それは役に立つわ」

「それなら引き受けた」

ピーボディはイヴの歩調に追いつこうと歩幅を広げた。「遅れてしまって本当にすみません。あなたより先にここに来られて当然だったのに。あの家に長くいすぎてしまって、そのあと眠りこんでしまったんです」

「怒ってないから。怒りそうになったけど、おたがいにこの二十四時間、ほとんど休息をとれてないし。ここに来る道中で被害者を調べてきたの。ジェンナ・ハーバーとのつながりは年齢以外なかった。それだって、今回の被害者はほぼ一歳上よ」

「犯人はどちらもダウンタウンで襲っていますね。同じ区域じゃありませんが、彼がダウンタウンに住んでいるか、仕事をしているってことかもしれません」

「かもね。ちょっと待って」イヴはステージのところで立ち止まり、短い階段をあがってステージに行った。それから遠くを見てみた。

「被害者はジェンナほどステージに近くなかった、でもここに立っていれば、あっちを見ていたら彼女が見えたでしょうね。誰かが彼女に近づくところか、ドゥーザー歩きで離れていくところが見えたかも」

イヴは飛び降りた。「被害者の彼氏と女友達二人を留め置いてある。彼らは容疑者じゃないから、まとめて話をききましょう。誰かが誰かの記憶を引き出すかもしれない」

ステージのずっと裏手に、かつては白だったであろう三つのテントがあった。イヴは制服を呼び止めた。

「被害者と一緒だった人たちがいるのはどのテント？」

「むこうのあれです。ケイシー巡査がついています」

「ありがとう」

一メートルも行かないうちに泣き声が聞こえてきた。

「うわ」

「わたしが引き受けますよ、ダラス」

「だめ、だめ、あなたは状況を落ち着かせられるようにするだけでいいから」

テントのフラップをめくった。

少年ひとり、少女二人がおんぼろなソファにかたまって座っていた。横にある折りたたみ式テーブルにはほぼ食べつくされた料理の皿が並んでいる――小さなサンドイッチ、果物、チーズ、生野菜。ソフトドリンクと水が、氷のとけかけたたらいから突き出していた。

扇風機はこの暑熱を追い払うのにほとんど役に立っていなかった。

イヴは制服にバッジを見せた。「ここからはわたしたちが引き受けるわ、巡査」

「わかりました。ニッキ?」制服は泣いている少女の肩に手を置いた。「もし話がしたかったらわたしの名刺は持っているわね。あなたも同じよ、モーゼズ、それからあなたも、ドーン。警部補、外でちょっとよろしいですか?」

イヴはもう一度外に出た。

「警部補、ニッキ――ニッキ・リーバーマン――は三人の中でいちばん昔から被害者を知っていて、彼女が心肺蘇生を試み、傷を見たときに恋人のドーンに九一一に通報するよう言ったんです。三人ともひどく動揺していますが、今回はニッキがいちばん強いダメージを受けています。彼女は医学部に進む予定なんです、というか、予定にしていたんですが、いまはすでに失敗してしまったように感じています。知っていただいておいたほうが警部補にも役に立つかもしれないと思いまして」

「あなたはどこの分署なの、ケイシー？」

「百五十三分署です。警部補、もし出すぎたことでしたら――」

「そんなことない。あなたは正しく踏みこんでくれた。民間人コンサルタントのロークを探して。彼が映像クルーの映像を調べているあいだ、あなたがクルーの初期聴取をやってくれると彼も助かるわ」

「わかりました。すぐに向かいます」

イヴがテントの中に戻ると、ピーボディがニッキの前にしゃがんで、彼女の両手をとっていた。

少年も泣いていたんだ、とイヴは気がついた。ハンサムな子で、白人種、ホワイトブロンドの髪をぴったりした縁なし帽に入れている。ライトブルーの目の縁が赤くなっていて、涙にくれているというより、混乱しているようにみえた。

泣いている子のむこう側にいる少女も新たに涙を流し、ニッキに腕をまわした。鋭角的な骨の上に褐色の肌、つややかな黒髪を長いドレッドにしている。

ニッキの髪は栗色《くり》と、クゥイラのいまのパープルの中間で、隣の少年とほぼ同じくらい短くしていた。

　彼女の悲惨なほど腫れている目は、目尻が上がっていた。顔は泣いていたせいで涙のしみができていたが、イヴはレオナルドの磨いた銅のような肌を思い出した。

「ダラス警部補です」イヴが言うと、ニッキはもうひとりの少女の肩に顔をつけた。

「ああ、これって本当に起きてることなんだ」

「ニッキ」イヴはピーボディの〝あなたの気持ちはわかりますよ〟の口調に近づけようとがんばった。「つらいことだったでしょう、わかるわ。友達をなくしたのは残念だった、でもあなたの助けが必要なの」

「彼女を助けようとしたの。でもだめだった」

「これから話すけど、それは違う。あなたは彼女に治療が必要だと気づいて、ドーンに救急車を呼ぶよう指示した。心肺蘇生もやってくれた」

「やり方が悪かったのかもしれない」

「そうじゃないわ、それに医者がいても彼女を蘇生させることはできなかった。医療員もできなかった。あなたたちみんな、自分にできることをやったの。誰かが彼女に薬剤を注射した、その注射は致死性で、即効性だった。でもあなたたちはできることをすべてやった、それにそのおかげでわたしたちはすぐにここに来られたの」

「どうして彼女に針を刺したりする人がいるの？」ドーンが問いかけた。「彼女は使ってなかったわ。あたしは彼女を本当に知るようになってまだ二か月かもしれないけど、彼女が使ってなかったのはわかってる。どういうものか知ってるもの。うちのおじさんが三回も治療施設に入ってるの。誰かが使っていればどういうふうになるかわかる」

「あなたたちが話してくれることは何でも、すべて、なぜだったのか、誰だったのかを突き止めるのに役に立つわ」

「俺は彼女についてさえいなかった」モーゼズの唇が震え、ニッキは彼の手を握った。「彼女についてさえいなかった。氷をもらいにいったんだ。彼女はスズメバチに刺されたって言って、見てみたら真っ赤になってて、だから氷をもらいにいった。それで戻ってきたら……」

「ごめんなさい、あなたの名前をきいていないんだけど」

「モーゼズです、モーゼズ・ロウ」

「モーゼズ、つらいでしょう、でもアーリーがスズメバチに刺されたと言ったときのことを正確に話してもらえる？」

「俺たち、あのバンドを見てたんだ」

「どのバンド？」

「シスターズ。ガールズロックバンドの」

「三曲めをやってたの」ドーンが言い添えた。「ファイナリストはみんな、三曲演奏できるのよ」

「それで、アーリーはスズメバチに刺されたと言ったのね?」

「彼女は……」モーゼズは言葉を切り、すぐに続けた。「俺がおぼえているのは、すごく音が大きくて、みんな音楽に夢中になってて、そしたら彼女がおかしいとか何とか言うのが聞こえたんだ。いや、こう言ったんだ、ええと、〝これが面白いと思ってるの?〟。それで何が面白いのかってきいたんだ。彼女はスズメバチのことを言って、それからどこかのやつがどうとか言って、指さした。でももうそいつはそこにいなくなってた」

「アーリーは本当にスズメバチを怖がってたの」ニッキが言った。「ふつうのミツバチだって大騒ぎなのに、スズメバチ? 半狂乱だったでしょうね」

「痕が真っ赤になってた」モーゼズが続けた。「それにすごく痛そうだった。俺は氷をもらってくるよって言ったんだけど、アーリーはシスターズが最後の曲を演奏しおわるまで待って、って言った。たいしたことないからって。大丈夫そうにみえたんだ、だからバンドのあいだの休憩まで氷をもらいにいかなかった」

「彼女のそばに誰かいるのを見た?」

「人がぎゅう詰めだったよ、そりゃ。たくさん人がいた。みんなシスターズを見てた」

「わかったわ。ニッキ、ドーン、モーゼズが氷をもらいにいったとき、何があったか話してもらえる?」

「彼女がスズメバチのことを言って、あたしは見せてみてって言った。ハチに刺されたようにはみえなかった。あたしは医者になりたいの。パパが働いてる病院でボランティアもしてるの――パパは看護師なんです。ハチにしては傷が大きすぎる、って思った。針で刺したみたいだって思った。高圧スプレー注射じゃなくて、針を使うときのや、使ったときのビデオを見たことがあるの、それに似ていた。ただし下手で、黴菌《ばいきん》がついてた場合の」

「アーリーは感覚がおかしくなりはじめてたわ」ドーンが付け加えた。「それに服を着たウサギがどうとかって言ったし、その前に地面に座ったの。ちょっと吐いてた。言ってきたいんだけど、あたし、ちょっと動けなくなっちゃって、そうしたらニッキが救急車を呼んでって叫んだの。二度も言わなきゃならなかったのよ、あたしが動けなくなってたから。そうしたらアーリーの目がぼうっとして、それで全部白目になったのが見えて、彼女は震えはじめた」

「その前に、アーリーは息ができないって言ってた」ニッキは自分もゆっくり息をした。「だから彼女にあたしを見て、ゆっくり息をさせようとしたの。でも〈クラブ・ロック・イット〉の女の子のことを聞いてたから、すごく怖くて」

「怖かったでしょうね」ピーボディが話に入った。「でもあなたは心肺蘇生をしてくれたじゃありませんか。怖かったのに、ドーンに助けを呼ばせたでしょう」

「ニッキが、走って誰かを見つけてきてって言ったの、その人にマイクを使って、お医者さんが必要なんだって言ってもらって、って。でもそうしたときにはもう……」

「医者は来てくれた。医療員も来てくれた」ニッキはつぶやいた。「それに警察も、でも誰もアーリーを助けられなかった」

「いまあなたたちはわたしたちを助けてくれているわ。あなたたち四人は今夜一緒に来たのね」

「うん。友達がアロウでプレイしてるんだ」モーゼズが答えた。「決勝に出てるんだよ、最後にやるのに選ばれて」

「ここへ来たのは何時だった?」

「ええと、みんなでピザを食べたんだ。ダウンタウンで地下鉄に乗って、それからピザを食べて。それから歩いて。そうだな、九時くらい? 少し前かもしれない、それなりにいい場所をとりたかったから。もうすごく混んでた」

「日が暮れたあとじゃないと始めてくれないの」ドーンが説明した。「それから去年の優勝バンドが短いセットをやって、みんなを盛り上げるのよ。あたしたち、それを聴きにきたの」

「モーゼズ、あなたとアーリーは付き合ってどれくらい?」

「えっ、ええと、四か月くらい」

「彼女はその前に誰かと付き合っていた?」

「えっ、そうだな、うーん、俺たち、前のやつのことはあまり話さないんだ」

「あなたたちみんな、同じ学校に行ってるの？」

「そうよ」さっきよりはしっかりして、ニッキはモーゼズに控えめに目をぐるりとやってみせた。「ええと、ドーンは卒業してるけど、あたしたちはそう。それにイエス。モーゼズの前、アーリーはウェス・バークと二か月付き合ってたけど、ガチだったわけじゃないの、わかる？　彼女は誰かと付き合うなら、ガチじゃなきゃと思った、だから彼に言ったのよ、この先もほかの女の子と付き合えばいい、でも自分はそのひとりにはならない、って」

「彼はそれをどう受け取った？」

「彼は〝いいよ、きみが選んだことだ〟って答えたの。あいつは根っからの女たらしよ、だからどうってことなかったの。その前は、アーロン・コワスキーとデートしたわ、ほんの十分くらい。そうしたら彼のお父さんがアトランタかどっかに転勤になって、引っ越しちゃった。アーリーは何人かの男とデートしたけど、ガチじゃなかった。モーゼズのときみたいには」

「誰か彼女とデートしたがって、彼女のほうはその気がなかった人を知っている？」

「ジークがいた、でも一年生のときよ。当時の彼はすっごいイタい感じでね。すっかりアーリーにのぼせあがってた。でもそのあと水泳チームをつくったのよ、そしたらびっくり！　もしあたしが彼氏がほしかったら、ジークにする。でも彼はシャーリーンに超メロメロだから。二人はガチになってもう一年くらいかな」

細かいところをはっきりさせようとして、イヴはもう一度彼らに最初からおさらいさせた。

「オーケイ。アーリーは今夜、家に帰らないつもりだったんでしょう？」

モーゼズはホワイトブロンドの髪の根元まで赤くなった。「ええと、まあ。俺のうちに行くつもりだったんだ。うちの親たちが火曜まで留守だから」

「彼女のお母さんは知っていたの？」

「ううん」ニッキが答えた。「あたしが隠れみのになるはずだったの。彼女がうちに泊まるって話して。お母さんに言わなきゃだめ？　彼女が嘘をついていたって知ってもらいたくない」

「事件に関係あるとはっきりしなければ言わないわ。ピーボディ捜査官があなたたち全員を家へ送る手配をする。みんな、とても助けになってくれた」

「さっきは言いたくなかったんだけど、だって、ほら、場違いでしょ、でも……」ドーンがほかの二人を見た。「あたしたち、あの映画を見たのよね？」

「本も読んだよ」モーゼズが言った。「二冊とも」

「モーゼズはすごい読書家なの」ニッキがなんとか笑みを浮かべた。「みんな、あれが嘘じゃないといいと思ってる」

「捜査官とわたし、それに今回の捜査にかかわったほかの人全員が、アーリーにこんなことをした人間を見つけるために、やれることはすべてやり、そいつに報いを受けさせるってこと？　それは嘘じゃないわ。

あなたたちの誰でも、役に立ちそうな何かを思い出したら、わたしかピーボディ捜査官に連絡して」

「もう少しここで待ってくれれば」ピーボディが彼らに言った。「巡査が来て、あなたたちを家に送りますから」

「スズメバチ」彼らが出ていくと、イヴは言った。「アーリーはスズメバチと思った、ジェンナは何かが刺さったと思った。そして二人とも、そのまま楽しんでいられるようにそのことは忘れた。そりゃそうよね？　それにそんなことはどうでもいいはずだった」イヴはそう付け加えた。「もっとパニックを起こすより、あと二分楽しむほうがいいだろうし。

ロークの状況を見てくるわ、ビデオ映像に使えるものがあったかどうかきいてくる」

「送る車はわたしが手配しますよ」

「彼らが家に向かったら、わたしを呼びにきて。最近親者に知らせにいかなきゃならない」

別のテントへ向かう前に、イヴはロークがステージの端に座り、ＰＰＣを見ているのを見つけた。

彼は顔を上げた。「ここのほうが空気がよくてね。ビデオのオリジナルをもらった。操作係は喜ばなかったが」

「それは証拠よ。何か映ってた？」

「たいへんな量の映像だよ。二一〇〇時の表示のところでパンしたときに被害者が映っている」

彼はそこを呼び出した。「このパンショットでいちばん被害者の近くにいるのは、髪が短くてほとんど白に近い、背の高い少年だ」

「それは彼氏よ」イヴはスクリーンに目を凝らし、アーリーが宙に両腕を振って笑うのを見つめた。

「犯人はまた左側から近づいていたわ」

「そっちのアングルもやってみた。群衆がとてもおおぜいで、興奮しているので、かなりむずかしいね。それにタイミングは？　彼女が注射された時間もしくはそのあたりは、死《T》亡《O》時《D》刻を考えると、操作係はステージに集中していた。バンドが演奏を終えたあと、また長いパンショットがある。きみが彼氏だと確定した子が――髪が目立っている――群衆をかきわけて、場内売店のほうへ行こうとしているのが見えるだろう」

「氷をもらいにいったのよ。アーリーはスズメバチに刺されたと思ってたの」

「ああ。コンサルタントとしては、これはＥＤＤに引き受けてもらうようアドヴァイスするよ。むこうには僕がこの携帯マシンでやれるよりもっと、拡大したり寄ったりできる機器がある」

「そうね、そうするわ」パーク、ステージ、ステージが見えない観客のために設置されたスクリーンを見ながら、イヴは両手をポケットに突っこんだ。

「それは賭けね、でもやってみる。というか、帰る前にあなたからそのオリジナルをマクナブに渡してもらえるかしら」

「僕は帰るのかい？」

「ここであなたにできることはもうないから。帰って少し寝てらっしゃい。ピーボディとわたしは遺族に知らせに行かないと。それが終わったら帰るわ」

「母親はアップタウンに住んでいると言っていたね？」

「そうよ」

「ということは、ピーボディはアップタウンに行き、それからまた引き返さなきゃならない」

「仕事だもの」

「その仕事で僕は正式な専門家コンサルタントだよ、民間人の」ロークはイヴにそう思い出させた。「彼女はマクナブと一緒にいさせよう、イヴ。遺族に知らせるのは僕がきみと行くよ、そうしたらみんな家に帰って寝ればいい」

　イヴは顔をこすり、髪をかきあげた。「わかった。わかったわよ、兵站《へいたん》上はそのほうがいいわね。彼女はダウンタウンに残る、そうすればセントラルに寄って、この報告書を書き上げ、それから家に帰って寝られる」

「ずいぶん厳しいね」

「だからわたしは警部補《LT》なのよ。ピーボディ！」イヴは呼びかけ、手招きした。「彼女にオリジナルのビデオを渡して」と、ロークに言った。「それを証拠品袋に入れて、ピーボディ、マクナブに渡して。EDDに総がかりでやってもらいたいの。群衆が映っているショットで、背が低めのドゥーザーを探して。マクナブに奇跡を見つけて、って言っといてちょうだい。朝になったら。今夜は、彼はあなたとセントラルに行っていい。これの報告書を書いて。わたしは現場での記録をあとでコピーして送る。

　ロークとわたしで遺族への知らせはやっておくから」

「え、わかりました。いいんですか？」

「あなたたちは南《ダウン》へ、わたしたちは北《アップ》へ。モルグに、八時きっかり」

「遅れません」

「そうして。被害者の友達から彼女の写真をもらったわ」イヴはロークと歩いていきながら言った。「ジェンナとの共通点は見当たらない。タイプが違うし、興味も違う、学校も違う。アーリーは確実にデートのために時間をつくってた。しっかりした成績——そこは同じ、たぶん。でもアーリーはアルバイトをしてて、ファッションデザインの道に進みたがっていた。ひとりっ子、彼女と母親だけ、父親の姿はない。外見も違う、だから犯人が狙うのはひとつのタイプじゃない、そういうことじゃない」

イヴはナディーンがクゥイラとジェイクを横に離れさせて、現場レポートをしているのを見てしゅーっと息を吐き出した。現場レポートをしていたほかのレポーターたちも全員、イヴが仕切り柵に近づくとこちらを向いた。

そしてその全員が質問を叫びだした。

「現時点で出せるコメントはありません。声がかすれるまで叫ぼうと、わたしの知ったことじゃないわ。NYPSDは現時点で本件の捜査に関するコメントはしません。あなた」——イヴはナディーンを指さした——「むこうへ来て。あなたは」——今度はクゥイラを指さし——「そこにいて」

仕切り柵をまわって合流したナディーンと反対側へ歩きながら、イヴはクゥイラに叫んだ。

「あなたがぐるりと目をまわしてるのがわかるわよ。それに、あっ！」イヴは振り向き、心臓のところを押さえた。「痛い」

クゥイラが笑うのが聞こえたが、返事はしなかった。

「第一に、あのロックスターを連れてきたの？」

「あなたの麻痺銃《スタナー》を持っていたら止められたかもしれないわね。かもしれない、たぶん」

「第二に、あの子をここに置いておくの？」

「あの子は」ナディーンは少しいらついて言い返してきた。「わたしのインターンよ、それにわたしが無事に送り届けるまで、ここにいていい許可は学校からとってあるわ。ちょっとのあいだのことよ。何を――」

「質問はひとつよ、現時点ではこの捜査に関することでひとつだけ、それからあなたを一か月ブロックする。本気だから」

「わかったわ。わたしはジェイクに話せる何かがほしいだけ。オフレコでよ、あなたが必要なら。彼に話せる何でもいいから」

「何もないのよ、ナディーン」イヴは彼女の視線を受け止めた。「何もない、それにその〝何もない〟こともオフレコなの、二人の被害者を結びつけるものが手口以外ないってことは」

ナディーンはうなずいた。「わかった。ありがとう。わたしたち、ジェイミーを待ったほうがいいの？」

「彼はマクナブとピーボディと一緒にいる。二人がついてるから」

「わたしたちはクゥイラを送っていくわ。何か調べなきゃならないことがあったら、何でも必要なことがあれば――オフレコにしておくから」

「そうなったら知らせるわ。ローク？　一緒に来て」

自分に向けられたカメラも質問も無視し、イヴは強引に通っていった。

ロークは彼女と車の中に座るまで待った。「彼女に教えたんだね、はっきりとは言わず、事件が無差別の犯行だと」

「両方の被害者を十分間調べれば、どのみち彼女にもわかったでしょうよ。違いは何か？　彼女はそれを放送しない、あしたまでは。遺族に知らせるまでは」

「それをすませてしまおう」

9

「ティーシャ・ディロン」イヴはロークがアップタウンへ運転してくれるあいだに、被害者の母親をじっくり調べた。「年齢三十九。娘を生んだときはずいぶん若かったのね。結婚歴なし、同棲《どうせい》歴なし。ガーメント・ディストリクト（マンハッタンにある婦人服製造・卸し売りの中心地域）でお針子としてスタートし、一流ブティックで直しの仕事をして、それから十四年ほど前に自分の事業を始めた。

うまくいってる」イヴはそう言った。「パートタイムのお針子をひとり雇ってる――自分の母親だわ」

調査はいったんやめた。

「犯人は若者向けの混雑するイベント二つを選んだ。ひとつは屋内、ひとつは屋外。現時点で、被害者二人を結びつけるものは犯人以外なし。犯人が二人の両方を知っていた可能性もなくはないけど、それが低いことをたしかめるのに確率精査をするまでもない。二人のほうが犯人を知っていた確率はもっと低いでしょうね」

イヴは目を閉じた。「オーケイ、オーケイ。音楽のイベント。同じ年齢層。二人とも混合人種の女性、でも体格が違うし、肌の色も違う、興味の対象も違う。ひとりはアップタウン、ひとりはダウンタウン。それに多くの人々にとって、それは別の星に暮らしてるようなものよ。

ひとりめの被害者、私立学校《プライヴェート・スクール》、二人め、公立学校《パブリック・スクール》。それも別の星。ひとりめの被害者、真剣な恋愛もしくは性的関係はなし。二人めはしょっちゅうデートをして、数か月前から真剣に付き合っている彼氏がいた。彼女は性的に積極的だった、もしくはそうなろうとしていた」

「共通点があればと思っているんだね」

「でも見つかってないわ、外見以上のものは。重要なのが彼女たちが誰かってことじゃないなら、何かってことよ。二人の年齢グループ、性別、美人って以上のものは見つけられない」

赤信号にぶつかったので、ロークは彼女に目を向けた。「犯人に必要なのはそれだけかもしれないよ」

「だとしたら悪夢ね。だって彼は計画するからよ、ローク。彼は計画する。ドラッグの混合、薬物送達システム（薬を体内の標的部位に届ける仕組み）、犯行現場の選定、タイミング。でも被害者が現場で選ばれるなら？　実際につけまわした時間もなく、とくに事前調査もなかったら？　犯人は二人がイベントに参加することは知っていたかもしれない――その可能性はある。クラブでジェンナを見つける、むずかしくはないわ。ただしばらくぶらついて、しばらく歩きまわって、ダンスフロアに出る。でも二千人の群衆の中からアーリーを見つけるのは？その説は買えないわね。とくに彼女というわけではない、可愛いティーンエイジの女の子を見つける以上のことじゃない」

「となると悪夢だな」ロークは同じ言葉を言った。「彼の頭の中で二回連続成功ということは、やめる理由がない、そうだろう？」

「またやるわね。二晩連続で二回成功。頭を冷やす時間なし、休む時間もなし、ぼんやり座って自分の犯行を思い出してマスをかくこともなし。ただもう一度やるだけ」

ロークが三番街で路上のパーキングを見つけ、イヴはなぜ彼はいつも自分よりその点では幸運をつかむようにみえるのかと思った。

たぶんロークが億万長者で、彼女はそうじゃないという事実に関係あるのだろう。

車を降り、彼と半ブロック歩きながら、めざす建物をじっくり見た。

中くらいの大きさ、都市戦争後《ポスト・アーバン》の様式、住宅と店舗を組み合わせてある。ブザーで電子ロックをあけてもらう式の、ふつうのセキュリティだ。つまり、役立たず、とイヴは思った。

ブザーを鳴らして入れてもらうのはやめ、マスターを使って入ると、二台のエレベーターのある、小さいがかなり清潔なロビーがあった。

イヴはエレベーターを疑わしげにじっと見た。

「彼女は四階よね」

「階段で行きたいんだろう」ロークが言った。

たしかにそうだ、でも……

「動く檻《おり》に乗るリスクを冒すわ」

エレベーターはタイ料理のようなにおいがした――辛いタイ料理。イヴは誰かがつい先刻、出前をとったか、テイクアウトを持ち帰ってきたのだろうと推測した。

「あなたがピーボディをやってね、いい？　意味はわかるでしょ」

「わかる、それにやるよ」

ロークは彼女の手をとり、握った。イヴも握り返した。

「きみにとってもつらいだろう。それにきみは連続でやっているんだから」

イヴはエレベーターを降りた。

「四〇四号室よ」

玄関で、ブザーを押した。

真夜中すぎだ、と彼女は思った。たぶん眠っているのだろう。

イヴは待ち、もう一度ブザーを押そうか考えた。そこでドアの覗《のぞ》き穴のむこうで影が動くのが見えた。

「はい？」

「ミズ・ディロン。ティーシャ・ディロンですか？」

「ええ」

イヴはバッジを持ち上げてみせた。「ダラス警部補とコンサルタントです。ＮＹＰＳＤです」

身分を名乗りおわらないうちに、防犯チェーンががちゃがちゃ鳴る音、ロックがかちっという音が聞こえた。

ティーシャがドアを引きあけた。

娘のより少し濃い色の肌は美しく透明感があり、なめらかだった。彼女の骨格、目の形、体格が娘に受け継がれていた。

いまその目は恐怖をたたえていた。

「アーリーは」

「お邪魔してもよろしいでしょうか、ミズ・ディロン？」

「アーリーのことね。心臓が痛くなったの、心臓がすごく痛くなったの。わたしは――早くベッドに入ったの、そうしたらその痛みで目がさめた」

ティーシャは後ろへさがったが、横にどいて二人を奥へ通せるほどではなかった。

「アーリーに何かあったのね」

ロークが静かに後ろでドアを閉めると、イヴは母親の恐怖をたたえた目を見つめた。

「はい、マァム。残念なお知らせですが、娘さんは亡くなりました」

「そんな」ティーシャは両手で口をおおい、ただ頭を振った。

「座ったほうがいいでしょう、ミズ・ディロン」ピーボディと同じようにやさしく、ロークはティーシャの腕をとって、ブルーとグリーンの陽気なストライプ柄の椅子へ連れていった。「水を持ってきましょうか?」

彼女はロークを見た。彼女の目の中の必死な願いが、はっきりと〝嘘だと言って〟と言っている願いが、しだいに息絶えていった。

「いいえ。いいえ、けっこうよ。どうしてそれがアーリーだとわかるんです?」

「指紋を照合しました。それに、彼女はバッグに身分証を入れていました」イヴは彼女のむかいの、背とアームがグリーンで、椅子と同じ色のクッションを置いたソファの端に座った。「お友達三人も一緒でした」

「ニッキ、モーゼズ、ドーンね」

「そうです、マァム」

「何か事故があったの? コンテストか、地下鉄で? あの子はどこ? アーリーはどこにいるの? あの子のところに行かなくては」

「ミズ・ディロン、おつらいことなのはわかります。アーリーは殺害されました」

「ええっ？」ティーシャは自分の椅子のアームをつかんだ。「どうして？　なぜ？　いいえ、いいえ、そんなの間違いよ。あの子はモーゼズと一緒だった。彼はやさしい、責任感のある若者だもの。それにニッキとドーンも」

「わたしにできるかぎり説明します。ジェンナ・ハーバーという名前に心当たりはありますか？」

「いいえ。なぜ？」ティーシャの顔に炎がひらめいた。「その女がうちの子を殺したの？」

「いいえ、マァム。ジェンナはゆうべ殺害されました。メディアでいろいろな報道がされていますが」

「今日は仕事をしていたの。やらなければならなかったの、お客様が……どうでもいいわね。音楽をつけていたのよ。それがアーリーとどういう関係があるの？」

「捜査は継続中ですが、われわれは二人とも同じ手口、同じ人物によって殺害されたと考えています」

「どんな手口で？　誰に？」

「誰かはわかっていません、ですがＮＹＰＳＤがその人物を突き止めるために全力をつくしていることは保証できます。アーリーは自分では知らないうちに、同意もなく、致死性の違法ドラッグの混合物を注射されたんです」

「違法ドラッグ？　アーリーは一度も、一度も違法ドラッグを使ったことなんかないわ」

「自分で知らないうちに、同意もなく、です、マァム」イヴは繰り返した。

「なぜそんなことをするの？　会場には警察も、医療員もいたんでしょう」ティーシャの唇は震え、彼女は手の甲を押しつけてそれを止めた。「どうして誰もあの子を助けなかったの？」

「医療員も警察も連絡を受けてすぐ対応しました。モーゼズの話では、ニッキとドーンも確認していますが、アーリーはスズメバチに刺されたと思い、本人もそう言っていたそうです」

「スズメバチ」ティーシャは目を閉じた。「あの子はスズメバチを怖がっているの。前にどうしてかあの子のベッドに入ってきて。あの子はまだ本当に小さくて、六歳くらいだった。四回刺されたのよ。あの子が悲鳴をあげたので、わたしは駆けこんで、あの子を抱き上げ、そうしたらハチはまだあの子の腕にとまっていた。わたしがぶち殺してやった。それ以来、あの子はスズメバチを怖がっているの」

「それは信じますが、娘さんはおおよそそれは気にしなかったんです。モーゼズが彼女の腕を見たとき、その場所が真っ赤になっていた。彼は娘さんのために氷をもらいにいきました」

「彼はやさしいから」ティーシャはつぶやいた。

「反応が起きたのは注射されてから数分後で、モーゼズは氷をもらいにいくところでした。ニッキの話では、彼女も腕を見たところ、針で刺されたと思ったそうです」

「ニッキは医者をめざしているの」

「ええ。彼女はすぐに行動しました、ミズ・ディロン。それは強調しておきます。彼女はドーンに助けを呼ぶよう言い、アーリーを助けようとしました、心肺蘇生をほどこすことも含めて」

「みんなあの子を助けようとしたのね」

「そうです」

うなずくティーシャの目がうるんだ。イヴにはその涙を押し戻したのがただ意志の力であることがわかった。「みんなあの子を助けようとした。それがわかってよかった」

「おつらいでしょうが、いくつか質問をさせてください。それとどこかの時点で、アーリーの部屋を調べたいのですが」

「どうしてあの子の部屋を？」

「娘さんをあなたから奪った人間を突き止めるのに役に立つものが見つかるかもしれないからです、ミズ・ディロン」

「あの子は人殺しの知り合いなんかいないわ。好きなだけ見てちょうだい。アーリーは奇跡だった。わたしの奇跡。あの子は完璧だという意味じゃない。わたしもそんなことは望んでいなかったし。あの子がモーゼズとセックスしていたのを知っているように。あの子は十七歳なの。それがどんなものかわたしもおぼえている。あの子を身ごもったとき、わたしは二十二だった。わたしが愛して、むこうもわたしを愛してくれていると言った若者は、いずれ結婚しようと言った。わたしは彼を信じ、結婚の、赤ちゃんの予定を立てた。

そのあと彼は逃げた。アーリーはわたしより用心深くて、もっとずっと賢いの。あの子には大きな夢があって、いい友達がいて、奨学金をとろうとがんばっていた。そんな恐ろしいことをする知り合いなんていなかったわ」

「自分が何かを知っていることに気づかないときもあります。娘さんは誰かに悩まされていると言っていましたか?」

「アーリーは言わなかったわ。いたらわたしに話してくれたはず。あの子がわたしに何もかも話していたからじゃなくて、それは神のみぞ知るだけど、アーリーは〝いつ〟、〝どれくらい〟、〝イエス〟、〝ノー〟をきちんと言ったから。あの子は自分で選ぶし、いじめっ子は許さないの」

ティーシャは膝の上で手を組んだ。「さっき言ってくれたお水をもらえるかしら、もしよければ。むこうのキッチンにあるわ。ごめんなさい。あなた方にも何か出すべきだったのに」

「わたしたちはけっこうですから」イヴはそう答え、ロークが水をとりに立ち上がった。

「アーリーが今夜のイベントに行くことにしたのはいつでしたか？」

「二週間前ね、たしか。モーゼズの友達がいるグループが決勝に残ったのよ。だからそうなったとき、うちの子は自分よりモーゼズのために行きたがったんだと思う。あの子が行きたくなかったということじゃないのよ。ありがとう」

ティーシャは水を受け取りながらロークを見上げた。「あなたにはとても見覚えがあるんだけれど。服を仕立てたことがあったかしら？」

「いいえ、ありません。あなたはアーリーにご自分の技術を教えたんですね」

「母がわたしに教えてくれたようにね。あの子も才能があった、それに目が。それだけじゃない、服のデザインをしたがって、もっと勉強するために学校へ行こうとしていた。自分のアイディアを次から次へと描《か》いていたものよ。ときどきわたしや自分のためにも何か描いて、一緒に作ったわ。ディロンのオリジナルを」

「ミズ・ディロン、連絡してほしい人はいますか？　お母さんは？」ロークがきいた。

「いいえ、母は寝かせておくわ。あしたはつらいことになるし。母はアーリーを猫かわいがりしているから。いまは誰もいらない。誰とも話したくない、いまは。あの子と二人きりになりたいの、あの子はここにいるから」ティーシャは自分の心臓と頭を手で押さえた。「それがわたしに必要なこと」

「わたしの連絡先をさしあげてもいいですか？　娘さんの部屋を調べるのにいつがいいか、

連絡していただけるように」

「わかりました。でもあの子に会いたいの。あの子の霊が飛んでいってしまったのはわかっている。だから心臓が痛くなったんでしょう。それでも娘に会いたいの」

「主任検死官に彼女を担当するよう要請しておきました。あした彼から連絡があると思います、そうしたら娘さんに会ってもらえます」

「主任？　その人はいちばんなの？」

「はい。あらゆる意味で」イヴは名刺を出した。「いつでも連絡していただいてかまいません。何かききたいことがあれば、何か思い出したら、どんなにささいに思えることでも」

イヴは立ち上がった。「本当にお気の毒でした、ミズ・ディロン」

「ええ。ありがとう」

エレベーターへ行く途中で、はじめて泣き叫ぶ声が聞こえてきた。

遅い時間だったが、家に帰ると、イヴはボードとブックを更新した。

「警部補さん、きみには睡眠が必要だよ」

「睡眠が必要。考える時間も必要だけど考えられない。マイラに要請を送るわ――朝にむこうが受け取るように。この事件についてコンサルティングが必要なの。プロファイルも必要だし、彼女以上の人はいない。

　犯人が見えないのよ、見えなければならないのに。外見のことを言ってるんじゃないの、でも――」

「きみの言いたいことはわかっているよ」

　イヴは要請が八時に着くように送信し、それからシャットダウンした。

「少なくとももう日曜じゃないわね」立ち上がり、髪を後ろへかきやった。「ということはラボをせっつきはじめて、さっきのコンサルティングを受けて、化学研究所や化学専攻の学生にあたることができる。犯人は少なくともティーンエイジャーか大学生にみえるはず」イヴはロークに仕事部屋の外へ連れ出されながら、そう付け加えた。

「犯人は周囲にとけこめる、だから……これまでの二つに似たイベントでどんなものが近々あるのか、調べなきゃ。ああいう年齢グループ向けの。人がいっぱいになるイベント。ウィロビー捜査官を引っぱりこむべきかも。彼女ならあの年齢グループで通るし」

「あした決めればいい」

「あした決める」イヴは同意し、服を脱ぎはじめた。そのあいだに、予定を組み立てた。

　それから、コマンドセンターをそうしたように、自分の脳もシャットダウンするべくベストをつくし、ベッドへ入った。

「場所をあけてよ、おデブちゃん」猫に言い、それからロークに腕をまわされるとため息をついた。「犯人が見えないの」

「いずれ見えてくる」

「いずれね」


夢はゆっくりと眠りに織りこまれてきた。それは音楽を、クラッシュするギターを、はずむドラムをともなって来た。ひらめくライトも。

死んだ少女二人が、単に動きとエネルギーの狂ったようなにじみになっているまわりの群衆と一緒に踊っていた。

「あたしたちは若いの！」ジェンナが言った。

「それにもう絶対年をとらない」

「みんなが踊りたくなるような曲を作りたかった。ロックスターになったのに」

「あなたの衣装をデザインしてあげたのに」アーリーが言った。「ディロンのオリジナル服を着たら、きっとすっごくカッコよくみえたわよ」

「あたしたちはあと百年生きるはずだった、そうよね？」

「そうよ。あたしたちはだいなしにされたの、徹底的に」

「あいつに刺されたときは痛かった」ジェンナが腕に刺さった針を指さした。

「知ってる！　あいつに刺されたときは痛かった」ゴルフボールサイズのスズメバチがア

ーリーの腕にとまっていた。

「クソったれ」

「バカ」

「ドゥーザー！」少女たちは声を揃えて言い、踊りながら噴き出した。

「あなたたちは犯人を見たんでしょう。何か教えて」イヴは頼んだ。「犯人の姿を思い浮かべる必要があるの」

「クソったれ。バカ。ドゥーザー」二人は一緒に言った。

「注意しているわけないでしょ？」ジェンナが肩をすくめた。

「あたしたちのクラブのやつじゃないもん」

「どのクラブ？」暑すぎる、とイヴは思った。ここは暑すぎる。ここは。ここってどこ？

「ふつうの人みたいな」ジェンナが肩を、ヒップを上下させた。

「ウィーズもウィーブもフレイカーも入れないの。ふつうの人で、あたしたちみたいな暮らしをしてる人、だからあなたもだめよ、ボス・コップ」

「この人、おばさんじゃない」ジェンナがアーリーに言った。「あたしたちは違う」

「この人はおばさんじゃなかったときも、ふつうじゃなかったわよ。ぜーんぜん！　あたしたちの年の頃にはただこそこそ歩きまわってた。友達なし、家族もなし、何にもなし。ふつうじゃない」

「ふつうじゃない」ジェンナも同意した。

「わたしの話じゃないのよ」イヴは言いかけたが、そこで音楽が止まった。ライトはまぶしいままだ。

やがて彼女は自分の行った州立学校のやかましい廊下で、そのまぶしいライトをあびて立っていた。

あのにおいがわかった。汗、その汗を隠しきれない安物のコロン、かすかな――禁止されている――ガムとキャンディのにおい。〝もっと禁止されている〟ゾーナーのにおいが、かすかな尿のにおいと一緒にトイレからただよっている。

ほかの子どもたちがイヴをかすって通りすぎた。冷たく笑う者、にたにた笑う者、目を向ける価値もないと無視する者。

彼女は無視されるほうがよかった。

あのダサいブルーの制服を着ていた――脚が成長しつづけているのでズボンは短すぎ、骨格が細いままなのでトップスもぶかぶかだった。

自分で髪を切ろうとして、さんざんな出来になってしまい、後ろへ流していてもでこぼこのガタガタだった。

彼女はただ授業に行きたかった。次の授業を耐え、また次のを耐える。一日を耐え、夜を耐える。そしてまたひとつの日を線で消す。自由に一日近づく。

自由はそれから二十二か月と一週間と三日後に来た。

彼女は雀《すずめ》の涙ほどの月々の給付金からためた金を持っていくだろう――ほかの生徒たちはスナックや、こっそり持ちこんだゾーナーに使ってしまった金を――そしてニューヨークへ行くだろう。警察学校《アカデミー》に入るのだ。

彼女は警官になる、そして警官になったとき、何者かになれる。

あと二十二か月と一週間と三日は耐えられる、その終わりにバスに乗ってニューヨークへ向かうのなら。

そのことを考え、その夢の中で夢を見ているから、まわりのことは気にしない。もっとましなことがある。

「おーっと」ジェンナが言い、イヴの気を散らした。

「そら来た」アーリーが顔をしかめた。「乱暴《ブルーザー》なやつもだめよ。でもあなたは生き延びる。あたしたちはできなかった」

イヴの目にそのブルーザーが映った。その名にふさわしく、百八十センチ近くあり、たっぷり七十キロ以上の筋肉がついた、底意地の悪そうな少女だった。

「生意気な口をきくんじゃないよ、ビッチ」

イヴが防ぐ間もなく、拳が命中し、顎からつまさきまで痛みの波が突き抜けた。

おかげで目がさめてがばっと起き上がり、たしかにあの拳を感じた顎に手をやった。

「明かりをつけて、十パーセントで。いま何時？　映して」

照明が薄暗くついた。ディスプレーには五時二十二分と出た。

「オーケイ、大丈夫よ」ギャラハッドが膝にのってきて、彼女の腕に頭をぶつけた。「大丈夫、大丈夫だってば」ギャラハッドを長くゆっくりと撫でてやり、彼と自分の両方を落ち着かせた。「どっちにしろ起きなきゃだめだし」

数秒後、いつもの〝世界の王様〟スーツを着たロークが駆けこんできた。

「わたしなら大丈夫よ、大丈夫。もう、オーストラリアかどこかを買うのを中断しなくてもよかったのに。わたしは大丈夫だから」

「ちょうど休憩したところだったんだ――まだ大陸を所有してはいないが」

「時間の問題でしょ」

「きみは……そうだな、叫んでいたよ」彼は横に座り、さっきイヴが猫にしたように、髪を撫でた。「自分の顔をつかんで、弓から放たれた矢みたいにベッドに起き上がって。夢だったんだろう」

「ええ、最後にビッグ・ビッチ・ブレンダが出てきて――自分でそう名乗ってたのよ――わたしの顔をいきなり殴ったの」

イヴは顎を動かしてみた。「たしかよ、感じたんだから」

ロークは彼女を信じたので――イヴの夢は本当にはっきりしているから――彼女の顎に

そっとキスをした。

「それでそのビッグ・ビッチ・ブレンダは実在するのかい、それとも単なる夢の中の人物？」

「ああ、実在してたわよ。学校時代に。何度か出血させられた。わたしでも誰でも、彼女が血を流させてやる必要があると思った相手がね。彼女はその点、選《よ》り好《ごの》みしなかったから」イヴは記憶をたどった。「だから誰かが叩かれないですむ日はほとんどなかった」

「なんとまあ」かがみこんで、ロークはもう一度彼女の顎にキスをした。「それできみはどうしたんだい？」

「一年間はほとんど何もしなかった、彼女が飽きてくれるんじゃないかと思って。でもそうはならなかった。だから何週間か、ボクシングのビデオを見て、練習したり、マーシャルアーツを試したりしてみた。次に彼女がわたしに殴りかかってきたとき、お尻を蹴ってやったの。たぶん、わたしが立ち向かったんでむこうが混乱したおかげじゃないかな。でもしばらくあとでまたやろうとしたの、それでわたしは練習を続けてたから、もう一度お尻を蹴ってやった。彼女はフォームってものが全然なかった。ただ力まかせで。

　そのあと？　もうわたしにはかまわなくなったわよ」

「それでビッグ・ビッチ・ブレンダはいまどこにいるんだい？　知っているんだろう」

「十五年のおつとめをしてるわ——中に入るのは二度めよ。重暴行。いずれにしても、目がさめちゃったんだから、動いたほうがいいわね」

「コーヒーをいれるよ、僕も飲みたいから」

「わたしのはシャワーを浴びるまでとっておいて」

ロークは顔をまわしてまじまじとイヴを見た。「コーヒーをとっておいてと言ったのかい？　ビッグ・ビッチ・ブレンダから受けた夢のパンチで、どこかネジがゆるんだんじゃないのか？」

「夢のパンチで目はさめたの。ボカッ、てね。だからそう、とっておいて」

イヴは体をまわしてベッドを降り、シャワー室へ飛びこんだ。睡眠よりもアドレナリンで突っ走っているかもしれないが、ともあれ走ってはいた。

出てくると、ロークはコーヒーだけでなく、朝食まで保温蓋の下に用意しておいてくれていた。

「ほかの会議はないの？」

「あるよ、そしてそれは妻との朝食なんだ。パンケーキだよ、ビッグ・ビッチ・ブレンダを倒した者は誰であれ、パンケーキに値する」

「賛成」イヴは彼の横に腰をおろし、彼が蓋をとってくれると、パンケーキをバターとシロップにどっぷりひたした。

「夢に見たのはさっきので全部かい？」

「ううん。あの女の子たちもよ、二人とも」

イヴは食べながら彼にそれを話し、それからそこにあったのでベーコンに襲いかかった。

するとと彼が頬にキスしてくれた、本当にやさしく。

「オーケイ、そうよ、それで昔に戻ったの。彼女たちの言ったとおりだった。わたしはふつうじゃなかった。あの頃、わたしの入れるクラブはなかった。犯人も入ってない」

「いじめられている、と思うのかい？」

「かもしれない、それにたぶんそう、でもあの二人にじゃない」

そうじゃない、とイヴは思った。もしそうだったら自分はそれを感じとったはずだ。

「あの二人はそういうタイプじゃない。無視したり、相手にしなかったり、眼中になかったり、もしかしたらこそこそ笑ったりはしたかも。ええ、それなら辻褄が合うかもしれない。でもあの二人はいじめっ子じゃなかった。それに犯人を知らなかった。わたしは犯人のほうも二人を知らなかったと確信しはじめてる」

「それじゃやっぱりタイプということか？」

「たぶん人気者で、可愛い女の子が犯人をいじめたか、無視したか、彼が自分の核と思っているものを壊したんでしょう。でも犯人は間違っている、間違ったやり方でのめりこんでるのよ、ローク。殺していることだけじゃなく、殺し方も」

「またやると考えているんだね」

「さっき言ったように、あのパンチで目がさめたの。だからビッグ・ビッチ・ブレンダに乾杯」イヴは乾杯のかたちにコーヒーを持ち上げた。「犯人は会場が必要――簡単に逃げられるところ。とけこめる群衆が必要、それにその中から選べるように、よりぬきのターゲットたちも」

イヴはパンケーキをたいらげた。「少なくともそれが今朝のわたしの考えていること」

「犯人が見えてきたね」

「そうかも。わからないけど。わたしはいじめられていた、メイヴィスもいじめられていた。わたしたちは〈ふつうの人クラブ《クラブ・ノーマル》〉には歓迎されなかったでしょうね。でも人を狩って殺すには、計画して実行するにはそれだけじゃ足りない。ドラッグ、それは犯人にとって有利なものなのよ。入手手段、もしくは作る能力。犯人は化学を理解している、たとえそれが単に売人としての理解だとしても」

イヴは立ち上がり、クローゼットに入ると、自分で仕事用の服を組み合わせなければならないという事実を考えた。

「雨が降っているよ、それに今日はほぼずっとそうだろう」ロークが言った。

「最高」

黒のパンツをとった――理由なんて、ああもう――それからシンプルな黒いTシャツ、それも理由なんて。しかしロークの〝あの目〟を避けるために、ライトブルーのジャケットを出した。

服を着た。彼女の考えでは、おもに〝あの目〟を避けるためだったが、ロークは猫式の匍匐《ほふく》前進をして朝食の皿に飛びつこうとするギャラハッドに警告することで忙しくしていた。

「もう行くわ」

「僕はもうじきまた会議があるんだ。ちょっと待って」

彼は両方の皿を蓋の下に重ね、それから高脚付きのタンスの上に置いた。

「あの子はあんなに高く飛べないわよ」

ところが、階段まで行かないうちに、二人とも蓋が床へガシャンと落ちる音を耳にした。

「あきれたな。あいつは粘り強い」

「どうやってあそこまであがるか考えたことについては、ほめられるべきじゃないの」

「あいつはサマーセットにまかせる」ロークはイヴの肩をつかみ、引き寄せてキスをした。

「僕のお巡りさんの面倒を頼むよ」

「わたしは犯人には年上すぎるわ。プラス、ビッグ・ビッチ・ブレンダを倒したのはわたしなんですからね」

「たしかに。きみの車に傘が入れてあるよ、使わないだろうけど」

「あるとわかっているのはいいものよ」イヴは立ち止まり、振り返った。「もしあなたが歩いていて、路上生活者があなたのビルにお尻をつけて座って、ハーモニカを吹いているのを見たらどうする?」

「その曲と彼の状況に対して手持ちのいくらかをあげるだろうね。どうしてだい?」

「何でもない」

ロークならまさにそうするだろう、とイヴは思った。彼が本当にそうするのを見たこともある。なぜなら彼にとって人々は見えない存在ではないから。

あんたは誰にとって見えない存在だったの、ドゥーザー? あんたのトリガーを引いたのは誰? でなきゃ、ただ殺すために生まれてきたの?

イヴは雨の中へ出ていった――あたたかく、しみとおってくる雨は湿気を増すだけだ。車に乗ると、ダウンタウンへ向かいながら、彼女が思うに、いままでもこれからも雨の中の運転のしかたを知らないし、おぼえる気もない連中を乗せた車の混雑の中を進んでいった。

考える時間ができたが、モルグに着いても、はっきりした犯人像は浮かんでこなかった。しばらく座ったまま、雨の音に耳を傾けた。

夢で見たように、自分自身が見えた。短すぎるズボン、細すぎる体、めちゃくちゃな髪。見えない存在になろうとしている。

わたしに気づかないで、話しかけないで、ただこれを最後までやらせて、出ていかせて。

「でもあんたはそうじゃないわよね？　違うわ」イヴはつぶやいた。「違う、あんたはそうじゃない。あんたはみんなに気づいてほしい、見てほしい。注目がほしい。ほしくてたまらない。それも女の子たちから——とくに女の子たちからでなければだめなのよ」

セックス、とイヴは思った。もちろんそうだ、犯人が同じ年齢層に当てはまるならとくに。でも注目、賞賛もそう。とはいえ、犯人は入りたくてたまらないそのクラブから閉めだされている。

注目、とイヴはもう一度思った。

「まあね、いまはもうたっぷり手に入ってるでしょ。会場？　単に便利だってだけじゃないかもね。注目されるため」

ひとりうなずき、車を降りた。はっきりした像ではない、いまはまだ。

でもだんだん見えてきている。

10

イヴはダッシュボードのオートシェフからモリス用のコーヒーをとり、トンネルを歩いていった。

新たな一日、と思った。また新たなティーンエイジの少女が解剖台にのっている。

検死官はいつもの保護ケープの下にスーツを着ていた。淡い、淡いブルーのスーツで、同じくやさしいブルーのピンストライプが入った白いシャツを合わせている。ネクタイはもっとあざやかなブルーで、首の後ろで巻いて輪にした三つ編みに編みこんである紐《ひも》と色を揃えていた。

イヴは彼がこんなにもおしゃれにきちんと装っているのは、彼自身のためなのか、その立場ゆえなのか、死者に対する敬意なのか、と考えた。

そして、その三つすべてだろうと判断した。

モリスはまたロックをかけていたが、イヴが入ってくるとボリュームを落とした。

「二日間で二人よ」イヴはコーヒーを持った手で強調してから奥へ歩いて、流しの横にそれを置いた。

「もう花開くことのないつぼみがまたひとつ」拡大ゴーグルのむこうで大きくなったモリスの目がイヴの目と合った。「若者たちに無駄遣いされる若さのことを言った言葉があるね。わたしは賛成しないな、それに彼女に若さがあったあいだに、その若さを思うぞんぶん使ってくれたことを願うよ」

イヴはビッグ・ビッチ・ブレンダを思い出した。「わたしは自分の若い頃がいまあるところにあってほしいわ。わたしの後ろに」

「たまに若い頃に戻りたいと思うことは？」

その気になれば、いまでもあの不意打ちのパンチを感じることができる。「いやよ、冗談じゃない」

「それはつまり、きみとわたしはいまとここに満足しているという、人からうらやまれる場所にいるということじゃないかな」モリスは拡大ゴーグルを横へ置いた。

「それに、奇妙ながら、自分たちを満足させてくれる仕事に就いているということかな。被害者たちと、使われた手口の両方が、犯人はひとりであることを示唆しているよ。今回も、まだ生きることを始めたばかりの、健康な若い女性だ。以前に違法ドラッグを使用した形跡なし、アルコール乱用の形跡なし。最後の食事は、楽しんだのだといいが、死亡する約四時間前で、ピザと炭酸のレモネードだ」

モリスは流しへ歩いていき、両手の血を洗い流して、コーヒーをとった。

「最近、二十四時間妊娠ブロッカーを摂取していたよ」

「彼氏がいたのよ――バッグにはコンドームが二つあったし、彼の両親は週末留守だったの」

「ああ、なるほど」また歩いていって、モリスはアーリーの肩に思いやるように手を置いた。「一生懸命考えた計画だったんだね」それからピーボディが入ってきたので、笑顔になった。

「今日も遅刻じゃありません！」彼女はそう言った。

「ええ、遅刻じゃない。同じように、注射するのに一般的な場所よね」イヴは付け加えた。

「そうだ。最初の被害者よりも、左上腕のやや低いところだな」

「二人めの被害者のほうが背が高い。彼女はスズメバチに刺されたと思っていた。スズメバチを怖がっていたの」

「鋭く、すばやく刺したんだな」モリスはうなずいた。「そうだね、見てわかるよ。刺された場所からすると、犯人は薬剤を注入するときにほとんど注意をはらっていないな。それどころか、その反対だ」

「犯人は被害者にそれを感じさせたいのよ」

「だったらたしかに感じただろうね。わたしの初期分析では、あとでラボが確認してくれるだろうが、ジェンナ・ハーバーに使われたものと同じ、違法ドラッグの混合物だ。針自体も確実に汚染されていて、やはり以前と同じように菌がついている。被害者の体内システムは同じ、もしくはほぼ同じ反応をしただろう。注入から症状の発現、死亡までほんの数分だ」

「そしてそれだけが被害者たちのつながり。ほかのものは見つけられない」見つからないだろう。イヴはほとんど確信していた。「アーリー・ディロンはアッパー・イーストだし、ジェンナ・ハーバーはロウアー・ウェスト。学校も違う、興味の対象も違う、ライフスタイルも違う」

「年齢と性別、基本的に健康である以外は」モリスはそう言った。「身体的にも似たところはない」

「見てくれじゃないのよ、彼女たちが何者かってこと。それと場所」

「群衆の中ですね」ピーボディが話に入ってきた。「それから〝いつ〟？　夜に、群衆の中で。やかましい、人でいっぱいのエリア」

「ティーンエイジの少女たちがたくさんいて、そこから選べる。今回の被害者はその中で、親がひとりしかいない子。母親よ。きょうだいはなし」

「ああ」モリスはため息をもらした。「より苦しみが大きいね。アーリーの準備ができたら、わたしから母親に連絡しよう。アーリーはもうこれ以上、きみの道案内になることは言ってくれないと思うよ、ダラス。でももしそうなったら、そのときには知らせるから」

「これからラボに行って、何か絞り出せるかどうかやってみる」

「幸運を祈るよ」モリスはイヴとピーボディが出ていくときにそう言ってくれた。「手口と犯人以外、被害者二人を結びつけるものはないから、われわれ全員が案じているのは、あしたまたこんなふうにここに立つんじゃないかということだね。あるいはあした以降すぐに」

わたしは案じてない、とイヴは思った。もっと手がかりを見つけなければ、自分たちがまたあそこに立つことに何の疑いも持っていないから。

ピーボディが小走りになって追いついてきた。「マクナブは直接署に行って、クラブの防犯ビデオにとりかかるそうです」

「わかった。犯人が逃げたのと同じ方法で入ってきたのでないかぎり、どこかでビデオに映っているはずよ」

「しまった！　窓から入ってきたと思っているんですか？」

「ありえなくはない。でもグループにまぎれて入るよりリスクが大きいわよ。それにむずかしい」イヴはそう付け加えた。「あそこの窓は傾いてたし、体をねじこむのもむずかしい、それに入るときにそこに誰もいないタイミングを見はからわないと。

犯人はビデオに映ってるはず」

運転席に座り、指でハンドルを叩いた。「まずラボ。時間が早いけど、それでディックヘッドをいらつかせるチャンスができる、それにハーヴォにも催促できる」

「母親から何かききだせましたか？」

「被害者二人が顔見知りじゃないとわかる程度のことはね。犯人が二人を知っていたことも、ありえなくはないけど、やっぱりありそうにない。全部マイラに送って、コンサルティングを依頼した」

それでいろいろな線があきらかになるだろう。これまでもそうだった。

「犯人は注目がほしいんだと思う――まさにそれが動機の一部。ひとりめを殺したのはアヴェニューAの演奏中。彼らは大物だし、事件は当然メディアを騒がせる」

「ゆうべのイベントは？　やはり大規模でした」ピーボディが肯定した。「おおぜいの観衆を引き寄せ、たくさんの人々がそれをライヴストリーミングする。世間の関心も大きい」

「犯人はきっと録画していたわよ。犯人がこの二件の殺人に関する報道をすべて録画していることに、あなたのひと月ぶんの給料とわたしのを賭けるわ」

「今月ぶんのお給料は本当に必要なんです。新しいベッドを買ったんですよ、それは――その話はあとでします。でもお給料は本当に必要なんです、新しいベッドと、それからもんのすごくほしいココットがあるので。プラス、うちの新しい、すばらしいパウダールームの装備をつけなきゃならないんですよ。うちにパウダールームがあるなんて！　ほかにもいろいろと。でも確実にうまくいきそうなので……ただし、確実にうまくいきそうなことって、カモにされる賭けかもしれないんですよね」

しゅんとなって、ピーボディは眉根を寄せた。

「だからわたし、ギャンブルはしないんです。確実にうまくいくことと、カモにされる賭けをどうやって見分けるんですか？」

簡単じゃない、とイヴは思った。「ギャンブルは全部カモにされる賭けよ。サンチャゴのカウボーイハットにきいてみなさい」

それでピーボディを笑わせることができた。

「それじゃわたしはカモですね、ひと月のお給料を警部補の推理に賭けるつもりですし、それに、ええ、犯人が今回の事件報道を見ていることにも。犯人はそれにひたっていますよ」

ポケットにロークのくれた現金があったので、イヴはラボに近い駐車場へ入った。

「なぜ？」

「なぜ犯人がひたっているかですか？　そうですね……彼は現場にぐずぐずすることも、二人が死ぬのを見ていることもできなかった、ですよね？　だったら報道を見るのが次善の策です。それに犯人が二人を知らなかったとしても、たぶん知らなかったでしょうが、だんだんわかってくるでしょう。報道がそれを全部説明してくれますから。それに事件がどんなに悲劇的か、どんなに恐ろしいかって話になるでしょうし、犯人はそれを引き起こしたのが自分なんだから、報道にひたりますよ」

「すべての賭けはカモにされる賭けよ、でもあなたのお金は安全、なぜならいまの論理は絶対に正しいから」

「わたしのお金はいま倍になりましたから、あのココットを買います」

ラボへ歩いていくあいだ、イヴは自分を抑え、尋ねるなんて考えてもだめと、自分に命じようとした。しかしじきに降伏した。

「ココットっていったい何？」

「鍋です。フランスの料理鍋。サマーセットはきっと持っていますよ。うちのすばらしいキッチンにほしいんです、でも九百ドルくらいするんですよ、だから――」

イヴはばたっと立ち止まった。「九百ドル？　フライパンひとつに？」

「鍋です。フランスの鍋」

「その値段には買うためにフランスへ行くことも含まれてるの？」

「だったらいいんですけどねえ」ピーボディは夢見るように言った。「でもお金が倍になりましたから、その余裕はありますね。あとは何色にするか選ぶだけです。赤がいいかなと思っているんです、あそこでぱっと目立つ色ですから。でも青もすごくすてきで」

イヴは両手で耳をふさぎ、ラボへ入っていった。

早い時刻だった、たしかに、しかしすでに人々がせわしなく働いている。おかげで勢いがついた。

鑑識主任のディック・ベレンスキーのワークステーションへ歩いていった。ディックへッドと渡り合うときには、賄賂に頼るのが頻繁すぎる習慣になっていた。しかし子どもがからんだ事件となれば、彼が追加の動機づけなしでも動いてくれることは常にあてにできる。

彼の卵型の頭が、いまやっている作業にかがみこみ、その長い蜘蛛《くも》のような指がキーボードの上を這《は》っていた。

イヴが近づいていくと、彼は顔を上げ、イヴを見てしかめ面になった。

「くそ月曜の朝だってのに、五分もほっといてくれないのか?」

「ジェンナ・ハーバー、年齢十六、土曜の夜に死亡。アーリー・ディロン、年齢十七、昨夜死亡。五分よりずっと長いじゃない」

「ああ、ああ、週末に休みをとって、ちっちゃな赤いビキニを着た大柄なでかパイのブロンドとビーチに行ってたやつがいるんだよ」

「あんたがちっちゃな赤いビキニを着るの?」

「ハッ！　着てたのはそのブロンドだよ。着たり脱いだり」彼はいやらしい目つきをした。

「その二人のティーンエイジの女の子が二度とビーチをぶらぶらできなくなったのは、彼女たちが不運だっただけなんでしょうねえ」

「ああ、ああ」しかし今度はベレンスキーも小さな声で言った。「週末担当のやつはおたくのゲロのDNAを突き止めてやっただろ、ええ？　それに俺も最初の被害者の毒物検査結果をチェックしているところだし、二人めもいま検査をしてる。モリスの報告書が来てるが、最初の被害者は使ってなかったそうだ」

「使ってなかったわ、それにいまモリスのところから来たの。二人めも同じ」

「二人とも――いま俺の見ているところだと、二人ともだ――体内に爆弾を押しこまれてるよ。ヘロインは、それだけでも死ぬのにじゅうぶんな量だった。ジャンクじゃない、純粋なやつだ。ここまで純度の高いやつはお目にかかれないよ。安売り用の薬品は見えない。両方とももう一度調べたいが、俺には見えないね。それからケタミンがある。そいつが見えるか？」

ベレンスキーは記号や反応式だらけのスクリーンを指さしたが、イヴは喉にスタナーを突きつけられても解読できなかっただろう。だから「オーケイ」と言っておいた。

「最初の被害者の身長と体重を考えると、殺すとまではいかなくても、倒れさせるにはじゅうぶんだ。それにロヒプノールも出た」

「それはたしか？」

「いま見てるだろ？　ロヒプノール《ルーフィー》が入ってるよ」

「致死量？」

「いーや、でも犯人は入れた。やっぱり被害者を倒れさせるにはじゅうぶんなくらい。これだけだったら、犯人は被害者をどこかへ連れていってレイプするつもりだったと言っただろうな。だがヘロインだぞ？　被害者はレイプされるほど長くは持たなかっただろう。それに塩化カリウムの痕跡もあった。やりすぎだよ、まったくもってやりすぎだ。胸くそ悪い、根性曲がりのくそ野郎が。おまけに汚染した針まで使いやがって。

そいつが見えるか？」もう一度スクリーンを指さしている彼の顔に、怒りが広がってきた。「それはトレポネーマ・パリダムだ」

「ベレンスキー、わたしはただの警官なのよ」

「梅毒になったことは？」

「いいえ、ないわ」

「こいつがそれを起こすやつだ。犯人がここでやったことは、俺がここで見ているものは、やつがトレポネーマ・パリダムの細菌で針をコートしてたってことだよ――速く反応させるための化学促進剤としてな。致死性じゃないし、症状があらわれる前に被害者は死んだだろう。だが注入された場所は感染した」

「ルーフィーに性感染症か」イヴはつぶやいた。

「二人めの被害者も同じ配合、同じ投与量だ。百万分の一リットル単位まできっちり同じ。もう一度両方を調べてみるよ。そいつが見えるか？　それは作用物質だ、合成物で、そのはたらきは血流内で酵素、ＣＹＰ３Ａの邪魔をすること。酵素は仕事ができない、だからドラッグが速く効いて、血流がそれをさらに吸収し、より威力を増す」

念が入っている、とイヴは思った。まったく危険を冒さない。

「速く効かなきゃならなかったのよ」彼女は言った。「犯人は医療の介入で彼女たちを助からせるわけにはいかなかった」

「炭酸飲料にシアン化物でも入れたほうが簡単なのに。こいつは手間ひまと、正確な――本当に正確な――知識と、すごい技術が必要だった。これこそ科学だよ。悪の科学だ、クソで卑劣な科学だよ、だが科学なんだ」

「ええ、そうね。犯人は材料をどこで手に入れたのかしら？」

「どこかの研究所」見るからに腹を立てて、ベレンスキーは両腕を上げた。「ただ手に入れるだけじゃないぞ。うちにはこんなに純粋なヘロインはない。あんたらがガサ入れのときにそういう金脈に当たったって、誰かがちょいとかすめたんじゃないか。あるいは、犯人が自分で作ったのかもしれない」

ドカーン、とイヴは思った。これは新しい衝撃だ。

「ケシから？」

「ケシから。研究所、バイオケミカル研究所、医薬品研究所。ルーフィーを手に入れるのはむずかしくないし、ケトルは町で手に入れられる。だがほかのやつは?」

ベレンスキーは頭を振った。「かりに手に入れる手段があったとしても、この混合物を作るにはおっそろしく優秀な腕がいる。それにイカれた頭脳もだよ、ダラス、これを考えつくにはな」

「わかった、助かったわ。最初の現場の窓からとってきた繊維のことで、ハーヴォと話したいんだけど」

「彼女にほかの仕事がないみたいな言い方だな」それからベレンスキーは肩をすくめ、眉をせわしなくつりあげた。「行ってこいよ。俺はもう一度こいつを調べる」

「ピーボディ」イヴは彼女とラボの中をあっちこっち曲がって進みながら言った。「この三年間で、違法ドラッグのガサ入れで金脈を当てたことがあったかどうか調べて」

「NYPSDが大量の純粋なヘロインを押収したら、耳に入っているはずだと思いますが、違法麻薬課《イリーガルズ》のストロング捜査官にきいてみます」

うなずいて、イヴはそのままあちこち曲がり、ハーヴォのワークスペースへ行った。

毛髪と繊維の女王は、今日はモリスのネクタイと同じようなブルーの髪を顎までのボブにしていた。着ているのはピンクのTシャツで、そこには煙をあげているペトリ皿を持ち、狂気ただよう笑いを浮かべている白衣姿のラットのようなものがついていた。

その下にはこうあった。

〝ラボのラットたちにご用心！
あんたらより頭がいいんだよ〟

ハーヴォはそれに合わせてブルーのバギーパンツと、ピンクのエアスニーカーをはいていた。

「ヘイ、ダラス。おたくの土曜の夜の繊維はいま調べてるところよ。日曜の夜のやつは何にも来てないけど」

「送れるものがないの」

「ねえ、わたしも日曜の〝バトル・オヴ・ザ・バンズ〟は行こうかなと思ってたのよ、でもハンプトンズに行っちゃった。いとこの彼氏のお姉さんがむこうで二週間、家を借りていて、週末に自宅開放パーティーをやったの。すんごい楽しかった」

椅子を回し、ハーヴォは顕微鏡の下のスライドに微量の繊維を置いた。

「これをじっと見て言えるのは、安物の、合成繊維が混じってるってこと。ズボンのものね、それも新しいやつ。犯人がしばらくクローゼットに入れておいたものじゃないし、洗ってもいない」

「じっと見るだけでそんなにわかるの？」

ハーヴォはにっと笑った。Tシャツのマンガの白衣を着たラットのように。

「だからわたしは王冠をかぶっているのよ。でもそれは証明できる」

ハーヴォは体を起こした。「窓枠、だったわよね？」

「そう」

「ズボンね。壁の足の跡から部分的な足形を採取しようとしているのは知ってるわ。だから犯人は体を押し上げた。袖か、シャツの一部が引っかかったのかもしれない、でもズボンよ、頭から先に出ようとすればそのほうが確率が高い。自分が行こうとしている先を見たいし、誰もそこにいないことをたしかめたいでしょ、だから頭が先」

「わたしの仕事を狙ってるの、ハーヴォ？」

笑いながら、ハーヴォは自分の頭のてっぺんをとんとんと叩いた。「わたしはここが気に入ってるわ、わたしの女王国《クイーンダム》で、王冠をつけてるのが」

マシンのひとつがビーッと鳴ったので、ハーヴォはもう一度椅子を回した。

「そう、安物の合成混合物、安物の黒い染料、糊《のり》づけがすっごく固い、だから新品よ。ズボンね。ジャケットかもしれない、でもクラブの中はジャケットを着るには暑すぎる、だからズボン。シャツにこんなに糊づけする？　しない。この繊維は何度か洗うと、染料があせて、糊づけが壊れる、そして繊維が、そうね、十回も洗えばへたってくる。安物よ、買ってきたばかりの」

「目撃者のひとりは黒いバギーパンツだと言ってるわ」

「そうよ、安物の、新しいバギーパンツ、だからたぶんちょっとごわごわしている——ふつうバギーパンツにあってほしいひだがない。ダサいやつ《ドゥーファス》の服よ」

「あるいはドゥーザー？」

考えこみ、ハーヴォは頭を傾けた。「そうね、だいたいのドゥーザーは流行に敏感で、それを自慢するじゃない。そこが鼻につくのよ。でもあなたが探しているやつは違う」

「犯人がティーンエイジャーだったら？」

ハーヴォは頬をふくらませた。「わたしもかつてはそうだった。もし自分がティーンエイジで、本当に少ないお小遣いしかなかったら、それで妥協しなきゃならないでしょ。でもたいていは節約したり、貯金したり、ねだったり、いろいろやって、まずまずのズボンを手に入れようとするわよ、〈クラブ・ロック・イット〉でアヴェニューAを見ることになってるなら。

若者はジャッジするものよ、ダラス、それも厳しくジャッジする。ダサいやつは？　そいつはわかってないのよ、だってダサいやつなんだから。もし犯人が着ていたのがそれなら……ちょっと待って」

もう一回椅子を回し、彼女はデスクのリンクを使った。

「ヘイ、ねえ、例の部分的な足形はどうなってる？　ああそう。うんわかった。ダラスがいまここにいるの、だから伝えておく。ホットドッグと炭酸？　行く行く。じゃあ《チャ》」

ハーヴォはイヴのほうを向いた。「靴に関してわたしに匹敵する人の考えだと、部分的な足形をとれそうだって。全体は無理だけど、一部分なら、それにそれがうまくいけば、正午までにブランドか、ブランドの範囲がわかるだろうって。わたしとランチを食べているときに」

「助かったわ、ハーヴォ。いろいろと」

「わたしたちはみんな奉仕するために生きてるんだものね？　保護のほうは厳密にはあなたにかかっているけど」

「そうね。ええと、じゃあ《チャ》」

またあちこち曲がって戻っていくと、ピーボディがやってきた。

「ジャンクがたっぷり、純粋なやつはなし。五年以上ありません。ハーヴォのほうは？」

「安物の、合成繊維の入ったバギーパンツ。というか十中八九バギーパンツ。彼女はダサいやつの服って呼んでたわ」

「安いものはちょうどよくフィットしませんからね。プラス、全然長持ちしないんですよ。十回洗ったら、ぼろにもならないくらいひどかったです」

前に、ガーデニングか作業場用にひとつ買ったんです。十回洗ったら、ぼろにもならないくらいひどかったです」

「ハーヴォが言っていたことと一致するわね。あなただったらクラブにはいていく？」

「まさか、永遠の恥辱ですよ、絶対にノーです。ニューヨークへ来たときは、生活費がきちきちでしたから、息が詰まりそうでした。でもあんなものをはいてどこかへ出かけたら、恥ずかしくて死んでいたでしょうね」

「それじゃ犯人はもっといいものを着る余裕がないか、わかってないかね。バギーパンツは新しかった、だから彼はわざわざそれを買った。彼は人の中にまぎれたかった、だからもっとファッションをわかっていたなら、あの安物は買わなかったはず。それに犯人は計画を立てなければならなかった、だからまずまずのものを買う予算を捻出するための時間もあった」

「つまり犯人はファッションに興味がないんですね。おしゃれのしかたを教えてくれる友達もなさそうですし」

「友達はとくにね」歩いていると、イヴのリンクがメールの受信を告げた。「マイラよ。いまファイルを読んでくれている。コンサルティングの時間ができたら連絡してくれるって」

「犯人についてはまた少しわかりましたね」

「ええ。まずは研究所から始めましょう。犯人は若いか、若くみえる。化学専攻かもしれない――成績は優秀。どこかの研究員か、インターンかも。純粋なヘロイン。犯人はどこで手に入れているのか？　あるいはどうやって作っているのか？　自分でケシを育てているとか？」

「たいへんな量が必要ですよね？」

「それについては詳しくないの、でも調べるわ」

イヴは馬鹿馬鹿しいくらいの駐車料金を払った。

「ATMに行かなきゃ」

「さっきはたくさん持っていたようでしたけど」

「あれはロークのお金」

「世界じゅうのお金はだいたいロークのでしょう？」

「たしかにそんな感じね」イヴはぼやいた。「セントラルのマシンで出すわ」

「薬物の収穫のことなら少し知っています。アヘンはやってませんよ！」ピーボディはイヴに冷たくにらまれると言った。「でも少しは知っています、だからわたしが調べてみますよ。必要なのはアヘンのとれるケシです」ピーボディは調べはじめ、PPCを読み上げた。「オーケイ、たくさんの工程がありますね。育てて花を咲かせるのにだいたい三か月、そのあと花びらが散ったら果実ができる。果実には種があり、そこからアヘンがとれる。それから果実を特別なやり方で、曲がったナイフで切り、アヘンをとる。しずくみたいに垂れて、数日間分泌されるそうですよ」

「時間がかかるわね。骨が折れる《エグザクティング》」

百万分の一リットル単位の精密《エグザクティング》さ、とベレンスキーは言っていた。

「はい、それにまだあります。それで液汁が酸化したら、樹脂ができる。それを別のナイフで集め、四角いかたまりにして、ぴったり包む。そうしたら次は茹《ゆ》でたり乾かしたりいろいろ。最後に、注射で使うなら溶液を作らなきゃなりません、ですから液化しなければならず、沸騰させてそれを注射器に入れる。

それから、オーケイ、生のアヘン十トンくらいが、これだけいろいろやったあと、一トンのヘロインになります」

「犯人が自分で作っているとしたら、土地か温室と、その長くて骨の折れる工程をやり抜くための設備を持ってるはずね。でも一トンも必要ないんじゃない？　一キロもあればじゅうぶん以上でしょう」

「買っているだけかもしれませんよ」

「安物の合織バギーパンツ。純粋なヘロインは上質のパンツよりずっと高い。それにほかのドラッグも加わるでしょ」

イヴは角度を変えてみた。「もしくは、犯人が金はあるけどファッションをわかってないだけだとしたら、大事なのは科学――彼の科学なのよ。彼はドラッグの配合を考えださなければならなかった。彼は自分の科学を知っている、だから材料を作るか、実験するのにじゅうぶんな量をとってくることができる」

セントラルの駐車場に入った。「研究所の線から始めて。わたしはATMを使いにいって、それからEDDへ行って、進捗状況をみてくる」

イヴはロークがくれたのときっちり同じ額を引き出し、それをすでに現金を入れていたのと反対のポケットに入れた。

これはあとでやろう。

グライドに乗ってEDDへ行くまで考える時間をとり、EDDのラボに行くとマクナブとフィーニーがいた。

「やつを見つけたかもしれないぞ」フィーニーがすぐさま言った。

「どこで?」

イヴはスクリーンを凝視して、フィーニーが答える前に指をさした。「ここのこいつね。顔は見えないし、この二人の後ろにくっついているせいでほかのところもたいして見えない。二人のほうが背が高い。それにこっちの人は幅もある。彼はええと、百六十八センチくらい?」

「僕もそう思う、それに証明できるよ。いま見つけたんだ。時刻表示は二十一時二十三分」

「マクナブ、彼がまぎれこんでるグループの誰かの身元がわかるかやってみて」

マクナブは骨ばったヒップを内なるビートに合わせて振りながらうなずいた。「いまやってるところです」

「黒いバギーパンツね、それはわかる。足にはいているものは見えない、Tシャツも。こいつの顔も。でも……髪はブラウンよね？」

「ブラウンに見えるな。長さは測れないが、前のほうは長いみたいだ。ここだが？」

フィーニーはスクリーンを止めた。「髪が顔に垂れている感じ。この垂れ方からするとサングラスをかけてるかもな、でも前にいる二人のあいだから一部が見えるだけだ。

肌の色もわからない。用心してるよ。でもバギーパンツ、身長、髪の色、それにもう一度言うが前に垂れている長さがわかったんじゃないか、だからやつをつかめるかもしれない」

マクナブが安物ではないカナリアイエローのバギーパンツでちょっとダンスをした。

「その二人がわかりましたよ、ダラス。いまあなたのマシンに名前と連絡先を送ってます。この二人は俺が聴取してますね。五人組で来ていて、全員が男で、年は、ええと、十五歳から十七歳。音楽と女の子目当てで来たんですよ。

ちょっと待って」

彼は携帯用のPCを出し、メモをチェックした。

「そう、そう。この二人の片方と、グループのほかの二人が、被害者とその友達と踊ったんです。一度だけ。いい感じだけどカップルにはならなくて、でも話はしたそうです」

「いいわね。これはいい」

「これを全部調べてみたいな、それからもう一度調べたい」フィーニーが言った。「確実にしておきたいんだ」

「ええ、でもこれはいいわよ。すごくいい。名前を送って、マクナブ。連絡して追加聴取するから。より多くがわかってきた、だからもっとわかるかもしれない。鑑識は足の跡から足形をとれるようやってる。ハーヴォは繊維は安物の合織が混ざっていると言っていた。それに被害者に注入された混合ドラッグの完全な配合もつかめた。あなたにも報告書のコピーを送るわ」

「この悪党をつかまえてやろう、おちびさん」

彼女はフィーニーにうなずき、それから部屋を出た。

彼の言葉を信じていた。いつも自分が悪党を見つけ出すことを信じてきた。でも、モリスと一緒に、また別のティーンエイジの少女を見おろすことになる前に、犯人をつかまえることはできるだろうか？

イヴは殺人課に入り、頭は別のことにあっても、ジェンキンソンのネクタイには顔をしかめずにいられなかった。

今日の出し物は、どうやら魔法の杖《つえ》らしきものが血の赤色の地に散らばっていた。どの杖もそれぞれ違うキラキラした色の流れを放っている。

「警部補《LT》」彼が手招きし、目が焼けそうなところまでイヴを近寄らせた。「すばらしきパートナーと俺は……」

ジェンキンソンが言葉を切ると、ライネケ捜査官がズボンの片脚をぐいと引っぱり上げて、マジックハットから顔をのぞかせている白ウサギ柄の靴下を見せびらかした。

「すてきな色で失明しそう」

「今朝〇五〇〇時に俺たちが当たった事件を終結させてるところなんだ」ジェンキンソンはネクタイをひらひらさせた。「捜査の魔法だぜ」

「あなたがそう言うなら」

「たしかだって。例の二人の女の子の事件で手伝いが必要なら、俺たちは手があいてるよ」

「ピーボディ、化学研究所の線の仕事をこの二人の魔法使いに割り当ててやって。わたしは十分――十五分やることがある」イヴは言いなおした。「そのあと外回りに出ましょう。追加の聴取をする。犯人はグループにまぎれて入ってきて、その人たちの後ろに隠れていたようよ」

「大収穫ですね！」

「なかなかのものではあるわ。ほかにもわかったことがある、そっちは大収穫。身長が約百六十八センチ、ブラウンの髪ってことを加えて。ＥＤＤがほかの細部や目撃例をつかんだら、それも加える。

十五分よ。出かける用意をしておいて」

自分のオフィスに入ると、イヴはコーヒーを飲み、それからボードとブックを更新した。マイラ、部長、フィーニー、マクナブに、すべてに関する情報を送った。

ひとりめの少年に連絡してみると、彼らが二人とも一緒に夏のあいだバイトをしているとわかった。ほんの数ブロック離れたデリで働いている。

またひとついいことがあった、とイヴは思い、ブルペンに戻った。

「行きましょう、ピーボディ。部長刑事」

ジェンキンソンはこちらを見て、にっと笑った。「はい、警部補！」

「わたしがいないあいだ、若い連中を監督して」

「いつもどおりに」

ピーボディは話を聞かれないところへ出るまで待ってから言った。「実を言うと、今日のネクタイは気に入ってます」

「痛い目にあいたいの？」イヴは警告し、下りのグライドに乗った。

11

　イヴは朝の渋滞と駐車場の問題と、四ブロック歩くことを比べてみた。

「歩きましょう。たった四ブロックだし」

「オーケイ、いいですよ、でも雨が降ってますが」

「ああ、雨か！　その場合も歩きましょ。ハンク・カジンスキーとデヴィン・スプルースと話をするの、二人とも十七歳、どちらも〈コーナー・デリ〉で働いている」

「その店なら知っています。信じられないようなチーズ・ブリンツ（薄いパンケーキにチーズや果物を入れたユダヤ料理）を作るんです、それにあそこのマッツォボール（発酵させずに焼いたパンを砕き、卵や油脂などを加えて丸めたもの）スープは本当に最高で」

「ランチに行くわけじゃないのよ、ピーボディ」

　メインロビーに出ると、イヴはドアへ、雨へと向かった。

　ゆっくりと絶え間なく空から降るしずくは、街をサウナに変えていた。

　人々は傘の下に縮こまり——最初の雨粒が降ったとたんにプレ値で傘を売りだした露店

商から、あわてて買った人もいるわね、とイヴは思った。背中を丸め、濡れることで個人的に侮辱を受けたようなしかめ面をして歩いている者もいた。

イヴは女がひとり、ハイヒールなのにハサミのような脚さばきで、ショッピングバッグを頭の上にかざして歩道を走っているのを見送った。

それから車の流れは、予想したとおり、クラクションを大きく鳴らしながらセンチ刻みで這うように進んでいた。

「ちょっとした雨って聖書に出てくる天災と同じようだと思うわよね、ほら、何だっけ、イナゴとかの」

「もしくは水が血に変わったとか」

「それはおかしいでしょ」おかしいわよね？「それが天災なの？」

「有名ですよ。聖書のエジプトの十の災いのひとつで、それに黙示録にある予言された七つの災いのひとつです」

「どうしてそういうことを知ってるの？」

「ああ、何となくおぼえるだけです」

「わたしならすぐにまた頭から消す」イヴはそう決めた。「シャワーから血が噴き出す心配をしなくたって、もうじゅうぶん血には対処しなきゃならないんだし」

「オーケイ、次にわたしがシャワーを浴びるときに恐ろしい思いをすることは保証されましたね」ピーボディは頭を右へくいっと向けた。「通りのむこうにいる男が折りたたみ傘を五十ドルで売ってますよ」

「ええ、さっき見た。そんな金を払うようなバカはだまされて当然ね。プラス、わたしたちが通りを渡る前にあいつは気がつくわよ、それに追いかけるなんてまっぴらごめん。もう着いたし」

〈コーナー・デリ〉は実際に角《コーナー》にあった。朝食もしくはベーグルにバターたっぷりのテイクアウトを求める客たちの大半は、やってきては出ていっていたが、しみひとつない白いカウンターのスツールにねばったり、同じようにしみひとつない切手サイズのテーブルで、コーヒーと、ピーボディが言ったブリンツを前に、雨があがるのを待っている者もいた（その点は幸運を祈る）。

店内には焼いたパン、ピクルスとオニオンとゆで卵のにおいがした。そしてどういうわけか、それが全部組み合わさると、ひとつのうっとりするような香りになっていた。

ハンク・カジンスキーは陳列カウンターで働いており、いまは待っている客のためにライ麦のサンドイッチを箱に詰めているところだった。

イヴは彼を百八十五センチと見積もった。若々しい、映画スターのような顔。ハイスクールのクォーターバック役にキャスティングされるたぐいの顔だ。透明キャップの下にはふっさりしたブロンド、明るいブルーの目、わずかな夏の日焼け、角ばった顎、やせてひょろ長い体格。

イヴが待っていると、彼が客のレジをすませて笑顔でこちらを向いた。

「おはようございます。何をさしあげましょうか？」

彼女はバッジを持ち上げてみせた。

「ああ、そうだった！　あなたたちの顔がわかってもよさそうなものなのに。あの映画を見たんです。つまり、見てない人なんていています？」

「いないわよね」イヴは同意した。

「デヴは奥にいます。呼んできますよ、でも誰かカウンターに入ってくれる人を見つけないと――」

女がどすどすとやってきて、ハンクは言葉を切った。六十代半ば、とイヴは見積もった。たくましい体格、ありえないほど赤い髪がキャップを巻き毛でぎゅうぎゅうにしている。肌があまりに白いので、イヴは彼女が暗闇で発光するんじゃないだろうかと思った。

「あんたたちが警官かい？」

「ええ、マァム。わたしたちは――」

女はイヴに指を向けた。「この子たちは何をしたんだい？　なまぬるいグダグダ話を聞く気はないよ」

「彼らが困ったことになっているわけじゃないんです」

「この店では犯罪者と怠け者は容赦しないんだ」

「わたしの知るかぎりでは、マァム、二人とも違います。わたしたちの探している人物を彼らが見たかもしれないんです、それに二人とも全力で捜査に協力してくれました。これは追加の聴取なんです、新しい情報を入手したので」

「この二人について？」

「間接的にかかわっているだけです」

「ねえ、僕たちは何もしてないよ。言ったでしょ――」

今度は指がハンクをさした。その指には鋭く、凶悪なほど赤い爪がついていて、イヴはあれをさっとひとはらいすれば、喉をかっ切れるだろうと思った。

「お黙り！　デヴィンを連れておいで」女は店のむこうをさした。「あのテーブルを使って。食べる物を持ってくるから」

「わたしたちはけっこうですから、ありがたいですけれど――」

「あんたたちはうちの店に座って、食べるんだよ」

調子を合わせたほうがいいとイヴは判断し、テーブルへ歩いていった。

「何が出てくるにしても」ピーボディが言った。「きっとすっごくおいしいものですよ」

ハンクが友達を連れて奥から出てきた。ハンクがハイスクールのクォーターバックを体現しているとしたら、デヴィンのほうは、広い肩、がっしりした体格で、ディフェンスのラインマンになれそうだった。なめらかなゴールデンブラウンの肌、長い刃のような鼻、大きくて夢を見ているようなブラウンの目をしていた。髪はてっぺんが真鍮《しんちゅう》のような金色で、下へいくにしたがって真っ黒になってねじってあった。

どちらの少年も座りながらキャップをとった。まるでそれが半トンもあるかのように。

「さっきはすみませんでした、お巡りさん」

「警部補よ」イヴはハンクに言いなおした。「それから捜査官」

「はい、それでもすみませんでした。うちのバビー（イディッシュ語で祖母のこと）は頑固で」

「あの人はあなたのおばあさんなの？」

「ええ」ハンクはにこっと笑った。「おばあちゃんは僕に、それにデヴにも、真面目な生活をさせるのが自分の仕事だって言うんです、僕らがおばあちゃんの妹の元だんなさんみたいなろくでなしにならないように」

「僕たち、あの夜クラブに行ったことは話してないんですよ、ほら」デヴィンが広い背中を丸めた。「おばあさんが心配するから。あの別の人には言いましたよ……。すみません、あの別の捜査官の人にです、僕たちが死んだ女の子を見たって——つまり、亡くなる前に」彼はあわてて言った。「あれが起きる前に」

「わかってる。彼女と踊ったのよね」

「ちょっとです」彼はハンクに目をやった。

「あの子たちは三人組だったんです。すっごいカワイコちゃんたちで」

ハンクの後ろから、バビーが後頭部を手のひらでびたんと叩いた。「女の子のことをそんなふうに言うんじゃない。敬意を払いなさい」

「バビー、いまのは単に彼女たちが美人だったってことだよ。おばあちゃんみたいに」さっきの笑顔がぱあっと出た。「おばあちゃんは最高にすてきなカワイコちゃんだよ」

ハンクの祖母はもう一度手をびたんとやったが、今度は軽く、愛情がこもっていた。それから彼女は腰の片側にのせていたトレーをテーブルに置いた。

「バーブカ（ラムレーズン入りのパン菓子）をお食べ、今朝の焼きたてだよ、それから甘いお茶」

デヴィンはあの大きな、夢見る目で彼女を見た。「ありがとう、バビー」

彼女はデヴィンの頭の真鍮色のてっぺんを撫でた。「さあ、こちらのお巡りさんが知らなきゃならないことは何でも話すんだよ。敬意を持って！　そうしたら仕事に戻って。座ってバーブカを食べてもらうために給料を払ってるんじゃないんだからね」

彼女が行ってしまうと、ハンクはバーブカをひと口フォークに刺して持ち上げた。「最高だ。食べなきゃだめですよ、でないとおばあちゃんがありとあらゆる後悔を味わわせてきますから。それに、最高です」

「あなたは被害者と、彼女の友達二人と踊ったのね」

「そうです、それにほかのたくさんのカワイコちゃんと。僕たちは女の子をひっかけに行ったわけじゃないんですよ、わかります？　ただ楽しくやるだけ。音楽はホントにカッコよかったし。あの子たち、あのカワイコちゃんたちって、グループ《ユニット》だった、そうだよな、デヴ？」

「どうだったかな。たしかチャズがあの子たちのひとりともう一度踊ったんだよ、ひとりだけ、でもユニット。僕たち、長くは一緒にいなかったんだ、というか、そういうことは全然」

「あなたたちがクラブに来た時間にさかのぼってみましょう。あなたたちは……ユニットで来たのよね」

「僕たち五人で」ハンクが確認した。「僕、デヴ、チャズ、オーロウ、ジョーナ」

「あそこに来て、ドアのところに着いたとき、誰かほかの人があなたたちと一緒に入った？」

デヴは肩をすくめ、ハンクを見た。「そうだったかもしれない。僕たちはみんなでしゃべっていて、それにオーロウをからかってたんです、あいつは僕たちとは別に、彼女と一緒に来るはずだったのに、その前の日に彼女に振られたから。ひどいよな」

「誰かがあなたたち二人のすぐ後ろにいたのかもしれない。三人の友達は、あなたたちのすぐ前にいたんでしょう。チャズがドアをあけて、最初に入ったのよね」

「たぶん。僕は注意してなかったから。みんなアヴェニューAをただで見られるんですっごいわくわくしてたんですよ。席料とかも何もなしで。僕たち全員、前の夏に行ったんです、だから超クールだってわかってたし」

「あの小さいやつかな？」眉根を寄せ、ハンクが何か遠くのものを見ようとするように目を細くした。

そこでイヴはあのぞくぞくする感じをおぼえた。

「小さいやつよ。あなたより背が低い、あなたたち両方より」

「そうだ」

「その人の外見特徴を言える？」

「本当には見てなかったんです――つまり、注意をはらってては。ただ目に留まったっていうか、だってチャズがドアをあけたとき、あいつは二秒くらいそこをふさぐみたいにしたんですよ」

「そう、そう」デヴィンが裏づけた。「あいつがそういう芝居っぽく止まって、こう言ったんですよ、〝さあ、始まるぞ〟」

「それだよ、だから急に止まらなきゃならなくなって、その小さい男が後ろから僕にぶつかったんです。たいしたことじゃなかった、でも思いました、おいおい、あんた、これからひと晩じゅうやるんだからあせるなよ、って」

「どうしてその人が男だったと、あるいは背が低かったとわかるの？」

「ええと、そうでしょ？　みんなであのブロックを歩いていたとき、そいつが僕とデヴの後ろにするっと入ってきたのを半分くらい見てたんです」

「半分くらい何を見たの？　どんな細かいことでもいいわ」

「そうですね。悲しい、みじめなバギーパンツ。靴も最低。ひどい言い方に聞こえるでしょうね、そいつにはそれがせいいっぱいだったかもしれないんだから、でもそいつが僕らの後ろに入ってきたのを半分見てたとき、そう思ったんです」

「彼の身長はどれくらいかわかる？」

「どうかな……たぶん……うちの妹と同じくらいかなあ。たぶんそれくらい」

「妹さんの身長は？」

今度はハンクはただ肩をすくめ、イヴはピーボディに目をやった。

ピーボディがＰＰＣを出すと、イヴはハンクに向き直った。「肌の色は？」

「白人の男です。間違いありません、そこは。彼の腕が見えたんじゃないかな。そう、そう、見えたんだ。本当に白くて、だからＴシャツを着てたんですよ。タンクトップタイプのかもしれない。よく見ていなかったんで」

「髪の色、目の色は？」イヴがきくと、ハンクは悩んでいる表情になりはじめた。

「そいつがあの女の子を殺したやつなんですか？」

「わたしたちが身元を突き止めたい人よ」

「そんな、そんな、僕はそんなことをあてずっぽうで言いたくありません。間違いたくないんです。よく見ていなかったし。ただちらっと振り返っただけです、それだけなんだ。

おまえは見てなかったのか？」彼はデヴィンにきいた。

「悪いな、見てなかった。そいつは全然見なかった」

「ハンク」ピーボディがいつもの〝わたしを信じて〟の声で言った。「あなたは目に留めたもののことで、もうわたしたちを助けてくれましたよ」

「でもあいつは僕たちくらいの年でした。くそっ、それもたしかにはわからないけど。ただそうじゃないかって。あいつの顔を見たかどうかもわからない。見てないと思う。見たって思えるものが記憶に全然ないし。あいつのバギーパンツのほうが目に入ってたんですよ、ね？　それでこんなふうに思ったんです、しょうもないのがいるなあ、って」

引き上げどきだ、とイヴは思った。

「わたしもピーボディ捜査官がいま言ったとおりだと認めるわ。あなたたちは大きな助けになってくれたし、わたしたちが知らなかった細かいことを教えてくれた。時間を割いて協力してくれてありがとう」

「オーケイ。あれだけしかおぼえてなくてすみません。それから、ええと、バーブカをちょっと食べてもらえませんか？　食べてもらえないとバビーが怒ります」

「わかった」イヴはフォークで小さく切り取り、味をみた。そして自分が天国を小さくひと口食べているのだと気づいた。

「うわ、すごい」

ハンクは弱いバージョンの笑みを見せた。「言ったでしょ。それじゃ僕たちは仕事に戻ります」

少年たちは一緒に立ち上がり、キャップをかぶり、カウンターへ戻っていった。

「わたし、自分のぶんは全部食べてしまいました」ピーボディが告白した。「止められなくて」

「理由はよくわかる。身長は？」

「ハンクの妹のＩＤには百六十五センチとありますね」

「さしあたっては、百六十五センチから百七十センチとしておきましょう。犯人は白人種。ハンクは安物のバギーパンツだと確認した。最低の靴と合わせたんでしょうね。それに彼は気がついた以上のことを教えてくれた」

「自分の後ろに入ってきた男が、目を向ける価値もなかったということを」

イヴはバーブカの二口めを食べた。トッピングのシュトロイゼル（小麦粉・バター・砂糖などで作ったケーキの飾り）はグランドスラムを達成した。

「あなたを誇りに思う気持ちがこのバーブカのおいしさに勝ちそう。ハンクがあの哀れなバギーパンツに目をやったとたん、それをはいているやつは注目する存在以下へ沈んだ」

イヴはポケットから現金をいくらか出し、テーブルに置いた。

「そのバーブカの半分、残していくんじゃありませんよね」

「戻らなきゃならないでしょ」

ピーボディは使い捨てナプキンの一枚にそれを包んで問題を解決した。「あとでマクナブにあげます」そう言ってポケットに入れた。

二人は雨の帰り道を歩きだした。

「だいたいの身長と人種が確認できたわ。収穫はゼロじゃない。残りの友達三人に連絡して。彼らが犯人に目を留めていたかは疑わしいけど。ハンクがかろうじて目に留めたけど、それは犯人が彼の後ろに歩いてきたからだし。さっき聞いた細部を加えて、アーリーのグループに連絡してみる。運がつかめるかもしれない」

イヴのリンクが鳴った。

「マイラだ。いま空きができたって。受けるわ。ジェンナのグループにもいまのをあたってみて」イヴは言い、足を速めた。

指で髪から水気をはらいながらセントラルの中へ戻った。エレベーターは無視して、グライドを使ってマイラの階まで行った。

いつものドラゴンが待っていた。

「ドクター・マイラはすぐお会いになります。傘を持っていないんですか、警部補？」

「たぶん持ってる」イヴは業務管理役のデスクを通りすぎ、短くノックをして、それからマイラのオフィスへ入った。

NYPSDのトッププロファイラーにして精神科医はデスクのむこうに座っていたが、イヴが入っていくと立ち上がった。

「早かったのね」マイラは言った。「それに雨の中にいたんでしょう。タオルを持ってくるわ」

「いいえ、大丈夫です」

ふんわりしておしゃれなマイラと比べれば、少々水びたしかもしれないが。今日のマイラはミンク色の髪をねじって後ろでまとめていた。それが白いワンピースと短い黒のジャケットのストレートなラインにぴったりだった。

イヴの返事にもかかわらず、マイラはつまさきが黒で、ヒールも細くて黒になっている白い靴で、続きのバスルームへ入っていき、タオルを持って出てきた。

イヴはそれで濡れた髪をごしごしやり、そのあいだにマイラはオフィスのオートシェフのほうへ行った。きゃしゃなカップに花の香りのお茶をいれてくれるのだろう、とイヴにはわかっていた。

「座って」マイラは言った。「ファイルは読んだわ」

「また少しつかんだことがあるんです」青いスクープチェアの生地をいためないよう、イヴはタオルを敷いてから座った。「ＥＤＤが防犯カメラの映像で犯人を特定しました。顔はわからないし、犯人の大部分もそうですが、彼がまさにそれを避けるためにまぎれこんだグループはわかりました」

予想されたことだったので、イヴはお茶を受け取った。

「ピーボディと一緒についさっき、グループの二人と話してきました。さしあたっては、身元不明《アン》の容疑者《サブ》に目を留めたのはひとりだけでした。百六十五センチから百七十センチのあいだです。それから人種も。白人種です。目撃者は人種については確信していて、おおよその身長についてはかなりたしかだと思っています。あと彼が目に留めていたのは、安物のバギーパンツ、それから彼いわく、最低の靴だけですね」

「それじゃその子は身長と肌の色、パンツ、靴に目を留めていたのね。ほかには何もないの？」

「そのとおりです、それにそれが犯人の狙いだったんでしょう」

「靴とズボンでファッションセンスが欠けているとわかれば、あとは目も留めないでしょうね」

「わたしたちもそう思います、ええ」

うなずいて、マイラはお茶を飲んだ。「それで、やはり被害者二人を結びつけるものはないの？」

「ええ」

「これから見つかるとも思えないわね」

「わたしもです。問題は彼女たちが誰だったかじゃない。どんな人間だったかです。魅力的なティーンエイジの女の子たち。彼女たちも犯人には目を留めないでしょう」

「もしくは、留めるとしても、あざ笑い付き。あるいはもっと悪いもの？　哀れみ。そして犯人は、とても賢くて、とても頭がよくて、とても技術があって――」

「なのにセックスできない」イヴはそうしめくくった。

すばらしい脚を組みながら、マイラはまたうなずいた。「自分は望んでいるのに相手がいない。デートレイプドラッグと性感染症の細菌を加えたのは、たしかに性的な仕返しの要素を示している。それはほかの目的には役に立たないけれど、彼にとっては深い意味があるの、個人的に。犯人は被害者たちが数分で死ぬことを知っていた、でも自分が薬を与えて感染させたとわかっている満足感を得られたのよ。高圧スプレー注射のほうが効果的なのに針を使ったのは、挿入の代用ね」

「どうして彼女たちに薬を与えてレイプしないんですか？　彼女たちが意識をなくしているあいだに感染させるか殺さないのは？　犯人は不能なんでしょうか？」

考えながら、マイラは黒と白のビーズでできた三連チェーンの一本に指を巻きつけた。

「その可能性はあるわ、もちろん、でも犯人は彼女たちを求めているけれど、同じくらいか、あるいはもっと、見下しているの。彼女たちの注目、積極的な意志、感謝すら必要としている。彼女たちは犯人に注目するべきであり、彼とセックスするべきである、なのにそのどちらもやろうとしないのだから、悪いのは彼女たちというわけ。彼女たちは見下され、消されなければならない。彼の賢さ、技術、知性をはっきり示す方法で消されなければ。彼の優越性もね」

「どちらの女の子も、犯人に注射されたあとは彼に目を留めました」

「ええ、だから彼がそれを求めていたのはたしかよ、その輝ける一瞬を――罰のあとの。俺を見ろ。俺を目に映せ。やっと俺に目を向けているな？　って」

「そしてほかの人々もみんなそうなった」イヴは付け加えた。

マイラが彼女にほほえみ、椅子にもたれた様子には、ピーボディがうまく的を射たときにイヴの感じる満足と似たものがある気がした。

「もちろん、犯人は人ごみを、暗闇を求めていました」イヴは続けた。「でも二十一歳未満の子たちの好みに合う会場はたくさんあります。今回の二つのイベントはどうか？　はっきり選ばれた、とわたしは思います、殺人のあとに生じるメディアの注目を集めるために。現にわたしたちはみんな、彼に注目していますし」

お茶を横へ置き、イヴは立ち上がって歩きだした。「犯人が殺した女の子たちだけじゃない。ええ、わたしも犯人のためにその輝ける一瞬をつくってやってるんです。求められ、必要だった、でも、ヘイ、彼女たちは死んでしまった。犯人はただスクリーンをつければ、その向けられた注目を目にできるし、聞けるんです。彼への、彼についての。彼の……なしとげたことについての」

「わたしも同じ考えよ。それでも、ジェンナ・ハーバーのあとのメディアの注目はじゅうぶんではなかった。犯人はまさに次の夜に二人めの被害者を見つけた。冷却期間もなく、自分の成功にひたることもなく」

「犯人はすでに時間と場所を選んで、探して、調べていたんでしょうね」

「ええ」マイラは同意した。「でも犯人は若いのよ、イヴ、それに自分の科学において有能で、綿密であっても、衝動は制御できない。年齢は十五歳から二十二歳としましょう、それにわたしのカンだと、彼は被害者たちと同じ年頃だと思うわ」

「目撃者たちも年上だったら――二十代だったら気づいたでしょうね。犯人は実際より若くみえるのかもしれない、でも……違うと思います。犯人は自分と同じ年頃の少女たちを狙う、なぜならそれが彼の欲しているものだから。同時に見下してもいる」

　マイラはイヴがポケットに両手を突っこむあいだ、黙ったまま待っていた。

「不本意の禁欲者《インセル》、性的に見下されていて、それゆえに性的な執着を抱いている。犯人は化学に精通しているに違いありません。わたしは犯人があの配合を作りだしたり、材料を手に入れたりするのを誰かが手伝っている、ということを考えてみました。でもそれだと辻褄が合わない。問題は注目と集中なんです。導師《メンター》や共犯者は犯人から何かを奪ってしまいます」

イヴは首を振った。「それじゃ辻褄が合わない」

「犯人は非常に孤独だと思うわ」マイラが言った。「自分でも自分をそう見ているのはたしかでしょう。孤独で、正しく評価されていないと。平均以上、おそらく平均の知能をはるかにうわまわっているわ、少なくともその分野では。彼は化学式、薬、化学に親しんでいて、自分の選んだ材料を手に入れる、もしくは作りだす方法を見つけたのよ」

「純粋なヘロイン。花からドラッグへ至るには何か月もの時間と細心の作業が必要です。でも彼は自分の輝ける瞬間のためにいい服を買う余裕はないんですよね？　それも辻褄が合いません。彼は自分でやりとげなければならなかった、ほとんどそうしなければならなかった、なぜならそうすることで自分のものになるから」

「それにヘロイン単独でも死なせるにはじゅうぶんだったはずね。ケタミンやほかのもの、それは少々の見せびらかしを加えるんじゃない？　それがあるから彼の配合になるの。署名よ」

「ええ」イヴはそのことを頭の中にしみこませた。「ええ、署名ですね。彼自身の創造物」

「細菌とロヒプノールは性的な復讐《ふくしゅう》を添える。塩化カリウムは――」

を」

「犯人は処刑をしているんですね」

マイラの静かなブルーの目がイヴの目と合い、彼女はうなずいた。

「そのとおりよ、自分になされた罪に対して。彼が選んだ少女たちは、そのときには多かれ少なかれ、その罪すべてを体現している。彼を無視したり、あざけったり、拒否したりしたすべての人々を」

「あるいはただ彼が目に入らなかっただけの」イヴはつぶやいた。

「犯人は白人男性で、おそらく十六歳から十八歳、すぐれた知性と高度に磨かれた技術を持っている。きちんとものごとをこなせるわ、計画を立てるから。でもそれを言うなら、そのときには衝動で行動する。女性嫌悪症《ミソジニスト》、ナルシシスト、感情的に未発達、社会的な能力が低い。彼はいじめられ、嘲笑されるのがどんなものか知っている、でもそれも無視されることに比べれば何でもない。

これまでの殺人、そのあとのメディアの注目、それに間違いなく自慰もしたでしょうから、それは彼の性的な欲求を満たしたでしょうけれど、長くは続かないわ」

イヴはまたしてもうなずいた、いまの言葉が彼女自身の考えを裏づけていたからだ。

「あの年頃だと、男は風が吹いてもセックスのことを考えますよね。でも今度のやつは？今度のやつにとって、彼を駆り立てるものは欲望じゃありません。拒絶されることです。結局、針では彼のアレのかわりにはならないでしょう。犯人はきっと女性を殺す前にレイプせずにいられなくなります」

「欲求はふたたび大きくなるわ、イヴ、だから結局、遅くなるよりは早まるでしょうね。犯人は長い時間、孤独に過ごしている、研究を相手に。両親からの注目は、もしあったとしても、最小限だったでしょう。父親もしくは父親的人物は、彼がひたすらあこがれるものである可能性が高い。女性にとって性的魅力があり、成功していて、人から賞賛されている。母親もしくは母親的人物は……」

マイラはチェーンをまたねじった。「その点は、よくても軽蔑を感じているでしょう」

「犯人は年齢にしては小柄です。大いなる頭脳、なのに体は弱く、発育の悪い部類。運動は得意じゃない。彼をパーティーに呼んだり、ただ一緒につるむだけの人間もいない。彼は仲間がいないし、味方になってくれる人もいない。というか、バギーパンツのたるませ方を教えてくれる人は」

椅子の背にもたれ、マイラはお茶を飲んだ。「人物像が見えてきたのね」

「わたしがあの年の頃、仲間はほしくありませんでした。それどころか、一度もほしいと思ったことはありません、たまたまできましたが。でもあの年頃には、自分に仲間はいらないとはっきりさせていました。ひとりだけ選び出され、感情的にも身体的にも蹴りまくられることがどんなものか、わたしは知っています」

「あなたはどうしたの？」

「蹴り返すことをおぼえました、もっと強く。やり通して、先へ進むんです。犯人は先へ進めない。わたしはひとりにしておいてほしかった。彼は逆のことを望んでいる。顔を殴られるのだって、注目ですよね？　それさえ得られないときは？　もう何もありません」

「それは興味深いわね」頭を傾け、マイラはティーカップを横に置いた。「彼をひとりにするようはからった教師か、管理者か、誰か責任を持った人間がいたんじゃないかしら。いじめや、あざ笑うことや、からかうのをやめさせて――彼を守るための努力よ。そうして彼はさらに孤独を感じてしまったのかもしれないわ」

「彼は人殺しです。それが自分の内側にいないかぎり、こんなふうには殺しませんよ。〝これが面白いの？〟アーリーがスズメバチに刺されたと思ったあとにそう言っていたのを、彼氏が聞いています。犯人は彼女の目に入るくらい近くにいたんです。彼女が痛がっているのをにやにや見ていたか、笑っていたのが見えたんでしょう。犯人はジェンナを刺したあとに、格好つけてダンスフロアを出ていっています。

自画自賛していたんです」イヴは結論づけた。「彼はビョーキで、ねじ曲がった、根性悪のチビクソ野郎ですよ」

「なるほど。わたしがプロファイルに書けるような臨床的な結論ではないけれど、イエスね。ええ、彼はそうよ。優秀な学生を探すといいわ、とくに科学や数学で、飛び級課程の。彼は学年をひとつ飛ばしているか、早期大学課程をとっているかもしれない。

彼の学校の記録にはきっといじめか、それでなくてもやはり、無視されたことが残っているでしょう。それにね、イヴ、彼はもっといい服を買えるけれど、単純に正しいブランドやスタイルの、その年齢での重要性を知らない可能性があるわ。そうでなければ、経済的にしっかりした家庭の出だけれど、厳しい予算に縛られているのかもしれない」

「誰かが彼に服を買っているのかも」イヴは考えた。「服を選んできて、それを渡して」

「ああ、それじゃバギーパンツは承認リストに載っていないわね。それもありうるわ」マイラは同意した。

「彼はまたやる計画を立ててありますよ」

「残念ながらそうね。それもじきに」

「夏ですし。たいがいの若者たちは学校が休みです。アルバイトをする子もいるし、全員が何かすることを探している。面白いことはどこ、楽しいことはどこ？　って。音楽、騒ぎ、興奮。犯人は自分のやりたい場所を選べばいいだけです」

「そしていくらでもある」

「ええ、ありますね。この件で時間をつくってくださって助かりました」

「あなたはここ、そうね、三十六時間のあいだでどれくらい睡眠をとった？」

「じゅうぶんなはずです」とはいえそれで考えてみた。「あの、もし犯人が夏のバイトをしていたら、もしくは大いなる頭脳でインターンシップを獲得していたら――研究所の仕事じゃないかとわたしは思います。彼もたいして眠っていないでしょう。一日をのりきるために強壮剤《ブースター》を飲んでいるかも。あるいは自分で作っているか」

「おおよそのティーンエイジャーが必要とする睡眠の量を考えると、あなたの考えが当たっていそうね」

「いいですね。これはいいです。犯人はどこかでしくじりますよ。すぐではない、すぐではないかもしれませんが、いずれ何かをしくじります」

イヴはリンクが鳴ったので取り出した。「ラボから受信です。例の足の跡。一部が検出できた。〈キック・イット〉ブランド、〝ズーマーズ〟、メンズサイズの六から七。小さいですよね？」

「デニスは十をはいているわ、それが参考になるなら」

「小さい足、背の低い男。それにわたしでも知ってますが、このブランドは最低です。安い靴底、落ちる染料、だから部分的な足形を検出するにはじゅうぶんだった。きっと犯人は靴ずれができてますよ。これをはいたらできているはずです」

「引き続き情報を送ってね」

「そうします。改めて、ありがとうございました」イヴはリンクを手に持ったまま、ピーボディに連絡した。「ニューヨーク内で〈キック・イット〉ブランドの〝ズーマーズ〟を扱っている店を調べて。わたしたちが探しているのはメンズサイズの六から七」

「小さな足、最低の靴ですね」

「それだけわかったわ。もっと突き止めて」

イヴは通信を切り、グライドに乗った。

すでにミスがひとつ、と思った。足の跡、窓枠に残っていた痕跡。小さい、些末《さまつ》なミス。

犯人はもっとミスをするだろう。

「ピーボディ」殺人課に入ると呼びかけた。

「いま探しています」

「あのバギーパンツ、靴、Tシャツを売っているところも探して」

「加えておきます」

「ジェンキンソン？」

「俺たちもやってるよ、ボス。このすばらしき街にはハイスクールやカレッジに研究室《ラボ》が山ほどあるな。部分的なリストを出してあるよ」

「そのまま続けて」

イヴは自分のオフィスへ入り、コーヒーのところへ行った。時間をかけてごくごく飲んだ。

細菌。医療ラボ、調査ラボ。インターンシップ。

ケシ。それを育てるための温室か、一種の区画が必要だろう。それから、ほかのステップすべてをおこなうための場所も。

何か月もかかる作業だ。プライヴァシーは？　花を育てるのは、花以外のものよりも他人に不思議に思われないかもしれない。それでもほかのことをする場所は必要だろう。プライヴァシー。

イヴはさらに時間をかけてコーヒーを飲み、考えを整理した。

ボードを、ブックを更新し、考える時間をとった。五分だけ。

ジェンキンソンのリストに目を通そう、と思った。

そのあと自分のリストを作ろう。クロスチェックをする、そうすればもしかしたら。

作業を始めて十分後、足音が聞こえてきた――二人、聞きおぼえがない。ジェイミーとクゥイラが戸口に入ってきた。

「マジ？」しか言うことが思いつかなかった。

「邪魔してごめんなさい、警部補」

「だったらしないで」イヴはそう言ってみた。

「サー」ジェイミーは礼儀にのっとっていた。「フィーニー警部が僕をよこしたんです。実をいうと――実をいうとさっきまで――今日はロークのところにいたんです、でも上司が、継続中の作業を終えたらＥＤＤに行っていいと言ってくれたので。それでそうしたんです、でも警部は捜査の補佐をするにはあなたの許可を得るべきだと言いました」

この子には技術がある。イヴには技術が必要だった。

「それじゃあなたには許可を出す。いまの話ではあなたのほうは説明されてないわね」イヴはクゥイラを指さした。「あなたはITオタクじゃないでしょ」

「実のところ、彼女は――」

イヴは目でジェイミーを黙らせた。「わたしはあなたにきいたかしら、民間人のインターン？」

「いいえ、サー」

「うっわ、厳しいのね。あたしはすごく優秀だ、って彼は言おうとしてたのよ。でもあたしがここに来たのはあるプロジェクトのためで、ジェイミーとは一緒に来ただけ」

イヴはもう一度出ていきなさいと言いかけたが、好奇心に負けた。「何のプロジェクト？」

「許可は得てるの、学校とナディーンとフィーニーから、EDDについての記事を書くとの。あたしが、ええと、仕事の邪魔をしないかぎり、インタビューしていいって。それにあたしが提出する前に、フィーニーが最終原稿を見て、承認しなきゃならないの」

この子も技術がある、彼女が関心を持っている分野で。おまけに、とイヴは思った。フィーニーが決めたことだ。

「それでジェイミーと一緒に来たから、きくつもりだったの、このプロジェクトが終わったら、殺人課にも同じことをやっていいかどうか」

「だめ」

「上級生には」クゥイラはそのまま続けた。「学生によっては、とくにあたしみたいにずっとあの学校にいる者は、警官には厳しい目を向ける。あたしたちにはそうする理由がある。だから警官もほとんどはただの人間で、仕事をしているだけだってことを見せるのはいいと思うの。それに中にはクソったれがいるとしても、ほとんどは本当に一生懸命人を助けようとしているんだって」

「この部署では学生にはふさわしくないことも扱うのよ」

「どうして？　あなたのボードには二人の女の子がいるじゃない、死んだ女の子たちが。彼女たちはあたしにそっくりよ。あたしたちにそっくり。というか、いまのあたしね、たぶん。あたしたちのほとんどがなろうとしているものにそっくり。あたしたちの中にもクソったれはいる、でもほとんどはがんばってるの。ドリアンががんばってるみたいに。んもう、ダラス、あいつらがあそこで彼女に何をしたか知ってるでしょ。あなたがあそこからあの女の子たちを連れ出してくれたんじゃない。あいつらはあの子たちをレイプして、ドラッグを与えて、売りとばしてた。ドリアンの友達を殺して、彼女まで殺しそうになった（イヴ＆ローク56『232番目の少女』参照）。あなたがここでやっていることが、どうしてふさわしくないのよ？」

ジェイミーは黙ったままだったが、イヴはそのまなざしに、笑みに気づいた。またしても誇り。

ああもう、どこもかしこもそればっかり。

「それに考えてみたら、わたしがあなたにナディーンをつけたんだったわね。いまや相手があなたたち二人になっちゃったじゃない」

「ナディーンは、あたしを引き受けたときにあたしが持っていたものを磨く手伝いをしているだけだ、って言ってるけど」

イヴはピーボディがやってくるのを聞きつけた。「あとで考えるわ」ずっと、ずっとあとで。

「ヘイ、ジェイミー、ヘイ、クゥイラ。かなり有望なのを見つけましたよ、ダラス。〈Ｌ＆Ｗ〉」

「それはいったい何？」

「〈だめなやつとイタいやつ《ルーザーズ・アンド・ウィージズ》〉」クゥイラが言った。「店よ」と続ける。「最低のジャンクで、ケチんぼのジェーンおばさんが誕生日に買ってくれるの、おばさんはファッションを知らないか、もしくはどうでもいいから。あたしだったら〈Ｌ＆Ｗ〉からはソックス一足だって万引きしない」彼女はひと呼吸置き、肩をすくめた。「昔だったら、万引きできるか考えたかもしれないけど」

「なるほど」しかしその方面では達人がいるので、イヴはさらにきいた。「〈ルーザーズ・アンド・ウィージズ〉を着てる誰かを、あのバンドのやつで見かけなかった?」

クゥイラが頭を傾けたので、パープルの髪が片側の目にかかった。「見かけたとしてもおぼえてない」

「オフレコで」

クゥイラはもう一度肩をすくめた。「オーケイ」

「背の低い白人の男、十六歳くらい。黒いTシャツとバギーパンツ、〈キック・イット〉の〝ズーマーズ〟、たぶん黒」

「〈キック・イット〉の靴?」今度はジェイミーが声をあげ、インターンたちはおたがいに目をぐるりとやりあった。「最低以下だよ。一日じゅう泥の中を歩かなきゃならないなら買うかもしれない、だってどうせ二週間もすればばらばらになっちゃうんだから」

「あれをはいて死んでるところを見つけられたら、恥ずかしくてもういっぺん死んじゃうわ」

クゥイラの言葉に、ジェイミーが笑った。二人は拳を突き合わせた。

「おぼえてはいないの」クゥイラはまた言った。「でももう一度ビデオを見てみる」

「EDDにあるわ」

「僕も見てみるよ」

「いいわ。スクラムを組んで。ここへやりにきたことをやって」

「さっきのこと、考えてくれるのよね?」

「考えるって言ったでしょう。さあもう行って」

「何を考えるんです?」二人が行ってしまったあと、ピーボディがきいた。

「いまそのことは考えないわ。〈L&W〉って何軒あるの?」

「七つです」

イヴは立ち上がった。「ましなほうね。だめなやつ《ルーザーズ》とイタいやつ《ウィージズ》を調べにいきましょう」

12

「あの二人、一緒にいるとほんとにキュートですね」

エレベーターの中で、すでにほかの警官たちとぎゅうぎゅう詰めになりながら、イヴはピーボディに顔を向けた。

「そんなことをわたしの頭に植えつけたら、眠ってるあいだに殺すわよ」

「セントラルでは寝ません」

「あなたのアパートメントに押し入ってやる」

「マクナブがすぐそばにいます」

「わたしは警官よ、何言ってるの。あなたをすばやく静かに殺して、それからマクナブを犯人とにおわせる証拠を仕込むわ。あなたは死んで、彼は一生檻の中」

「うまくいくかもしれませんね」二人の後ろでバールみたいな格好になっていた制服警官が意見を述べた。

「あら」イヴは言った。「うまくいくわよ。それに彼女の葬式で感動的な涙をひと粒流したあとは、家に帰ってお祝いのワインを一本そっくり飲んで、ティーンエイジャー二人が一緒に、何をしあっているかなんていっさい、絶対に考えない」

「ただ〝キュート〟って言っただけなんだけどなあ」ピーボディがぶつぶつと言った。

イヴは喉のところで指をさっと横にはらった。「すばやく静かによ」

「うちのフロアだ」制服警官は彼女のそばを押し通っていった。「彼らのキッチンにあるナイフを使うんですよ」

「もちろんよ。さて、誰がキュートですって？」イヴは迫った。

「誰も」ピーボディは両肘を抱えた。「二度と誰も、絶対にキュートになりません」

満足すると、イヴは駐車場階までぎゅう詰めを甘受した。「店舗の場所を入力しておいて。どちらの殺人もダウンタウンであったけど、それはイベントがそうだったからの可能性が高い。それでも、そこから始めるわ」

車に乗ると、ピーボディはプログラムを始めた。「参考までに言っておきますが、もしわたしがベッドで喉を切られて死んだら、エレベーターいっぱいの警官が犯人はあなただと指さしますよ」

「だからあなたが起きるまで待って、それからあの高級なフランスのココットで頭をぶん殴ってあげる」

「あれは鋳物です。それならできるでしょうね。でもやっぱりあれは買いますよ」

「どうなっても知らないわよ」

「一軒めはブロードウェイです」

イヴでさえ、ひとまわりしただけでそのフランチャイズ店が皮肉な名前を冠しているのがわかった。顧客ベースの大部分が、十二歳以下のひねくれた子どもたちを連れたジェーンおばさんたちや、途方に暮れた親たちだった。彼らと一緒にいる十代たちはだいたいが安物の装身具に興味があるようだった——アクセサリー、サングラス、髪をまとめるもの。

音楽が店内放送でズンズン、ドンドンと響く中、店員たちは重そうに足をひきずって、ディスプレー台に積まれた在庫品をたたみなおしていた。

いろいろな札が森のようにあり、〝五十パーセントオフ！〟〝サマーセール！〟〝二枚買えば一枚無料〟と叫んでいた。

イヴはまず〝ズーマーズ〟をよく見てみた。やっぱりだ、犯人は靴ずれができただろう、と思った。

四軒めの、六番街のミッドタウンにある都市戦争後様式《ポスト・アーバン》のビルに行く頃には、イヴの頭はどの店でも同じに切れ目なく流れているさっきの音楽のように、ズンズン、ドンドンと鳴っていた。

「ここは旗艦店だとポスターに書かれてますよ」ピーボディが教えてくれた。「いちばん大きいんです。靴とスポーツウェアは下の階。子ども用——幼児から十歳くらい——は上の階。ほかのものは全部メインフロア」

「まず靴からあたりましょう。あなた、売ってる商品なら何にでも女の子みたいにキャーキャー言ったり、ものほしそうにため息をついたりするいつものやつをまだやってないわね」

「ここのは本当に最低ですから」ピーボディはイヴと下の階へ向かいながら言った。「それにどのみちわたしには若すぎる最低です。たしかに売れてますけど――この店はとくにおおぜいのお客が来ていますよね。でもたくさんの人が節約しているみたいです、子どもは何か着せるのと同じくらい早く、その服が着られなくなるから。

　それにクゥイラの言っていたジェーンおばさんたち」ピーボディはそう付け加えた。「被害者や容疑者の年齢グループのお客もたくさんいますけど、安いサングラスやそういうものは客寄せになりますから」

「その年齢グループのほとんどは自由に使える収入が限られてる。わたしもあの年頃にはこういう最低の物しか買えなかったでしょうね」

「わたしはラッキーでした。みんな裁縫ができましたから」

　下の階へ行くと、イヴは店員を見つけ、バッジを見せた。

「白人の男性で、十五歳から十七歳、百六十八センチくらい、〈キック・イット〉の〝ズーマーズ〟を一足買っていった人を探しているの」

店員は疲れた目で彼女を見た。「冗談ですよね?」

イヴはバッジを叩いてみせた。「違うってこれが言ってるわ」

「レディ、どれだけたくさんの子どもたちがここへ押し寄せてきて、何でもかんでもひっかきまわしていくか知ってます? どれだけたくさんのママやパパが子どもをここへ引っぱってきて、山のような靴を試しばきさせるか?」

「警部補よ、それに知らないわ。わたしが探しているのはひとりだけ、十中八九、ひとりで来た人。靴のサイズは六ないし七」

「わかりませんよ。真面目な話」

「真面目な話、いま言った条件に合う一足をあなたがいつ売ったか、調べてくれるというのはどう?」

「そうですね、そうすればこのフロアを離れられます」

彼が遠ざかっていくときに、イヴはひとりの女が片方の手で子どもの腕をがっちりつかみ――男の子、十二歳くらい――もう片方の手でその店員に靴を突き出しているのを見ていた。

「これ、赤のを。サイズは七半」

「見てきます」

「それからあの子のサイズを測って」女はベンチでぶすっとしている八歳くらいの少女を

指さした。

「すぐ来ますから」

店員は逃げていった。

「そんなのほしくない！」少年は三ブロック以内のガラスを砕けるに違いない声で叫んだ。

「〝エア・キャッツ〟がほしいんだよ！」

「五分もすればあんたの足が大きくなってはけなくなっちゃうのに、〝エア・キャッツ〟なんて買わないわよ。足が成長しなくなったら、自分でその〝エア・キャッツ〟ってやつを買いなさい」

「ほらね」ピーボディがそっと言った。

「シャラ、ピンクのスニーカーがいいの、それともグリーン？」

「あたしも〝エア・キャッツ〟がほしい」

「ええ、そうね、あたしはフィジーで休暇がほしいわよ。みんな思いどおりにいかなくても生きていかなきゃならないの。妹の横に座ってなさい、ガレット」

男の子がたっぷり三十センチ離れてそうすると、母親は椅子に腰をおろした。「子どもを持ちなさい、ってみんな言ったのよ。そうすればその子たちが人生を喜びと冒険でいっぱいにしてくれる。心が愛でいっぱいにふくらむ、って」

目を閉じ、女は息をして、それからため息をついた。

「これを終わらせよう、オーケイ、子どもたち？　そのあとでアイスクリームを食べにいこうね」

さっきの店員が奥から出てきて、女に靴の箱を渡して同情の笑みを見せた。「あと一分待ってください、そうしたら娘さんを測りますから」

彼はイヴのところへ戻ってきた。「サイズ七はひと月以上売っていません。六の赤は三週間前に、黒は五週間前。二週間前に、六半の最後のが売れて、新しい入荷はまだありません」

「その六半でやってみましょう。色は？」

「最後のは黒でした。赤と白はしばらく品切れが続いてるんです。入荷がないんですよ、さっき言ったように」

「その最後の一足を売ったことをおぼえている？」

「レディ――警部補」彼は言いなおした。「シフトのあとは自分の名前だっておぼえていられたらラッキーですよ。いずれにしても、カーリーンだったかも。彼女はあちこち売り場をまわるんです」

彼は指をまわしてみせた。「彼女はスポーツウェアのところにいますよ」

「わかった。助かったわ」

「はいはい」

「カーリーンを探しましょう」店員が仕事に戻っていくと、イヴは言った。

カーリーンは棚の商品をたたんでいるところだった。基本の客層よりかろうじて年上くらいで、ピンクのハイライトが入ったブロンドの髪を肩まで垂らし、ぴかぴか光るノーズスタッズをつけ、口では言えないくらい退屈した表情をしていた。

「靴？　サイアクですよ。ほとんどはボッパーです、わかる？　八歳から十二歳、十三歳もかな、ママに引っぱられてきた子たちのこと。でなけりゃおばあちゃんに。サイズを測ろうとするとつまさきを丸めるんですよ。それでわんわん泣いて。こっちを蹴ってくるときもあって」

「その人はひとりだったはずなの、十六歳くらいで」

「ええ、そういう人も来ますよ。ほとんどは靴のところにはグループで来ないんです、〈キック・イット〉や〈スプリント〉や〈ジョーズ〉を買ってるなんて、仲間に知られたくないから」

「二週間前、最後の〝ズーマーズ〟、サイズ六半、黒」

「どうでしょう。最後の一足を売ったのはちょっとおぼえてるかな。在庫表に記入したような気が、だっていまは全然品切れなんですよ、ほら、それで入荷を待ってるところなんで」

「白人の若い子、十六歳くらい。ブラウンの髪」

カーリーンは唇を突き出しながら考えこんだ。「たぶん。たぶんっぽい。うちには十四歳、十五歳かな、それより上の子はあんまり靴を買いにこないんですよ。スポーツウェアのほうはまだいいです、でも靴はね、ほら、ステータスでしょ、だからみんなハイスクールに入ったとたん、靴のことは真剣に考えるんです」

「そのたぶんっぽいってやつを教えて」

「すみません」ジェーンおばさんのひとりがカーリーンの肩を叩いた。「お願いしたいんだけど。リストを持ってきたの」彼女はそのリストが映ったリンク画面を持ち上げてみせた。

「わかりました。ちょっと待っててください」カーリーンはイヴに言い、その女を先導していった。

「犯人はメインフロアでバギーパンツとTシャツを買ったんじゃないかしら。それをたどれるかどうかやってみて、ピーボディ。わたしはここで待って、何かつかめたかたしかめる」

「これがはじめての〝たぶんっぽい〟ですね。がっちりしがみつきますよ」

ピーボディが上の階へ戻っていくと、イヴは人の流れを観察した。

たしかに、大半はママやおばあちゃんたちが、退屈したり、興奮したり、好みがうるさかったりの子どもたちを連れていた。女がひとり、ベビーカーに幼児をひとり入れて押しながら、後ろにあと三人を連れていた。

たぶん四歳。六歳、八歳、十歳か。

四人の子ども、とイヴは思い、驚くべきか、深く同情するべきかわからなかった。

女はベビーカーの後ろに服でいっぱいの巨大なネットのバッグを置き、もうひとつをベビーカーのアームの片方にぶらさげていた。

「靴だけよ、子どもたち、そうしたら支払いをして出るからね」

女は戦争をひとつくぐり抜け、次の戦争を覚悟した者の目をして、イヴのそばを通りすぎた。

ロークから連絡が入ってきたので、イヴは彼の顔をスクリーンで見れば、怒りっぽい子どもたちや疲れきった親たちをながめるよりずっと気分がよくなるだろうと即座に判断した。

「〈L&W〉ってあなたのもの？」ロークが何か言う前にきいてみた。

彼はたっぷり一分、ただイヴをじっと見た。

「いまの言葉がどんなに侮辱的か、きみはわかっていないんだと信じることにするよ。それと、そのひどい音楽から察するに、いまその店にいるんだね。犯人をたどっていったらそこだったのかい？」

「たぶん」

「そうか、それじゃ、幸運を祈る。家に帰るのが少し遅れそうだと知らせておくよ」

「それはジェイミーがあなたを捨ててＥＤＤへ行ったことと関係あるの？」

「いや《ノー》。あれは問題だったかい？」

「それもノーよ。さっきその幸運をちょっと引き当てたの、だから犯人が白人で、百六十八センチくらいで、〈キック・イット〉の〝ズーマーズ〟、サイズ六ないし七と、安物の黒いバギーパンツをはいていたことがわかった、少なくともひとりめの殺人の夜は」

「それじゃ〈Ｌ＆Ｗ〉がその店なんだね？　低水準のアパレルが彼らのビジネスだ。僕が少年だった頃のダブリンにも似た店があったよ。そこのドアの内側では、靴下一足だって万引きしなかっただろうけれど」

　イヴは噴き出した。「あなたとクゥイラって、わたしが思っていたより共通点があるのね。彼女、ジェイミーと一緒にいたわ。ＥＤＤに関する報道をするんだって」

「そう聞いたよ。それに殺人課についても同じことをしようと、きみにあたってみるつもりだということも」

「もうそうしてきたわ。それについては考える。あとで」

　あのすばらしい目にやんわり面白がっているような表情を浮かべて、ロークはほほえんだ。「いまは？」

「いまはだめ、あとでよ。情報源が来た。わたしは遅くなるかどうかわからない。この手がかりがいい結果につながるかどうかによる」

「それじゃおたがい、家に帰ったときにまた会おう」

イヴはリンクをポケットに入れた。

「さっきはすみません。リストが長くて」カーリーンはふーっと息を吐いた。「どっちにしても、あたし考えてるんです。背の低い白人の若い子、たしか白人の若い子で、ひとりだったんじゃないかな。もっさい服で」

「もっさい？」

「ええとね、ママが学校か教会か、いばり屋のマーサおばさんのところへ行くために息子に着せたみたいな。正直言って、どんな服かはいえません、ふつうにこの店で見るやつとは全然違うってだけ。たとえばパンツだけど――バギーじゃないし、デニムじゃないし、スウェットでもなかった。たしかボタン付きのシャツでした、全部アイロンがけや何かがしてあって。Tシャツやスポーツ用ジャージじゃないのはわかってます。でもあたしがおぼえてるのは、その子がすっごくいい靴をはいてたこと。よそいきの靴です、スニーカーやキックスやエアじゃなくて。でも上等の。革のよそいき靴、教会とかそういうのにはいていくような。

なんでおぼえてるかって、この子が――でなきゃこの子の親が――上等な革靴を買える余裕があるなら、なんだって〈キック・イット〉の靴なんか買うんだろ？　って思ったから」

カーリーンは声を低めた。「ここのってほんとに最低だし」

「そう聞いたわ。その子の外見特徴を言える？」

「二週間前ですよ。ぼやけちゃいました。それにセール中だったんです、だから人が押し寄せてきてて。あの子が白人の子だったかもたしかじゃないです、かなりたしかってだけで」

「髪の色、体格は？」イヴはさらに押してみた。

「すいません、何にもおぼえてないです。おぼえてるのは靴だけです。その子がはいてた靴ってことですけど」

「その靴はどんなだった？　説明してみて」

「そうですねえ、ブラウンの革のよそいきなローファーでした、タッセルがついてて。そんなのはいてるティーンエイジの子がいます？　時代遅れですよ。でも上質でした。〈アラン・ステューベン〉の」

「それはたしかなの？　そのブランドは？」

「ええ。ほかのことはたぶんですけど、靴のことはたしかです、だって思ったんですよ、〈ステューベン〉のローファー一足で、〈キック・イット〉が五十……いや、百足買えるんじゃないの、って」

「なるほど。わたしの名刺を渡しておくわ。ほかに何か思い出したら、どんな小さなことでもいいから、連絡して。もしその子がもう一度来たら、本人には何も言わないで。奥へ行ってわたしに連絡して」

「びっくりですね、あの子何をしたんです?」

「いいから連絡して」

イヴは階段を一段飛ばしであがっていき、ピーボディを見つけた。

「だめでした」ピーボディが言った。「でももし彼がここであの服を買ったとしても、キャッシュで払ってますね。店が調べたんです。それに防犯カメラは二十四時間ごとに上書きされています」

「犯人はここで買ったのよ。カーリーンが彼をおぼえてた」

「やったー! 外見特徴はわかりました?」

「本人のはだめだった。カーリーンは彼の服に目を留めてたの――上質で、こぎれいで、保守的で。それだけじゃない、彼がはいていた靴も。〈アラン・ステューベン〉のよそいきローファーをどこの店で扱っているのか調べて。ブラウンの革。あの馬鹿みたいなタッセル付き」

「〈ステューベン〉?」ピーボディはイヴのあとからいそいでついてきた。「あそこのは一流品ですよ。扱っているのは最高級のブティック、最高級のデパート、もしくは直営店舗でしょう。マディソンに一軒あるのを知っていますよ。たしか五十三丁目あたりに」

「調べてみて。そこから始めればいいわ」

「ううぅ、まだ雨が降っていますよ。マディソン街の五十四丁目でした。それにもう一度うぅぅですが、市内で〈ステューベン〉を扱っているのは六十箇所以上あります、それからスカイモールにも四つ。さらにブルックリンに三十六。それから——」

「マンハッタンから始めましょう」

二時間後、二人は最初の直営店、二つの大型デパート、三つのブティックを調べおえていた。

「だめでしたね」ピーボディは助手席にどすんと座った。「コーヒー。コーヒーを飲んでもいいですか？」

イヴは指を二本立てた。

「警部補もわたしと同じくらい疲れていますね。さっきの最後の店で、わたしが女の子みたいにキャーキャー言ったり、ものほしげなため息をついても脅迫してこなかったですし。それにどの店も今日はもうじき閉店ですよ」

時計と戦えないときもある、とイヴは認めた。それにたしかに疲れていた。

「あしたまたやるわ」

「これはいちおう言っておきますが。靴は旅行中に買ったのかもしれませんよ」

「それが犯人の唯一の靴じゃないはずよ。あのブランドはそうかもしれない、たぶん。でも上質の服と靴――誰かが彼にそういう格好をさせるだけの金を持っている」

「彼が殺人者でないとしたら、金持ちのダサ息子みたいな格好をしなきゃならないことが気の毒ですね。ほかのことも教えましょうか？　彼がダサ服を好きでないかぎり、好きなわけありませんが、〈L&W〉で買ったものできっと〝やったぜ〟みたいな気持ちになっていますよ」

「それも動機の一部ね。自分もほかのやつらとそっくりになった。頭はもっといいし、優秀だし、抜け目ないけど、ほかのやつらとそっくりに。もうシフト時間をすぎたわね。家にする、それともアパートメントのほう？」

「まずは、地下鉄に立ち向かわなくてよくしてくれて百万回感謝します。アパートメントで。一時間寝ないと」

「ダウンタウンの店舗を調べて、住所を送って。そこから始めましょう」

「十時まであきませんが」

「役得を受け取って」

「わあ、そうします！　必ず当たりますよ、ダラス。当たるはずです。靴で犯人を特定するなんて、誰も考えてませんでしたよ」

「足の跡。最初の失敗。もし犯人が第二の現場で失敗をしていたとしたら、わたしたちはまだ見つけていないだけ。犯人は〈L&W〉みたいな店に、自前のもっさい服を来て入るという失敗をした。場違いだから、人目を惹いた。いいキックスかスニーカーか何かを買っておけば、もっと賢かったのに。高級店に入っても、誰も目に留めないし。でも犯人はファッションのことを知らなかった。そのことを前もってじっくり考えなかったのよ」

「そうですね、それにわたしもそのことは思いつきませんでした。でも親とかが犯人に本当に短いリードしかつけていないなら、彼が手に入れられるのはあれがすべてだったんじゃありませんか、現金では」

イヴは頭を振った。「親たちはそれほど注意をはらっていない。はらっていたら、彼を見ているでしょう。彼がケシを育てたり、年じゅうラボに閉じこもって何をしているのか疑問を持ったでしょう——たぶん彼だけのラボね、親たちにはそれだけの余裕があるから、それにそのおかげで彼に手がかからないから。親たちは彼に友達がいないのを、デートしていないのを、それに……まともじゃないのをわかったはずなのに」

「それも思いつきませんでした」

「親たちは彼の中の何かがねじ曲がっているのに気づくはずなのに。自分たちがいいと思う服を着せている、でもボタンダウンのシャツとアイロンのかかったズボンの内側にあるものを見ていない」

イヴはアパートメントの建物の前で車を停めた。

「犯人は親たちに面倒をかけていない」イヴは話を続けた。「彼は物静かで勉強好きで、ずば抜けた成績をとっている。手がかからない子でいる。

〈L&W〉に四人の子どもを連れた女性がいたの、たぶん四歳から十歳までの。犯人の保護者が誰であれ、あの女性のほうが子どもたちそれぞれに注意をはらっているわね」

「警部補の話で、また彼がかわいそうに思えてきそうです」

「だめ。親たちは彼を虐待しているわけじゃないんだから。ネグレクトさえしていない。ただ彼の正体が見えていないだけ。

寝てきなさい」

「そうします。ねえ、わたしたちがあの家に引っ越すまで、あとほんの何週間かなんですよ。週単位で数えられるんです、だからもうわくわくしちゃって。だけど、それでもここが恋しくなりそうです」

「いずれ乗り越えるわ」

「ああ、警部補のやせたお尻を賭けますよ。送ってくれてありがとうございました」

イヴはその朝ダウンタウンへ走った道を、アップタウンへ走った。絶え間ない、ものさびしい雨の中を。

頭痛はどうにかできる、と思った。二十分か三十分寝れば。

疲労のいちばんひどいところを追い払い、眠りで頭の中の霧を消そう。

それからいまの捜査の状況を、はっきりした目で厳しく見てみよう。

その朝家を出たときにつかんでいたより多くのことが、かなり多くのことがつかめた。殺人者の人物像が頭の中に浮かびはじめた。

彼は高い知性を持っているのに身長が低いことを憎んでいる。自分の服を憎み、自分の人生を憎んでいる。自分はもっとずっと多くのものを手に入れていいはずなのに。

彼は同じ年齢の子たちを、彼らの浅い思考ゆえに、浅薄な興味ゆえに軽蔑している。自分に興味を持ってくれないから、彼のいまとこれからのすべてが見えないから、彼らを軽蔑している。

しかしそれ以上に、もっとずっと、自分がいちばん求めてやまないものを軽蔑している。彼を無視する女の子たちを。

彼は実験しただろう、とイヴは思った。彼女たちに対抗する自分の武器に磨きをかけながら。研究室のラット、迷子の猫。

科学者は実験しなければならず、自分の方法を、結果を審査しなければならない。記録をつけつづけなければ。

しかし彼を手元に置いている人間は、母親、父親、保護者、誰であろうと、それが見えていない。

彼はどうやってあの二つのイベントに行ったのだろう？　夜は外出禁止だろうか？　親

たちはあの安物の服を見てないのか？

こっそり抜け出したのかもしれない。親たちは彼が従順で、家を出るなどと考えたこともないのかもしれない。

イヴは赤信号で停車し、目を閉じた。それからあやうく居眠りしそうになって、体を揺すった。残りの道中を自動運転にしたい気持ちになったものの、自分のことはよくわかっていた。

きっとゲートの内側に停めた車の中で、死んだように眠ってしまうに違いない。

親たちがどんな人間かについて、厳しく考えすぎているかもしれない。彼らは犯人に外へ出るよう奨励しているかも。行ってらっしゃい！　音楽を楽しんでね。真夜中までには帰るのよ。

違う。違う。それではほかのことと合わない。

とてもおとなしくて、とてもお行儀がよくて、とても頭がいい。

親たちは彼のことをそう言うだろう。〝親たち〟、それに彼のことを知っていると思っている人間はみんな。

隣近所の人々、ほかの親戚、いろいろな店の主、少なくとも彼の教師や指導者たちの大半は。

そして彼はその人たちに自分を見てほしくてたまらないのに、見られないようにしている。

家のゲートを抜けると、安堵《あんど》がどっと押し寄せてきた。雨の中でも、家は夢の上をいくようにみえた。薄闇のむこうで窓に輝く明かり、さまざまな色や形の線をつくっている花々。

そして静けさ、とイヴは車を停めて思った。あんなにもたくさんの騒音、あんなにもせわしない動きを抜けたら、もうこの静けさだ。

体をひきずるように車を降りて、雨の中を進み、家に入ると、サマーセットとギャラハッドが待っていた。

「長い、雨の一日でしたね、警部補」

イヴは何も言わず、そのまま歩きつづけた。

「また新たな事件がございましたか？　昨夜のあとに？」

イヴが振り返ると、彼と猫の両方がこちらを見ていた。「いいえ。でもいずれ起きるわ」

「警部補は濡れたかもしれないが」サマーセットは猫に言った。「自分で絞ったようだ。さあ行っておいで、警部補についているんだ。ロークはまだしばらく戻らないから」

寝室に入ると、イヴは湿ったジャケットを脱いで、それでよしとした。前の日にやったように、顔からベッドに倒れこむ。

三十分、と自分に言い聞かせ、眠りこんだ。

猫がベッドに飛びのったのも、彼女を守ろうと尻の上に体を伸ばしたのも気がつかなかった。

三十分後、ロークが家に入ってくると、サマーセットが待っていた。

「警部補は上にいます。お疲れで」

「そうだろうね」

「あなたも少し疲れておいでのようですね。フィラデルフィアはどうでした?」

「乾いていたよ、だからなかなかよかった。それにすべておさまるべきところにおさまった」

「それはようございました。ゆうべのあとですから、かなりお疲れと思いましたので。作りたてのパスタ・ミートボールがあります」

「それは大歓迎だな、僕たち二人とも。彼女は解決に近づいているよ」

サマーセットの気持ちはわかっているので、ロークは彼の肩に手を置いた。「僕は少し進展があったし、彼女は近づいている」

「奥様についていておあげなさい」サマーセットは肩に置かれたロークの手を軽く叩いた。

「あとでチェリーパイがありますよ」

「あなたも忙しかったんだね」

「それで気がまぎれました」

「彼女は犯人を見つけるよ」

「そうでしょう、そしてあなたは警部補を助ける」

「できるかぎりね」

ロークは上へあがっていき、寝室へ行った。

ギャラハッドは何度かまばたきして目をあけたが、自分の場所を動かなかった。

「いまは一緒に彼女についていよう、な？」

ロークはベッドの横に腰をおろし、そっとイヴの髪を撫でた。

スーツのジャケットを脱ぎ、ネクタイをはずし、靴を脱いだ。それから彼女の隣に横たわった。頭の中のタイマーを十分にセットすると、ロークは彼女と一緒に眠りに落ちた。

13

イヴはうめき声とともに目をさまし、続いてもぐもぐと悪態をついた。

「お目覚めだよ」

ロークの声に、彼が見えるぶんだけ頭をまわした――ジーンズとTシャツ姿だ――ソファに座って足をのせ、手にはＰＰＣを持っている。

「わたしのお尻に五百キロの猫がのってる？」

「実をいうとのっている。彼がいかなる侵入者からもきみを守るためにそこにいるのか、きみが多少の睡眠をとるまでそこに押さえつけておくためかはわからないが」

後ろへ手をやり、ギャラハッドの頭をかいてやってから、体をまわして彼をどかした。

「しばらく前に帰ってきてたのね」イヴはそう言い、そこで時間を見た。「しまった！二十分か、せいぜい三十分のつもりだったのに。一時間以上も寝ちゃった」

「それだけの恩恵はあっただろう。お腹はすいている？」

イヴは起き上がり、顔をこすった。「さっき間食はしたの。かなり前かな」

「間食?」

「ユダヤ料理のデリで、バーブカをひときれ。すごくおいしかった。食事はできるけど――」

「ミートボールスパゲティは?」

「ずるい手を使うと言いたいところだけど、どんぴしゃりね」

「チェリーパイもあるよ」

イヴはパイと名のつくものにはすべて弱かった。

「わたしに買ってきてくれたの?」

「できるときにはいつもそうするが、今日のはサマーセットだよ。今日は彼が全部料理してくれたんだ。二人めの女の子のことを聞いたからね。料理をしていると気がまぎれるんだろう」

イヴはうなずき、ベッドから出た。「殺人事件があるとわたしもそうなる」

「きみの仕事部屋にセッティングしよう。食事をして、キャンティを一杯飲んで、そうしたら話をしてくれ」

イヴはもう一度うなずきかけ、そこで思い出してポケットに手を入れた。ロークが立ち上がると、彼女はポケットから出したキャッシュをさしだした。

ロークはそれを見て、イヴを見て、その目が突然、危険なほど冷たくなった。

「どうして喧嘩を始めたいんだい？」

「始めたくないわ。喧嘩するにはやらなきゃならないことが多すぎるもの。だから、ただ聞いて、オーケイ？　話を聞いて」イヴは言い張った。「前にもこういうことがあったのはわかってる、それにたいていはいろんなことを解決してきたのも。わたしがあなたに侮辱だと思わせてるのよね、とくにあなたがわたしの服を全部とか、わたしが食べようとしてるスパゲティに入れるものを買ってくれてるから。でもそれだけじゃないの」

「だったら何なんだ？」

「わたしのせいなのよ。完全にわたしのせい、それにその一部をあなたのせいにすることもできないのがいや。だから喧嘩する予定を組んでもいいわよ、わたしにもっと時間があって」――イヴは認めざるをえなかった――「もっとずっとやりたいときに」

「僕の予定をチェックしようか？」ロークは礼儀正しすぎるくらいにきいた。

イヴの怒ったときに逆立つ毛《ハックル》は――それが何であるにせよ――ロークがそういう口調を使ったので逆立った。

それでも。

「いいえ、だって、くそっ、わたしのせいだから。わたしはうかつになってた、そしてそのせいで自分が馬鹿で、ええそう、うかつだって気がしてるの。あなたに会う前はお金が足りなくなることなんてなかった。ぎりぎりになることはあったけど、もっと気をつけてた。そうしなきゃならなかった。オーケイ、家賃が払えるように、くそまずいコーヒーが飲めるように、とかそういうことのためにきちんとしてなきゃならなかった。でもいまは気をつけてない。じゅうぶんには。気をつけることを忘れてる」

「必要ないだろう」

「あるのよ。必要あるの。わたしを馬鹿みたいな気持ちにさせたい？」

ロークはただ眉を上げた。「それはきみの考えしだいのように思えるよ、僕のじゃなくて」

「もう、くそったれのくそったれ」顔をそむけ、イヴは十まで数えようとした。五までは数えた。「こういうお金のことは、わたしを馬鹿みたいな気にさせて、あなたを侮辱されたような気にさせる。それもあなたの考えしだいでしょ、大物《エース》さん」

ロークはポケットに両手を入れ、いつも持ち歩いているあのグレーのボタンを探った。安物のスーツ、切れた糸、そうしてイヴは彼がどこへでも持ち歩くお守りをくれた。

「そうだね。それとは関係なく、僕たちが持っているものはおたがいに共有する、ということをきみの〈結婚生活のルール〉のどこかに入れるべきだよ。そのよい点も悪い点も」

「たぶん入ってるのよ」イヴはつぶやいた。もしかしたら自分はその項目に星マークをつけて、そこから金を除外してしまったのかもしれない——そしてそれも自分のせいだ、とイヴは認めた。

「わたしはただあなたにお金を返さなければならないだけ。数百ドルくらい、あなたにとっては何の意味もないでしょう。でもわたしにはあるの、とくに自分が居心地よくなってまたうかつになるってじゅうじゅうわかってるから。そうしたら自分が馬鹿だって気になって、わたしたち両方にいらだつわ、あなたが数百ドル出してわたしに渡してくれるときによ、まるでわたしが……」

「僕の妻みたいに？」

イヴはもうひとつ、気をつけながら息をした。「あなたの馬鹿で、うかつな妻みたいによ」

「きみはそのどっちでもないじゃないか。僕の頭に浮かぶのは〝石頭〟と〝意地っぱりだよ」

イヴの目が細くなった。「その点はおたがいいい勝負でしょ」

「反論するのはむずかしいな」

「あなたに返さなければならないのよ、毎回こんなおおげさで馬鹿みたいなことにならないように、おたがいのために。それはただの借金で、〝ほら、ポケットにじゅうぶんな現金を入れておけなくて、バーブカひときれのお金も払えないお馬鹿さん、僕の億万長者スーツのポケットにある札束からちょっと出してあげよう〟じゃない。

それにそうしてもらうと、自分で買う必要もなかった、買うことを考える必要もなかったズボンのポケットにそのキャッシュを入れるとき、もっとお馬鹿さんな気になるんだもの。だからあなたに返さなきゃいけないの。そういうこと」

「先にこれを言わせてくれ。僕はきみが絶対にやらないやり方で、きみのクローゼットをいっぱいにするのが楽しいんだ。僕のささやかな楽しみに水を差さないでほしいな」

「あそこに入ってるあの何エーカーぶんもありそうな服を〝ささやか〟なんて言うのはあなただけよ。それにわたしはいまここで、あなたがそこに入れてくれたものを着てるでしょ。それは感謝してる」

イヴは言葉を切り、髪を引っぱった。

「くそっ、いまのをどこかで言っておけばよかったのよね、たぶん何十回も。わたしが嫌いなことをあなたが好きでいてくれて、それからわたしが嫌いなこと、たとえばショッピングとかに時間を使わなくてすんで、あなたに感謝してるのよ」

「感謝はいらないんだ」ロークは言ったが、イヴは頭を振った。

「いいえ、いるわ。あなたがそのお金を払ってくれてるからじゃない、理由はね、ああもう、このブーツにあなたがいくら払ったかわたしは考えたくないから。恥ずかしいのよ。ちょっと恐ろしくもある。というか、考えたら恐ろしいでしょうね、だから考えないようにしてる。問題はお金じゃない。時間と、考えてくれることよ。わたしはそれに感謝してるの」

「ダーリン・イヴ」ロークが息を吐き、彼の目がまたあたたかくなっていた。「きみには興味がつきないね、いつも。きみが誰で、どんな人間で、どう考えるか、どんなふうに感じるかはわかっている、それでもきみへの興味はつきないよ。いつも」

ロークは彼女に一歩近づき、両手で彼女の顔をはさんで、そっと唇を重ねた。

「お金は受け取ってね、オーケイ？　わたしはじゅうぶん引き出したから」

「取り引きしないか？　きみが殺人犯を狩ったり、死者のそばにいるので忙しくて、手持ちが足りなくなったら、僕に言うこと。それに文句を言わないこと。それから機嫌よく借金を受けること」

「借金なら受けられるわ。機嫌よく、はちょっとむずかしいかも」

「機嫌よく、だよ」ロークはもう一度言った。「それから、きみに対処する時間があるときには、僕も機嫌よく返済を受け取る」

「文句を言わずに？」

「ひとことも」

「オーケイ、取り引き成立」イヴは握手をしようと手をさしだした。「〝機嫌よく〟の正確な基準についてはちょっと幅をもたせてよ」

ロークはその手をとり、キスをした。「相対評価にしよう」

「わたしたち、おおげさでみっともない喧嘩を回避したのよね？」

「こぜりあいを早く切り上げたというところかな」

「〝こぜりあい〟って本当の大人には馬鹿っぽい言葉でしょ。わたしたちがやったのは〝口喧嘩〟。これでおしまい。さあ食べましょ」

「興味がつきないね」ロークは一緒に歩きながらまた言った。「いつも」

イヴは事件記録の更新をする必要があり、そして、彼女の頭の中のスケジュールによれば、予定から遅れていた。

それでもロークの言ったとおりだった。一時間の休憩はその役割を果たした。早く切り上げられた口喧嘩は悪くなかった、とイヴは気がついた。おかげで、さっきの仮眠が頭をすっきりさせてくれたように、空気がすっきりした。

いま彼女はもう一度すべてに取り組む前に、ミートボールスパゲティと少々のワインに、頭の中に残っていた靄《もや》を片づけてもらった。

そのうえ、その料理とワインを、彼女の知るかぎりで最高の相談相手と分かち合えた。それもまた感謝するべきことだった。

食べているあいだに、イヴはモルグでのことから始め、ラボでのことに移り、まだロークに話していなかったジェイクの追加聴取へ戻った。

「才能があっても成功しない人がたくさんいるのは知っているけど、ジェンナはしたと思う。彼女には才能があって、集中力があって、本当にいろいろなことを決心していた。犯人はそれを彼女から奪い、彼女を、彼女の可能性を消した」

「それも動機の一部だと考えているのかい？」ロークがきいた。「彼女の可能性を消すことが？」

「厳密には違う。犯人は彼女を知らなかったし。犯人にとって問題は、彼女が誰かじゃなくて、どんな人間だったかってこと。魅力的なティーンエイジの女の子。彼女の両親は、例のデモディスクのコピーをジェイクに渡すことを許可してくれたわ。ジェイクはもっと気持ちが落ちこむでしょうね、彼にはその可能性が聞きとれるだろうから」

　イヴは肩をすくめた。「いずれにしてもだけど」

「ずいぶん忙しい朝だったね」

「ああ、それにまだ話しおわってないわよ、マイラとのコンサルティング、バーブカをひときれ」

「絶品のバーブカだったんだろうね」

「そうだと言わざるをえない。EDDが当たりを出したの――犯人ははっきりとは見えないけれど、彼がまぎれこんでいたグループの身元を突き止めて、それでデリとバーブカに導かれたわけ。目撃者のひとりが犯人をちらっと見ていたのよ。白人の男性、ティーンエイジの男性。でもそれだけ、その一瞬見ただけの記憶から何かほかのものが落ちてこないかぎりは」

「前よりつかんだことが増えたね」

「だいぶ増えた」イヴはスパゲティを巻きつけ、一瞬、スパゲティをこんなに完璧に近い食べ物にするには何が入っているのだろうと思った。

「マイラの話に戻るとね」イヴは言い、食べた。「彼女のプロファイルとわたしの結論をまとめましょうか。われわれが探しているのはヤリたがってるティーンエイジの少年で、セックスができず、それゆえに自分が欲しているものを憎んでいる。それはセックスだけじゃなく、人からの注目であり、彼の優秀さの承認でもあるの。犯人は知識、技術、それに化学と薬品に対する興味が確実にあり、設備を使う手段もあるに違いない。単独で行動し、誰も目を留めないタイプの若者――学問以外では」

イヴはミートボールを突き刺した。「犯人はそこでは成功するでしょうね。彼の保護者は誰であれ、彼にダサいやつ《ドゥーファス》みたいな格好をさせているから」

「それはブランドネームかい？」

イヴは噴き出し、ミートボールをひとかじり味わった。「〈L&W〉の店員はわたしたちに言えるほど彼の外見をおぼえていなかったけど、彼の服はおぼえていた、なぜならあの店にきちんとしたシャツと、きちんとしたズボンと、タッセル付きのローファーで来る若い子なんていないから。〈アラン・ステューベン〉――その店員は彼が〈キック・イット〉

を試しばきするためにその靴を脱いだときに、それに目を留めたの」

「当然だね」ロークはバスケットからパンをひときれ彼女に渡した。「僕に想像できるかぎりの大きいステップダウンだ」

「例の足の跡から、犯人があのクラブではいていた靴のだいたいのサイズとブランドがわかった。さっきの店員からは、犯人のサイズがわかった――六半よ――それに彼があの店にはいてきたブランドも。いまのところ、彼がその高い靴をどこで買ったのかはまだつかめてないけど」

「犯人はその〈ステューベン〉を売れば、まともな靴かスニーカーが三足、プラスあのバギーパンツが買えて、それでもまだタクシー代があったんじゃないかな」

「だったら彼は自分の保護者に〝あのローファーはどこにいった？〟ときかれるリスクを冒したくなかったんじゃない？　おもな理由としては？　わたしが思うに、犯人はファッションをよく知らなかったのよ。彼はあのクラブ、〈ふつうの人クラブ〉に入ってないし、ましてや〈イケてるクラブ〉には。〈L&W〉がだめなやつ《ルーザーズ》とイタいやつ《ウィージズ》だってことを知らないの」

「それで、警部補、そこから何がわかるんだい？」

「犯人は高級なズボンの私立学校へ行っている、もしくは高級なズボンをはいた個人教師に自宅で勉強を教わっている。両方の組み合わせかも。彼の保護者が誰にせよ、彼の正体が見えていない。見えているのは、犯人が彼らに見せたいものだけ。犯人は彼らに自分を見せるやり方を心得ている――簡単よ。賢くて、おとなしくて、礼儀正しく、いい服を着ている」

「信用できる」と、ロークは付け加えた。

「それが鍵ね、ええ。だから彼らは犯人の持ち物を探ったりしないし、彼が出かけるときも何をするのかきいたりしない。彼は自分の実験を遂行できる、ちくしょう、自分用のケシだって育てているかもしれない。

彼はひとりの時間がたっぷりある」イヴはつぶやいた。「ひとりだけの時間が。誰も〝ヘイ、学校が終わったら何か食べにいこうぜ〟とか〝うちでパーティーしよう〟と言ってくれない」

「僕は少年だった頃、仲間がいなければ道を誤っていただろうな」

「あなたは毎日お尻を蹴られていた。わたしたちはおたがい、それがどういうものか知ってる。犯人は虐待されてるわけじゃない、厳密にはネグレクトもされていない。ただ見てもらってないだけ。彼は知的で、運動選手タイプじゃない。運動選手は頭がよくないってわけじゃないけど、彼は年齢のわりに背が低い。発育が悪いのかも。ずんぐりはしていない――若い子たちってそういうことにも目がいくでしょ、だからもしそうだったら、目撃者がデブの白人の若い子とか、そんなふうに言ったと思う」

「犯人は窓へ体を持ち上げるのに足を使わなきゃならなかったね」

イヴはフォークを振った。「そのとおり。体幹がないのよ。犯人は足を使わなければならず、その足に力を入れて、壁に跡を残してしまった」

「事件全体には残酷さがあるが、ルーフィーと細菌にはさらに手際のいい残酷さがあるね。きみが言った性的な要因だが。もしきみの言ったとおりで、それに間違いなく正しいだろうが、犯人がとくに頭がよく、知識があるとしたら、彼はその要素を遺恨のために加えたんだろうな。警察の鑑識が彼の使った配合を分析することは、本人もわかっているはずだ」

「それは彼の得点になるのよ。警察は頭をかき、メディアは大騒ぎをしている」イヴは手を振りまわして強調した。「いまや誰もが注目しているじゃない」

「彼はきみに見つけられるとは思っていない」

最後のひと口を食べおわると、イヴはフォークを置いた。「そう？」

「自分はきみより、バッジを持っている誰よりもずっと賢い。警官なんて、結局は安月給の公務員にすぎないじゃないか。彼らが犯罪者をとらえるのは、その犯罪者が警官たちよりさらに頭が悪いからだ、ってね。

若さの傲慢をほかのことに加えるんだよ、イヴ。それにテストステロンも全部。彼が自分の欲求を満たせる唯一の手段は、自分自身の手を使うことだ。彼が目に入らない、彼を求めない女の子たちは？　彼女たちはろくに読み書きもできない男たち相手に脚を広げる能なしなんだ、そいつがフットボールを投げられるから、あるいは安物のブーツとフェイクレザーの服を身につけて男子トイレでこっそり煙草《たばこ》を吸っているからってだけで、とね」

話に引きこまれ、イヴは椅子に寄りかかった。「続けて」

「きみも昔、ティーンエイジの女の子だっただろう。彼のようなタイプが目に入ったんじゃないか？」

「わたしは誰も近くで見すぎないよう必死にやっていたもの。あまり近くで見ると、むこうも見返してくるでしょ。アカデミーに入るまで、誰かと寝るなんて考えもしなかった」

ロークは目をまたたいた。「その話をしてくれたのははじめてじゃないかい」

「話すほどのことでもないでしょ。でも典型的なティーンエイジの女の子がセックスについて何を考えているか、わたしじゃ適切な判断はできないわ。それにこれは犯人の話でしょう、あなたは面白い意見があるみたいじゃない」

「昔、彼のようなタイプを知っていたんだ。人を殺すようなやつらじゃないが、自分の手に入らないものを手に入れる権利があると思っていた。あの年頃にはセックスのことがちょっと頭から離れないものだろう――まあ、ちょっと以上だが」

ワインをとると、ロークは椅子にもたれた。

「でもそれは重苦しい感じにならないし、女の子の胸に最初に触れたときの興奮や驚きがあるよ、次のときもそれは減らない。でもそのタイプにとっては、執着が暗く、硬くなっていくんだ」

「そして悪いのは女の子」

「もちろん。ほかに誰がいる？　彼女たちはよそよそしかったり、からかってきたり、男の自信を壊したりするし、彼女たちが敬意をはらわないことは恨みを固めていくだけだ。彼らの求めているのは征服なんだよ、女性は劣っていて、彼らの用をなすための器だから。そうして彼らは憎み、相手をいやしめる。でもそのすべての下にあるのは、僕が思うに、恐怖だ」

「何に対する恐怖？」

「女性、それから女性の謎めいたところ、他者性、そして何よりも、女性のパワー。僕は思うんだが、きみもそうだろう、始まりがそんなふうだった者の中には、女性を見つけたときに、虐待者になる者もいると。なぜなら恐怖が常にそこにあるから、すべてのものの下に。それから欲求」ロークはそう付け足した。「自分たちが主導権を持っていることを証明したいという」

「ええ、そういう人もいるでしょうね、でもわたしはそんなふうに相手をあやつったことはなかったな。あなたには、あなたの〝興味をひく〟ところを見せてるけど。それで、あなたはそのタイプの人たちを知っていたのね」

「今回の犯人のように、とくに賢いやつは思い出せないが」

「あなたは女の子のおっぱいをさわるのに何の苦労もなかったでしょ」

ロークはほほえみ、ワインを飲んだ。「それにいまでも驚きだよ」

「あなたが幸運に恵まれたのは何歳だったの？」

「きみが殺人犯をつかまえるのを手伝おうとしているときに、そんなことをきくのかい？」

「好奇心を満たすためよ」

ロークはまたワインを飲み、イヴはめったに彼の顔に浮かばないものを見た。居心地の悪さ。

「そうだな、年は正確にはおぼえていないよ」

「だいたいでいいわ」

「十五歳くらいかな、たしか。多少の差はあれ」

「おっぱいだけ、それとも全部やった？」

ロークはまたほほえんだ。「まあ、それからそれへ、というものじゃないか？　それにそのことが役に立つなら、僕たちが話しているタイプは、僕の経験では、グループになりがちだったよ。おたがいの恨みつらみを糧にするんだ。いまでは、それと同じ恨みつらみや気持ちを糧にしているありとあらゆる場所が、実生活やオンラインにあるだろう」

「犯人はグループには入らないわよ。オンラインはありうるわね、でも彼はもっとこそこそしているように思える。自分から参加はしない。人の注目はほしいけど、オンラインで自分のやったことを吹聴《ふいちょう》するには頭がよすぎる」

イヴは片づけようと立ち上がった。「彼を見つけたときには、記録やログ、日誌も見つかるでしょうね。きっと綿密で細部まで書いてあるわ」

両手に皿を持ったまま、イヴはボードのところで立ち止まった。

「彼は女の子たちにあの針を刺したとき、驚きを感じなかったのね」

「何を感じたんだ？」

「満足よ。誰かに意地悪されたから、そいつのタイヤをパンクさせてやったときに感じるような。あなたが遊びまわっていたので、先生はあなたのテストの点をぼろくそに言った。あなたは先生が出てきてタイヤを目にするのを待たない、あなたは消える。それと同じよ、犯人にとっては。動機はまさに若者特有のもの。方法と実行がそれを超えさせている」

「しかし先生に仕返ししてやったことを仲間に吹聴はしない。彼には仲間がいないから」

「それに」イヴは付け加えた。「彼は頭がよすぎる。犯人の頭の中では、文句を言って、そりかえって歩くようなほかの連中より自分はすごく上にいるの。それに彼は連中が夢でしか見られないような満足を達成した。二回も」

「長続きはしないんじゃないか？　その満足は」

「ええ。犯人はそれをもう一度感じるための方法と日時をすでに計画してある。だから遠からず、ルーフィーを単独で使う必要が出てくるでしょう。そのパワーを女の子に対して使う必要が出てくる。〝僕は自分のほしいものをおまえから奪ってやる、僕はそれを手に入れる権利があるんだ。それからおまえを殺してやる〟」

イヴは彼を振り返った。「あなたもそれは考えたんでしょう」

「考えたよ、ああ」

「犯人はそれもすでに計画してある。場所、それから日時もたぶん。でも場所は、もう考えてある」

イヴのことはわかっているので、ロークはサポートするのと同じくらい慰める気持ちで、彼女の肩に手を置いた。「皿は僕が片づけるよ」

「ルールはルールよ。料理はあなたが出してくれたんだし」

「それじゃボードは僕が更新しようか」

「食事のあとに殺人事件ボードを更新して時間を過ごそうなんて、考えたことある？」

「全然」

イヴがキッチンから出てきたとき――ロークがいつもやっているので降参して、ギャラハッドに猫用おやつをいくつかあげてしまった――彼は更新作業のまっさいちゅうだった。

この人はわたしのやり方を身につけたんだ、と彼女は思った。

そう、この人はわたしが誰で、どんな人間で、どんなふうに考えて、何を感じるのか知っている。ときどき、自分より彼のほうがそのすべてをもっと知っているのではないかと思うこともある。というか、少なくとも、よりはっきりと。

そしてそれでも彼女を愛してくれている。

イヴは歩いていって、彼に両腕をまわし、強くぎゅっとハグした。

「これはいろいろなもの、とくにさっきのスパゲティに対してよ、サマーセットにはハグしないから」

「喜んで彼の代わりになるよ。それにもう一度言うけど、パイもある」

「チェリーパイのごほうびにあなたに、代わりとして、わたしのおっぱいにさわらせてあげようかしら。でもあとでよ、どっちも」

彼の肩に顎をのせ、イヴはボードをじっと見た。

「犯人をそこに加えたい。取調べ室に入れたい。檻に入れたい。いまは彼が見える。ドゥーファスでドゥーザーでインセルのサイコパス、まだひげもそっていない。背の低い男症《シン》候群《ドローム》。金持ちで白人のドラ息子、発育は悪いほう。彼の目には何かまともじゃない、全然まともじゃないものがある、でもほかの人にはそれが見えない。あるいは、見えていても、それは彼が頭がいいからで、病んでいるからだとは思っていない」

体を引き、ボードのまわりをまわった。「教師、指導者、彼らはこう思う——生徒みんながこの子みたいに賢くて、行儀がよければいいのに。宿題はいつも期限までに出すし、思った以上の成果を出してくれる」

イヴは戻ってきて、足を止め、ポケットに両手を突っこんだ。「親、親たち、保護者、何であれ彼に対する責任を負っている人間は。忙しい生活、専門家、成功している。あの子は一度も面倒をかけてきたことがない。自分は本当に運がいい。あの子は口答えもしないし、門限を破ったこともない。あと二年すれば自分の行きたい大学に行けるだろう。きっとハウスキーパーかナニーがいるわ——ミドルティーンの子はナニーがつくには年がいきすぎてる?」

「だと思うよ」

「じゃあそれに似たもの。なぜなら忙しいし、専門家だし、成功しているから」いったん間を置き、イヴはその線を考えてみた。「その人物が服を買って、彼の服を選んでいるのかも。たぶん年かさで、信用できる人間。でも彼はもうほとんどカレッジに行ける年で、うるさく言ってくる人間は必要ない。彼は出入り自由。ずば抜けた成績をとっていて、門限に遅れたことがないし——それがあるとして」

「家の人たちは彼がどこにいて、誰と仲がよくて、自由な時間に何をしているのか、知りたくないんだろうか?」

「図書館とか、勉強のグループとか。彼は必要ならなめらかに嘘をつくのよ。それに出かけたと彼らに気づかれないよう出入りする方法も持っているはず。

もし彼らが被害者の少女たちのことを聞いていても、それにたぶん聞いているだろうけど」とイヴは結論づけた。「彼が関係しているなんて考えは頭をよぎりもしないでしょうね。たいていの大人には、きちんとした服装の、行儀のいい若者しか見えていない。彼をはずれ者、自分たちの仲間じゃないと見てとるのはほかの若者たちよ。彼は思慮深く、抜け目なくはないにしても利口で、やはり彼らが自分をどう思っているか知っている」

「怒りが積み重なっていくね」

「積み重なっていくわ」イヴは同意した。「だから心配なの、彼がまた殺す以外のこともね。先に彼を見つけなければ、それは避けられない。わたしが案じているのは彼がエスカレートしていかざるをえないってこと。すばやく刺して逃げる、たとえそのあとメディアが注目しても、それだけじゃ足りなくなる」

「きみが言ったように、彼は女の子を求めるだろうね」

「彼はその体験が必要になる、彼女たちが彼に拒んできたものが。女の子を動けなくして、レイプして、殺すのよ」

彼はそのことをすでに考えていた。夢に見ていた。しかし抑えていた。

リスクと報酬を天秤《てんびん》にかけ、賢明にも――と自分では考えた――リスクのほうが大きいと判断した。ずっと大きいと。

しかし実例がなければ、どうやって確実に、決定的にわかるというのだ？

プロジェクトの成功という結果は、その渇きを減らすのではなく、ただ増しただけだった。

だが今夜は、もう一度抑えるつもりだった。

今夜はトレンチコートを加えた。この会場ではほかの若者たちも似たようなものを着ていた。今夜のように人がいっぱいになるとしても、中は寒いと思われたからだ。

映画館での大規模な夜のイベントで、この夏の最大ヒットになること間違いなしだが、またしても馬鹿らしく、科学的にはありえない〝守る者たち《ディフェンダーズ》〟シリーズ作品の初上映付き。

銀河のむこうからやってきた変な服のエイリアンたちが、全員不合理なパワーを生まれつき持っていて、悪から地球を守るのだ。

そしてあれやこれやの完全なたわごと。

個人的には、彼は悪のほうを応援していた、そのほうが面白そうだったのだ。

フィクションには何ら含むところはないものの、〝サイエンス〟・フィクションにはただただ腹が立つ。しかしこの会場、この設備、ここの可能性は今夜、彼の怒りと嫌悪にまさっていた。

入場料は事前に払っていた――キャッシュで――発売されるとすぐ、離れた場所のチケット販売業者に。馬鹿馬鹿しいが、投資の価値はじゅうぶんにあるプレミア価格。

いま彼はそこにいた。寒くてやかましい館内に座り、法外な値段のべたべたするものをかけたポップコーンを口に詰めこみ、水で薄められたソーダを飲むために、やはり多すぎる金を払ったほかの馬鹿たちと一緒に列に並んでいる、ただの若者として。

もちろん、そんなことはひとつもするつもりはない。

ああ、あれをもう一度全部感じたかった。いそぎたかった。もちろん、この走りだしたい欲求がさっき摂取した強壮ドリンク《ブースター》のせいであることは完全に理解していた。

じゅうぶんにレム睡眠をとっていないから、仕事がずさんになりかねない。

彼がずさんになることなどないが。

だから彼は自分自身を律し、ほかの人々と一緒にもたもたと進み、顔を伏せて、カメラの反対を向くよう気をつけていた――前に来たときに見ておいたのだ。

誰もが一緒にさせられ、おかげで簡単になった。彼はすでにターゲット候補を二人、秘密の実験のために選んでいた。楽しみのためにも。

あの赤毛の尻軽女か、あのブロンドの娼婦《しょうふ》。ロビーの中でもっと魅力的な相手が目に入らなければ。

二人のどちらも彼を二度見ることはなく、見たとしても、あの〝見るほどのこともないわね〟な視線でだった。

じきにこちらを見させてやる。彼はポケットの中の注射器を握り、それを二人のどちらかに刺すところを思いえがいた。両方に。

ゆっくり、深く息をして、脈拍を静めようとした。

館内に入ると、騒音がいっそう大きくなった。彼の予想どおりに。入場するためにリンクをスキャンさせた。頭の悪い若者がまたひとり入るだけ。もし入場手続きにしたがわなければ、あとで警察が気づくだろう。

彼は前かがみになって場内の売店へ行った。くすくす笑う少女たち、大きすぎる声で話している少年たち、〝ディフェンダーズ〟のテーマ曲が流れている。

それが彼の頭の中で鳴り、あのクラブを、あのパークを思い出させた。その音楽、記憶、ブースター、すべてが彼の体内システムの中で勢いづいた。

意識して、注射器を握った指の力を抜かなければならなかった。

いま彼らはポップコーン、ソーダ、キャンディ、チップス、そういった唾棄すべきジャンクフードを求めてぎゅう詰めになっていた。

誰かが後ろからぶつかってきたので、彼はその赤毛にぶつかりそうになった。彼女はちらっと振り返り、彼のむこうを見たが、すぐにさっきの集団とくすくす笑ったり、大声で話したりすることに戻った。

それじゃおまえだ、ビッチ。おまえにする。

そしてもう一度指に力をこめた。

彼は計画にそって、彼女とそのグループが注文しているあいだ、近いけれども近すぎないようにしていた。それからまるで自分が仲間であるかのように彼らにまぎれこんだ。場内に入ると、計画どおり、予告編がすでに始まっていた。彼はサングラスをとり、しまった。暗闇の中で、さらに近づいていき——彼女のにおいがわかるほどだった——彼女の髪、彼女の肌の。

注射器をポケットから出した。

待てない、あと一分だって待てない！

彼女のジャケットの上から刺さなければならなかったが、それも計算ずみだった。

しかし針を刺したとたん、彼女が悲鳴をあげた。その音が彼の鼓膜を切り裂いた。すでに激しくなっていた鼓動が理性を失ったギャロップになり、彼の喉まで飛び出してきた。

そのせいで息ができなかった。

彼女が持っていたポップコーンバケツが宙を飛んだ。中身がブリザードになって降りそそぎ、彼女はくるっと体をまわしかけた。何かが床にドンと落ち、液体が彼の靴にしぶきを飛ばした。

彼は赤毛が拳を振り上げるのを見て、冷たい汗に肌をおおわれながら、ふらふらとあとずさった。

彼は逃げた、計画どおりに、非常口を通って。しかし想像していたような、得意げな満足感にひたってはいなかった。走り、群衆を押し、かきわけていくあいだも、彼女の声が聞こえてきた。

「あのクソったれに刺されたの！」

照明がついたとき、彼はかろうじてドアを出たところだった。

心臓はどくどく打ち、耳はがんがん鳴り、胃がもんどりうっているまま、彼は走りつづけた。

14

私立学校、とイヴは思いながら、ジェンキンソンとライネケが出してくれたリストを見た。彼女に見えている犯人は金と特権のある家の出で、私立学校に行っている。

そこから始めてみよう。

ロークが続きになっている仕事部屋から入ってきたので、目を上げた。

「何か手伝おうか？」

「用事があったんじゃないの」

「あったよ、でもいま終わったんだ、だからもう用事はない」彼女の後ろに来ると、ロークはイヴの肩の凝りをほぐしてくれた。「もうじき九時半だし、あと一、二時間やりたいんだろう」

「ジェンキンソンとライネケに、しっかりした化学部門のある学校を調べてもらったんだけど、まだそれに手をつけるチャンスがなかったの」

「きみは私立学校を調べたいんじゃないか、夕食のときにきみが犯人を描写したことから想像すると」

「まさにそこからとりかかりたいの。二人には大学も調べてもらったけど、そっちは優先順位を下げるつもり。犯人は自分の目に入るものを求め、憎んでいる。カレッジの女子学生を殺してるわけじゃない」

「どれくらいあるんだい？」

「二百三十三。アート、演劇、音楽に力を入れている学校を除外すると、二百六まで絞れるわ」

「それなら僕たちそれぞれに百三ずつだね」

「ニューヨーク市だけでよ」それを考えて、イヴはコーヒーに手を伸ばした。「でも彼はブルックリンやクイーンズでは殺していない。ヨンカーズやブロンクスの女の子を狙ってはいない」

「いちばんありそうなところから始めるんだ」ロークは彼女の頭のてっぺんにキスをした。

「そうね。そうね」イヴは繰り返した。「女子生徒と、十五歳未満の男子生徒を除外。十四歳にしよう」彼女は訂正した。「見逃すよりは、多くを調べるほうがいいわ。運動選手は落としましょう——彼はそういう体格じゃないし、その時間もないだろうから。白人種の男性、優等生、化学の方面に的を絞るわ——もしくは医大予科」

「私立学校の中にはオプションとして寄宿制のあるところもあるよ、僕たちが〈アン・ジーザン〉でやっているように」

「彼が寄宿生とは思えないわ。それだと監督されることが多すぎるでしょ。それは第二の道として横に置いておきましょう。名簿と――何て言うんだっけ？――年鑑とかのを引き出すの。ああいうのには写真が載ってる。彼はクラスのトップでなくても、それに近いはず。化学への興味以外のクラブもなし」

彼女の思考を追いながら、ロークは付け加えた。「彼はオフィスを持っていないだろうね――学級委員長、生徒会としての」

「絶対ない。今夜わたしたちができなかったぶんは、あしたピーボディか、手のあいている人に投げるわ。いまはおたがいに二十ずつで」

「きみの補助マシンを使うよ。それときみのコーヒーもらう」彼はそう言い足した。「きっとパイにぴったりだろう」

イヴはパイのことを忘れていたので、聞くと食べたくなった。

ロークがパイを用意しているあいだに、コマンドセンターを使ってコーヒーをプログラムした。

「犯人は平均的な生徒じゃない」イヴは最初のひと口を食べながら言った。「学校ではずば抜けている。でも」――イヴはロークに彼のぶんの二十を送った――「目立たないからこそ目立つでしょうね。

あなたは年鑑とかに載ったの?」

「いずれにしても、僕はほとんど学校に行かなかったからね、その結果は? だいたいはわざと載らなかったよ」彼はイヴのほうを見た。「きみは?」

イヴは肩をすくめた。「なんとか逃げ出してた、最後のやつまでは。最上級学年のやつ」

「それはぜひ見なきゃいけないな」

「仕事中よ」

「仕事じゃないときに時間を見つけるよ」

イヴはひとつめの名簿を呼び出し、女子とノンバイナリーの生徒、該当する年齢グループ以外の全員を除外した。人種はデータに含まれていなかったので、名前を年鑑の写真に、次にその写真を生徒の略歴に合致させるタスクにとりかかった。

可能性のあるのが三人見つかったが、どれもぴんとこなかった。しかし年齢はぴったりで、優秀な生徒で、化学に秀でている。

ひとりめは、ソーシャルメディアをざっと見て除外した。家族と一緒に家族のヨットで、おもにコート・ダジュールでこの夏を過ごしていたのだ。

二人めもリストからはずした。サマーコースをオックスフォード——イギリスでとっていたので。

それで学校ひとつを調べたあとに候補者がひとり残った。

長い骨折り仕事になりそうだ、とイヴは思った。

コミュニケーターが鳴った。

肩だけでなく下腹がぎゅっとなった。

「ダラスです」

〝指令部です、ダラス、警部補イヴ。〈ロスズ・ミッドタウン・シアターズ〉で事件発生。女性被害者、年齢十六、〈クリントン健康センター〉へ搬送されました〟

「生きてるの？」

〝肯定。キキ・ローゼンバーグ、搬送前に現場にて治療。現場に警官がいます。健康センターにも警官が行きました。容疑者は非常口を通って現場から逃走したもよう。白人男性、十六歳くらい、明るい色のトレンチスタイルのコートを着た人物に対する全部署緊急連絡《BOLO》が出されました〟

「被害者の容態は？」

〝現時点では不明〟

イヴが立ち上がったとき、彼女がさっき寝室に放り投げておいたジャケットを持って、ロークが仕事部屋に戻ってきた。「ピーボディ、捜査官ディリアが到着して引き継ぐまで、警官に現場を保全させて。彼女にはわたしから連絡する。まず被害者に会うわ。ダラス、通信終了」

「被害者は生きているのか？」

「いまのところは」イヴは答えた。彼と部屋を出ながらリンクを出す。

ピーボディが「起きてます！」と出た。

「〈ロスズ・ミッドタウン・シアターズ〉。犯人がまたひとり狙った。彼女はまだ生きてる。わたしは彼女と話しに〈クリントン〉へ向かう。あなたは〈ロスズ〉へ行って、捜査を主導して」

「被害者は注射をされて生きているんですか？」

「まだいろいろな答えがない。むこうへ行って、その答えをつかんで。マクナブを連れていって。防犯カメラの映像を押収して」

外に出ると、ロークが運転席に座ったので、イヴは助手席に飛び乗った。

「〝ディフェンダーズ〟シリーズですよ」ピーボディが言った。「『リターン・オヴ・ザ・

スリー』――夏の超大作映画です。うちの連中も何人かこの週末に行くことになっていますよ。今夜が初公開なんです。ダラス、あそこも人でいっぱいのはずです」

「バクスターとトゥルーハートも引っぱりこんで――用意はできてるだろうから。人手がもっと必要なら、引っぱりこんで。容疑者は逃走――今回はトレンチコートを着てる。非常口から出た。非常口のドアを徹底的に調べさせたい、隅から隅まで。防犯カメラの映像、チケットのスキャナーも全部」

「わかりました、やりますよ。遺留物採取班に連絡します。モルグには連絡しないんですよね、ダラス」

「このままであるよう願いましょう。とりかかって」

イヴはポケットにリンクを戻した。

「犯人は失敗した。なぜだか失敗した。彼があれを被害者に注入していたら、助からなかったはずなのに」

「犯人が配合をしくじったのかもしれない」

「いいえ。違うわ、彼はその点は注意深いもの。その点は正確にやっている。あれは処刑だった。何らかの手違いよ。非常口というのはたぶん計画してあった逃走ルートだろうけど、こんなふうにじゃない。何かがうまくいかなかった。彼は震え上がって、腹を立てるでしょう。でもそれは被害者のせいであって、自分のじゃない」

「犯人がまた彼女を狙うことを心配しているのかい？」

「危険は冒せないけど、ノーよ。被害者がそれをだめにした。それに、震え上がっていようとなかろうと、犯人はわれわれが彼女に警官をつけることを知っている。いまは、もしくは彼がまた考えられるようになったときには、彼は被害者が生き延びないよう願うでしょう。先延ばしになった満足でも、何もないよりはましだから」

「映画の初公開、それもピーボディが言ったとおり、夏の超大作映画《ブロックバスター》か」

「映画と、ブロックを爆発《バステッド》させることと何の関係があるの？　気にしないで」

「しないよ」ロークは請け合った。「犯人はチケットをスキャンしてもらって、ロビーを通らなければならなかっただろう。出ていった方法で入ったのでなければ」

「それはないでしょうね――警報が鳴るし。あなたでなければ。それだけじゃない、彼は被害者を選び、彼女を観察し、近くへ寄る時間が必要だったはず。犯人が出ていったということは、彼らが映画館の中にいたことを示している。暗くて、たぶんやかましい。いい計画よね、全体として。でも何かがうまくいかなかった」

　ロークはセンターの救急救命用入口に車を停めた。「行っておいで、僕は駐車してから追いつくから」

「キキ・ローゼンバーグよ」彼に念押しし、ドアへ走った。

　イヴは病院のにおい、病、恐怖、絶望が大嫌いだった。それにいろいろな音、すすり泣き、泣き叫ぶ声、薄いゴム底の靴がタイルにぱたぱた当たる音も。

最初に見つけたナースをつかんだ。

「NYPSDよ。キキ・ローゼンバーグ、医療員たちが搬送してきたでしょ。薬物の有害反応」

「きいていただく相手は――」

「あなたにきいてるの。彼女の容態とどこにいるかを調べて、彼女を殺そうとしたやつを見つけられるように」

「あのねえ、わたしは連続シフトの十二時間めなんですよ。わたしは――」

「わたしはもっとよ」

ERのナースは陽気なデイジー柄の医務衣《スクラブ》を着ているかもしれないが、その日は疲れて気むずかしくなっていた。

「わかりました。ここで待ってて」

「そんなことすると思う？」イヴは彼女と並んで歩きだした。二人で受付のデスクへ近づきながら、イヴは長いホールの先に目をやった。

そこでドアのひとつについている警官を見つけた。

「もういいわ。彼女は見つけたから」

イヴが歩きだすと、ナースが声をあげた。「ヘイ！　だめですよ――」

「黙って見てなさい。巡査。キキ・ローゼンバーグは」

「両親がさっき来たところです、警部補。まだ二分たっていません」

「彼女はまだ生きてる？」

「二分前は。ドクターも中にいます、それにナースと、わたしのパートナーも」

「このままドアについていて。専門家コンサルタント、民間人のがいま来るわ。彼もここであなたと一緒にいてもらってかまわないから」

ドアを押しあけた。

白衣を着た、妙に元気いっぱい《パーキー》のブロンドと、グリーンのスクラブを着て、ふわふわした白髪のナースが、そろってこちらを向いた。

「ミス、ここには入れません」

イヴはドクター・元気いっぱいにバッジを見せた。「警部補です、それにもう入ってます」

ともに四十代半ばの女二人がキキの両側についていた。少女の顔は、たぶん何百メートルもありそうな赤毛のせいでそもそも青白いのに、ほとんど透明にみえた。針先のような瞳孔が、少なくともヘロインのいくらかは彼女の体内に入ったことを語っていた。

「気分はどう、キキ？」

「あんまりよくない」

「それは気の毒ね、でもあなたに会えて本当にうれしいわ。あなた方はご家族ですか？」

「この子の母です」女たちは声を揃えて言った。

「あなたの腕のそこにずいぶんなあざがあるわね、キキ。どうやってついたの？」

「今日の午後、エアボードから落ちて、腕を強くぶつけたの。ほんとに痛かった。へイ……」キキはハイになっているか、酔っ払っている人間の笑みをイヴに向けた。「あなたはマーロ・ダーン？」

「違うわ」

「彼女にそっくり」

「ときどきそう言われる。ええと、お母さん方、わたしはダラス警部補です」

「うわぁぁ、もうひとりのほうだ。この人がもうひとりのほうよ、ママ」

「ええ、わかってますよ」左側のほうが先に言った。「コニー・ローゼンバーグです、それからわたしの妻のアンドレア・ハリス。これはあの二人の女の子に起きたようなことなんですね？」

「キキは元気になりますよ」ドクターが言い、それからイヴを見てもう一度言った。「彼女は元気になります。ちょっと外へ出ませんか？」

「ええ。わたしはキキと話をしなければなりませんが」

「そうですね」アンドレアが娘の手を握った。「この子は兄と、友達何人かと一緒だったんです。みんな家族用の控え室に行ってもらいました」

「その方たちとも話をしたいですね」

「お願い」コニーがキキのもう片方の手を握った。「何があったのか教えてちょうだい。というか、どんなことになるかもしれなかったのか。だってあなたは元気になるんだもの、キキ・ドール」

「あたし、すっごい吐いたの」キキはイヴに言った。

「それも聞けてうれしいわ。巡査、一緒に来て」

イヴはドクターと一緒に病室を出て、ロークにうなずいた。

「あなたとパートナーは休憩をとっていいわ」イヴは巡査に言い、それからドクター・元気いっぱいのほうを向いた。「彼女は退院になりますか？」

「今夜はだめです」ドクターは答えた。「ひと晩入院してもらって、経過を観察し、もう一度治療をしたいので」

「休憩してきなさい」イヴは巡査たちにもう一度言った。「そのあとシフト明けまであの子についていて。いまは三十分休憩」

「わかりました」

イヴはドクター・元気いっぱいに向き直った。「キキと話をする必要があります。それと、彼女に毒物検査をしてください」

「わかりました。わたしはドクター・マイラー」彼女は手をさしだした。「毒物検査の結果はできるだけ早くコピーを手配します。ぜひキキと話をしてください。あなたからキキに話をきいてもらえるなんてわくわくしますよ。彼女のお母さんたちは数分間彼女と一緒にいたいだけです」

「いいでしょう。彼女の腕のあざですが。麻痺《まひ》剤なしであそこに針を刺そうとしたら、火がついたみたいに痛むでしょうね」

「そのとおりです。推測しかできませんが、だから犯人は致死量を注入できなかったんでしょう」

「犯人はどれくらい入れてました？」

「彼女が吐き気をもよおすくらいには。医療員たちがすぐに解毒剤を投与したんです、それに彼らは事前に情報が入っていたので、細菌を、願わくは減殺するよう抗生物質を与えました。梅毒の感染段階はなくてすみます。不整脈はすでに正常に戻しました」

彼女は体力があって健康です」マイラーは付け加えた。「若くて、体力があって、健康で、いまはラッキーとは思わないでしょうが、そのキモいくそ悪党があのあざに、それも二つの層――シャツの袖とジャケットを通して、薬を注入しようとしたなんて、彼女は非常にラッキーでした。

いまので二十ドル。その値打ちはありましたけど」マイラーはふうっと息を吐いた。

「わたし、シフト中に汚い言葉を二つ以上重ねるたびに、二十ドル払うことにしているんです」

「わたしだったら一週間足らずで物乞いのライセンスが必要になりますね」

マイラーはその輝くブロンドのポニーテールと同じくらい元気いっぱいの笑みを見せた。

「あの映画は本当に好きでしたよ。あなたが現実でもあんなふうだとわかっていっそう好きになりました。キキのお兄さんと友達を励ましてきますね。あまり長く彼女に話をさせないでください、オーケイ？　本人はちょっとハイになっていますが、体は大きなダメージを受けましたから」

「できるだけ手短にやります。そのあとで、ほかの人たちと話がしたいのですが」

「あとで彼女の具合を見に戻ってきます。カボット看護師に休憩をとるよう言ってもらえますか」今度はロークにさっきの笑みを向けた。「映画のロークよりさらにすてきと言わざるをえませんね」

心の中で目をぐるりとまわしつつ、イヴは彼に合図をした。「一緒に来て」

病室の中へ戻った。「カボット看護師、ドクター・マイラーが、わたしがキキとお母さんたちと話をするあいだ、休憩をとってくれと言っていました」

「わたしに来てほしかったら、そのボタンを押すだけでいいですからね。おぼえた？」

「わかった。あの人、とってもやさしいの」カボットが出ていくと、キキは言った。「うーわ、もうひとりのほうの彼だ。あなたのほうがもっとステキね」

「気分はどうかな、キキ？」

「とっても……うぅーっ、って感じ！　すっごい吐いた、それからたぶん気絶したんじゃないかな。みんなで『リターン・オヴ・ザ・スリー』を見にいったんだけど、見られなかった。ほんとサイテー。デイヴィッドはプレスと一緒に来て、あたしはちょっと――たぶん――デイヴィッドが気になってるの、それからローラはあたしと来て、彼女は絶対にプレスが気に入ってる。ダブルデートみたいだったんだけど、あいつがあたしを刺したの。ほんとに、すっごい痛かった」

イヴがそのまま続けてという目を彼に向けると、ロークはキキに近づいた。「きみの腕のあざができているところ？」

「じゃないかな。今日の午後にエアボードから落ちてぶつけたときより百万倍痛かった。百万倍。たぶんあたしは叫んだりなんかしたの、そしたらプレスったら、〝何なんだよ、キーク？〟って。それであたしはまた叫んで、ジャケットを脱ごうとしたら、もっと痛くなって。血は見えなかったけど、あいつはしっかり刺していったのよ。

それから照明がついて、すっごく、すっごくまぶしくて、誰も彼も大声をあげてて、あたしはちょっと待ってよって気がしてきて。そしたらみんながおかしく見えて、みんな顔が……」キキは宙で両手をまわしたりねじったりした。「それから吐いちゃった、デイヴイッドの真ん前でね。彼、きっといまごろあたしがイタい子だと思ってるなあ」

「思っていないと思うよ」

キキのぼうっとした目に希望が浮かんだ。「ほんとに?」

「ちっとも思っていないよ」

「あなたって声もすてき。スラーン役のアーモンもあなたみたいなしゃべり方なの」

「〝ディフェンダーズ〟のひとりですよ」アンドレアがロークに教えてくれた。

「知っているよ、うん、それにとてもうれしいな。キキ、きみを刺したやつを見たかい?」

「どこも真っ暗だったから。目が変な感じ。あたしの目っておかしくなってる?」

「すてきな緑の目をしているよ」

キキのため息からして、この少女に別の〝気になる〟ができつつあることはイヴにもはっきりわかった。

「よかった。あいつを見たかも」キキはそこで目を閉じた。「見たかもしれない。一瞬だけど。デイヴィッドみたいに背が高くなかった。あなたみたいにすごく高くもなかった。トレンチを着てたと思う。どのみち、夏にトレンチを着てるなんて変なやつばっかりよ。だから変なやつだと思う。でも走って離れていった、だからトレンチが見えたの」

「それじゃ顔は見なかった?」

「暗かったもの。文句《WTF》あるかって目をしてた」

「そのときに？　目の色は見たかい？」

「暗すぎたもの、でもあいつの目はギラーンって感じだった！」キキは自分の目を見ひらいた。「WTFの目。あたし、ポップコーンを全部ぶちまけちゃって、刺された仕返しにあいつの顔を殴ろうとしたの。でも逃げていった。変なやつ」

　彼女は集中が切れてきた、とイヴは思った。この子はもう全部話してくれた。

「キキ」イヴは言った。「前にそいつを見たことはある？」

「ないと思う」

「ほかに何か彼のことで気づいたことはある？　どんなに小さなことでもいい」

「なーい。変なやつ。あの映画を見られなかった。あいつを殴ってたらよかったのに」

「わたしもそう思う」

「娘はとても疲れています。すみませんが」コニーは娘の長い赤毛を撫でた。「たいへんな目にあったばかりなんです」

「謝らないでください。娘さんは大きな助けになってくれました。元気になると聞いてとてもうれしく思っています。もっと具合がよくなりましたら、また話をきかせていただきます。もし何かわたしにききたいこと、話したいことがありましたら、いつでも連絡してください」

イヴは名刺を探した。「しまった、名刺を切らしてました」

ロークが自分の名刺を出した。「裏に警部補の連絡先を書いておきますよ」

「ありがとう」アンドレアは涙をぬぐった。「この子がもっと回復したら、あなた方二人に会えたことに興奮しますよ」

イヴが病室を出たとき、ちょうどマイラーが廊下をやってきた。

「彼女はかよわくみえますね」イヴは言った。「たぶんあの赤毛でなおさらそうみえるんでしょう。でも違います。彼女はタフです、タフな女の子ですよ」

「彼女はお役に立てました？」

「ええ。あした追加の聴取をしたいんですが」

「いまよりずっと回復しているでしょう。わたしたちも今夜は彼女を見ています、それに抗生物質の投与を続けることになるでしょうね。二日たてば、またエアボードに乗れますよ」

「彼女の命を救ったボードですね」

元気いっぱいの笑みを浮かべ、マイラーはうなずいた。「まさにそれです。控え室は廊下を行って、ひとつめを右へ、そうしたら左側のガラス張りの部屋ですよ」

「彼女はエアボードでころんだことをお母さんたちに話さなかったんだね」

イヴはロークと廊下を歩きながらうなずいた。「話していたらお母さんたちが手当てをして、安全についてのお説教をしたでしょうね。キキはあざができるほうがよかったんでしょう、それはキリストに感謝よ」

ガラスのむこうでは、三人の若者が身を寄せ合ってかたまっていた。

イヴは長くここにいるのは彼らだけだろうかと思い、聴取が終わるまでは彼らだけであることを願った。

兄はわかった。赤毛は妹よりいくらか色が濃く、顔のまわりにくるくると垂れている。兄妹は骨格も同じだった。

彼はイヴを見ると飛び上がった。「まさか。そんな。キキが死んだなんて！」

「彼女は大丈夫よ」イヴは二人の少年のあいだにいた少女がいきなり泣きだした声に負けないよう言った。「たったいま話してきたの」

「でもあなたは死んだ人の担当なんでしょう。僕たちあの映画を見たんだ、なあ？」彼は友人たちを見た。「みんな見たんですよ」

「ドクター・マイラーは彼女が元気になると言わなかった？」

「言いました、でも――」

「わたしも同じことを言うわ」

もうひとりの少年――デイヴィッドだろう――が、ブルーのハイライトが入ったブロンドのゆたかな髪を両手でかきあげた。「誰かがキキを殺そうとしたんだ。それって本当に本当？」

「ええ、そしてしくじったの。キキはひどく疲れているけれど、目をさましていて意識清明、それにあの映画を見そこねて怒ってる」

「オーケイ」プレスの目に一瞬、涙が浮かんだ。「オーケイ。すみません。キキはうっとうしいこともあるけど、僕の妹なんです。僕の妹なんだ」

「いいのよ、プレス」女の子が彼の手をとった。「きっと大丈夫」

「わたしはダラス警部補」

「へえ」プレスは答え、なんとか少し笑ってみせた。

「今夜あったことについてあなたたちにききたいの。記録のために、それぞれフルネームと年齢を言ってもらえる？」

「ワォ、キキが本当に大丈夫ってわかったら、こういうのってわくわくしますね。プレスリー・ローゼンバーグ。十八歳」

「あたしはローラ・ネルソン、十七歳です」

「ローラ、ご両親はあなたがどこにいるか知っているの？」

「ええ、知ってます。二人にはすぐ連絡したし、キキに何があったかや警察や医療員が来てて警察があたしたちをこれから病院に連れていくところだけどあたしはそのまいていいって言われたのはキキのママたちがこれから来るからであたしはそれがキキの助けになるなら警察に話をしなきゃならないからって伝えました。二人ともキキを愛してるんです、それにプレスも」

ティーンエイジの女の子っていうのはみんな果てしなく、文を切らずにしゃべるものなんだろうか？　とイヴは思った。

「わたしと話をしていいって親御さんの許可は得てあるのね？」

「ええ、もちろん。キキのためですから」

「僕はデイヴィッド・オムステッド、十八歳」

「わかった。あなたからいきましょう、プレスリー。あなたと妹と二人の友達は一緒にいたのね？」

「ええ、そうです。僕たちは二週間前に初公開――独占上映、今夜十時のチケットを四枚手に入れたんです。ゆうべがビッグプレミアだったんですけど、それは出演者やお偉方や金持ちのためので。今夜が本当の客向けだったんです。いずれにしても、かなりの幸運でした、それに上映後に出演者も何人か来て、質問とかをいろいろ受けるって話だったんです」

「みんなすごく楽しみにしてたんですよ」ローラが話に入ってきた。「あたしたち〝ディフェンダーズ〟の猛烈なファンなんです」

「前売り券を持っていても並ばなきゃならなくて、それで僕たちは九時すぎにあそこに行きました。それでもすごく後ろのほうでしたけど、ようやく動きだしたんです」

「トレンチを着た人を見た？」

「もちろん。映画にあれを着てくるのはたいてい変なやつらですよ、でも変なやつらはいつだっていますから」

「白人男性、年はキキくらい。背が低い。たぶん百六十八センチくらい」

「全然わかんないな。そいつがキキを刺したやつなんですか？　ええと、実際には刃物で刺されたんじゃない、でも本人は刺されたと思ったんです。そいつは針の注射器を使ったんだ。医療員が言っているのが聞こえたんです」

「もしかしたら、僕たちがポップコーンと飲み物を買ってたときに後ろにいたやつ？」デイヴィッドが問いかけるように言ったので、イヴはそちらに目を向けた。

「彼を見たのね？」

「それほどは。トレンチでした、だってトレンチを着ようとするなら、少しくたびれさせるじゃないですか？　それでただ目に留まったんです、これはいま箱から出してきたみたいだな、って。それにあのダサい靴《ドゥーファス》」

「どんな種類のドゥーファス靴？」

「〈キック・イット〉とか〈ジョーズ〉とかそういうやつ。走っていったのがそいつだったんでおぼえてるだけです。キキが叫んだとき、僕たちを押しのけて走っていった」

「髪は何色だった？」

「わかりません。ポップコーンを買おうとしてたときにはよく見なかったから。みんなでしゃべったり、何にするか決めたりしていて、そのトレンチと靴に目が留まっただけなんです。映画館の中は、あれが起きたとき、暗かったし、あっという間のことだったから」

「あいつはあたしを押したわ」

「彼があなたを押したの、ローラ？」

「たしかそう。キキが叫んで大声をあげたでしょ。もう、彼女のポップコーンは宙を飛ぶし、ジャンボサイズのソーダはそこらじゅうに飛び散るし、それであたしは振り向いて、そうしたらプレス、あなた言ったじゃない、ほら、〝何なんだよ、キーク〟って、そしたらそいつが、ええと、本当に押したわけじゃなくて、でももっと……」

　彼女は両方の肘を突き出してみせた。

「〝俺の邪魔をするな、ビッチ〟みたいな」顔をしかめ、ローラは唇を押さえた。「〝ビッチ〟なんて言ってごめんなさい。さっきそのことは思い出さなかったの、キキが大声をあげて、ジャケットを脱ごうとしていて、あたしのパンツも靴もソーダまみれになってたから」

「誰も彼も黙れって叫んでました」プレスが話を続けた。「それで僕は恥ずかしくなって、キキに怒ったんです。そんなことするべきじゃなかった」

「あなたは知らなかったんだから」

「キキは大声をあげてジャケットを脱いで叫んでたわ、〝血が出てる？　血が出てる？〟って」

「あいつは非常口から出ていきました、警報が鳴ったから」デイヴィッドが付け加えた。

「それから照明が全部ついたんです」

「みんながあたしたちを追い出そうとしてたの、たぶん、でもキキがそこらじゅうに吐いちゃって」ローラは身震いした。「それで彼女はあいつがナイフを持ってた、あいつに刺された、腕が燃えてるみたい、って言いつづけて。そうしたら医療員が来た、警察も。うん、その直前に、キキがおかしくなって、新しいシャツの袖をちぎったの」

「あざが見えました、それからそこに赤い痕が」プレスリーは目を閉じた。「僕はキキが刺されたんだと思いました、でも医療員が来て、彼らが薬物の話をしているのが聞こえて、あの女の子たちのことや、起きたことを思い出したんです。死んでしまうと思いました。キキが死んでしまうと思いました」

「死なないわ。それに彼女は、あなたたち全員と同じように、わたしたちがそいつを見つける役に立ってくれる」

　イヴはもう一度最初から話をききなおして、もっと細かいところを詰めたかった。しかし母親たちが入ってきて、今度はプレスリーも涙をこらえなかった。

「あの子は大丈夫よ」アンドレアが彼のところへ行き、プレスリーのほうが頭ひとつ背が高かったが、息子を抱きしめた。「病室に移されているところよ、ひと晩入院するだけですって。経過をみるだけ」

コニーは静かにイヴに言った。「ドクター・マイラーが毒物検査のコピーをとってあるそうです、もし必要なら、あの子の手当てをした医療員の名前と連絡先も」

「それは助かります、ありがとう。さっきも言いましたとおり、追加の聴取をしたいのでまたご連絡します」

「この人でなしを止めるためにお手伝いできることなら何でも」

外へ出るときに、イヴは毒物検査報告書と連絡先をもらっていった。

それから夏の夜の中へ出て、澄んだ空気をいっぱいに呼吸した。

「少し歩きたいだろう、それに遠くはないよ」イヴのことはわかっていたので、ロークは彼女のウエストに腕をまわした。「映画館に行くんだろう？」

「ええ。キキは幸運だったの。あの子は幸運だった。犯人がもう片方の腕を狙っていたら、今夜はあの二人の女性に通知することになったでしょうね」

「犯人はそうしなかった、だから彼女は元気になる。あの子はきみが言ったとおり、タフなだけじゃなく、回復力が強いようにみえるよ」

「あしたになったらもっと思い出すかも。それにデイヴィッドだけど？　人は自分の見たものを常にわかっているとはかぎらない。彼がヤンシーと似顔絵を作ってくれるかどうかきいてみるわ。キキにも。彼女は犯人の目を見てる、そいつの〝文句あるか〟の目を、だからもしかしたら」

車まで行くと、イヴはしばらく立ち止まり、ひたすら病院のにおいを肺から吐き出した。コーヒー、と思った。こっそり戻ってこようとしている疲れと戦うために、山ほどのコーヒーがほしい。

「トレンチコートをくたびれさせることは知らなかったわ。映画館でトレンチコートを着てるのは変なやつなのも知らなかった」

「そうだったのかい?」

「くたびれさせるところはね、ええ。でもティーンエイジの価値観は奇妙なものだし、変わりやすい。犯人はトレンチコートを〈L&W〉で靴や何かと一緒に買ったのかも。あの店で扱っているかどうか調べないと」

イヴは車に乗った。「どっちにしても、また手がかりが増えた、それに三夜連続で死んだ女の子の横に立たなくてすんだわ」

この先決して咲くことのないつぼみ。キキ・ローゼンバーグには咲くチャンスがあるだろう。

「犯人のほうは大失敗ね。彼がキキを殺そうとした場所、それとそこから非常口までの距離を見ておかなきゃ。

彼が予定していたほどの時間はなかったはず」イヴは計算した。「彼女を刺し、あざ笑い、歩き去る。非常ドアを押しあけて外へ出る。警報はどうでもいい。それは単に混乱が増すだけ——犯人はそう考えた。みんな彼が出ていくのを見るかもしれないけれど、トレンチコートを着た若者を目にするだけ。犯人はすでにドアやロビーの防犯カメラを調べてあったでしょう。彼の顔はたぶん見えない、でもきっとまた新たな手がかりがつかめるわ。毎回、ほんの少しずつだけど。それに今回は女の子が解剖台にのらなくても新たな手がかりがつかめる」

「犯人はアラームを妨害することを知らなかったんだ。簡単なことなのに」ロークが言った。「非常ドアはごくごくふつうのものだよ。妨害器《ジャマー》をひとつ組み立てるか、街で買えばいいいだけだ。そうすれば静かに逃げられる。静かというのは常によりよいものだ」

「そうよね？　そうすれば誰も何も気づかない。あなたの言うとおり」

イヴは自分がその小さな細部を見逃していたかもしれないので、コーヒーをプログラムした。

「犯人は妨害することを知らなかったか、やり方を知らなかったか。ほとんどのティーンエイジャーは電子機器についてかなりしっかりした、もしくは少なくとも基本的な知識を持ってる。犯人は持っていない。今回のことにじゅうぶんなほどは」

イヴがそのことを頭の中で考えているうちに、ロークは映画館の前でパトカーの後ろに車を停めた。「それって新しい手がかり中の手がかりよ」

15

明るく照明のついたロビーに入ると、ポップコーンにかけられたバターもどきのにおいがして（そんなにまずくない）、制服警官たちが民間人の小さなグループをいくつも各シアターから出口へ先導していた。

イヴは見覚えのある警官がいたので、彼を呼び止めた。「うちの捜査官たちはどこにいる、ハーリー巡査？」

「バクスターとトゥルーハートはシアター・スリーにいます。そこの映画はシアター・ワンの襲撃のすぐ前に上映が終わったところだったので、もう無人になっています。ピーボディはワンにいます。電子オタク《eギーク》は警備室です」

イヴがロークに視線を向けると、彼はマクナブを探しにいった。

「最初に現場に到着したのは誰か知ってる？」

「エルナンデスとブリッカーでしょう。ピーボディと一緒にいますよ。被害者の子はまだ息をしています？」

「してるわ、それにこのままにしていられる」

「幸運でしたね、あらゆる点で」

イヴはメインシアターへ向かった。

そこもあふれるほど照明がついており、おどおどした笑い声、短い怒鳴り声すべての陰に、ざわざわした話し声があって、騒音レベルは抑えられていた。

「静かに！」イヴはそう指示してから、ピーボディと三人のグループのところへ行った。

「オーケイ、あなたたちはもう行ってかまいません。忍耐と協力に感謝します」

「へえ、そうかい」三人――全員が男で、イヴからみるとジェイミーくらいの年齢――のうちひとりが立ち上がりながら冷ややかな笑みを浮かべた。「俺たちに選択権があったみたいじゃないか」

「病院にいる女の子も選択権がなかったのは間違いないわ」イヴは言った。

「その子のせいでみんなだいなしだよ。斧《おの》で叩き切られたみたいな悲鳴をあげやがってさ」

「よせよ、ジェリー」友達のひとりが彼を肘でついた。しかし彼は動かなかった。

「そうしたらお巡りたちが俺たちを犯罪者みたいにここに閉じこめやがって。くそっ、あの叫んでたやつは運び出したんだろ？　なのにこっちは金を払った映画を、クソ一年も待ってた映画を見ることもできずに、何の意味もなくここに引き留められてたんだぞ」

「それは悲しい話ねえ。わたしの心から血が流れてきたわ」

「俺たちがこのチケットに、予約席にいくら払ったか知ってるのか?」

「運営側は今夜のチケットをすべて別の回の上映に振り替えますよ」ピーボディが彼に思い出させた。「もしくは全額を返金してもかまわないと」

「へえ、それで埋め合わせになるとでも。お巡りなんてクソったれだ」

「あなたは二十一歳なの、ジェリー?」

「あんたに何の関係があるんだよ?」

「そうねえ、わたしにはあなたがまだその年になっていない、なのにここにいるあいだに、コートのポケットのボトルに入ってるものをちびちびやっていたようにみえるのよ」

わざと、イヴは鼻をくんくんやった。「たぶんジンね」

ジェリーの喉から顔にのぼっていった赤みは完璧な答えも同然だった。

「何を言ってるのかわからないな」

「わたしはクソったれなお巡りかもしれないけど、どこかの愚痴っぽいバカの息にジンがにおっていればわかるの。このシアター内でアルコールは禁止よ。年齢が達していないことも加えると、あなたとお仲間は――彼らは賢明にも沈黙を守ってるけど――留置場の中でいくらか過ごすことになるかもねえ。

あなたには二つの選択肢がある」イヴは続けた。「留置場はそのひとつ、そしてこの時刻だから、あなたたちは朝まで保釈金を払うことはできないでしょう。留置場で今夜を過ごすのは教育になるとわかるかもね。二つめの選択肢は、友達の助言を聞きいれること。何も言わずに消えるの」

イヴは彼がそうできるように横へどいた。ジェリーは二つめの選択肢をとった。

「ねえ」イヴは言った。「今夜じゃないかもしれないけど、ジェリーはいずれその教育的な経験をすることになるでしょうね。状況《ステータス》は」

「まず先に、ローゼンバーグの容態《ステータス》はどうなんですか？」

「目をさましたわ、かなり意識清明、それに医者は彼女が完全に回復するだろうと言っている」

「すばらしいニュースです」ピーボディは椅子に座ったまま姿勢をゆるめ、疲れた目をこすった。「次に、さっきのやつが飲んでいたことはわたしもわかっていました、あいつがアホだってことも、でも時間の都合で、聴取を最後までやって彼の話を先へ進めるほうが実際的だと思ったんです」

「賛成よ。ただわたしは、あのアホにちょっと時間をつくって楽しんだの。次は？」

「非常口を誰かが走り出ていったのを見たという何人かの聴取をしました、ここの横にあるやつです、みんな話がばらばらですね。男だ、女だ、若者だ、年寄りだ、黒人、白人、大きい、小さい。どんなものかわかるでしょう」

「ええ」

「でも場内売店で働いている目撃者からなかなかの情報をつかんだようです。シャーリー・ウィーヴァー、年齢二十三。彼女は被害者の髪に目を留めていたんです。本当に長くて、ふっさりしていて、まっすぐで、真っ赤だったと」

「そのとおりよ」

「彼女は赤毛にしようか考えていたそうです――シャーリーがですよ――それでよく見ていた。それから彼女のすぐ後ろにトレンチを着た人物がいたのもおぼえていました。同じグループだろうと思ったんですよ、そいつがおおまかに言って彼らと一緒に売店に近づいてきたから、でも彼らがスナックを買うと、自分は何も注文せずに離れていったそうです」

「彼女はそいつの顔を見たの？」

「もう一度言いますが、彼女がそいつに目を留めたのは、被害者の髪を見ていたからで、でもトレンチには気がついたそうです、なぜなら――引用しますよ――〝グループのほかの子たちは変なやつじゃなかった〟。グループが離れていったとき、そいつは顔を伏せていて、おまけにサングラスをかけていたそうです」

「サングラス？　夜の十時に？　屋内で？」

「ファッションですよ、ダラス。でも彼女はそいつの横顔を見たのはたしかだと言っています。白人で、赤毛の子と同じくらいの身長だったとはっきり特定しました。髪はブラウンだったと思っています、それから――もう一度引用しますよ――〝ばらばらしていた〟、そいつの顔にばらばらかかっていたので、よく見えなかったそうです」

「ウィッグね」

「というと？」

「そいつの服よ、ピーボディ。ボタンで留めるシャツ、高価なよそいきの靴――タッセル付き――上質のズボン。そういうものを彼に着せる人間が、髪をばらばらさせておく？ウィッグよ、本人の髪より長くて、顔を隠すのに役に立つ。サングラスも同じ。彼女にヤンシーと作業してもらう必要があるわね」

「彼女はその気ですよ、だからヤンシーにその件をメールしておきました。彼はあした時間をつくれるそうです」

「もう一件、彼にやってもらいたいのがあるの。被害者の友達グループのひとりがトレンチコートに気づいてた。箱から出したてみたいにまっさらにみえたって」

「オーケイ、一致しますね。トレンチコートは新品に見せたくないものですよ。イタいやつみたいにみえますし」

「そうね。ヤンシーなら彼からもっと引き出せるかもしれない。そっちはわたしが手配する。それから被害者も、医者が許可を出したら。彼女は犯人をよく見ているはずよ」

「遺留物採取班がドアを調べたんですが、いろいろな紋が山ほど出ましたよ。指紋、掌紋、部分的なもの、下側を蹴ったときの足跡。でももし犯人がコートしていたなら――」

「どうして？　みんなよくやるように腰と、お尻と、肩でドアはあけられるでしょ。パニックを起こして逃げているのでなければ。犯人は起こしてた。だから失敗をしてるかもしれない」

　イヴは中央通路に飛び散ったポップコーンとソーダのほうへ顎を動かしてみせた。「あれが犯人が彼女を襲った場所。そしてそれも失敗だった。なぜ彼らがもっと先へ行くまで待てなかったのか？　彼らは予約席をとっていた。だからあと六、七列先へ歩いていくはずだった。犯人は逃走ルートにもっと近づけるはずだった。気持ちがはやりすぎてたのよ」イヴはつぶやいた。「襲撃することに興奮していた、それに強壮《ブースター》ドリンクを使っていたのかもしれない。待てなかった。あれをもう一度感じたくてたまらなかった」

「犯人は逃げるときにいろいろな人にぶつかっていきました。いまのところ彼がぶつかったり押しのけたりした人で、たしかな情報を追加できた人はいません。暗かったし、あっという間のことだったので」

「ひとりいればいい。ねえ、ハーリーをよこすわ。彼が聴取を手伝ってくれる。わたしはバクスターとトゥルーハートに状況を聞きたい」

「シアター・スリーにいますよ、あっちでわたしの担当ぶんを半分引き受けてくれました」

イヴはシアター・スリーに行った。

シアター・ワンより狭いスペースで、人数も少なかった。二人の捜査官が作業しているので、進みが速く、解放した人数も多かった。

イヴはトゥルーハートのところへ歩いていった。「失礼。ちょっといい、捜査官」

「はい。ちょっと待っててもらえるかな」トゥルーハートは五人のグループに言いながら立ち上がり、イヴとその場を離れた。

「サー、被害者は？」

「完全に回復する見こみ」

トゥルーハートの誠実な、まさにアメリカ人という顔に笑みが広がった。「それはいいニュースですね。自分もひとつつかめたかもしれません。そこにいるグループですが。三人めの女の子──アナベル・ジョーン・ピアース、A・Jで通っています──彼女の話では、悲鳴を聞いて、振り返ろうとしたんだそうです。通路がまだ人でいっぱいだったので、何が起きているのかはっきりとは見えなかった。そうしたら誰かが彼女にぶつかってきて、友達のほうへ突き飛ばしたんだそうです──彼女の左にいる女の子です。それでドミノ倒しになった。A・Jが言うには、バランスをとろうとしたけれど、結局、通路横の席にいた男の膝にのってしまったと」

「彼女は自分にぶつかってきたやつの外見特徴を言えてる？」

「黒っぽい髪——彼女はブラウンだと思っていますが、明るめか、中くらいかは言えないそうです。長めだった、少なくとも前側は。顔にかかっていた」

「サングラスは？」

「いいえ、サー」

文句あるか《WTF》の目、とキキは言っていた。犯人はあのグループがシアターに入ったときにサングラスをはずしたのだろう。館内は照明が消えていた。

「トレンチコートを着ていたそうです——グレーか黄褐色で、黒ではなかった。明るめの色。顔にひげはなし。彼女は背の低い男で、小柄だと思っています。背が低くて、白人で。もっと引き出せるようやってみますが、彼女ならヤンシーと作業できるのではと思います」

「そうね。彼は忙しくなりそう。彼女は突き飛ばされたときどこにいたの？」

「自分たちの席の近くだったそうです。席は十列めでした」

これは皮肉なんだろうか、とイヴは思った。それとも何か別のものだろうか、最高の目撃者になりそうな人間が、ターゲットと同じ列に座るはずだったなんて？

「そのグループとは信頼関係ができてそう？」

「はい、だと思います」

「それじゃ作業を続けて。わたしはヤンシーを手配する」

イヴは前列のバクスターのところへ歩いていった。

「ちょっと待っててくれ、みんな、うちのボスが来たんだ」彼はウィンクがわりの笑みを添えた。「もうすぐ終わりだから」

彼は立ち上がってイヴと横へ行った。

「被害者の子は？」

「幸運がついた。元気になるわ。何か出た？」

「騒ぎを聞いて、怒っているのがたくさんいたよ。二つのグループと話をしたんだが、彼らはもう席についていて、ポップコーンが飛ぶのを見たくらい近くにいた。ひとりは被害者が落としたソーダが新品のエアブーツに飛び散ったくらい近かった。彼はそれにかっとなったが、じきに彼女が誰かに刺されたと叫んでいるのに気がついて、ソーダが彼女の血だと思ったそうだ。失神しかけたとさ」

バクスターはシアターの中を見まわし、イヴは自分が入ってきたときやったように、彼が人数を数えているのだと気づいた。

「トレンチコートが飛ぶように通りすぎていったのを見たのはおおぜいいる、しかし――」

「外見特徴がばらばら」

「ああ、そうなんだ」バクスターはため息をついた。「そうなんだよな」

「トゥルーハートがいい手がかりをつかんだわよ」

「うちの坊やが当てたのか？」

「彼もひとりつかんでくれたから、あとでヤンシーにやってもらう。あなたはここのグループを終えたら、シアター・ワンに行ってピーボディと合流して。ここの残りはトゥルーハートで対処できるでしょう。マクナブの手があいたら、彼をここかそっちに入れるわ、状況によって。あなたは仕事が終わったら、家に帰って。報告書は午前中に書けばいい」

「今晩にするか、あしたにするか」彼は肩をすくめた。「時間はあるんだ。デートがあったんだよ、話がまとまるところだったんだ」彼は心臓のところに手をやった。「正義の追求において、個人の犠牲はつきものさ」

「ハハハ。わたしはついさっき、お巡りなんかみんなクソったれって言われたわ」

「正義を追求するためにはクソったれが必要なときもあるさ」

「名言ね」イヴは言い、彼女のeギークを探しにいった。

マクナブがエレベーターからぴょんと出てきた。

「犯人の画像をいくつか見つけましたよ、ダラス。列に並んでるところ、それから非常口から飛び出すところ。飛び出すときも、顔を伏せたままでした。顔より髪の毛でしたけど。

ミディアムブラウンでボーダースタイル」

「それは何?」

「エアボーダーのヘアスタイルです。とくにはやりじゃありませんが。前側が長くて、対角線みたいな」マクナブは自分の手のひらを左のこめかみから、目の上を通って、右耳の下へ走らせた。「両側は短めで。後ろは短く縛ることもできますが、犯人は垂らしていました、ちょうど衿《えり》の長さをすぎたところまで」

「きっとウィッグよ」

「へイ、ねえ、俺もそうじゃないかと思いました」

「なぜ?」

「そうですね、逃げるところで、静止して見てみたんですよ、そうしたらちょっと――ロークは傾いてるって言ってました」

「犯人は人にぶつかってた。それで傾いたのかもしれない。サングラスは?」

「逃げるところではわかりませんでした、でも入るところではたしかにかけてましたね。ライトグレーのトレンチコート、それから――これもロークが言ったんですが――おろしたて。黒いバギーパンツと〈キック・イット〉。並んでいるときは両手をポケットに突っこんだままで、必死にカッコよくみせようとしてましたよ。

何分かごとに横に動いていました。たくさんの人間がやってますが――この列って動いてるのか、自分の前にあと何人いる？　ってね。でも犯人はターゲットを探していたんですね。被害者と彼女のグループは彼の約二メートル前にいました」

「ロビーのカメラは？」

「死角がたくさんあるんですよ、それに犯人はずっとグループや、人ごみの内側にいて。彼が被害者とそのグループのすぐ後ろに来るまで、動いたり作戦的に行動しているのは見えるんです。でもはっきり撮れているものはありません」

マクナブはロビーとカメラを長いこと見た。「やつは前にもここに来ていて、配置を知っていたんですよ」

「そうね、彼はちゃんと宿題をやっていた。シアター・スリーでトゥルーハートを手伝ってやって。バクスターはピーボディと一緒にいる。わたしは目撃者を二人、最初の殺人事件のひとりも含めると、もしかしたら三人見つけた。トゥルーハートがひとり、ピーボディもひとり、やはり犯人の一部をしっかり見た目撃者を見つけたの。彼らにヤンシーと作業してもらうわ。あと何人か見つけても悪くはないでしょ」

「わかりました」

「ロークはまだ上にいるの？」

「ええ、マネージャーと話していますよ。目撃者という点では、彼女は入りませんね。事件が起きたとき、自分のオフィスで私的な電話を受けていたんです」

「待って、チケットスキャナーは？　もし犯人が入場のときにスキャナーのところに行っただいたいの時間がわかれば、そこからたどれるんじゃない？」

「スキャナーコードは個人データがついてないんです。証明書みたいなもので、どこで発行されたかはたどれるかもしれませんが、それだけですよ」

「どこで発行されたかも新しい情報よ」

「だから、eマンとして、該当する時間のスキャンをアップロードしているところです。犯人をつかまえる役には立たないかもしれないけど、取調べ室で、そのあと裁判所で積み上がる証拠になりますからね」

「そのコピーをわたしに送って。あなたがするつもりだったものを」イヴは言った。「悪かったわ。あなたがその分野では優秀な頭脳だってわかってるのに」

「俺たちみんな、基本的には連続シフトの三夜めですからね。優秀な頭脳もジュージュー焦げてますすよ。若い子たちに話をきいてきます」

イヴは階段を選んだが、半分のぼったところで、ロークが降りてきたので立ち止まった。

「マクナブからだいたいのことは聞いたわ。マネージャーから何か引き出せた？」

「捜査に役立つようなものは何も。彼女はオフィスにいて、アシスタントマネージャーが――その人は奥で、売店に立っていて、キャンディやそういうものを箱から出していたんだ――状況を知らせてきたあとに、やっと下へ来たんだ。彼女はもちろん、あしたの上映ができるように、きみがこのビルを使用させてくれることを望んでいる」

「遺留物採取班から許可が出たら、それで作業は終わりよ。まったく、ここもあなたが持っているんじゃないでしょうね？」

「持っていたらそう教えているよ」

「買おうとしているとか？　それでマネージャーと話していたんじゃないの？」

「違うよ。キキのために『リターン・オヴ・ザ・スリー』をプライヴェート上映してくれるよう説得したんだ――キキがじゅうぶんよくなったときに――彼女の友達と、家族も一緒に」

イヴは一瞬、何も言わなかった。

この人ならそれを考えるだろう。

もちろん、この人ならそれを考えるにきまってる。

イヴは姿勢を変え、片方の腰を突き出した。「ポップコーンは？」

「彼らが食べられるだけ」

「それであなたはいくら払ったの？」

「心配いらないよ、ダーリン。まだミートボールスパゲティを食べられるだけの余裕はある」

イヴはさっと彼の手に手を重ねた。「いまは公務中。でも終わったら……ピーボディが最後の目撃者候補の聴取をするのを手伝ってくる」

「コーヒーを調達してくるべきかな?」

イヴは考えたが、映画館のコーヒーはポップコーンよりかなり信頼がおけなかった。

「冷たいもののほうがいいわ」

「探してくるよ」


午前一時すぎに、イヴはロークや部下の捜査官たちと外へ出た。

「ピーボディ、ヤンシーは自分が目撃者たちのところへ出向くって言ってる。彼らはたいてい、自分がいつもいるところのほうがくつろいでくれるから。彼に目撃者のリストを作って、未成年者は親の許可をとっておいてあげて」

「海みたいに目撃者がいますよ」疲れ、見た目にもぐったりして、ピーボディは目をこすった。「それにそれなりのものを見た文句たれにも追加聴取がありますし」

「きのうのこの時間にはそれもなかったでしょ。生存者も。送っていってほしい人がいたら、パトカーを二台呼べるけど」

「僕が車を待たせてあるよ」ロークが片手を上げると、頑丈な全地形対応車《ATV》が縁石にそってこちらへ走ってきた。「運転手がきみたちを送っていく」

「いいねえ」バクスターはトゥルーハートの背中を叩いた。「送っていこう、若いの」

「みんなダウンタウンへ行くんです。あなたがいちばん最初に停まるところですよ。おじさん」

「生意気な口をきくようになりやがって。いまの聞いたか？」大きく笑い、バクスターは肩をいからせて胸を張った。「誇らしいよ。それじゃあしたな、警部補《LT》。送ってくれてありがとう、ローク」

「さあおいで、ナイスバディ《シー・ボディ》。立ったまま寝てるじゃないか」

「ほとんどね。ありがとう。おやすみなさい」

「助かったわ。パトカーも彼らを送っていけたけど、このほうがみんな緊張を解くことができるし」

「それに何と言っても長い一日だったからね。もう公務中じゃないんだろう、警部補さん？」

「じゃないけど」

「それに仕事が終わったら、と言っていたね」

「現場の前じゃだめ」

　イヴは彼と車のほうへ歩道を歩いていった。

「ここならいいわ」

　歩道で、午前一時をすぎたばかりの、暑く、むしむしした夏の夜に、イヴは彼に両腕をまわした。長く、ゆっくり、深くキスをする。ジャケットの背中に彼の拳を感じたときには、もっと強く唇を押しつけて。

「いまのは全部」ロークは小さな声で言った。「プライヴェート上映を手配したことに対して？」

「いいえ、いまのは全部、それを考えてくれたこと、それにどれだけ意味があるか、起きたことの醜さをどれだけ追い払ってくれるか知ってくれていることに対して。それから手配してくれたことも」

イヴはもう一度彼を引き寄せ、もう一度キスをした。

「そのことに対してよ」

「キキは本当にもろくみえたよ、でもその下では、本当に強くみえた」イヴの両手を唇へ持っていき、ロークはそこにキスをした。「きみも同じふうにみえたことがある」

「今夜は違うわ」イヴは車に乗り、両脚を伸ばした。「くたびれちゃった。くたびれはてたけど、興奮してる。だって彼女は生きていて、犯人は逃げて、わたしたちはまたさらに近づいたから」

「失敗、と前にきみが言ったとおりにね。彼は失敗した」

「彼は今夜、まんじりともしないでしょうね。何度も何度も思い返すわ。自分がじゅうぶんな量を彼女に投与したことを願って報道を見るでしょう」

「自分はそうできなかったと気づいてないのかい？」

「気づいてるわよ、でも願っているはず。自分が体内に入れたものに彼女が悪い反応を起こしたかもしれない。医療員があそこに来るのが間に合わなかったかもしれない。かもしれない。願っている。心配している」

シートにもたれ、イヴはロークのほうを見た。「自分は失敗なんかしない。ありえない。頭がよすぎるし、準備もしていたんだから。自分はうまく逃げおおせた、そうじゃないか？　もちろんそうだ。誰も自分をまともに見ていなかった。ウィッグ、サングラス、トレンチコート。

でも彼は今夜、そのことが心配で、自分のやったことをひとつずつ、何度も何度も頭の中でさらっている。今夜はよく眠れないでしょうね、でもわたしは違う」

それどころか、とイヴは思った。いますぐにでもうとうとしそうだ。

「わたしたち、まだできるかぎり早くあの島で週末を過ごすのよね？」

「できるだけ早くね」ロークは同意し、ゲートを抜けた。

「私立学校の線を厳しく詰めないと」イヴはつぶやいた。「彼を見たらわかると思う。わかるって本当に思うの。それにたぶん、あしたは似顔絵が手に入る。ヤンシーは黄金も同然だもの、だからたぶん」

「犯人はまたやろうとするかな？　キキにではなく、別の相手に」

「そうせずにいられないのよ」イヴは車を降りた。「今夜は失敗だった。科学的な思考、そうでしょ？」

一緒に家へ入りながら、ロークは彼女のウエストに腕をまわした。

「狂った種類の、と言おうか」

「わたしは科学はまるでだめだったけど、わたしですら、実験やプロジェクトが障害にぶつかったら、ステップごとに振り返って、いくつか調整をするかもしれないことくらい知っている。それからもう一度やってみるんでしょ」

「犯人はその振り返りと調整をするのに数日かかるんじゃないか」

寝室へ入っていきながら、イヴは首を振った。「犯人はまだティーンエイジの少年よ。彼らは忍耐力がない。満足したいの、それもいますぐしたい。それに加えてほかのもの、欲求、ミソジニー、傲慢さ、その全部があるのよ？」

イヴはジャケットを脱ぎ、武器ハーネスをはずした。腰をおろして、ブーツを脱ぐエネルギーをかき集められるか考えてみる。

ロークが代わりにやってくれたので、イヴはほほえんだ。

「あなたと熱い、汗まみれのセックスをしたいところなんだけど、そうする弾が体の中になさそう」

「さいわいなことに、僕はティーンエイジの少年じゃないから、その満足は先延ばしできるよ」

「助かるわ。それにさっきわたしが言った全部に加えて、犯人はすでに次の時間と場所を選んである。それを調べ、リサーチし、計算もしているはず。たった二秒もおとなしくしていられなかったどこかの馬鹿なビッチに、自分のこれまでの作業すべてをだいなしにさせる気はないのよ」

イヴがただ眠りたいだけのときの好みを知っていたので、ロークは彼女にナイトシャツを渡した。

「ありがとう。いずれ島でマーチングバンドみたいにあなたをバンバンやってあげる」

「マーチングバンド？」

「あれには太鼓があるでしょ？　太鼓がたくさん。ダーン、ドーン、ダーン。それから、ああもう、マクナブの言ったとおり。頭ってジュージュー焦げるんだわ」

「さあもうベッドにお入り」

イヴがごろんとベッドに入ると、猫もごろんところがり、それからぶらぶらと歩きだして、のんびりと二回円をえがいてからまた一箇所に落ち着いた。

「犯人はいま目をさましてる」ロークが隣に入っていったとき、イヴはつぶやいた。「天井を見つめて、さっき言ったステップを思い返して、調整を考えてる。それも恐怖の下でね、なぜならそこには恐怖があって、彼はしたくてたまらないから。一発打とうとしている中毒者みたいに、やりたくてたまらないの。なぜなら彼はへまをした、そして満足ではなく、解放と快楽でもなく、あの欲求があるから。人をむしばむものが」

イヴはロークに体をつけて丸まり、猫が彼女に体をつけて丸くなった。

「さあお眠り」

「ええそうね」イヴは同意し、すぐさま眠りに落ちた。


別の誰かは眠らず、だが彼女が想像したように横たわって天井を見つめていた。暗闇の中で激しい欲求を抱えたまま。

自分はすべてを正しくやった、すべて計画どおりにやった。

ニュース速報でわかったのは、あの女が病院へ搬送されたことだけだった。名前すらわからない。あの女の名前など関心があるわけではないが。しかしあれは彼が選んだ相手だったのだ、あの赤毛は。マスコミは映画館での出来事だと言っていた。くだらない映画の初公開。

それならあの女は病院で死ぬだろう。全部を投与しなくてもあの女を殺せるはずだ。連中はなぜなのか気づくはずがない――ただどこかのだらしない娘が倒れただけだ――だから、彼があの女に注入したものを抑制する治療を、間に合うようにできるわけがないだろう？

生命維持装置につながれたかな、でも脳は死んだままだ。

あのジャケット、あれのせいに違いない。

いや違う、針は突きとおしたんだ。彼女に刺さる感触がした。あの女、あんなに大きな声で叫びやがって！　あんなに早く！

まるでこっちがマチェーテで切りつけたみたいに。

ほかのやつはあんなふうに反応しなかった。ちくっとする、そうだ、すばやくチクリ。相手にはそれを感じさせたいのだ、でなければ麻痺剤を使っただろう。しかしあの女は針が入ったとたん、悲鳴をあげて、さっと体をまわした。

こっちは針を抜いて逃げざるをえなかった。選択の余地はなかった。

たいしたことじゃない、たいしたことになるわけない。次は腕を出している相手にしよう、最初の二人の尻軽みたいに。

女を選び出すのは少し時間がかかるかもしれない。時間はたっぷりある。計画は綿密に立ててあるのだ。次のステップ。どうやって、と、どこで。

相手の女に何をするか、彼女と何をするかははっきりわかっている。彼女の命を終わらせる前に。

ものすごくわくわくする、その予感に、ものすごく力が湧いてくる。

それは彼のはじめてになるだろう。もちろん、彼女のはじめてではない。女はみんな娼婦だから。

でもそれが彼女の最後になるのだ。

16

　次にイヴが目をあけると、ロークは座ってタブレットで何か見ており、その完璧なスレートグレーのスーツの膝に猫がだらんと伸びていた。

　スクリーンには、いつもの理解不能な株式レポートが無音でスクロールされている。頭上の天窓から光がさしこみ、うきうきするような青い空を見せていた。

「どうしてまた朝になったの？」

「地球の自転というものがあるからだよ。きみは長くは寝ていないが、よく眠っていたよ」

「まるで……岩みたいに眠った、と言おうとしたけど、だって世間ではそう言うでしょ、でもそんなの馬鹿げてる。岩は眠ったりしないもの」

「でも岩はいつもとてもじっとしていて静かだろう」

　たいていはね、と思いながらイヴは起き上がった。ただし地震とか、雪崩《なだれ》とか、泥流とか、火山とかあるけど。

まずコーヒーを飲み、次にシャワーを浴びた。

出てくると、朝食が保温蓋の下で待っていて、ロークは猫を追い払ってあった。

ギャラハッドは床の日のあたるところに体を伸ばし、らんらんとした目で保温蓋を見ていた。

「それで今朝はどうだったの？　買って売った？　売って買った？」

「たまたまどちらもしていないよ、でも京都でのプロジェクトにとても満足のいく進捗報告があったし、それからシドニーでのプロジェクトの開始についての細部も」

「そして彼らは自転のせいで、反対の時間にいる」

「ほらね、わかってきたじゃないか」

ロークが蓋をとると、中身はフリッタータ（野菜や肉を卵に入れて焼いたもの）とわかった。カラフルだ、とイヴは思った。健康にいいものがたくさん入っているに違いない。

「あなたはほうれん草とどういう関係なの？　世界じゅうの供給量を所有しているとか？」

ロークは彼女にコーヒーのおかわりをついだ。「きみは細身の女性で、へとへとになるまで働き、仕事中は食べることを放棄する場合があまりにも頻繁にある。鉄分は大事だよ。ベーコンも入っている」

イヴは〝ベーコン〟という言葉に、ギャラハッドの耳がぴくっとなったのを見たと確信した。

自分も同じものが好きなので、味をみてみた。「ちょっと辛味がついてる。悪くないわ」

夏のベリーもひと皿ついていたので、文句のつけようがなかった。

「今日は黒を着ていくわ、よってコメントはなし。ジェンナ・ハーバーの葬儀があるの、だから今回の悪党にタックルする予定がある場合をのぞいて、監視しなければならない」

「犯人があらわれると思うかい？」

「いいえ。犯人は彼女にはもう用がない。目的は果たされた。でもその点でわたしが間違っていたら、そして彼があらわれたら……そいつだとわかると思う。わかってるわよ、そんな話は——」

「彼がわかると思っているみたいに聞こえる。そして僕はわかるだろうと信じている」ロークはそう言い添えた。

「きっとわかる。もし今日、葬儀で彼を見たら、わかると思う。学校の年鑑とかで彼を見たら、やっぱりわかると思う」

食べながら、イヴは考えた。「犯人はウィッグをつけていた——それで人にまぎれやすくなると思ったからか、変装のためか。両方ね。プラス、あの髪型だと顔が隠れる。その下は？　本人の髪はたぶん同じ色か、近い色よ、でも髪型は違う。保守的なカットでしょう、短くて、こぎれいで、横分けになってる、定規みたいにまっすぐ」

「ずいぶん具体的だね」

「ああいう靴、ああいう服と合うでしょ。犯人は高級な理髪店で髪を切ってるわよ。ヘアサロンかもしれないけど、わたしは理髪店のほうに傾いてる」

「サロンだとわずかだけどフェミニンな感じが出てしまう、そして彼はそれをがまんできないから」

「そのとおり」

「高級理髪店は私立学校ほど多くないだろうが、それでも」

「ええ、それでも。多いわよ。でもいまのは仮説」たどってみなければならない仮説。

「それに髪に加えて、問題は目。彼の目、きっとどこかがおかしいわ。だからそれもわかる」

手を伸ばし、イヴはロークの黒い絹のような髪を引っぱった。「これは誰がやってるの？」

「この二年はトリーナだね。僕のところへ来てくれるんだ」

「でしょうね」そしてあの厳しいスタイリストのことを思い、イヴは自分の髪をかきあげた。

これでいい、大丈夫。

「それに賭けてもいいけど、彼女は切っているとき、あなたにがみがみ言ったりしないんでしょ？」

　ロークはほほえんだ。「どんなことを？」

「〝あの顔用ドロドロを使うように言わなかった？　あなたの顔はひとつしかないのよ！　仕事漬けの警官《デッド・コップ》にしたって、肌は生きているって知らなきゃだめ。ちゃんと食べ物をあげないと。髪は二週間前に切らなきゃだめだったわよ〟それからあの羊の精液をわたしの髪全体にべったり塗るの」

　ロークはフリッタータを喉に詰まらせそうになった。「羊の精液？」

「羊の精液みたいにみえるのよ」

「それじゃ尋ねるが」ロークは言った。「いままでに羊の精液を見たことはあるのかい？」

「いまのところないわ、でも見たらきっと、トリーナがわたしの髪全体にべたべた塗るものにそっくりよ」最後のひと口を食べると、イヴはフォークを彼に向けて振った。「あなたの家族は羊を飼ってるわよね。きっとわたしに賛成してくれるわ」

「それじゃ、彼らが訪ねてきたとき、感謝祭のディナーではそれがすばらしい会話の糸口になってくれそうだね。メモしておこう」

「あの人たちはわたしに賛成してくれる」イヴはなおも言った。「いずれにしても、犯人はトリーナのところには行かないわね。彼女の店は保守的という爆弾地帯エリアには近くないもの」

イヴは立ち上がった。「黒」

そして自分のクローゼットへ入っていった。

ロークは皿を重ねて蓋をし、それから猫に指を向けた。「これをまた落としたら、あとでおやつはなしだぞ。僕の言ったことを忘れるなよ」

「その子は猫よ、ローク」イヴが呼びかけた。「猫に〝あとで〟なんて概念が理解できると思ってるの?」

「おぼえたほうが身のためだ」

黒だと簡単だった――というか、いつもより簡単だった、無数に選択肢があることを考えれば。イヴは全部をひとまとめにした。上質の、厚い底がついているのに軽いブーツも含めて。

あの悪党を追いかけてタックルするチャンスがあるかもしれない。

武器ハーネスをつけに出てくると、ロークが長々と彼女を見た。

「コメントはなしよ」イヴは念を押した。

「葬儀に際して敬意をはらっているようにみえるし、それでいてやっぱり手ごわそうで、主導権をしっかり握っているようにみえると言っても?」

イヴはジャケットをはおった。「オーケイ、いまのコメントならいいわ。このまま直接行く」ポケットに入れておくものをつかみながら言った。「ホイットニーが連絡してきて、彼のオフィスに来るよう命令する前に会場に行きたいの」

「そうなると思っているのかい？」

「三日のあいだに殺人が二件、未遂が一件よ。部長は応援にＦＢＩを呼びこむわ。そうせざるをえないから」

「それできみの返事は？」

「まっぴらごめん。でももっと敬意と駆け引きをつけるけど。学校の線を調べたいわ、厳しく突っこんで。プラス、映画館の防犯カメラ映像も見たいし、理髪店の線にもとりかかりたい。ドアの指紋掌紋のことで鑑識をビシバシせっつきたい。アーリー・ディロンの部屋もまだ調べる必要があるし、できればキキ・ローゼンバーグに追加の聴取をしたい」

「それじゃ始める前から仕事漬けの一日だね」

「もし犯人が今夜もう一度やらなくても、あしたはやるわ。そしてもしもう一度やったら、もう一度殺して、逃げてしまったら、ＦＢＩを呼び入れざるをえなくなる。彼らが必要になってしまう」

「きみはもう犯人の首に息を吹きかけているよ、だから僕は依然としてきみに賭けるね」

ロークは彼女の顎に手をやり、そこの浅いくぼみを親指で軽く叩いてからキスをした。

「連絡してほしいな、きみがそのタックルをする前に。できればその場にいたいからね。それから、僕のお巡りさんの面倒を頼むよ」

「どっちも了解。犯人はやるわよ」イヴはそう付け加えて、歩いて出ていった。

ロークが後ろへ目をやると、猫が〝いかにもさりげなく〟テーブルへ近づくのをやめた。そして回れ右をして、座り、片脚を高く上げて、入念に毛づくろいを始めた。

「足元に気をつけろよ、おまえ、でないとやさしくて言うことをよくきく犬と取り替えることを考えるぞ」

〝犬〟という言葉を聞いて、ギャラハッドは肩ごしに燃えるような目を向けてきた。

「考えてみるんだな」ロークはそうアドヴァイスした。


宇宙からの贈り物なのか、完璧な時間帯にいあわせたのか、イヴがダウンタウンへ向かうあいだずっと、車の列は順調に流れてくれた。

セントラルの駐車場に車を入れたときには、シフトまでたっぷり二十分あった。時間ができた、とエレベーターへ歩きながら思った。いろいろな更新をして、キキ・ローゼンバーグ襲撃の報告書を書く時間が。市内の高級理髪店を調べはじめられるかも。

幸運は続き、殺人課へあがっていくときも、途中で停まったりまた動いたり、人がすり足で乗ったり降りたりがほとんどなかった。

自分のオフィスに入ると、コーヒーをセットしてから、理髪店の検索を自動で設定した。それが作業しているあいだにボードとブックを更新し、今日次にとるべきステップを考えた。

部長のオフィスからの受信が、その最初のステップになることを告げた。

部屋を出てみると、ブルペンに捜査官たちが全員揃っていた。ジェンキンソンのネクタイも。

イヴははっきりわからないにしても、あれはフューシャ色と言われているものだろうと思った。フューシャが放射線照射を受けたとしたらだが。フューシャ色の目をした白いウサギがネクタイの上をぴょんぴょんはねている。

あいつらはあのずるがしこい笑いの下に鋭くとがった歯を隠しているんだ、と思った。それを見ると、どうして自分はいつもああいうのを見ずにいられなくなってしまうんだろうという気がしてきた。

「ピーボディ、ローゼンバーグの容態をチェックして、彼女の両親とアーリー・ディロンの母親に連絡して。彼女たちの部屋を見せてもらうのはいつがいいか確認して。

ウサギ部長刑事」

ジェンキンソンはにやりとした。「イエス、ボス」

「手はあいてる?」

「書類仕事を片づけてるところだよ」

「よかった」イヴはＰＰＣを出した。「高級理髪店のリストがあるの。あなたとライネケで店を調べにかかって。探すのは白人男性、十六歳くらい。対象者の現在の外見特徴は知っているでしょ。髪の色は不明。あれはウィッグよ」ジェンキンソンが眉根を寄せたので、イヴはそう言った。

「ああ、くそぉ。たしかにな」

「保守的なカット。たぶん常連客よ、月に一度ってところ。親もしくは保護者が一緒かもしれないし、そうでないかもしれない。礼儀正しく、お行儀がよくて、いい服装をしている」

「わかった、警部補《ルー》」

「わたしはホイットニーのところに行く」

「了解」彼女が出ていくとき、ジェンキンソンは言った。「まだＦＢＩを入れさせないでくれよ」

これも彼を部長刑事《DS》に昇進させたかった理由だ。

今度は時間と考える余裕を自分に与えるために、グライドに乗った。

リンクを見て、ピーボディからの短いメールを読んだ。

〝ホイットニーのところへ行く前に、キキの容態は良好。

今朝いくつか検査をして、正午前には退院の予定〟

〝了解〟

ホイットニーのオフィスの外で、彼の業務管理役がイヴにそのまま入るよう合図した。

彼はデスクを前に座り、ロークのスーツより明るいグレーのスーツを着て、その中の肩はフットボールのフルバックのように広かった。肘のところでコーヒーのマグが湯気をあげている。

大きな褐色の顔はイヴが昇進したときよりも皺《しわ》が多くなっており、短く刈った黒い髪には白髪が増えていた。

しかしなぜだかそれが力に威厳を加えている。

「部長」

「警部補。コーヒーは？」

「いえ、けっこうです」

「無理もないな。三人めの被害者の容態は知っているか？」

「病院側は正午前に退院できると考えています。われわれはもう一度彼女に聴取します、彼女は犯人を見ていますし、もっと細かい点を思い出すかもしれませんから。あのシアターから別の目撃者も複数出ました、部長、それでヤンシーが彼らと作業をすることになっています」

「そうだな、きみの報告書はざっと読んだ。現時点で、殺人二件と未遂一件があったというのに、われわれは犯人の完全な外見特徴をつかめていないし、まして身元もわかっていない」

「はい、部長。ですが——」

「三は魔法の数字なんだ、ダラス。それはきみも、わたしと同様にわかっているだろう」

「はい」

「われわれが魔法の杖をとってＦＢＩを引っぱりこむべきでない理由を納得させてくれ。きみのことはわかっている。権力と序列の問題ではないし、誰が逮捕して賞賛を得るかという問題でもない。こちらからティーズデール特別捜査官を要請することもできる。彼女とは前にうまく仕事ができただろう」

「はい、部長、そうなるかもしれません。しかし今回はＦＢＩを入れて、彼らに説明するための時間をかけ、戦術や方針で同意をとることはしたくないんです、なぜならわれわれは近くまで迫っているからです。

犯人はへまをしています、最初の殺人から。それはこちらに有利です、部長、それに彼は自分がへまをしたことに気づいていない、もしくは理解していないのですから、いっそう有利でしょう。あの靴と同じように単純なへまです」イヴは話を始め、ひとつひとつ進み、最後まで話した。

「もし目撃者からもっと細部を引き出せる人間がいるとしたら」とイヴはしめくくった。

「それはヤンシーです」

「その点は同意する。私立学校、理髪店、靴。いい着眼点だ、論理的で」そこで間を置き、ホイットニーはコーヒーを飲んだ。「追うには時間がかかるが」

「部長、われわれは近くまで迫っているんです。これまで体系的にその隙間を詰めてきましたし、今日はもっと詰められるでしょう。わたしには犯人がわかっています。顔と名前以外はすべてつかんでいます、ですからもう少しなんです。ティーズデールは優秀です、信頼できます、でも彼女は犯人をわかっていません。わかる頃には、われわれは彼を逮捕しています」

ホイットニーの目が――いつもまっすぐだ――彼女の目を見た。「そのすべてはおおむねきみの直感にもとづいている」

「はい」

「きみ以上にカンのいい部下を持ったことはない」

ホイットニーは立ち上がり、窓へ歩いていった。そこからは彼が守り奉仕している街が日々の活動をしているのが見えた。

「鑑識には指紋掌紋を調べる時間をやろう、それからきみにはいま話した線を追う時間を。

四十八時間だ。もし犯人がまた少女を殺したら、その時間はただちに打ち切られる」

「わかりました」

「きみのカンは何と言っている、ダラス？　犯人は今晩またやろうとするか？」

「はい、彼はそうせずにいられないと思います」

街を見つめたまま、ホイットニーはうなずいた。「わたしのカンも同じことを言っている、だからきみにはそれだけの時間がある。きみにそれがあるのは、ＦＢＩはその時間内にきみときみのチーム以上の働きができないからだ。それにきみは勢いにのっている」

彼は振り返った。「やつを終わりにしろ、警部補」

イヴは下の階へ戻る途中、リンクを使って指紋掌紋の件をせかし、それからフィーニーに連絡した。

「何でも言ってくれ、おちびさん」イヴが話しだす前に彼はそう言った。

「私立学校の長いリストがあるの、それからわたしが探している特徴。そのリストの一部を送ってもいい？」

「送ってくれ。マクナブの話だと、ゆうべの子は大丈夫だそうだな」

「大丈夫よ。ホイットニーはＦＢＩを引っぱりこむまでに四十八時間くれた」

「そうか」フィーニーはため息をつき、顎をかいた。「そうならざるをえないよな」

「犯人は今夜またやろうとすると思う、だからその時間は十二時間に縮めて」

「いまのはカレンダーにやらせるよ。なあ、学校のやつは全部送ってくれ。きみは別の線があるんだろ？　そっちをやれよ。こっちは僕たちがやる」

「ありがとう。デスクに戻ったらすぐ送る」

イヴは通信を切り、ウィッグのことを考えた。ボーダーのスタイル、ブラウン。調べるべきもうひとつの線。

殺人課に入っていくと、ピーボディが呼び止めてきた。

「キキの母親——コニーのほう——がつい一分前に連絡してきました。彼女たちの家に、十二時半以降に来てもらえたら——事前に連絡して——もう一度キキと話をしていいそうです。それにキキはヤンシーと作業したがっていると。コニーの話では、キキは怒っていて、ぜひやりたいそうです。

母親その一は——コニーですが——ちょっとだけ泣いていましたよ、彼女が言うにはそれがキキの回復したしるしだからだそうです。自分の娘はなめられて黙ってはいないと」

「それはよかったわ。ハーバー家の葬儀が正午にあるの、だからそのあとで行きましょう」

「アーリー・ディロンの母親は、午前中ずっと、九時から正午くらいまで出かけるそうです。葬儀の手配をしているんですよ。彼女が出かけているあいだに来てもらえないかと言われました、隣の人に鍵を預けておくからと。わたしは、そのほうが簡単ならこちらでマスターを使って入りましょうかと言いましたら、それでいいそうです」

「わたしが用をいくつか片づけたあと、あの家に行きましょう」

「それから、マイラがあなたのオフィスに来ていますよ」

「そう、行く手間がはぶけた」

空と同じうきうきするような青い色のスーツで、マイラはコーヒーを飲みながらイヴのボードの前に立っていた。

「勝手にいただいたわ」

「わたしも飲みますよ。短いコンサルティングをお願いするつもりでした」

「だろうと思って。ゆうべの女の子は回復に向かっているそうね」

「回復しました、聞いた感じでは。エアボードから落ちたことがこんなに幸運になったことはないでしょうね。でも幸運以上だと思います」

「ええ。それとあなたのひとつしかないまともな椅子をとっちゃうわね」マイラはデスクを前に座った。「犯人はことをいそいだ。出勤するときにあなたの報告書を読んだの――早くから仕事にかかったのね。犯人はあと一分、たぶん二分待てばいいだけだった、ターゲットが自分の席の列に行くまで。そうすれば逃走ルートまでの距離が半分になったでしょうに」

「彼はただ待てなかったんですね」

「ええ。この殺人者の中にはまだ少年がいて、犯行を始めたいま、二度も成功したというのに少年の忍耐力しかない。ドアの警報機についてのロークの見解も覚え書に加えてあったわね。あれも妥当だと思うわ」

「犯人は頭がよく、たぶん自分の興味のある分野ではずば抜けているんでしょう。でもそれ以外では？　そうではない。片方のポケットに妨害器《ジャマー》、もう片方に注射器。あの女の子を殺し、ジャマーのスイッチを入れ、そこを出る、警報は鳴らない。もちろん、誰かが彼を見たでしょう、でもたぶん何とも思わない。被害者も数分間は何の反応も示さないはずで、反応するのはたぶん席についたあとです」

「わたしの知っているティーンエイジャーはたいてい電子機器にとても詳しいわ。彼らにとっては単にいつもやっていることなの。でも、あなたが書いていたとおり、犯人はそうじゃない。彼がいつもやっていることには、ゲームセンターも、ビデオゲームも入っていないんでしょう」

マイラは言葉を切り、コーヒーを飲んだ。「そのとき、彼はあきらかにパニックを起こした。ほんの一、二分だけにせよ、群衆にまぎれようとするのではなく、走りだし、人々を押しのけ、逃げていくときに注意を惹いてしまい、それからドアを出た」

「それも殺人者の中の子どもですね」

「そのとおりよ」マイラは肯定した。「そしてその子どもは自分がどこでしくじったのか、完全には、じっくり全体を考えようとしない。少なくとも数日、一週間は立ち止まって、すべてを落ち着かせて、自分もちゃんと冷静になろうとはしない。

　彼は次の女の子をこれまで以上に非情に扱うわ、イヴ。もし彼女の自由を奪う方法を見つけられるなら、それを実行する。そうする方法を、彼女を誘い出す方法を見つけられれば、可能なら彼女をレイプし、身体的に虐待を加え、自分の失敗の代償を彼女に払わせて、それから殺すでしょう」

「いまそのリスクを冒しますか、こんなに早く?」

「そうせずにいられないと思うわ。犯人は失敗を受け入れられない、自分が秀でている分野では。こんなにも綿密に計画を立て、成功もおさめたうえでは。これはまた別の拒絶なのよ。ゆうべの女の子は彼を拒絶したの。彼女は服従しなかった。それだけじゃなく、彼を危険にさらした。彼は逃げなければならなかった」

　イヴは窓へ歩いていき、また引き返した。「犯人はやりおえる前に立ち去らなければならなかった。もし注射針が彼のアレのかわりなら、ほとんど挿入することもできず、立ち去らなければならなかった」

「それにその憤懣《ふんまん》、怒りはとても身体に影響を及ぼすものよ。彼は解放が必要になる」

「類似犯罪はもう検索しているんです、標準的な実施要領ですから。でもジェンナが彼の最初だった、わたしはそう確信しています。彼が以前にレイプもしくはレイプ未遂をしていたと思いますか?」

「思わないわ。もしそうなら、ジェンナ・ハーバーに対するレイプ計画を立てていたはずよ。彼女の飲み物にドラッグを入れ、友達から引き離す。今回の犯行は違う。彼がずっと思いえがいてきて、練り上げたもの。彼が一度もやってみたことがないであろうもの。なのにゆうべの女の子は彼を拒絶し、彼に対抗し、彼を危険にさらした。レイプはパワーの問題よ——パワー、支配、そして罰の」

「オーケイ。いまのことも入れて考えてみます」

マイラは立ち上がった。「ほかにもわたしにできることがあれば、何かききたいことがあれば、時間をつくるわ」

「手がかりをいくつかつかんだんです。その線を押してみます」

いまやレースのように思えるから。マイラが帰っていくと、イヴはそう思った。もう一度ボードのほうを向く。犯人が暗闇を自分の味方にするまでのレース。

彼に勝たせるわけにはいかない。

フィーニーにさっきのリストと特徴を送り、それからブルペンへ戻った。

「行くわよ、ピーボディ」

小走りでグライドに乗った。

ピーボディは追いつくために走ってきた。「ホイットニーは——」

「四十八時間くれたわ、でもわたしたちにそこまでの時間はない。まずディロンの家に行く。あなたが運転して」

「本当ですか？」

「FBIに貸しを返してもらわなきゃならないの。マイラの話では、犯人は次にはパターンを変えるだろうって。パワーと罰。レイプ、肉体的な暴行、それから殺人。彼が前にレイプをしようとしたことがあるとは思わないけど、確認したい」

階段をガタガタと降りて駐車場へ向かいながら、イヴはリンクを出した。「ティーズデール捜査官、こちらはダラス警部補」

「ええ。ジェンナ・ハーバー、アーリー・ディロン、キキ・ローゼンバーグね」

「そのとおり」イヴは車に乗り、ピーボディが運転席に座った。「終結までもう少しなの、でも率直に言って、あなたたちに全部を説明して協力してもらっていると、彼がもう一度襲うまでにこっちが持っているはずの時間を食われるのよ」

「それでわたしはあなたに何をしてあげられる？　それに彼女たちに？」

「ドクター・マイラはゆうべの失敗のあと、犯人はエスカレートすると考えている。彼はロヒプノールを手に入れることができるの。もし彼がそれを使い、女の子をどこかそれなりに人目のないところへ連れていくことができれば、彼女をレイプしてから殺すわ。彼がこれまでにレイプをしたり、レイプ未遂をしたことがあるとは思わない。でもわたしが間違っていたら」

「いまあなたたちのつかんでいる犯人の、わかっているかぎりの外見特徴を知らせて、そうしたらその要素で検索してみる」

「助かるわ」

「わたしたちは同じ側で仕事をしているのよ、警部補。つかんでいるものを送って、そうすれば今日の午後までに返信する」

イヴは言われたものを送り、リンクをしまった。「オーケイ、あらゆる可能性はカバーしなきゃ。このサーチを速めましょう。彼につながる何かが見つかるとは思わないけど」

「レイプの前科みたいなものは、地道に調べるべきですから」

「そうね」ピーボディがアパートメントのビルのところで停車すると、イヴは車を降りた。

「待って」待ってと言ったものの、イヴはビルのほうへ動いて、もう一度リンクを出しながらマスターでビルの中へ入った。

「彼女と話があるの」イヴは言った。

ドラゴンの業務管理役はこう答えただけだった。「一分お待ちを、警部補」

そして一分後、マイラの顔がスクリーンにあらわれた。

「イヴ？」

「犯人は、どこかの時点で、被害者を知る必要が出てくるんじゃありませんか？　自分が見て、ほしいと思った相手を？　自分を拒絶し、笑いものにし、無視した相手を？　行為は何でもいいですが。どこかの時点で、彼は自分が直接かかわった相手にその力をふるいたくなるんじゃありませんか？」

「それはとてもいい視点ね、それにとても可能性が高い。これまでの女の子たちが全員、彼を拒絶した誰かを体現している可能性もあるわ、彼女たちは髪や皮膚の色、体格が違うけれど。それと、残念だけれど、イヴ、彼の被害者たちは単に、彼を無視した相手全員を体現しているのかもしれない」

「オーケイ、オーケイ、その点で簡単な答えはないということですね」

「そういう答えをあげられたらいいのだけど。あなたが犯人をつかまえたときに、その答えがわかるでしょう」

「なるほど。ありがとう」

イヴはマスターでディロンのアパートメントに入った。

「犯人は拒絶されたのかもしれない、あるいはそう解釈したのかもしれない、何度も」

イヴはリビングエリアをざっと見ながらうなずいた。いまではいっそう悲しげにみえた。

「そうよ、でも……どうしてわたしはビッグ・ビッチ・ブレンダのことをしつこくおぼえていたの？」

「誰です？」

イヴはただ手を振って打ち消した。「学校でわたしにひどく当たったのは彼女だけじゃない、でも……わたしは待ったのよね？　心の中では自分が何をやっているかわかっていた。彼女だけじゃない、でも彼女は最悪だったの。わたしは彼女を蹴りまくってやりたかった、だから自分にそれができるとわかるまで待った」

「ビッグ・ビッチ・ブレンダのことはいつか話してくれなきゃだめですよ、でも警部補の言おうとしていることはわかります。犯人は自分が最悪だと思った相手を選び出したんですよ」

「もしくは、彼がほかの人間よりも性的にほしいと思った相手ね」

「もしくは。犯人はその準備ができたと判断したら、彼女を襲うでしょう」

「もしくは、ともう一度言うけど、もうそれ以上待てなくなったときに。それは今度の女の子ではないでしょうけど、こっちはこっちの仕事をやりましょう。私立学校の女の子で、彼が毎日目にする相手。振り向きもしない相手。

ここをすませてしまいましょう、そのあとでとりかかるわよ」

17

アーリーの部屋はカオスを陽気さでくるんだものだった。奔放な花柄のカバーがベッドをおおい、さらに合わせて五百キロくらいありそうなクッションたちがそれをおおっていた。壁の一面は、デザインのスケッチでいっぱいの巨大なボードが占領している。揺らめくブルーのカーテンが窓の両横に広がっていた。

その前にテーブルがあり、テーブルの上にはある種のミシンがあって、イヴはそれを操作するには機械科学の学位がいるのではないかと思った。

「うわぁ、あれはすごいミシンですよ！　〝ハンソン・スーパー・プロ・ポータブル〟です」ピーボディは甘いとしか言えない声を出した。「それに全調整可能な人台もありますね。あれのためなら何でもしちゃう！　彼女は同時にいくつものプロジェクトに取り組んでいたみたいですね」

イヴは積み重なった布地を見た。人台の上にもかけられている布地があり、開いているチェストの中にもあった。

「わかるの？」

「ええ、もちろん。つまりですね、わたしはこんなふうには作業しませんけど」あきらかに抑えきれず、ピーボディはいくつかの布地にさわった。「もちろん、家を建てるプロジェクトから、ソーイングのプロジェクトや編み物、クロッシェとか何とかのプロジェクトを行き来することはできます、でも同じタイプのプロジェクトを同時に二つやりくりするのは無理です。最後までやってしまわないと。

　おばのマーゴはこういうふうに仕事をするんです、基本的にはレオナルドも同じですね。ここのカーテン、ほらダラス、シーツやカバー類、それにここのクッションまでいくつも。ハンドメイドですよ。アーリーが作ったか、彼女の母親が作ったんでしょう。たぶんどちらもそれぞれに。すばらしいできばえです」

「彼女は作業・勉強エリアを持っていた。あなたはそこを調べて、彼女のコンピューターから何がわかるかやってみて。わたしはクローゼットをやる」

　ここには続きになっているバスルームはなく、ジェンナ・ハーバーのクローゼットの半分くらいの広さのクローゼットがあった。しかし陽気なカオスはクローゼットの中までは続いていなかった。服はタイプによって注意深く並べられ、色によってコーディネートされ、ワードローブに対する被害者の深い敬意を反映しているようだった。

　狭いスペースという問題は、高さの異なるロッド、戦略的につけられたフック、ロッドの上に靴とブーツ用の長い棚を配置する、というクローゼットシステムによって解決されていた。

そのスペースで、イヴは若々しいスタイル以外、何も見つけられなかった。

「彼女はここでたくさんのデザイン作品を作ってますね」ピーボディが言った。「すごくいいと思います。ひらめきがたくさんあって。学校用のファイルがあります――去年のがまだここにありますよ。それにいろいろな大学にブックマークをつけてます――しっかりしたデザイン部門のある大学です。奨学金も探しています。

私的な写真もたくさんありますよ」ピーボディは調べつづけながらそう言った。「本人のリンクから転送してます。家族のもの、友達のもの、彼氏と一緒にいるものがたくさん。音楽をダウンロードしていますね。たぶん作業をしたり、ただぶらぶらしているあいだかけていたんでしょう」

ピーボディはコンピューターから離れた。「通信の大半、カレンダー、ほかの写真やそういったものは、本人のリンクにあるんでしょう。そっちはもうＥＤＤが持っていますよ」

「最初の被害者とのつながりはないわね、でも見つかるとは思ってなかったから。アーリーが犯人を見知っていたと示すものもなし。彼女の部屋はジェンナの部屋に似ているわ、裏返しだけど」

そこでピーボディの眉根が寄った。「どういうことですか」

「部屋は散らかっていて、カオス状態で、でもクローゼットのほうは小さな五つ星のブティックみたい。ジェンナのほうはその反対。部屋は片づいていて、クローゼットは散らかってる。でもどちらも特別に打ちこんでいるものがあって、それに向かってまっすぐ進んでいた」

両手をポケットに突っこみ、イヴは部屋の中を歩いた。

「それだけ？　わたしたちは何か見逃しているの、そしてこれには意味があるの？　それが犯人の動機、彼の手口の一部なの？　夢を持っている女の子を殺すのが？　犯行がその瞬間のものだったなら、無差別だったならそんなはずはないし、ほかのことはすべて無差別の犯行だと言っている。だけどこの女の子二人には共通点があった。個人的なつながりはないけど、そのたったひとつの夢、それからそこへ向かうための技術」

「ローゼンバーグにはあります？」

「おもてにあらわれているものはない、でもいずれにしても調べましょう」

「もし彼女にあったとしても、やっぱり飲みこめませんよ、ダラス。被害者二人は街の反対側に住んでいて、共通の友達も身内もいません。たしかに、たったひとつの打ちこんでいるものと技術は――ジェンナのは、そうですね、空にかけのぼるレベルの技術で、アーリーのは信頼できる、可能性に満ちたものでしたけれど、まだそれほど磨かれてはいませんでした」

「二人とも家族のサポートがあった。それは一致する。家族が注目している」

「オーケイ。それでも、彼女たちの打ちこんでいたものはつながりがありません。どちらもある種、狭い視野です。これがわたしのほしいもの」ピーボディは両の手のひらを合わせ、それを部屋の一方へ向けた。「それからもうひとりは、これがわたしのほしいもの」今度は反対側をさした。

「片方は公立校、もう片方は私立ね」そしてそれは大事な点だ、とイヴは思った。大事なのは、そこにはつながりがないから。「片方はめったにデートをせず、もう片方は数か月前から彼氏がいて、しかもひとりめじゃない。同じクラブにも行かないし、同じキャンプに参加したこともない。それでも、これは共通点よ、だからボードに加えておく」

イヴはあたりをもう一度見まわした。「ここは終わりにしましょう。ダウンタウンへ戻る途中で、またいくつか靴屋をあたれるわ」

帰り道で、〈ステューベン〉のローファーで同じ型、同じ色をここ半年以内に売った店を二つ見つけた。

一軒は自分用に買った八十歳の常連客に、もう一軒はオタワからの観光客に。

「もうリストの半分以上を除外しましたよ」

「そうね」イヴはうなずいた。「残りをやるのに制服を何人か入れましょうか。この星は自転してるんだから」

「ええと、はい、そうでないと……ああ、時間が迫っているってことですね」

「この星が自転をやめても時計は進んでいくんでしょ」

「たぶんそうですけど……地球が自転をやめたとき何が起こるかはわかりません、でもいいことじゃないでしょう。ティーズデールが何かつかんでくれるかもしれませんよ。殺人は段階的に進んだ結果だったのかもしれないし、犯人は最初は性的暴行をしているかも。それにこっちは靴のことをつかんでいます。うちにはヤンシーがいますし。犯人の指紋掌紋がつかめるかもしれないし。何かが突破口になりますよ、ダラス」

そうでなければならない。

「葬儀の前にラボによっていく時間はあるわね。対面でせっつけばことが前進するかも。制服のほうのカーマイケルに連絡して。彼に巡査を二人選んで、靴探しにかからせて」

曲がるごとに、どうやら嬉々《きき》として自分の邪魔をしているらしい車列をぬって走りながら、フィーニーに連絡した。

「こっちはまだ外なの」彼にそう言った。「何か進展はあった?」

「だいぶ除外できたよ、それが進展だな。当てはまりそうなのが二人いた。ズバリって感じじゃないが、かなり近いよ。学校ってずいぶんあるんだな、ダラス、そしてそこにまたおおぜいの子どもがいる」

「ええ。つかんだ二人のデータを送って。こっちはゆうべ二人つかんだ。今日、あとでそこを進めにかかれるわ」

「送るよ、それに見こみのありそうなほかのも」

「ジェイミーはそこにいるの？」

「ロークが当分のあいだ彼を自由にしてくれたんだ」

またひと組の手、ひと組の目、別の頭脳が加わった。

「大学や医療研究所を彼にやらせたら。夏のあいだにカレッジコースか、どこかのラボでインターンをやっているかもしれない犯人を探すの」

「そうしよう」

「助かるわ、フィーニー。あとでまた連絡する」

歩行者は信号が変わらないうちから全力で横断歩道にあふれようとするので、イヴは黄色信号を強引に走り抜けた。

「親もしくは保護者が医者か、医療研究者か、研究所《ラボ》の所員かもしれないわね。警察の科研《ラボ》じゃないだろうけど」次の信号を渡りそこない、イヴは怒りまじりの息をもらしてブレーキをかけた。「十八歳になってなきゃだめだし、犯人はそこまでいってない。プラス、審査もある、犯人がパスできないわけじゃない、でもディックヘッドはいやなやつ《ディックヘッド》ではあっても、わたしたちが何を探しているか知っている。イカれてるようにみえるやつにはフラグを立てたでしょうね」

「ドーバーはひっかかりませんでしたよ（イヴ&ローク55『幼き者の殺人』参照）」ピーボディが指摘した。

「ドーバーは誰にもひっかからなかったでしょ。でもいいとこ突いてる」

イヴは重い足を運んでラボへ行った。

中に入ると、この蜂の巣はブンブンうなりをあげていた。いつもどおりに。

ベレンスキーが自分のステーションでガーネット・ドゥインターといるのが見えた――ファッションの達人で骨の専門家。

そのファッションの達人の部分はラヴェンダー色の白衣を、プラム色をしたぴったりしたワンピースの上にはおっていた。摩天楼のようなハイヒールは白衣と同じ色。いまは銅色にハイライトを入れた髪をなめらかにねじってまとめ、人目を惹く顔をそのまま出していた。

彼女とベレンスキーは熱のこもった会話を楽しんでいるようだった。

二人がイヴに気づくと、その会話が止まった。

ドゥインターが言った。「ダラス」

イヴは答えた。「ドゥインター」

ドゥインターの笑みが彼女を通りこした。「ハロー、ピーボディ。ゆうべの事件は殺人未遂だったそうね。被害者が死ななくてよかった。その子を襲って、ほかの女の子たちを殺した犯人を、あなたたちがじきに見つけるよう願っているわ」

「そこに近づきつつあるところよ」イヴはピーボディが答える前に言った。「今度の捜査に骨に関する作業は必要ないの」

「よかった、わたしは自分の仕事に腰までつかっているから。ヨンカーズの接収されたビルの取り壊し中に、遺骨が見つかったの。棒で殴られて、そのあと頭の後ろを二度撃たれたあとで、基礎柱の中に入れられたのよ。百三十年から百三十五年前のものと推定したわ」

「その人をそこに入れた人間も、いまごろはもうどこか別のところに埋葬されているでしょうね」

「たしかに、でもそれで興味がそがれるわけではないわ。それにわたしたちは答えを必要としているの」

「ええ、わたしも答えが必要なの、そしてわたしの件はいまを扱っている。指紋は、ベレンスキー」

「あなたたち三人にはいまのことを話し合わせてあげる。手を貸してくれてありがとう、ディック」

「いつでも言ってくれ、ガーネット。いい一日を」

ドゥインターはすべるように離れていった――少なくともイヴの頭に浮かんだ言葉はそ

れだった。

「なあ、あれこそ服の着方、身のこなし方、てきぱき仕事をする方法をわかっている女だよな。元気そうだな、ピーボディ。あんたのほうはまるで葬式に行くみたいだが」

「実際に行くところだからよ。ジェンナ・ハーバーの」

ベレンスキーの肩が下がった。「そうか。そうだな」

「指紋掌紋」

「いまやってるところだよ、まったく、それにうちでいちばん腕のいいのにやらせてるんだぞ。あのドアにいくつ指紋がついてたか知ってるのか？」

「ピーボディの言葉では〝クソたくさん〟だったかしら」

「そうか？　それを一・五倍のクソたくさんにさせてくれ。こっちもいそいでるんだよ、ちくしょう。俺は女の子となると弱いんだ、だから……そんなんじゃないぞ。俺は変態でも小児性愛者《ペドファイル》でもない」

「ペドではないわね」イヴがそう言うと、ベレンスキーは気をゆるめて笑った。

「法定年齢以上の女に変態になるだけだ。よけいな紋を除外するのに時間がかかったんだよ。あのドアときたら、一度も拭いてないか、何週間も拭いてないかだな。スタッフもたくさんあれを使っているみたいだ。ほら、たぶん警報機をシャットオフしたり、一服したりちょっと飲んだり、あるいは一発やろうとしてあそこから出るんだろう。外に出ているあいだはつっかい棒をすればいいんだから」

ベレンスキーはいつものスツールに座ったままカウンターを移動し、スクリーンに画像を呼び出した。「これが俺の作業しているセクションだ。クソたくさんだろう、汚れた指紋、部分的なやつ。俺にはハイスクール時代の友達がいるんだよ、な？　そいつは映画館で働いてた。上映のあいまや、最後の回が終わったあとには、そこを掃除しなきゃならない。なぜなら人間は豚だからだ。客たちがゴミ箱に入れなかったゴミ、こぼした飲み物、それやこれやをな。それにオープン前にも掃除しなきゃならないんだよ。だから裏でこっそり休憩するんだ」

イヴは〝クソたくさん〟という言葉からそういったことを推察していたが、あえて指摘はしないでおいた。

「このセクションの七十三パーセントは除外した、あんたが今度の犯人はここの雇われ人だと言いたいんじゃなければな」

「ええ、そんなことを言うつもりはない。犯人は紋を残していったはずよ、ベレンスキー。彼は走っていて、パニックを起こしていた。最初のときにやったように、コート剤をつけておく理由はなかった」

イヴはスクリーンにもっと近づくようかがみこんだ。「犯人はクラブでは窓枠をつかまなければならないとわかっていた、でもここでは、腰で入場口のバーを押せばいいだけのはずだった」

「バーは最初に調べたよ。出たのはスタッフだけだ。部分紋が二つあったが、ひどくこすれていた。そこから何かつかめないかやっているところだが、できそうにない」

「犯人は背が低い」イヴは自分をあのシアターの中へもう一度置き、ドアへ走り、人を押しのけた。完全なパニック。「犯人は両手でバーを押さなかったかもしれない。全身であたって、ここでは両手を上にあげていたかも。あるいはまだそれなりに冷静さはあって、腰か体の横で押すことを忘れなかった、でもドアは手で押すんじゃない？　本能、逃走本能で。みんなが悲鳴をあげたり、叫んだり、警報が鳴りだしたりしてるのよ。それに本人はパニックを起こし、ドアを押しあけようとしている。

　指紋掌紋を全部呼び出せる？」

「ああ、ああ。あんたは俺にしろしろって言ってる仕事を、俺がやるのを邪魔しっぱなしだぞ」

「いいから呼び出してよ、あきらかになった紋を」

　ベレンスキーが言われたとおりにすると、イヴは自分の肺から空気が全部出てしまうのを感じた。これは〝クソたくさん〟の二倍ぶんの指紋だ。

「ここの部分に集中してもらえる？　そうね、ドアのへりから三十センチくらい内側まで、それに犯人の身長を考えて、百八十センチより下。彼が自分の頭より上に手をついた可能性もあるけど、いそいでドアをあけたいときにはどこを押す？」

「分かれて開くところですね」ピーボディが答えた。「合わせ目に近い側」

「紋の上に紋」イヴはつぶやいた。「ねえ、ベレンスキー、これがたいへんな仕事だってことはわかってる、でも犯人がそこにいるってわたしにはわかるの。もし彼がパターンにしたがうとしたら、今夜また若い子を狙う、そして彼女は三番めの子ほど幸運に恵まれないかもしれない」

「紋の上に紋」ベレンスキーは繰り返した。「こすれたり、ぼやけたり、部分的、指、手のひら、手の横。ここのセクションに変えるよ、だが分離して、きれいにして、一致させて、身元を突き止めて、除外しなきゃならないことはわかってくれよ。幸運に当たらないかぎり、早くはできないぞ」

あんたはそこにいる、とイヴはスクリーンの画像を見つめながら思った。

「みんなで幸運を引き当てましょう」そう言って、ベレンスキーをその仕事にかからせた。

「彼が思うより早いかもしれませんよ」外に出て、ピーボディは車に乗った。「スタッフの指紋掌紋はもう採取してありますし、それでID照合の時間が多少削れます」

「ベレンスキーの言ったとおりよ。誰もあのドアを何週間も拭いていない。もっと長いかも。でも犯人は走っていて、人を突き飛ばした。あのドアに手をつかなかったはずがない。こちらは彼が身元を突き止められる紋を残していることを願うのみね。

〈ヘイヴン葬儀社《フユーネラル・ホーム》〉を入力して、ピーボディ。なんで葬式場をホームって言うの？　だれも住んでないじゃない」

「慰安のためでしょう。フリー・エイジャーは死者を埋葬します。それは選択って意味ですよ、選択は大事ですから、でもたいていはそうします。土に帰るんです。ハーパー家は火葬にしましたね。それも自然だと思います」

「死は自然なものよ。殺人は違う」

「警部補はどっちがいいですか？　つまり、いまから百年先に、自分が眠っているあいだに安らかに死んだとしたら」

「なんでわたしが気にするの？　わたしは死んじゃってるじゃない。そういうことってみんな、どのみち死んだ人のためのものじゃないでしょ。生きてる人のためのものでしょ。地面に石を置いたり、風に灰をまいたり、壺《つぼ》に入れておいたり。それって気味が悪いわ。すごく気味が悪い。全部生きてる人のためよ。それに彼らにはそうする権利がある」

「自分の子どもを埋葬するなんて、どうやって乗り越えるのかわかりません」

「乗り越えないわ。ただ生きていくだけ」

到着すると、会場は長い会衆席に座っている人々でいっぱいで、その後ろに立っている人もいた。夏の日ざしが窓からさしこみ、飾られた花々を照らしている。

黒いワンピースの女が演壇に立っており、後ろのスクリーンにジェンナの写真が映しだされていた。

赤ん坊の、よちよち歩きの、小さい女の子の。イヴはかかっている音楽が、ジェンナの部屋でピーボディがかけていたものだと気がついた。というわけで、本人の声が、彼女の短い人生のいろいろな時間の伴奏をしていた。

音楽が止まり、スクリーンにジェンナの――愛らしく、笑っているティーンエイジャーの写真が静止すると、さっきの女がほかの人々に、演壇にあがって思い出を話してくれと言った。

イヴはそれを意識から締め出した、そうせざるをえなかったのだ、そして会場内をじっくり見た。

ルイーズとチャールズが家族たちのすぐ後ろで一緒に座っていた。ナディーンとジェイクが後ろ近くにいるのも見えた、それに、驚くほどのことでもないが、彼のバンドのメンバーたちも、そのひとりの妊娠中の妻と、もうひとりの長年の同棲相手と一緒に来ていることに気がついた。

ジェンナの友達、その親たちがあいだに広がっていた。

たくさんの人々がおり、その多くがジェンナの年齢グループだった。友達、学校仲間、近隣の人たち。

イヴはいまではボーダースタイルと知っている髪型の男を二人見つけたが、ひとりは混合人種で、座ったままでも百八十センチあるとわかった。

もうひとりは家族席に座っていた。ブロンドの髪で、十六よりは二十歳に近かった。背が低く、もっと軍隊スタイルのヘアカットの者も数人いたが、どれもぴんとこなかった。全然ぴんとこなかった。

式が終わると、黒い服の女が別の場所で食事会があることを告げた。家族はじきに、出席することを選んだ人々に合流するとのことだった。

イヴは人々が、ある者は泣き、ある者は手をつなぎながら出ていくのを見つめ、やってくるとは期待していなかった直感が訪れるのを待った。

「あなたも来ると思っていたわ」ジェイクと一緒に、ナディーンがイヴのところへやってきた。「それにもし犯人があらわれたなら、こんなふうに突っ立っていないでしょうね」

「ええ」

「ゆうべの女の子は大丈夫なのか?」

イヴはジェイクにうなずいた。「大丈夫よ。このあとは彼女のところへ行くの。今日、退院したわ」

「オーケイ、よかった。ご家族に何か言いたかったんだが、いまがそのときなのかどうかわからなくて。俺は食事会には行かないでおくよ。何だか違う気がするんだ」

「バンドのメンバーを全員連れてきてくれたのね」

「みんな思ったんだ……」

「まさにするべき正しいことよ。ちょっと待ってて」

イヴは家族がチャールズとルイーズと一緒にいるところへ歩いていった。

「ミスター・ハーバー、ドクター・ハーバー、パートナーとわたしからお悔やみを申し上げます」

「ありがとう。ゆうべの女の子は」ジュリアが言った。

「いまごろはもう家に帰っています、とても元気になって。われわれは犯人に近づいています。彼を突き止めることに近づいているとしか申し上げられませんが」

「それが事実でなければ、この人はそんなことは絶対に言いませんよ」チャールズがジュリアの腕に手を置いた。

ジュリアはその手に自分の手を重ねた。「あなたもルイーズもこの数日間、大きな助けになってくれたわ。わたしたちは頼りっぱなしで」

「違うわ」ルイーズは首を振った。「わたしたちはおたがいに頼り合っているのよ」

「わたしたちの親たちを、控え室でシェーンの兄にみてもらっているんです。彼らには少し時間が必要なんです。ルイーズ、あなたとチャールズでリードを食事会へ連れていってもらえる？」

「もちろんよ」

「でもママ、あれはジェイク・キンケードだよ。アヴェニューAだよ。あの人たちが来てるじゃない」リードの声にあるのは興奮ではなく感謝だ、とイヴは気づいた。「ジェンナのために来てくれたんだよ」

「そうね。でもあなたはチャールズとルイーズと行っていてちょうだい、オーケイ？　わたしたちもすぐ行くから」

「ジェイクがあなた方と話したいそうです、ご面倒はかけたくないそうですが」

「面倒だなんて」三人はジェイクがナディーンといるところへ歩いていった。

「来てくださって本当にありがとう。あなた方みんな、本当にありがとう」

「マァム。俺は——俺たちは——本当にお気の毒でした」

「ジュリアです。ジュリアとシェーン。あの子を抱いた人間はわたしが最初だったの、それからわたしたちで一緒にあの子を抱いたのよね、シェーン？」

「そうだったね。わたしは怖くて仕方なかったが、一緒に抱いた」

「そしてあなたが最後にあの子を抱いてくれた人になった。わたしができなかったとき、あの子が抱いてもらいたかったときに、あなたが抱いていてくれた。あの子のためにあなたがそこにいてくれたことを、わたしたちは決して忘れません」

ジュリアはジェイクに両腕をまわし、長い息をもらした。

見るからに感情をこらえながら、シェーンはこほんと咳払《せきばら》いをした。「ジェンナはあなたを絶賛していた、とても。あなたたち全員を。アヴェニューA？　それは傑出という高みだと——あの子はそう言っていた。自分がたどりつきたい傑出という高みだと。あの子がわたしたちを置いていったとき、あなたがあの子といてくれたことに、どういう意味があるんだろうと自問したよ。わたしはそれが贈り物だと信じたい。そう信じなければいられない」

「まさにそうよ。あなたに会うことがあの子の夢だったんですもの」ジュリアはまた後ろへさがった。「あなたに自分の音楽を聴いてもらうのがもうひとつの夢で」

「聴きました。つまり、あなた方がダラスにコピーさせてくれたデモディスクを。聴きました——みんなで聴きました。あれは……俺たちはあれをプロデュースしたいと思っています」

「えっ？」

「俺たちであれをプロデュースして、発売したいんです」

「アヴェニューAがジェンナの曲をレコーディングするんですか？」

「いいえ、マァム——ドクター——ジュリア」

ジェイクは言葉を探している、とイヴは気づいた。彼は自分のバンド仲間たちを見た。

「プロデュースするんです。あれはいい出来のデモでした。俺たちで少し手を加えることはできますが、彼女の曲ですし、あれには彼女の声がぴったりです。こんなときにする話じゃありませんね、すみません――」

「これ以上ないほどいい時を選んでくださったわ。いまの申し出は……もし義務感からだとしても――」

「違います。もしこんなことにならなくて、彼女が俺にデモディスクを渡していたら？　俺たちはきっと……」

　ジェイクはもう一度仲間たちのほうを見た。

「きっと彼女をスタジオに連れてきたと思いますよ」レンが最後まで言ってくれた。「いまの〝手を加える〟ってやつをやったでしょう」

「彼女には魔法がありました」アートが言い添えた。「輝きが」

「俺たち、ヒット曲がころがりこんできたら、それとわかるくらいには長くこの業界にいるんです」マックが付け加えた。「しまった、そういう意味で言ったんじゃないんです。つまりその、大事なのは金じゃない。彼女の曲だってことです」

「奨学金」リーオンが最後を引きとった。「俺たちで話していたんです、もしあなた方がよければ、彼女の名前で、俺たちも協力して、奨学金を開設する方法を」

「彼女はもっと曲を書いていたでしょう。こんな曲が書けるんだから、もっと書いていないはずがない。それほど磨かれた曲はないかもしれませんが」ジェイクはナディーンが手を重ねると、その手を握りしめた。「それは俺たちが補えます。もし彼女がヴォーカルをつけていなければ、俺たちで録音します。あなた方が――」

ジュリアが片手を上げて背中を向けたので、ジェイクは話をやめた。

「すみません。申し訳なかった。こんな話は押しつけがましかった」

目をぬぐいながら、ジュリアが振り返った。「あなたはうちの娘の夢見ていたものを全部さしだしてくださっているわ。全部を。何て言ったらいいかわからなくて」

「〝ありがとう〟では足りないよ」シェーンがなんとか言った。「まったく足りない。イエスだ。わたしたちの答えはすべてにイエスだよ。いずれ全部考えさせてもらう、オーケイ？ ありがとう」シェーンはバンドのほうへ行って、彼らの手を握った。「ありがとう。わたしたちはぜひとも……いずれ考えるから」

「あなた方がその気になったときで」

ジュリアはジェイクの頬にキスをした。「シェーンの言ったとおりね。贈り物だわ」

二人が出ていくと、マックは両手で目を押さえた。「ああ、一分待ってくれ。外に。俺たちは外に行くから」

ジェイクはいまいる場所にとどまり、まっすぐイヴを見た。「犯人をつかまえてくれるね」

「ええ。わたしたちは彼をつかまえる。わたしがどうしてそんなに確信しているかわかる？ あなたにあのデモディスクのコピーを送ったとき、あなたならこうするってわかってた。たとえあれがまるでだめなものだったとしても、最初の部分はやってくれるだろうって。だめなものじゃなかったけど。わたしは自分の直感にしたがうの、だからあなたがどんな人かわかってる。犯人のこともわかるわ。それじゃもう仕事に戻らないと」

「いいことをしましたね」ピーボディがイヴのあとから外へ出る前にそう言った。「泣いちゃいましたよ」

「わたしも」ナディーンがつぶやき、それからジェイクに顔を向けた。「わたしもカンはいいのよ、でもあなたがこうするとは思わなかった」

「何も言わないでおいたんだ、だって……」

「まずご両親にきく必要があったからでしょう。バンドにも話をして、同じ気持ちになってもらって、あなたが正しい理由でやりたがっていることを全員にわかってもらう必要があったからでしょう。それから彼女のご両親にもきいて。あなたのやり方はわかってるのよ、ジェイク」

「そうみたいだな」

「もうそれくらいの時間は一緒にいるもの」

「かなりの時間だ」

「おたがい、相手に言うことには慎重になるわよね、わたしたちは洗練された都会人だから」

その言葉にジェイクは笑った。「都会人っていうのは当たってる。でも〝洗練された〟は俺には当てはまらないんじゃないか」

「いいえ。わたしたちはここにいる、洗練された――そして経験を積んだ、と付け加えましょうか――都会人の二人が。だからそのかなりの時間にはおたがい慎重にやってきた。いまからそれを捨てて、あなたに愛しているって言うわ。いまのままのあなたを愛している。完全にどっぷりあなたに恋している。それであなたが優位に立ってもかまわない」

ジェイクは永遠とも思えるあいだ、ナディーンを見つめていた。「オーケイ。ええと、こんな話をするには時間も場所もおかしいな」

「それでも、わたしたちはここにいるわ」

「俺たちはここにいる。でも俺が優位に立ったとは思えないよ、俺もきみを愛しているから。完全にどっぷりきみに恋している。だから引き分けだな。それからもうひとつ話がある」

「それは何？」

「ここじゃ、本当にしたいやり方できみにキスできない。敬意を欠いてる気がするんだ。だから外に行こう」

「もう外よ、ここは。でもうまくしてくれないと承知しないから」

外に出て、ピーボディは助手席でシートベルトをつけながら、ジェイクがナディーンを引き寄せてキスするのをながめた。

「わぁ、あれを見てください。あまーい。それにマックはまだ泣いてます、でもみんな拍手してますよ。それに……うっわ！　見て見て！　彼が唇をつけたまま〝きみを抱き上げてくるくる回す〟をやってます。あれ大好き！　警部補は大好きじゃありません？　わたしはぐっときちゃうんですよねえ」

「ったく、ピーボディ、少しは二人にプライヴァシーをあげなさいよ」

「二人がプライヴァシーを望んでるなら、どこかの部屋に行けばいいでしょう」

「なるほど、いいとこ突いてる」

イヴが車の流れに入ると、ピーボディは首を伸ばして見ようとした。

「あれはすっごいいいキスです」

イヴはバックミラーをちらっと見た。

反論はできなかった。

「頭を仕事に戻しなさい、ピーボディ、その頭が首からちょん切れる前に。ローゼンバーグの家族にこれから行くと伝えて」

18

ローゼンバーグ家の連棟住宅《タウンハウス》は、おだやかに色あせたレンガがひそやかな威厳をかもしだしていた。窓台の植木箱には七色の花々があふれ、突き出ていて、陽気さを添えている。その花々にはさまれた玄関ドアは〝やれるものならやってみなさい〟の赤だった。

セキュリティはしっかりしてる、とイヴは見てとった。

玄関に出てきたのはプレスリーだった。目の下の隈からすると、長くは、あるいはぐっすりとは眠れなかったのだろうが、前の夜に目にあった恐怖は消えていた。

彼は言った。「ええと、ハイ。みんな奥にいます。犯人はまだつかまえてないんですよね」

「みんなで取り組んでいるところよ」

正式なリビングスペースに使われているらしい場所を通りすぎた。やわらかくてあたたかみのある色、ここにも花、会話がはずむように注意深く配置された家具。ホールのむこうにはホームオフィスがあり、デスク、小さくてしゃれたデータ通信ユニットが置かれ、壁の棚は記念品や額入り写真でいっぱいだった。

さまざまな声、短いくすくす笑いが聞こえ、ピザでしかありえないにおいがした。

「みんな病院からまっすぐ帰ってきたんです、そしたらキキがまたいつまでもシャワーを浴びてて。みんなもうお腹がすいちゃって」

正式とビジネスはホールが——イヴが推察するに——家族が本当に暮らしている場所へ開けたところで終わっていた。

そのスペースは、メイヴィスがする予定のものと似たレイアウトを、もう少し小さなスケールで展開し、本格的なキッチンがついていた。メイヴィスの自由奔放なハッピーカラーはなく、白と輝くステンレススチールに落ち着いており、黒い金物類がたくさんあった。キキと二人の友達はラウンジエリアの、玄関ドアと同じ赤の大きなL字型ソファにねそべっていた。巨大な壁面スクリーンはいま、ここの母親たちとティーンの子どもたちがビーチでカメラに向かって変顔をしている写真を映しだしていた。

床に靴が散らばっていた。モップかと見まがうような犬が前足のあいだにそのひとつをはさんでいたが、誰も気がつかないか、気にしてもいないようだった。

ゆうべ着ていた服の上に白い胸当てつきエプロンをつけたコニーが、本物にみえるピザ窯からピザを取り出した。アンドレアは背の高いグラスにレモネードをついだ。

「キキがお腹がすいているんですって」彼女は目に涙を光らせて言った。

「飢えてるの！」キキが言いなおした。「病院の食事が全然ゲーッだったんだもん。それに、ママは地球の中でも外でも最高のコックなんだから」

「それが仕事だもの」

コニー・ローゼンバーグはレストランの料理長で生計を立てているので、ピザには高級かつ上級すぎるが。アンドレアのほうは景観内人工物デザイナーの仕事をしている。イヴは二人を調べていて知ったのだが、彼女の仕事先はロークのたくさんあるビジネス触手のひとつだった。

「警部補さんたちもお腹がすいているといいんですけど」アンドレアがピザを切りながらイヴとピーボディに笑いかけた。

「ありがたいんですが、わたしたちは……」イヴはそこまでしか言えなかった。コニーが空中にピザ生地をほうりあげはじめたので、ちょっとあっけにとられてしまったのだった。

ソファにだらんとしていた三人が歓声をあげ、それからいっせいに立ち上がるとキッチンの左にあるテーブルへ走ってきた。

「座ってください」コニーはもう一度生地を格好よく宙にほうった。「まだおききになりたいことがあるのはわかっているんですけど、子どもたちは食べないと」

「ひどい晩だったたし」プレスリーが付け加えた。

「それにこれがあたしの〝殺されかけちゃった〟のごほうびだから」

「キキ」

「だって、そうだったじゃない」キキはアンドレアに頭を振られて肩をすくめた。「病院ではみんなすっごくやさしくしてくれた」彼女はイヴに言った。「でも戻りたいとは思わない」

「その気持ちはわかるわ」

「警部補さんも殺されかけたことあるの？」

「この仕事にはつきものよ」

「それじゃやっぱりお巡りさんにはなりたくないな。どうしてなったの？」

「それがわたしの仕事だから」

「食べなさい」アンドレアがピザをテーブルに置いて言った。

　ティーンエイジャーたちに二度言う必要はなかった。回復力、とイヴは彼らがピザをとるのを見て思った。

「どうぞ」アンドレアがすでにイヴとピーボディの前に置かれていた皿に、サーバーを使ってさっきよりもていねいにピザをのせた。

　天国で栄光につつまれているようなにおいがした。

「ありがとう」イヴがキキのほうを向くと、彼女は片手でこちらをさし、もう片方の手で自分の口にピザを押しこんでいた。

「警部補さんは地球の中でも外でもいちばんお金持ちの男と結婚とかしてるんでしょ? みんなであの映画や何かを見たの。あたし、前はちょっとぼうっとしてて」

「もう少しで殺されるところだったたってやつね」

「それ」キキはにやっと笑った。「でもいまはピザを食べてる。どっちにしろ、あたしたちみんな、あの映画を見た」

「あれは本当にすごかった、でもおおかたはつくりごとだと思ってた」デイヴィッドはレモネードをごくごく飲んだ。「いまはそうじゃないかもって思ってる」

「そうじゃないかもね。キキ――」

「あの人が何をしてくれたか知ってる? あの本当にいちばんお金持ちの人がよ? あたしたちだけの上映会をしてもらえるんだって」キキはまたにやっと笑ったが、アンドレアのように、目に涙が光った。「あたしたちがみんな『リターン』を見にいけるようにしてくれたのよ。ドクターはあたしが今日は休んでなきゃだめだから、あしたって言ってたけど。それと、午前中でなきゃだめなんだって、シアターがあく前の十時とか、だって今週はもうほとんど売り切れちゃってるから」

「本当にできた人だよな」プレスリーが言った。「僕たちとは知り合いでもないのに」

「それが彼の仕事なの」イヴは降参して、ピザをとった。ひと口食べただけで、キキが母親の才能をそれほどおおげさに言っていたのではないとわかった。

「これはすばらしいわ」イヴの合図で、ピーボディも食べた。

「言ったでしょ。とにかく、あの人はそんなにやさしくしてくれる必要はなかったのにね。ゆうべの彼のことをぼんやりおぼえてるんだ。だってあの声とあの顔よ。つまりさ、おいしそう《ヤム》、ってこと」

「キキ！」そう言いながらアンドレアも笑いだしていた。

「事実は事実でしょ」ローラが肩をすくめた。「ヤムをあと三つ追加して」

「とても大きな意味があるんです、わたしたち全員にとって」コニーがレードルで三つめの生地にソースをかけた。

「彼に伝えておくわ。キキ――」

「それで、警部補さんはどうやって――」

「キキ」コニーがさえぎった。「ダラス警部補とピーボディ捜査官はしなければならないお仕事があるのよ。本当に大事なお仕事が。それはあなたの質問に答えることじゃありません」

　そう注意すると、彼女はテーブルに二つめのピザを置き、それから娘の髪を撫でた。

「ごめんなさい」

「いいのよ。あなたが回復してよかったわ、それであなたは回復したし、みなさんがここにいるから、あったことをもう一度たどりたいんです。あなた方がおぼえていることを。

もう一度全部わたしたちに話してみて」

キキはまたピザをとった。

「オーケイ、えーと、あたしたちが中に入ったあとね――入るにはしばらくかかったの、チケットは持っていたけど――それから映画用の食べ物も買って、中に入った。予告編が始まってたな、それであたしたちは自分たちの席へ歩いていった。そのとき誰かに刺されたみたいな感じがしたの」キキは腕をさすった。「体をまわしながらチェンジアップをしようとするみたいにばっと腕を上げた。失敗！」

それでもキキは食べながら笑った。

「そんなにひどいとは思わなかった、それから病院でみんなが治してくれたの。う・ち・み・だって」キキはぐるりと目をまわした。「でもそいつが針を刺してきたとき、本当に爆発したみたいだった。すんごく痛くって、それでほんとに誰かに刃物で刺されたんだと思ったの。あたし、頭にきちゃって。たしかぐるっと体をまわしたんだよね。そのクソったれをぶん殴ってやろうとして」

「言葉のルール見逃しは長く続きませんよ」と、コニーが警告した。

「少なくとも二十四時間あるべきよ。あたしは悲鳴をあげた気がする」

「あげたよ」ローラがうなずいた。「耳をつんざくみたいに。それにずっと叫びつづけてた」

「誰かにナイフで腕を刺されたと思ったのよ、だから叫ばなきゃいられなかったの。そしたらあいつは後ろによろけるみたいになった、すっごいびっくりしてた」

「彼の目を見たのね」

「大きな文句《WTF》あるかの目だった」キキは身ぶりで示した。

「彼の口もそんなふうにあいていたの？」

「ええと――だと思う、そう。そうよ、いま言われたから思い出したけど。ママからあとで警察の似顔絵かきの人が来るって言われたんだけど、ほんとの似顔絵をつくれるかどうかわかんない」

「それはヤンシー捜査官の仕事だから」

「そっか。あいつは人を押したり走ったりしはじめたの。あたしはあとを追って殴ってやろうとしたんだけど、人が多すぎて。それにお気に入りのジャケットを着てたの、それで脱ごうとしてたのよ、ジャケットが血だらけになっていると思ったから袖を見ようとして。でも血なんかなかった。それに誰も彼も大声をあげてて、あたしはポップコーンとソーダをぶちまけちゃって」

「明かりがついたんだよな」プレスリーが付け加えた。「それで誰も彼も大声をあげていて、シアターの人たちが僕らを追い出そうとしたんだ、ほら、騒ぎを起こしたからって」

「そこであたしは気分が悪くなって、吐いちゃったの。みんなの声が大きくて、頭ががんがんしてきて、腕は火がついたみたいだったし、その次は脚がおかしくなって。あとはあんまりおぼえてない。ぼうっとして、そしたら救急車の中にいた」

「前に戻りましょうか。あなたは振り向いたとき、そいつの顔を見たのね。彼はあなたの後ろにいたんでしょう」

「振り向こうとしたところ」と、キキは訂正した。「あいつはあたしの横で後ろみたいなところにいた。あたしの怪我《けが》してたほうの腕の横に」

「そいつは何か言った?」

「ううん。たぶん。うるさかったし、それからあたしも叫んでたし。あんなに痛かったことってなかった。それはおぼえてる。それは本当におぼえてる」

「デイヴィッド、あなたはポップコーンを買っているときに彼を見たのよね」

「ちょっとね。部分的にだけだよ。靴、トレンチコート。たしかサングラスも。頭の中でさかのぼろうとしたんだけど」

「白人の若い子よ」

「そうだ、背の低いやつ。僕は待ってるときに人がやるみたいに、あちこちを見てたんだ。でもだいたいは僕たち四人でしゃべったり、映画館のスナックを買ったりしてた。注意してなかったんだ。あいつは最低の靴をはいて、トレンチコートをくたびれさせることも知らないやつ、ってだけだったから。カッコよくみせようとしてて」

「失敗してたけどね」キキが言い、デイヴィッドを笑わせた。

「大失敗だよな」

三枚めのピザがテーブルに置かれ、母親たちも腰をおろした。

「デイヴィッドの親御さんたちも、彼が警察の似顔絵かきさんと作業をすることに同意するそうです」コニーが自分の皿にピザをとった。

「ありがとうございます。キキ、そいつを思い出させるような誰かを思いつかない？　学校や、ボーダーパークや、近所の誰かで？」

「ううん、いな……バリー・フィンクルスタイン！」

その名前を聞くなり、ローラがげらげら笑いだした。

「学校の子？」イヴは先をうながした。

「そう。彼ってことじゃないよ、ぜーんぜん違う、でも思い出させるって言ったでしょ。それにあたしじゃなくて、デイヴィッドの言ったことで連想したの」

「バリーのことを教えて」

「えー、あの子を面倒に巻きこみたくないな。本当にバリーじゃないんだもん」

「それはわかってる、だから巻きこむことにはならないわ。彼のどこが思い出させるの？」

「そうね、犯人は背が低くて、色がただ白いんじゃなくて、練った粉みたいなの。それにバリーも背が低くて、太ってる」

「その言い方はやさしくありませんよ、キキ」

「ママぁ、あたしは答えようとしてるだけだよ」

「たしかに太ってるもの、ミズ・R」ローラがキキを援護した。

「それじゃ、背が低くて色が白くて、よぶんな体重がついている、と。それが犯人を思い出させるのね」

「どこかがね。あの人殺しのやつは太ってなかったと思うんだけど」

「なかったよ」デイヴィッドが首を振った。「あいつは太ってなかった。太っていたら気づいたはずだと思うんだ。僕はバリーを連想するよ。彼はトレンチコートをくたびれさせることなんて知らないだろうな」

「知らないわよね！　それが言いたかったの。バリーがトレンチを持ってるとは思わないけど、あの子ってマティルダおばさんが買ってきたみたいな服ばっかり着てるんだもの。つまりね、あの子って単に何にも知らないの。頭はすっごいいいのよ。超かしこいの、でも現実のことは全然知らないってこと」

「何でもトップなんだ。本当に何でもってことだよ。彼は本物の……言葉のルールについては二十四時間だっけ？」

アンドレアはただ息子に手を振った。

「その点は本物のクソなんだよ。聞いてくれるやつがいれば自慢ばっかりしてさ。オタク連中もほとんど無視してる。自分がどんなに頭がいいかってことを黙ってりゃ、あんなにいじめられないのに」

「あたしたちはいじめてないよ」キキがすぐに言った。「絶対。あんなふうに笑いこけたりしない、それにもじしたとしたら？　彼にはそんなに時間をかける値打ちなんかないもの。どっちにしても、バリーだったらわかったはずよ」

「でも犯人は変わり者なのね？」

キキは指を一本立てた。「そう、そういうこと。デイヴィッドの言ったこと、それとあたしが見たみたいなものからすると。あいつは変わり者よ。にきびなしの。バリーはいつだって、顔にひとつはできてるもの。まったく！　治す方法はあるのに」

「それじゃあなたを襲ったやつはきれいな肌をしていたのね？」

「ええと……うん。だと思う、うん」

あなたは思っているより犯人を見ているのよ。だからきっとヤンシーが引き出してくれる。

イヴはもう一度やってみて、こっちをつついたり、あっちをつついたりしたが、引き出せるものはこれで全部だと認めた。

「お時間とご協力をありがとうございました」イヴは言った。「それにピザも」

「あいつを殴ってやればよかった」キキはつぶやいた。「あたしだけのためじゃなくて、あの二人の女の子のためにも。あたしたち、この前の夜に〈クラブ・ロック・イット〉に行こうかって話してたんだけど、その日はミームの——うちのひいおばあちゃんの——誕生日だったの。そのとき犯人があたしを選んでたら、あのあざはできてなかったよね。彼女のことは今朝新聞で読んだ、あいつが殺した女の子。

ママたちはドクターと話しに出ていってたの」キキは母親たちに説明した。「だから調べてみた。その子のお葬式は今日だったんだ。ジェンナ・ハーバー、あたしと同い年だった。それで二人めの子も調べてみた、アーリー・ディロン。彼女のお葬式はあさってだって」

「そのとおりよ」

「あたしも行っていいと思う？　その子のお母さんに、娘さんに起きたことはお気の毒でした、って言ってもいいかな？　それからもしかしたら、いつか、ひとりめの女の子のママとパパと話をして、そう言っても？」

「まあ、キキ」アンドレアの目に涙があふれた。「それは本当に思いやりがあるわ。それが適切なことなのかわからないけれど、でも本当に思いやりがある」

「わたしもそう思う。わたしたちはジェンナのご両親や、アーリーのお母さんとも話したの。思いやりのあることよ」イヴは言った。「それにいいこと。あなたがそうしたいと申し出たら、あの人たちはとても喜ぶと思うわ」

「行ってもいい？」

二人の女は手をつないだ。「みんなで行きましょう」コニーが言った。「よろしければ、警部補さん、まずむこうの方たちにきいていただけますか？　出すぎたことはしたくないんです」

イヴがピーボディを見ると、ピーボディはうなずいた。「それはわたしがきいてみましょう、それからこちらにお返事します」

キキがまっすぐイヴの目を見た。「あいつをつかまえてくれるのよね？」

「もう一度言うわね。それがわたしたちの仕事」


「さっきのは泣きそうになりましたよ」外に出るとピーボディが言った。「あの年の女の子は目の前のことしか考えてないと思われがちですし、だいたいのときはそのとおりです。でもあの子は、犯人がうまくやっていたら自分の家族がどんな思いをしただろうと考えた。そしてそこから、ほかの人たちがどんな思いをしているかを考えたんですね」

「あの子はタフよ。それにほら、もし彼女が犯人を殴っていたら？　わたしたちは彼をつかまえていたでしょうね。彼は打ち負かされていたはずよ」

イヴは運転席に座った。「それに彼女は自分で思っているより多くのものを見てる」

「ええ、それはわかりました。ヤンシーが引き出してくれますよ。それに映画館の売店の目撃者もいるし、デイヴィッドもいる、A・Jもいる、ハンクもいます。捜査で使える顔も手に入るかも」

「犯人は変わり者」イヴは車を停めたままそのことを考えた。「それはわかっていた、でも生き残った被害者もそういうふうにみているのは役に立つ。変わり者。われらがティーンエイジの殺人者には、服を選んでくれるマティルダおばさんがいるんじゃないかしら」

「バリー・フィンクルスタインは調べないんですね」

「ええ。その子だったらキキはわかったはずだもの。しばらく列に並んでいたら？　そうよ、少しはまわりを見るでしょ。キキが知っている――そしてあきらかに馬鹿にしている――誰かを目にしたら、少なくともローラには何か言ったでしょう。でもその変わり者タイプではある。頭はいいけど、世間知らず。

キキが会いにいこうとしていることについて、被害者二人の家族に問い合わせてみて。これからあのクソな靴の線を追うわよ」

「あのピザ」ピーボディはイヴが縁石から車を出すとそう言った。「一切れも食べてしまいました。がまんできなくて。うちの最高最強の新しいキッチンにピザ窯を置くことを考えるべきでした。もう遅いですけど、でもほら、わたしが作ることはできますから」

「窯を作る？　どういうこと、ピーボディ？」

「作れますよ。外に、グリルつきのを。屋外キッチンみたいなものを作るんです。レンガのピザ窯！　薪《まき》を燃やすとか。ああ、ほんとに楽しいプロジェクトになりますねえ」

「あなたの〝楽しい〟の定義は、わたしの〝楽しい〟の定義とは別の宇宙なみに違うわね」

「わたしの新しい、薪を燃やすレンガのピザ窯で作ったピザを食べれば、警部補も楽しくなりますよ」

「それはそうね。連絡をして」

二人は一時間以上をついやして靴を追った。そこから得た唯一の手がかりは、十二歳の少年で――百六十八センチよりもずっと背が低い――その子の母親が、前の春の全州オーケストラコンテストで息子にはかせるために買ったということだった。

少年はピッコロを吹いた。そのオーケストラは二位をとった。

彼と、彼の両親、年下のきょうだい二人がその週末を州北部の遊園地で過ごしたことの裏がとれたので、躊躇《ちゅうちょ》なく彼を容疑者リストから消した。

セントラルの駐車場に乗り入れ、靴の線は行き止まりかと思いそうになったとき、連絡が来た。

「三つ当たりがありました、警部補」カーマイケル巡査が報告した。

「言って」

「アーノルド・ポスト、年齢五十二、自分用にサイズ十一を一足、息子のジュニア、年齢十六用にサイズ七を一足購入しています。同じ型を、四月に。二つめの当たりは、サイズ六半を三足、ケヴィン・J・フロマーの支払いです、黒のブローグシューズ、ネイビーのアンクルブーツ、それからローファーです。すべてこの前の三月。最後の当たりは五足です。黒の編み上げ靴、ブラウンのブローグでバックル付き、アンクルブーツ、黒とネイビーのハウススキッズ、それからローファー。三月で、アリッサンドラ・チャーロの支払いです」

「その人たちの住所を送って。わたしたちで調べる」

「はい。われわれはポストの住所から数ブロックのところにいますので、それはこちらでやりましょうか」

「頼むわ。ほかの二つを送って」

イヴは駐車スペースからバックで車を出した。「一度に五足も買う人間なんている？」

「わたしですね、できるものなら」

「住所を入力して、それから三人全員を調べて」

「フロマーが近いですね」ピーボディが住所をプログラムした。「チャーロはアップタウンです。オーケイ、オーケイ、アーノルド・ポスト。結婚一回、離婚一回、子どもひとり――それがアーノルド・ジュニアでしょう。〈リヴィングストン・ワイン・アンド・スピリッツ〉のＣＦＯ。犯罪歴なし、民事訴訟が五件。ジュニアはブレッキンリッジ・アカデミーに通っています。身長は百七十三センチですよ、ダラス。まずまずの成績、でもずば抜けてはいません。白人種、髪はブロンドで目は青。ハンサムな子です、気取った側よりの」

調べる必要がある、とイヴは思ったが、その子はぴんとこなかった。

「フロマーは」

「結婚二回、離婚一回。二回めの結婚は二十年続いています、ですから持ちこたえているようですね。その結婚で子どもが二人。息子、ランス、年齢十七。娘、マーニー、年齢十三。フロマーは資産管理専門の弁護士です。配偶者、アーリーン、二年前まで母親専業者をしたあと、イベントプランナーの仕事に復帰しました。自分のショップを経営しています。

息子のランスは百八十センチありますよ。われわれの探している範囲を超えていますし、混合人種です」

「いずれにしろ調べましょう」

「最後のは、アリッサンドラ・チャーロ、年齢四十一、独身。ちょっと、ダラス、彼女はプロの買い物人《ショッパー》ですよ」

「この街の半分の人がいままさにそれなんじゃない」

「わたしが言っているのはそれが彼女の仕事ってことです。買い物をしたくない人の代わりに買い物をするんですよ。ロークがあなたのためにやるように。でも生活のためであって、楽しみのためじゃありません。わたしには理解できませんね」

「ショッピング？　わたしも理解できないわ」

「いえ、わたしが言いたいのは、人は――警部補はとくに、あきらかに違いますが――自分で歩きまわって、何があるのか見たいものでしょう？　つまり、誰かに黒いバケツ型のハンドバッグがほしいと言えば、その人が買ってくるんですよ。黒いバケツ型ハンドバッグの広大な宇宙をまず先に見なくて、どうしてそれが自分の本当に、本当にほしいものだとわかるんです？」

イヴはバケツにみえるバッグなんて誰がほしいんだろうとしばし考え、じきに忘れることにした。

「彼女はその靴を誰かの代行で買った。記録をとっているでしょう。そのはずよ。このケースは合うわ、そうじゃない？　親もしくは保護者は、その子のための買い物に時間を使いたくない。誰かを雇ってそれをさせる。まずフロマーね。近いところにいるし。でもその個人向けのショッパーは合う」

フロマーは在宅していなかったが、イベントプランナーの妻はいた。

背が高く、ほとんど威厳さえあるブロンドはシャープな白いスーツ姿で、警察バッジを見て眉根を寄せた。「何かトラブルがあったんですか？　ちょうど出かけるところだったんです。打ち合わせがあるんですよ」

「ある事件の捜査にご協力していただけませんか。息子さんは家にいらっしゃいますか、ミズ・フロマー？」

「ランスですか？　いいえ。あの子はお友達と一週間前からビーチに行っています。あの子は無事なんですか？　何か——」

「お元気のはずです。あなたの夫はこの靴の支払いをしましたね」イヴはリンクを持ち上げてみせた。

「それですか？」彼女は笑いだし、イヴはそこに安堵を聞き取った。「夫やランスの靴じゃありません。うちの男性たちには保守的すぎますから」

「この靴はミスター・フロマーの口座から支払いをされています、〈デランズ〉で買っていますね」

「いつでしょう？」

「三月です」

「三月、三月」また眉根を寄せ、ミズ・フロマーは自分のリンクを出し、カレンダーをフリップしていった。「ああ、ミッキーの誕生日ね。わたしたちの甥です。あの子はきっと大人になったら大統領になりますよ。たしかケヴィンは三足買ったんじゃないかしら。ミッキーは靴マニアなんです、それはあの子がほしがったんですよ。十三歳の誕生日に」彼女はそう付け加えた。「だからちょっと大盤振る舞いをしてあげたんです。これがどうかしたんですか？」

「ミッキーと話をすることはできますか？」

「もちろん。でもあの子は母親とトリード（オハイオ州の港市）に住んでいるんです。ケイトは夫をなくして、それでここ数年はたいへんだったんですよ。だからわたしたちでミッキーに散財してあげたんです。これがどうして警察に関係あるのか本当にわかりませんわ」

「これでわかりましたが、関係はありませんでした。お時間を割いていただいてありがとうございました」

二人は車へ引き返した。

「保守的なデザイナー靴をほしがるなんて、ミッキーは変わった子かもしれませんね」ピーボディが言った。「でも彼がトリードからニューヨークへ飛んできて女の子を殺すとは思えません」

「次は個人向けのショッパーか」

途中で、カーマイケルとパートナーを組んでいるシェルビー巡査が連絡してきた。「ポストはだめでした、警部補。当該の子どもは家にいて、公園で誰でも参加のスポーツゲーム《ピックアップ・ゲーム》をしてきてまだ汗をかいていました。彼の話では、あのダサイおじさん靴は父親がある結婚式ではくようにと買ってきた、だから仕方なくはいたんだそうです。でなければ、まっぴらごめんだと。その子はまったくごねずに、本人が部屋と称するゴミためにあるクローゼットを見せてくれました。所持しているのははきこんだキックス三足――質のいいものです――それから本人がはいていた、それよりは新しい一足。それから例のローファーは、奥に突っこんでありました。ほとんどはかれていません。

それに加えて、最初の殺人の夜、彼はヤンキースの試合を見にいっていました――裏はとってあります――父親と友達数人と一緒に。二つめの殺人のときには、日曜のディナーをとりに祖父母のところへいっており、そのあと、本人によれば、大人たちは何時間もカードをして、彼といとこたちはスクリーンを見て時間をつぶしていたそうです。

彼はぴんときませんね、警部補」

「わかった。フロマーはだめだったわ、でもこれからチャーロのところへ向かう」

「個人向けのショッパーですね――われわれが調べた。そっちはぴんときます」

「そうね」

「われわれはこのまま続けたほうがいいですか？　まだリストに何人か残っていますが」

「ええ、最後までやって、リストから消して、それからセントラルに戻って。グラス、通信終了。ヤンシーに状況をきいて、ピーボディ、どこらへんまで進んだかたしかめて。メールで」とイヴは付け加えた。「目撃者と作業していないときに返事をくれるように」

「たぶん顔がわかりますよ」ピーボディはメールを送りながら言った。「少なくとも犯人をちらりとは見た目撃者が五人いるんですから」

いくつもピースはある、とイヴは思った。しかし自分たちはそのピースを組み合わせなくてはならないのだ。

「ヤンシーがすぐ返事をくれましたよ。ちょうどキキにとりかかったところだそうです。最初の事件のハンクと、それから未遂のほうの売り子とA・Jと作業をしたと。少し進展があったものの、まだわたしたちに知らせるほどではないそうです。キキとデイヴィッドとの作業が終わったら、連絡してくれるとのことです」

「それでいいわ」

しかし今日という日はどんどん残り少なくなっていた。

犯人はもう計画を立ててあるはず、とイヴは考えた。

プロのショッパーはリヴァーサイド・ドライヴにある、たくましいドアマン付きのしゃれた金色のタワーにアパートメントを持てるくらいにはうまくやっていた。そのドアマンはイヴのDLEにしかめ面をした。

彼にバッジを見せてやると気分はよくなったが、少しだけだった。

「わたしが停めたところに置いといて」

「はい、はい、話は聞いていますよ」

つまりこの金のタワーはロークの持ち物ということだ。

「誰も中で死んだりしてませんよね？」

「わたしの知るかぎりではないわ」

彼より先に入口のドアへ行ってロビーに入ると、そこも外側と同じくらいしゃれていた。ここでは控えめなゴールドが、黒い大理石の床に血管のように広がっていた。中央のテーブルに置かれた壺から、雪のように白い花々が滝のごとく流れ落ちている。ゴールドの縁がついた黒いデスクが奥の壁の中に置かれ、その壁の後ろには、水がきらめくいくつもの水流となって鏡のような表面を流れ落ちていた。

ホワイトブロンドの髪を短く、鋭い角度にカットした女が笑みを浮かべた。

「〈ギルデッド・タワー〉へようこそ。どういったご用でしょうか？」

イヴがバッジを見せると、墨のように黒い眉が片側だけはねあがった。

「申し訳ございません、警部補、すぐにあなた様と気づきませんで。あなたとピーボディ捜査官に何かお手伝いできることはございますか？」

「アリッサンドラ・チャーロは」

「ミズ・チャーロはここにお住まいです。たしか三十八階です。いまお調べいたしますが、いまはお留守かと思います。ええ、三八〇二号室ですね。今朝十時をまわってすぐにお出かけになって、わたしの知るかぎりではまだお戻りになっていません。連絡してみましょうか?」

「助かるわ」

「喜んでお手伝いします。だめですね、お出になりません。ミズ・チャーロはこの時間にはほとんどいらっしゃらないんです。お仕事でとても忙しくされているものですから」

「彼女がどこへ行ったか、あるいはいつ戻ってくるかわかる?」

「申し訳ありませんが、わかりません。わたしのシフトの終わり、五時前に戻っていらっしゃることもときどきありますが。でも午前中お出かけになるときにお見かけするだけのほうが多いです。リンクの番号は控えてあります、ミズ・チャーロに連絡しなければならない場合にそなえて」

調べる手間がはぶける、とイヴは思った。「教えてもらえるかしら」

受付は自分の引き出しから名刺を出し、ペンをとって、名刺の裏にきちんとした字で名前と番号を書いた。

「あなた方がミズ・チャーロに連絡がつかなくて、あの方が戻っていらしたときには、メッセージをお伝えしましょうか?」

「名刺を、ピーボディ。彼女からできるだけ早く連絡をもらうことがとても重要なの」

「そのこともお伝えします、もしくはわたしの退勤までにミズ・チャーロが戻らないときは、同僚にそうしてもらうようにしますので。これ以上お力になれなくて申し訳ありません」

「あなたはよくやってくれたわ。ありがとう」

ドアマンに無言のしかめ面を向けられながら外に出ると、イヴはリンクを出した。歩行者たちがどっとそばを通ったので、歩道から連絡してみた。

「アリッサンドラです」相手は歌うように応答した。

「ミズ・チャーロ、NYPSDのダラス警部補です」

「ディスプレーにそう出ているわ。どういったご用でしょう、ダラス警部補？」

「〈アラン・ステューベン〉のタッセル付きローファー、サイズ六半、ブラウンの革」

チャーロの細い顔、大きなブラウンの目、完璧な赤い唇のすべてがただ困惑をみせた。

「わたしに〈ステューベン〉の靴を買ってきてもらいたいということですか？」

「いいえ、あなたが三月にそれを誰の代わりに買ったのか知りたいんです」

「ああ、輝くひそやかな夢が曇ってしまったわ。ディスプレーを見たときに思ったんです、ついにダラスがわたしに服を選んでもらいたがっている、って」

「自分のことは自分でやりたいもので。〈ステューベン〉ですが」

「警部補、いきなり言われても答えられません。三月？　何か月も前でしょう。それにわたしはたくさんのお客様を抱えているんです。この仕事では有能なんですよ」

「あなたが代わりに買い物をしてあげるティーンエイジの少年は何人います？」

「より正確に言うと、わたしはその人たちの親に代わって買い物をするんです、でもかなりの数がいますよ。ティーンエイジの男の子は、とくに、ショッピングが好きなことはまれですし。わたしを雇える余裕のある親御さんたちは、そのティーンエイジの男の子をひきずってあちこちのお店に行くより、お金を払うほうがいいんです。ひきずっていっても、いい結果になることはめったにありませんしね」

「それはわかりませんが、名前を知りたいんです」

「わたしのオフィスと記録のところへ戻ったら調べてみます。いまニュージャージーなんですよ、お客様と一緒に。一時間以内にこちらを出ると思います」

「その男の子は背が低くて、百六十八センチくらいです。白人種で」

「できるならお答えしますよ。そうしない理由がありますか？　ティーンエイジャーや子どもに会うことはそれほどないんです、ただ採寸するとか、サイズを測るとか、そういうことだけで。さまざまなケースがあるんですよ。もし寸法直しが必要になったら、お客様はご自分の行かれる仕立店がおありですし、そうでなければわたしが手配します」

「あなたは三月に、一回の買い物で〈ステューベン〉を五足、その少年に買っているんです」

　チャーロはじっとイヴを見た。「やっぱり、わかりません」

「彼の服も買っています。保守的な、ボタンダウンの服です」

「〈ステューベン〉をはくならそうでしょうね。私立学校は、わたしのお客様たちの中でも多くの方が支援していますが、そういう学校は厳しい服装基準があります、特定の制服を強制していなければ。わたしは十三歳から十九歳の、かなりの数の若い男性に服を選んでいるんですよ」

「彼は十六歳くらいです」

「警部補、この話が重要なのはわかります、本当に。でも思い出せないものを思い出させようと、このリンクにわたしを引き止めておけばおくほど、わたしがここでの仕事を終えて、記録を調べに戻る時間が延びるだけですよ」

ちくしょう、とイヴは思った。彼女の言うとおりだ。

「わかったらすぐに連絡してください」

イヴは通信を切った。

「ちくしょう！　彼女が接点よ。わたしにはわかる」

「われわれは近づいているかもしれませんが、令状をとって彼女の家に入り、記録を調べるだけの根拠はないですよね」

「ないわね。セントラルに戻りましょう。じきに顔が手に入るわ、そうすれば名前がわかる。チャーロが個人向けのショッピングをほかにどこでしているか調べましょう。犯人のサイズの服を扱っている高級店を」

一時間、とチャーロは言っていた、それにヤンシーもそれくらいは必要だろう。
だからそれまでは仕事を続けよう。

19

縁石から離れた直後に、イヴはその泥棒と、そいつのぼんやりしているターゲットに気がついた。その女はゴールドのハイライトが入った赤毛をタワーのように結い上げ、ドブネズミサイズの犬をリードにつないで、ショッピングバッグを三つ持っていた。十メートル以上もありそうなピンクのハイヒールには小さい草色の水玉がついており、短いワンピースはその逆の色づかいになっている。そして両方の色の水玉がついた白いバッグまで持っていた。

女はそのバッグを斜めがけしていたが、彼女がきらめくパープルのリンクでしゃべりまくっているあいだ、そのバッグはのんきに左のヒップの後ろではずんでいた。

〝わたしから盗んで〟と書いた札をつけているも同然だった。

イヴはその泥棒がのんびりと歩き――長くてポケットのたくさんついたベストを、黒いバギーパンツと黒いTシャツの上に着ている――彼女とすれ違うのを見つめた。

彼はそのままのんびり歩きを続けた。女も彼と反対の方向へちまちま歩き（というのがぴったりだ）を続けた。しかし彼女のバッグはもうヒップの後ろではずんではいなかった。イヴはあれだけの水玉を買い揃える余裕のある人間なら、あきらめる余裕もあるだろうと思った。とはいえ。

衝動的に車を縁石へ戻した。

「運転席にいて」

びっくりして、ピーボディがＰＰＣから目を上げた。「いったい――」

それ以上言う前に、イヴは車から飛び出した。

泥棒はミズ・水玉ほどぼんやりはしておらず、ぱっと頭をまわした。今度は自分がターゲットになっているのを察知するや、のんびり歩きを全力疾走に変えた。

イヴはさっきの気むずかしいドアマンに指を向け、それからバッグをなくした女がそのビルのほうへ向かっているのに指を向け、それから〝逃走男〟に向けた。

ドアマンは気むずかしいかもしれないが、現役の頃には何度もカンをはたらかせたことがあるらしく、うなずいた。

「つかまえろよ、ねえさん《シスター》！」

長い脚が伸びる。上質のブーツが舗道を叩く。イヴは燃えるような夏の日光の中を走りながら、自分の筋肉が楽しげな歌をうたいだすのを感じた。

あの泥棒はなかなかの動きをしてる、とイヴは気がついた。それにスピードもある。

だがそれを言うなら彼女も同じだった、それにイヴには重みがかかっていなかった――ベストの右側の内ポケット――水玉のバッグとその中に入っていたお宝の。

形式上、というのは彼はとっくに気づいているからだが、イヴは「警察よ！」と叫んだ。それでいくつもの頭がこちらを向いたが、彼女の獲物はギアを一段上げた。

イヴも同じようにした。

つかまえたのはイタリアンのビストロの前だった。お客たちは大きな日傘の下に座ってワインを飲んだり、パスタを食べたり、指ぬきみたいなサイズのカップからコーヒーを飲んだりしていた。

彼の腕をつかみ、相手がとっさに大きく振った手を防いだ。

泥棒は激しく駆けたあとの馬のように息を切らし、顔は酢漬けのビートのように赤く、汗で光っていた。

「オーケイ、俺の負けだ」彼ははあはあ息をしながら腰をおろして歩道に座った。「あーぶったまげた、あんなに走ったのは何年ぶりかだよ」

近くに寄って見てみると、イヴは彼が六十代に入っているのはたしかだと判断した。

「まだなかなか速かったわよ」

彼は首を振った。「昔のようにはいかないね。昔は稲妻みたいだったんだがな」

「そろそろ別の仕事を見つける頃合なんじゃないの」

今度は肩をすくめた。「それがわかったよ。なあ、ちょっと水をもらえないか？」

「もう一度逃げても、またつかまえるのはわかってるわよね」

「もうしないって」

イヴがウェイトレスに合図すると、相手は右を見て、左を見て、それから自分を指さした。

「そう、あなたよ。この人に水をあげて、警邏《けいら》警官を呼んで。わたしはダラス警部補」イヴは自分をさし、それから歩道でゼーゼー息をしている男をさした。「バッグ泥棒」

「あんたがダラスなのか？　噂は聞いてる」泥棒は頭の横をぴしゃっと叩き、頭を振った。

「くそっ、くそっ、今朝はベッドから出るんじゃなかった」

彼はまだ息を切らしてゼーゼーやっていたが、顔色はピンクにおさまってきたので、イヴは医療員を呼ぶ必要はなさそうだと考えた。

ウェイトレスが高そうなグラスに氷と水を入れて持ってきた。世の中って、と思いながらイヴは受け取り、それからしゃがんだ。

「あなたはいいこともしてくれたわよ。ちょっとストレス発散がしたかったし、さっき走ったのでそれができた。腕を振りまわしたのは忘れてあげる」

泥棒はごくごく水を飲んだ。「ありがたいね」彼はふーっと息を吐いた。「だってよ、あのカモを見たろ？　〝わたしのバッグを盗んでちょうだい〟って歩く広告だったじゃないか」

反論はできなかったので、それを口に出すのはやめておいた。

「それじゃ見せて」

泥棒は水を飲み干し、空のグラスをイヴに渡し、イヴはそれをうろうろしていたウェイトレスに返した。

彼は水玉のバッグと、ピンクとグリーンの石のついた金のブレスレットを、ベストの右の内ポケットから出した。

イヴはブレスレットには気づいていなかった。

たしかに、彼はまだなかなかの動きをしている。

「それだけ？」

彼はベストを開いてみせた。「今日の収穫はもう渡しちまったんだ。ほら、帰る前にちょっと脚をストレッチしてただけなんだよ、イタリアンアイスの店に寄ろうかって思いながら。すごいはやってるやつなんだ。そしたらあの〝水玉の女王〟を見つけてさ。つまりだ、あの女はまるっきり広告板だっただろ。運が悪かったよ。だが少なくとも、俺をつかまえたのは真面目なお巡りだった。ロイド・メスナーだ」

彼は手をさしだした。面白くなり、イヴはその手を握り、それから警邏警官が二人走ってきたので、彼を引っぱって立たせた。

イヴは手続きをとって、バッグとブレスレットを持ち主に戻したものとして記録させた。それから一ブロック半歩いて戻り、さっきのアパートメントビルに行った。

ピーボディがドアマンと玄関のところに立っていた。

「彼女はロビーで待っていますよ」ピーボディが言った。

もう気むずかしさはなく、ドアマンはイヴににやっと笑った。「なかなかいい足をしてるな、ねえさん《シスター》」

「シスター警部補よ」とイヴは言い、中に入った。

さっきの赤毛がドブネズミ犬を膝にのせ、足元にショッピングバッグを置いて座っていた。彼女は淡い麦わら色のワインを高級なグラスから飲んでいた。

「マァム」イヴは話しかけた。

「あらやだ、あたしのバッグ！　ストラップが！　ストラップが壊れてる」

切られたのよ、とイヴは思った。すばやく手際よく。

「そのバッグは先週買ったばっかりなのに！　そのバッグがいくらしたか知ってる？」

「いいえ、マァム、ですが同じものだと認めてもらう必要があります、それから中身とこのブレスレットも――」

「あたしのブレスレット！」その甲高い声はレジを打ったみたいに響き、イヴの耳はワンワン鳴った。「傷ついてる？」

「ではなさそうです。これらのものがあなたのもので、返却されたと書いてもらえますか、それからサインも」イヴは自分のPPCをさしだした。

「そんなことする気になれないわよ。ショックすぎて。バッグを修理に出さなきゃならないじゃない、おろしたてなのに！」

女はワインと犬を手に立ち上がり、腕にバッグを抱えた。「ショッピングバッグを上へ運んで」デスクの受付にそう言いつけた。「すごくショックなの」

イヴは彼女がちまちまとエレベーターへ歩いていくのを見送った。「どういたしまして」そう呼びかけた。

それからまたドアへ歩きながら、コミュニケーターを出した。「彼を解放して。そうよ、カモは届けを出す時間をつくろうとしないの。わたしも自分の時間を無駄にする気はないから。ちょっと彼を出して。ええ、彼を出してって言ったの。ロイド？　教訓が身についたでしょ。あなたはこの商売には年をとりすぎたわよ。ダラス、通信終了」

イヴが外へ出ると、ピーボディとドアマン――カイル――が大工仕事についておしゃべりしていた。

どうやら、カイルの父親はその方面の腕で生計を立てているが、カイル自身はまったくコツがつかめなかったらしい。

「もう一度あの男を見かけたら――ロイド・メスナーよ――ダラスが見張っていると言っ

てやって」

「わかった」

「ひとついい？　あの水玉女だけど。彼女、いつもバカなの？　それとも単に今日のトラウマのせい？」

カイルの唇がひくひくした。「俺が言うべきことじゃないね、ビルの規則では住人について噂話はしちゃいけないことになってるから。だが警察の問い合わせと考えれば？　いつもだよ」

「だと思った」イヴは車へ引き返した。ピーボディが乗ると、イヴは満足げに息を吐いた。

「まあ、面白かったわ」

「通りに飛び出して、わたしにハンドルを持ってなさいと言ったときにはロケットみたいに突っ走ってましたね」ピーボディはひと息置いた。「実を言うと、面白かったです」

イヴは運転しながら腕時計《リスト・ユニット》に目をやった。「長くはかからなかったわね。チャーロはまだニュージャージーだし、ヤンシーはキキやデイヴィッドと作業中。戻って、店の線を追いましょう。チャーロが本人の言うほどたくさんの顧客を抱えているなら、当たりがあるはずよ。

それってどういうしくみなの？　個人向けショッピングって仕事のことよ？」

「わたしはどちら側のものその驚きと特権を味わったことがありません。チャーロのやっていることを調べてみますね」

ピーボディはPPCを出して、ダウンタウンへ向かう道中で読み上げた。

「新規の顧客に対しては、彼女はコンサルティングをします——無料で——先方の家または仕事先で。リモートのコンサルティングもするそうですよ。客のサイズ、寸法、等々を確認。ここからフォームをクリックできます——サンプルがあって、どうやら——色、スタイル、ライフスタイル、希望価格、生地、趣味、キャリア、旅行などに対応していますね。かなりたくさんあります」

「それを全部やり終わる頃には、自分で出かけていって好きなものを買えたんじゃないの」

「この仕事の要点は、彼女が顧客のことを知るってことなんです。ほら、個人《パーソナル》向けショッパーの〝パーソナル〟ですよ。チャーロはよりぬきのものをあなたに持ってきてくれるんです。スーツがほしいんですか？　わかりました。季節のワードローブをそっくりご希望ですか？　それもわかりました。彼女はすべてを用意し、あなたが個々のピースを組み合わせるのを手伝い、アクセサリーを持ってきます、希望があれば、担保保険付きでジュエリーのセレクションも。個々の商品は彼女の仕事用口座の支払いになるか、貸し出されます。何を買うか決まったら、彼女は顧客に購入分の金額と、彼女の報酬を加えて請求する。マンハッタンの外へ出る場合は、旅費も加わります」

「その報酬は？」

「購入ぶんの十パーセント——最低額が千ドルです」

「彼女はきっと店からも報酬をもらってるはずよ。定期的に使っている店からそうしてることに、あなたのお尻を賭けるわ」

「警部補の言うとおりでしょうね。彼女が顧客のために、もしくは彼女自身のために買ったものは少なくとも十パーセントの値引きです。考えてみてください。彼女はあの〈ステューベン〉を五足買ったんですよ。それで、たった一回の買い物で、七千ドル以上です。彼女は店から七百ドル受け取り、顧客からも七百ドルもらう。たっぷり千五百ドルですよ、場合によってはもっとです、たった一回の買い物で。それから彼女は自分の旅費、カーサーヴィス、タクシー代、そのほか自分の使うものを費用として計上しています」

ピーボディはシートにもたれた。「もしわたしが辞表を出すことになったら、この仕事につきたいですね。わ、すごい！　彼女は顧客と旅行もするんですよ——もちろん、先方の負担で。パリ、ミラノ、ロンドン、東京、ほかにももっと、それに顧客の希望があればデザイナーから個人向けの内見も手配するそうです」

イヴは駐車場に入った。「彼女がティーンエイジの男の子のためにどこで買い物をするのか突き止めましょう。年とって、世間知らずで、誰とも寝たことがない会計士みたいな服を着た子の」

それを聞いて、ピーボディはエレベーターへ向かいながら忍び笑いをした。

「犯人が自分で買い物するやり方や、ふつうのティーンエイジャーみたいにみせるためのものの買い方を知らないのも当然ね。彼はたぶん、自分のために、もしくは自分ひとりで買い物をしたことがないのよ」

エレベーターに乗ると、ピーボディはＰＰＣをタップした。「チャーロは赤ん坊、よちよち歩きの幼児、それより上の子向けのサーヴィスも提供していますよ」

「彼女はこの仕事を始めてどれくらいなの？」

「ああ、なるほど。見てみましょう」作業をしながら、ピーボディはエレベーターが停まってまた警官が乗ってきたので、奥へ詰めた。「オーケイ、十一年です、それとは別に六年、同じ業界の別の立場で仕事をしていました」

三度めに停まったところで、イヴはエレベーターを降りてグライドへ向かった。

「専門店からとりかかって。ボーイズウェアを扱っているメンズショップ。ティーン向けの店だけれど、高級なやつ。それからデパート、上流向けの。多数の購入。犯人はまだ成長中かしら？」

「たぶん。去年、おととしに成長中だったのはたしかですよ」

「そこを調べましょう。一回の買い物で靴を五足、それって所有する靴のすべてか、そのかなりの部分でしょうね。ボタンダウンのシャツ。ボタンダウンのシャツを買うとしたら、半ダース、色違いで買うほうがいいんじゃない」

ピーボディは非難するようにイヴに指を向けた。「自分で認めるよりショッピングに詳しいじゃないですか」

「違うわ、いまのは単に買うってこと、それも効率的に。効率的ってことは、彼女にはより利益が出る。顧客は保守的な、ボタンダウンのシャツを希望する。あなたはそれを提供する。ズボンも同じ。バギーパンツはだめ、スキンパンツもだめ、たぶん、スウェットはあるかもしれない、でもやっぱり高級なもの。黒、グレー、ブラウン、黄褐色《タン》、そのほかはなし」

「なるほど」

イヴがブルペンへ入って行くと、クゥイラがジェンキンソンのデスクの端に腰かけているのが見えた。それにブラウニーのにおいをさせている。

クゥイラは立ち上がり、気さくで無邪気な笑みを向けてきた。

イヴはクゥイラに自分のオフィスのほうへ指をぐいっとやってみせ、それから、目を細くして、ジェンキンソンを見た。

彼は肩をすくめ、あの放射線をあびたウサギからブラウニーのくずをはらい落とした。

「うちの班にインタビューをしていいとは言ってないわよ」

「してないわ。おしゃべりしてただけ。彼が昇進したって聞いたの」

「それで彼にブラウニーを持ってきたわけ」

「みんなにいきわたる量を持ってきたのよ。まあ、警部補とピーボディ以外になっちゃったけど、だって、ほら、みんなすごい勢いで食べちゃって」

ナディーンに仕込まれたわね、とイヴは思った。

「クゥイラ、その件にも、あなたにも、割ける時間はないの」

「警部補はここにいなかったじゃない、それにあたし、EDDのインタビューを終えたあとに降りてきただけよ」クゥイラはパープルの髪をかきあげた。「まあ、まだ全部まとめて、編集して、ナレーションをつけて、手を入れなきゃならないけど、でも――」

「クゥイラ、もう行って」

「でも待って。あなたがどうやって犯人が靴を買った場所を見つけたか聞いたの」

「それは公共に開示する話じゃないわ」

「そんなことわかってる」イヴの言葉に、クゥイラは二回、目をぐるりとやった。「ったく。犯人がもっと女の子たちを殺すように、あたしがそのことをべらべらしゃべるとでも。それでマウザーと話をしてたの――ほら、ドリアンの友達よ、新しい子」

「公式な警察の仕事のことを彼に話したの？」

「おしゃべりしてたんじゃないわよ。彼の、何ていうか、そっちに詳しい人の意見をききたかったの。彼はあたしより長くストリートにいたし。あたしの知ってる誰よりも長く。

だからいろいろなことを知ってる。それからあたし、ジェイミーともその話をした」

「かんべんしてよ」あきれはてて、イヴは両手で顔をこすった。

「ジェイミーはもう公式なやり方を心得てるわ、それにあたしたちはよく一緒にいるの。ちょっとデートみたいな感じかも。彼は本当に頭がよくて、礼儀正しいでしょ。つまり、彼は警官になりたいから、あたしたちの関係は実際にはどこへも向かえない、それにあたしは調査記者になるつもりだから、ほら、うまくいきっこないのよ。でも頭がよくて礼儀正しい人と付き合うのは好きなの。これまでは一度もちゃんとそうしたことがないし、あの学校がなかったら、ナディーンがいなかったら、たぶんそうすることもなかった。

それにあたしは大学に行かなきゃならない」

イヴが心底仰天したことに、クゥイラの目がうるんだ。「ナディーンがあたしはいい教育を受ける必要があるって言うの。大学に行く費用も払ってくれるつもりでいる。そんなに費用がかからないようにがんばって奨学金を受けるつもりだけど、大学には行く。まず〈アン・ジーザン〉を修了しなきゃってことだけど、そうしたら。

コーク飲んでいい?」

こっそり戻ってきた頭痛を無視しようとつとめながら、イヴはオートシェフのほうへ手を振ってみせた。

「ごめんなさい、何だかここが詰まっちゃって」クゥイラは喉の下に手をあてた。「あたしはここにいなかったはずなんだよね、こんなふうに、それにあなたや、ロークや、ナディーンがいてくれなければ、あたしはここにいなかった。壁のむこうのあの女の子たちや、あなたのボードの女の子たちみたいに終わってたかもしれない。だから手伝わずにいられないの」

クゥイラはイヴが入っていたとは知らなかったコークの缶をあけて飲んだ。

「それでマウザーと話をしたの、彼はいろいろ知ってるから。気取った金持ちの子どもたち、とくにバカの行く店がどこにあるかとか、そしたら彼が話してくれて……」

いったん言葉を切り、彼女はイヴを見た。「これは部外秘にしてくれなきゃだめ。彼が情報源とかってことをよ、いい？　彼を逮捕したりとかしないわよね？　それを先に言っておかないと」

「逮捕したりしない」

「オーケイ、よかった。彼はいろんな場所を知ってるって言ってた、身をひそめて待って、それから財布を盗んだり、しゃれた服でいっぱいのショッピングバッグを盗んだりできるような。どういうふうにぼろい服を着るかも言ってた、でもそれは売れるかもしれないし、いつかコスチュームみたいに必要になるかもしれない、だから……」

また言葉を切り、クゥイラは唇を結んだ。「でもいまのところは忘れて」

「オーケイ。リストはある？」

ポケットに手を入れ、クゥイラは一枚のディスクを出した。「名前、住所。ほとんどはダウンタウンよ、そこがマウザーのシマだったから。前にね」と彼女は言った。「でもミッドタウンやアップタウンにも支店があるって。いくつかは」

「オーケイ、調べてみるわ」

「それって役に立つと思う?」

「必ず役に立つ。さあ、わたしが仕事をできるようにもう行って。それから次のときは」イヴは呼びかけた。「うちの班を懐柔するためにブラウニーを持ってくるなら、わたし用にひとつ持ってきたほうがいいわよ」

「了解」クゥイラは言い、足早に遠ざかっていった。

イヴはオートシェフのほうを向き、コーヒーを飲もうか考え、ペプシに変えた。オフィスの温度調節機がこの暑さにまったく勝てずにいるからだった。

座ってクゥイラのリストを入力した。

「やってみてもいいでしょ」

最初の店をあたってみた。そうだ、アリッサンドラ・チャーロもたびたびここで顧客のために買い物をしている。しかしアドレナリンの放出も一時のものだった。サイズがどれも合わない、まったく違う。

時間がかかったが、次のにあたると、サイズはかなり合いそうにみえた。

「そちらの店舗で、ミズ・チャーロの住所以外のところへ配達している顧客の名前、もしくは住所を控えていますか？」

「確認してみなければなりませんが、わたしではその情報をお知らせしていいかわかりません」

「令状をとりましょうか、そうしたらわたしがおたくの高級なお店に入っていって、警察バッジを見せてまわり、お金持ちのお客さんたちを怖気《おじけ》づかせて追い払うことになるかもしれませんねえ。もしくは、あなたが調べてみて、こちらに必要な情報をくださってもいいんですよ」

返答は硬い声だった。「一分お待ちください」

イヴは一分待った。それから二分、それから三分。

「ミズ・チャーロのお客様のおひとりへの配送ですが、ときおりミズ・ターシャ・グリムリーに直接送られています。ほかのお客様のお品物はミズ・チャーロに送られます」

店員はグリムリーの住所として、パーク・アヴェニューの住所を読み上げた。

「ありがとう」

イヴはターシャ・グリムリーを調べてみた――年齢四十六、既婚、ポール・グリムリーと結婚して十六年、子ども二人。

息子を調べてみた、年齢十五。しかし彼のＩＤ写真がスクリーンに映ったとたん、がっくりした。

褐色の肌、あきらかに白人の子どもではない。笑っている明るいグリーンの目、大きな笑み。

念のために、手短に調べてみると、彼の興味が電子工学とラクロスにあることがわかった。チームのキャプテンだ。

運動が得意で人気者すぎる。

次へ進んだ。

それからまたコーヒーのところへ行った。

時間がどんどんなくなっていくのを感じ、もう一度チャーロに連絡した。

「いったいどこにいるの？」

「渋滞につかまっちゃったのよ、ひどく長い一日のあとなのに。このいまいましいトンネルは車でいっぱい、だからあなたがそれをなんとかできないかぎり、少なくともあと三十分かかるわ」

「そこに座っているんだから、考えて。白人種の男性、十五歳から十七歳、百六十八センチくらい、足が小さい。ガチガチの保守的な服装」

「警部補、さっき説明したとおり、わたしは親や、祖父母や、保護者をとおして仕事をすることがたびたびだし、お客様の本当に多くが、わたしが仕事をするリストを送ってくるだけよ。このトンネルを抜けて家に帰ったら――このスピードだと歩いたほうが速いかもね」

「そうして」

チャーロはただ笑った。「この靴じゃ無理よ。その〈ステューベン〉に関するわたしの記録を調べて、誰だったかあなたに教えるのは五分ですむわ。本当よ、わたしだって特大の大人の飲み物を飲めるように、それをやってあなたを追い払いたいんだから」

イヴは考えこんだ。「運転手はいるの？」

「もちろんいるわ」

「その車のブランド名と型、色、プレートナンバーを言って」

「何のために？」

「あなたがそのトンネルを抜けたらすぐ、警察車に先導させる。車のデータを言って。いますぐ」

「驚いたわね、その子って何者？」しかしチャーロが前方へずれて運転手に話しかけたので、スクリーンが動いた。

その情報を手に入れると、イヴは手をまわした。厳しく、速く。

これでいくらか時間が節約できるだろう。多くはない、とイヴは認めた。しかし一分一分が貴重なのだ。

顔が必要だ。名前が必要なのだ。

「チャーロ、まだつながっている?」

「目を見ひらいて、口をぽかんとあけてるわ」

「いまから店のリストを送る。あなたが使わない店はフラグをつけて。あなたが使っているのより少ないでしょうけど」

「それならできる」

「フラグをつけて、送り返して。いそいで」

イヴは通信を切り、立ち上がって歩きはじめた。

近づいてる、かなり近い、それはわかってる。でも犯人が今夜またひとつ命を奪おうとしたら、じゅうぶんなほど近くじゃない。

ボードにまた新たな少女が載る? ジェンナ、アーリー、キキのような。

クゥイラのような。

それに、自分のやれることはこれで全部か? 待つこと。その名前を、その顔を待つこと。押せる線は全部押した、だからいまは誰かが何かの答えを持ってきてくれるのを待つしかない。

チャーロは手早く作業をしてくれ、イヴが予想したとおり、フラグがついているのは二軒だけだった。

腰をおろして次をやってみようとしたとき、リンクが鳴った。

ティーズデール特別捜査官。

「ダラスです」

「警部補、折り返すのがこんなに遅くなって悪かったわ」

「当たりがあれば、もっと早く折り返してくれたでしょ」

「残念ながらそうだと言わざるをえないわね。類似犯罪はなかったわ。近いかというものがひとつだけあったけど、その加害者――いまは十八歳――は刑務所に入っているの。あなたのほうはもっと進展があったのかしら」

「進展はあったわ、手伝ってくれてありがとう」イヴはボードを見て、次の少女のことを思った。「二時間以内にたしかな情報がつかめなければ、あなたに参加してもらいたい」

「もちろんよ。狩りの成功を」

イヴは通信を切り、リストにかかった。

またリンクが鳴り、ぱっととった。

ヤンシーだ。

「ダラスです」

「僕にできるせいいっぱいのを送りますよ、でも目撃者全員から聞き取った部分をつなぎあわせなきゃならなかったのはわかっておいてください、それで……」

ヤンシーは言葉をとぎらせ、彼の映画スターのような顔と、褐色のゆたかな巻き毛の頭がイヴのスクリーンいっぱいに映った。

「あなたの言ったとおりでしたよ、キキは自分で思っていた以上のものを見ていました、でも暗いシアターの中で、痛みに飛び上がって見たんです。これで顔認証をするのに足りているといいんですが」

足りてもらわなければならない、とイヴが思っていると、コンピューターが受信を知らせる音を鳴らした。

それを呼び出し、じっと見た。

そしてその重要な次のピースがかちっとはまった。

「こいつよ。やったわ、ヤンシー、これが犯人よ。わたしにはわかる」

わたしは確信していたでしょ？　完全に確信していたでしょ？　この顔がわかると。

「希望していたよりラフになってしまったんですが。これから署に行って、これを少しでもよりいいものにできないかどうかやってみるつもりです。でも警部補が、作業を終えたらすぐこのスケッチを見たいだろうと思ったので」

「そうよ。いまもそう。あなたはここにあいつをとらえてくれた。彼だとわかるだけのものをここにとらえてくれた。よくやってくれたわ。ありがとう」

イヴは通信を切り、顔認証のプログラムにとりかかったが、そこで近道ができるかもしれないと気づいた。

行き方がわかれば、だが。

あの年鑑は手元にある。このスケッチをその年鑑に対して検索するやり方を考えるだけでいい。もし犯人がそこにいなくても――でもいる、イヴにはそれがわかっていた――標準の検索ならできるだろう。

「コンピューター」髪をかきあげ、その手を拳に握ったまま、コンピューターに自分のさせたいことをするよう告げるには、どういう命令を口にすればいいのか考えようとした。

〝待機中です……〟コンピューターが言ったが、まるで助けにはならなかった。

「ええと、わたしの自宅のユニットとその補助機からファイルをコピーして、呼び出して――いったん保留、待って」

必要なのはあの文書、名前、コード、あの何か。

くそっ！

「何かトラブルかい？」

彼が来るのはまったく聞こえなかった――いまに始まったことではないが――しかしイヴは飛び上がってロークをオフィスに引っぱりこんだ。

「ここに座って、話はあと。あの年鑑でこのスケッチを検索したいの」

「それじゃ犯人がわかったんだね。彼は……とても平凡だな、目以外は」

「平凡、記憶に残らない、でも目がおかしい。キキは、少なくとも、そこは見ていたのよ。それを使えるようにして」

「引き受けた。僕はこれのタイミングをはかって来たみたいになったね」ロークはそう言って、ボイスコマンドではなくキーボードとスワイプを使って作業を始めた。

自分だったらそれは絶対思いつかなかっただろう、とイヴは認め、分割されたスクリーンがさまざまな顔を映していくのを彼の肩ごしに見た。

「少し時間がかかるよ」

彼の言うことを信じて、ブルペンへ走っていった。

「ピーボディ、顔がわかった。いま検索してる。レオに連絡して、令状を出す用意をしてもらって。名前と住所がわかったらすぐ、逮捕、家宅捜査、および身柄拘束」

オフィスに戻ると、ロークが彼女のコーヒーを飲みながら、あらわれては消える顔を見ていた。

「顎が弱そう」イヴは言った。「まだ頬に赤ん坊みたいな丸みが残ってる。鼻は均整がとれるにはちょっと大きすぎる、薄い唇、それからあの目。美少年じゃないわね、この子は。それに目が――」

「まったく少年の目じゃない、だね？　顔より何歳も大人びている」

「そのとおり。そのとおり」イヴはリンクが鳴りだしたのでつかんだ。

「ダラスです」

「アリッサンドラよ、ワイルドで爽快なドライブのあと帰ってきたわ。うちの運転手もわたしと同じくらいわくわくしてたと思う」

「名前を言って」

「喜んで。わたしがあの靴を、ここ何年にもわたってほかのたくさんのものと同様に買ってきた相手は、ノーラン・ブライス博士の息子さんよ。うちにも息子がいるんだけど――」

「フランシス・ブライスね」イヴは年鑑の写真が一致したのでそう言った。

「そのとおり。あのお宅にはあまり行ったことがない、しばらく行ってないわ、このお客様はたいてい直接の配送か、もしくはわたしが梱包《こんぽう》してメッセンジャーに送らせることを希望されるから。でもたしかすてきなお宅だったと思う」

　アリッサンドラはアッパー・イースト・サイドの住所を読み上げた。

「ありがとう」

「ねえ――」

　しかしイヴは通信を切った。

「行くわよ。ピーボディ」イヴはなかば走るようにブルペンへ入っていって呼んだ。「フランシス・ブライス、父親はノーラン・ブライス博士」住所を付け加えた。

「いそいで、それからさっきの令状をとって」

「やつをつかまえてきてくれよ、警部補《ルー》！」ジェンキンソンが叫んだ。

「あったりまえよ」イヴは答えながらグライドへ走った。

20

「ピーボディ、父親を調べて」

「もうやっています」

「あなたが運転して」と、イヴはロークに言った。「ここで何をやってたの？」

「ダウンタウンで少し仕事、それにきみはもうすぐシフトの終わりだっただろう。いいタイミングだと思ったんだ。それじゃ、ヤンシーは期待にこたえてくれたんだね？」

「ヤンシー、キキ、デイヴィッドがあれこれ少しずつね」イヴはグライドを走って抜けていった。「それからチャーロも」

「チャーロ？」

「個人向けショッパーよ――あの靴。実を言うと、クウィラがいいヒントをくれてそれを作業してたの。何が出た、ピーボディ？」

「このグライドを走り降りながら読んでいるのでちょっと吐き気が。ノーラン　ブライス博士、白人種、年齢五十三、〈グラント・アンド・フリスカー製薬〉の研究所、ニューヨーク支部の部長。結婚一回、離婚一回。マリエラ・リーダー、もう亡くなっています」

ピーボディはイヴが駐車場のドアをバンとあけて通り、金属の階段を降りはじめたので、目を上げた。「薬物過剰摂取です、ジャンクの混合ドラッグ——注射器ですね。五年前。前科記録がありました」

「要点を」イヴは車に乗りこみながら言った。

「所持、暴行、抵抗、無許可の客引き。最初の逮捕は……十二年前です。強制治療処分」

「受けなかったんでしょ」

「少しも」ピーボディは肯定した。「九十日入っていました——高級なセンターに。その後一年足らずで逮捕されています。また治療期間。六か月もやってませんね。刑務所で三十日、治療更生施設でさらに九十日、社会復帰施設でさらに三十日」

「息子は四歳くらいだね、それが始まったときは」ロークは車の流れをぬって進みながらイヴをちらりと見た。「母親がドラッグを使いはじめたのはたしかにもっと幼い頃だろう、だがその頃に母親が長期間いなくなるようになったんだ」

イヴが口を開く前に、ロークは首を振って、角をすばやく曲がった。「だからといって彼に殺す権利ができるわけでもないし、彼が哀れみの対象になるわけでもないよ——少なくとも僕は哀れまない。でも母親の件は根本にかかわる問題だ、いまとなってはね？　彼の母親は息子よりもドラッグを求めたんだから」

「それで彼はドラッグで――もっと純度の高いやつで――女の子たちを殺してるのね、自分を振り向かなかった子たちを。というか、一度も見なかった」と、イヴは訂正した。「彼は残りの一生を檻の中で過ごしながら、その根本的な問題に取り組めるわよ」

「三度めの逮捕は」ピーボディが続けた。「社会復帰施設を出てから三か月足らずです。三年から五年の刑、四年間つとめて、社会復帰施設に九十日。ブライスは彼女が刑務所にいるあいだに離婚して、未成年の息子の完全監護権を与えられています」

「ざっと、切り捨て算をしてみると？」ロークは黄色信号をさっと走り抜けた。「彼女は釈放後すぐに過剰摂取し、息子はだいたい十一歳だった」

「正確な計算ですよ」ピーボディが言った。「博士に犯罪歴はありません、ダラス。キーキーきしむほどクリーンです。たくさんお金がありますね。ロークほどたくさんじゃありませんが、それでもたくさん。本人の収入に加えて代々伝わるお金。ニューヨークに家、船、カントリークラブの会員権、ハンプトンズに別荘がひとつあります。

　ひどい言い方をするつもりはありませんが、父親の美貌は息子に受け継がれていませんね。博士の外見は夢のようですよ」

「ひどくはないわ、比較的」イヴはノーラン・ブライスを自分のスクリーンに映した。「父親は美貌の持ち主。母親も同じ。依存症でそれが失われてしまったけど、はじめは美貌があった。そして息子は遺伝子のくじにはずれた。背が低くて、ぽっちゃりしていて、平凡で、ネズミみたいなブラウンの髪、死んだブラウンの目。

フランシス・ブライスのＩＤ写真をさかのぼって」イヴはそう言った。「彼の目は昔からずっとおかしいわ。根本にかかわる問題、たしかにね。でも生まれつきサイコパスの人間はいる」

受信のシグナルが鳴り、イヴは満足げにうなずいた。「レオがうまくやったわ」令状をプリントアウトした。

「そしてまたもや、絶妙なタイミングだ」ロークは駐車禁止ゾーンに車を入れ、〝公務中〟のライトをつけた。

上質な、しっかりしたレンガの家だ、とイヴは見てとった。三階建て、角に建つ四角い家で、玄関のダブルドアにつながるレンガの短い階段がついていた。

平らな屋根、そしてそこに屋上庭園らしきもの。たぶんフランシスは自分のケシをあそこで育てているんだろう、とイヴは思った。

車を降り、長々と見た。

「あなたのところのセキュリティシステムをつけるくらいには頭がいいのね」

「たしかにうちのだね。僕に突破してほしいかい？」

「まずノックしてみましょう。記録して」

どのみち防犯カメラにこちらが映ることはわかっているので、イヴはドアへ近づいていった。ノックするのではなく、ブザーを押すと、ドロイドとわかる声が数秒で返ってきた。女だ。

「こんばんは。どういったご用件でしょうか?」

「ドアをあけてもらえると助かるわ」イヴはバッジを持ち上げた。「NYPSDよ」

「ブライス博士は現在お留守です」

「バッジをスキャンして。この家を捜索することを許可しているこの令状もスキャンして、このドアをあけて」

「少々お待ちください」

イヴはスキャンされるのを待ち、三十秒数えたらロークにセキュリティとロックを突破させようと思った。

ドロイドはかろうじて間に合った。

「お客様の身分と令状を確認しました。少々お待ちください」

ロックがはずされ、ドアが開いた。

四十代のセクシーなブロンド女性を模したつくりのドロイドは後ろへさがった。シンプルなストレートラインの黒いスーツとローヒールのパンプスを身につけている。

「あなた方は入る権限を与えられました。何かお手伝いいたしますか?」

ホワイエをざっと見て、イヴはジャケットの下に手を入れて武器の握りをつかんだ。

「フランシス・ブライスはいま家にいる?」

「いまはお留守です」

「ほかに誰かいる?」

「いまこの家にはわたしひとりです」

「フランシスはどこ?」

「その情報は持っていません」

「彼が家を出ていったのはいつ?」

答えを出すあいだ、ドロイドの明るいブルーの目は一点を見つめていた。「十七分二十八秒前です」

「ちくしょう。彼はカーサーヴィスに連絡した? タクシーを呼んだ?」

「その情報は持っていません」

「ピーボディ、ブルペンの誰かに連絡していまのを調べさせて、この場所から半径三ブロック以内で。ノーラン・ブライス博士はどこ?」

「ブライス博士はラスヴェガスで医学会に出ていらっしゃいます」

「出かけたのはいつ?」

「八日前です」

「戻ってくるのはいつ?」

「六日後です。時間を延ばして短い休暇をとられたんです。ご連絡しましょうか？」

「だめ。フランシスはどこでケシを育ててるの？」

「申し訳ありません。その質問が処理できません」

「フランシスは屋上庭園を使っている？」

「確認できません。わたしのサーヴィスはあのエリアでは必要とされていません」

「ピーボディ、捜査キットをとってきて、それから進んでいきながら中を確認していって、屋上を調べて。この家であなたのサーヴィスが必要とされていないのは、ほかにどこ？」

「フランシス坊っちゃまの研究室、書斎、娯楽室です」

フランシス坊っちゃま。ったく。

「それはどこ？」

「研究室、書斎、娯楽室は下の階です」

「地下か。案内して」

「申し訳ありません。そのエリアに入れるようにはプログラムされていません」

「行き方を教えて。一緒に来て」イヴはロークに言った。「わたしじゃわからないけど、あなたならわかる科学やIT関係のものがあるはずよ」

「そのエリアには、ユーティリティエリアの階段かエレベーターで行けます。けれど、どちらも施錠されていて、フランシス坊っちゃましか入れません」

「案内して」イヴは繰り返した。「自分のマスターを持ってるから」

ドロイドは二人を階段へ連れていった――クラシックな、まっすぐな階段だ。その下にエレベーターのウッドパネルのドアが埋めこまれていた。

イヴがエレベーターのボタンを押すと、ドロイドはまた口を開いた。

「それは二階と三階には行きますが、フランシス坊っちゃまの許可がなければ下には行きません。わたしから坊っちゃまにお知らせしましょうか」

「だめ」横にどき、イヴはロークを通してそのブロックにとりかかれるようにした。「やってみるでしょ？」

「フランシス坊っちゃまはご自分のプライヴァシーを大事にしていらっしゃいます。よくご自分のリンクでプライヴァシーの設定をなさいます」

「行けるよ」ロークが言った。

ピーボディが捜査キットを持ってきた。「わたしは屋上に行きます」

「わかった」イヴはコート剤をつけた。「ローク」彼に〈シール・イット〉をほうった。

「そのドアから下へ行ったところにドロイドを連れ戻して。それをシャットダウンしたあと、あっちへ降りてきて。それが再起動してフランシス・クソ坊っちゃまや父親に知らせてもらいたくないの」

「父親には連絡したくないんだね？」

「彼が息子をどう思ったり感じたりしていようと、それでもやっぱり父親でしょ。警官が息子を探していると知ったら、基本的な本能で息子に連絡しようとする可能性が高い」

「たしかに。あとで下で合流しよう」

ドアが閉まると、イヴのコミュニケーターが鳴った。「何があった？」

「本当にすばらしい温室です。コンパクトですが本当に最高ですよ。それにがっちり施錠されているんです。本当に、真面目に言って、絶対にこのガラスを割りたくありません。中ははっきり見えないんです。換気はされていますが、換気口が高すぎて手が届きません」

「戻ってきて、彼の寝室を見つけて、そこから始めて。温室の錠はあとでロークに対処しに行ってもらう」

「すぐ行きます。タクシーもカーサーヴィスも幸運はありませんでしたよ、ダラス」

「彼は慎重ね。寝室にとりかかって」

エレベーターが開くと、むこうは真っ暗だった。

「照明をつけて」イヴは指示したが、暗闇のままだった。「くそっ！」

体でエレベーターのドアを押さえながら、エレベーター内のライトを使った。ロークに連絡する。

「彼がここの照明をブロックしちゃってるのよ。パラノイド野郎。懐中電灯は持ってるけど、それじゃ足りないと思う」

「一分待ってくれ」

一分よりさして長くかからずにライトが――たくさんのライトが――点灯した。

そこは高級なスタジオアパートメントのようで、クリーミーホワイトの壁とダークウッドの床があった。娯楽《エンターテインメント》スクリーンが占領している壁の反対側にはネイビー色のジェルカウチと、ネイビーと白のストライプ柄の大きな椅子が二つあった。

小型キッチンエリアにはフルサイズのオートシェフと冷蔵庫、流しがついていた。さっきのドロイドはここでは働かないのだろう、とイヴは思った。しかし模範生のフランシスはそこをしみひとつなく保っていた。

ロークが来たのは聞こえなかったが、彼がいるのを感じて、振り返った。

「くつろぐエリアね、お金持ちの坊やのくつろぐところ。何も悪いことはしてないようにみえる。彼はあまりここを使ってないんじゃないかしら。横になったり、ゲームをしたり、映画を見たりするには忙しすぎて」

「さっきの階段に通じるドアだが。とてもしっかりした錠が複数あった。何も悪いことをしてないならほぼ必要ないだろうね」

イヴは何かのドアへ歩いていって、あけてみた。「トイレだ。そっちを見てみましょう」

アルコーヴを通って、別のドア、別の錠。

「言っておくべきかな」ロークはその錠にとりかかりながら言った。「彼もしくは彼の父親は、エレベーターブロックと階段へのドアにアラーム設置をしていた。無効にしておいたよ」

「わたしはフランシス坊っちゃまに一票」

「僕もだ。彼のリンクに信号を送るようになっているんだろう。いまは送れないがね、もちろん」彼はイヴにドアを開いてみせた。

「くつろぐスペースにカメラは一台もなかったわ。ここにも」彼女は言った。「書斎エリアね。というかオフィスかな。上質なデスク、最先端のコンピューターシステム、革張りの椅子、飲み物ステーション」

デスクの引き出しをひとつ引っぱってみた。「鍵がかかってる。彼は絶対に危険を冒さないのね。きっとコンピューターもトリガーがついてるわよ」

「それも対処できる」

「ほんとにいいタイミングだったわね。でも待って」イヴは別の鍵のかかったドアを指さした。「くつろぐスペース、書斎スペース。ここは？　ただの通路よ。きっとこの中に本物のワークエリアがある」

「どうして大人が許可したんだろうね、ほんの少年に――十六歳、だろう？」

「九月で十七歳」

「どうして父親はこの全部を許可したりしたんだろうな。錠にブロック。僕は子育てのことは詳しくないが、これを見たら真っ赤なフラグがいくつも立つことはわかるよ」

「その点は同感」

ロークはやすやすとそのドアをあけた。「待って」彼は言った。「ここにはカメラがある、それに保証するが、もっとセンサーもあって、それも彼のリンクに警報を送るだろう。これは一分以上かかるかもしれないな」

仕方ないので、イヴはじりじりする気持ちを抑えた。「やれることをやって」

彼にスペースをあげるために後ろへさがり、もう一度書斎エリアを見てみた。

引き出しはすべて鍵がかかっている。写真なし、思い出の品もなし、くだらない玩具《おもちゃ》もなし。フランシスはコンピューターを使っている、とイヴは思った。だが学校の課題だけにしか使っていないことには、ロークのすてきなお尻を賭けてもいい。

本命は研究室だ。

ピーボディがやってくるのが聞こえた。

「ワォ、ティーンエイジャー用にしてはすごいスペースですね。彼はここを自分のアパートメントにしているんですね、基本的に。それで寝室の説明がつきます」

「寝室がどうかしたの？」

「ベッド、ナイトスタンドひと組、揃いのランプ複数、読書用椅子、チェスト、大きなクローゼット、が付いてます。一トンもありそうなくらい服を持っていて、すべて〈ステューベン〉と似た路線のものです。お金持ちの老けたつまらない会計士のできあがり。それに何もないんです、ダラス。

散らかってない、個人的なものもない、ティーンエイジャーらしいものもない。タブレットもなし、くだらないものもなし、壁にポスターもないんです。きちんと吊《つ》るされているか、たたまれた服、きちんと並べられた靴。それにどれもバギーパンツじゃありませんし、安物でもなく、〈キック・イット〉でもない。トレンチコートもなし、ウィッグもなし」

「身につけていったのよ。彼は狩りをしているんだわ」

「入ったよ」ロークが言った。「それにイエスだ、ここが彼の本当の仕事場だよ」

そしてその本当の仕事場は、くつろぐエリアよりも広いスペースがあった。両側に二台のコマンドセンターがあり、それぞれに、セントラルの会議室にあるものにそっくりな電子ボードが付いている。

研究室自体には、ディックヘッドが羨望に浮き立って両手をこすりあわせるところが思い浮かんだ。

二つの長いカウンターが通路をかたちづくっていた。フランシスが車輪つきのワークチェアでそこを横に動き、ガラスびんやビーカー、ペトリ皿、顕微鏡類やスクリーンを殺人のために使っているところが見えるようだった。

　ガラスの壁のキャビネット、もちろんロックのかかったものの中にもそうしたものがあり、ガラス扉の保冷庫にもあった。

「彼はこのうちのいくらかを製薬会社からくすねてきたはずよ。父親の研究所から。全部ラベルがついてるでしょ」イヴは指さした。「それにわたしはこういうクソのための科学用語を全部は知らないかもしれないけど、彼がここに規制物質を持っているとわかるくらいのことは知ってる」

「さらに作っていますよ。こっちです、ダラス。個人用の精製装置ってところです」

　イヴは別のワークステーションへ歩いていき、そこのマシンやバーナー類を見て眉根を寄せた。

「ほら、ここに果実があるでしょう、それを搾っているんですよ。それからこういう包装された玉があります」

「アヘンのかたまり《オピウム・ケーキ》だ」ロークが裏づけた。「こういうのを見たことがあるよ。それにノーだ」彼は無言の質問に答えた。「僕は一度たりともやっていない」

「それについては前に調べました」ピーボディが言った。「この玉からモルヒネを作るんですよ、それを石灰と一緒に煮ると、表面にモルヒネができるんです、それからそれをもう一度熱して——たしかアンモニアとだったかな、それに彼はカウンターの下にそれをちゃんと置いてありますよ。それから型も。型が見えるでしょう？　その中に入っている茶色のペースト状のものがモルヒネです、それからヘロインを作るんです」

「かなりたくさんの段階があるんだ、たしか。でも彼は必要なものは全部持っているみたいだね。それに技術も」ロークはそう付け加えた。「根本にかかわる問題であろうとなかろうと、彼は自分の頭脳、その技術、あきらかな特権を無駄に使って、母親を殺したものを作っている。何の罪もない人々をそれで殺すために。

　哀れみの余地はない。まったく」

「わたしたちは彼が何をしているか知っている、それに彼が外に出てもう一度やる準備をしていることも知っている。ここのコンピューターに入らせて。彼は緻密よ。タイムテーブル、日程表を作っているはず。全部署緊急連絡《BOLO》を出して、ピーボディ。運が向いて、目のいい警官が彼を見つけてくれるかもしれない」

　イヴは腕時計《リスト・ユニット》を見た。

「二時間後には暗くなる。彼にはその暗闇が必要よ。ピーボディ、マクナブかフィーニーかカレンダーをここへ呼んで。ふるいにかけるコンピューターが山ほどあるんだから、大至急」

「すぐかかります」

「ローク、わたしをコンピューターに入れたら、屋上へあがって、施錠されてる温室を相手にしてくれる？　ここにはじゅうぶんな証拠物があるけど、徹底的に捜索しましょう。ちくしょう、ピーボディ、ブルペンに誰かいるか調べて、でなければ非番とか手のすいている人間を。この家を調べるにはもっと人数がいる。わたしたちだけで全部を捜索するには時間が足りない」

ロークとピーボディが作業しているあいだに、イヴはリンクを出した。

「ホイットニー部長、最新状況をお伝えしなければなりません。対象者の身元を突き止めました、フランシス・ブライス、年齢十六、それからわれわれは現在、彼の自宅ラボにいます。そして何よりも、オピウム・ケーキと思われるものと、ヘロインを作るために必要な機器を発見しました。対象者は敷地内におらず、新たな場所、新たなターゲットへ向かっているものと思います」

「何か必要なものは？」

「犯人のコンピューターシステムを調べるためにＥＤＤから応援を呼んでいるところです、それからこの家の捜索の補助に、捜査官たちも。ＢＯＬＯも発令しました」

「ほかにも手と目が必要なら、手配しよう」

「そのときはお知らせします」ロークが合図し、一台めのコンピューターをさし示したので、イヴはうなずいた。「現時点で関連する情報はそれですべてです」

「新たにわかったことがあれば、連絡してくれ」

「イエス、サー。ダラス、通信終了します。ピーボディ？」

「マクナブとフィーニーが来てくれます、それに捜査官たちも全員勢ぞろい。ジェンキンソンがかき集めてくれています」

「よし。ちくしょう、フランシスはここの引き出しにもキャビネットにも鍵をかけていったわ。ローク、温室を調べる前にやってくれる？」イヴはコマンドセンターの一台の前に座った。「ピーボディ、引き出しがあいたら調べて」

自分は記録を調べた。そのいくつかをざっと読むにはさして時間はかからなかった、自分には解読できないであろう製法や反応式が含まれていたからだ。

あとでラボにやってもらえばいい。

先へ進み、リンクが鳴ったので出た。

「ケシだったよ」ロークが言った。「〝ケシがみんなを眠らせるだろう〟」

「何？」

「『オズの魔法使い《ウイッチ》』ですよ」ピーボディが助け舟を出した。「西の悪い魔女《ウイックド・ウイッチ》」

「彼は魔女《ウイッチ》じゃないわ、でもいまの彼は邪悪《ウイックド》のほうがやや勝っているわね。こっちに来てくれる？　このコンピューターは科学まっしぐらみたい。個人的な情報を見つけなきゃ」

「彼は〈シール・イット〉の小型缶をいくつも持っていましたよ。高圧スプレー注射、顕微鏡用のスライド。それに金の鉱脈。針の注射器です」コートした手で、ピーボディはひとつを持ち上げてみせた。「二ダースあります、個別包装で。製造は〈グラント・アンド・フリスカー製薬〉」

「リサイクル機《リサイクラー》を探して、あけられるかどうかやってみて。中身を証拠品袋に入れて。フランシスは凶器を始末するのに使ったかもしれない。科学なんかクソ食らえよ」

椅子に深く座り、イヴは額をさすった。「彼はここに覚え書を書いてる、それに彼を規制物質製造でつかまえるにはそれでじゅうぶん。それからわたしがこれを正しく読めているとすれば、彼が被害者たちに使った混合ドラッグの配合が書いてある。でも彼が次の被害者をどこで襲う計画なのかについては何も書いてないし、以前にどこで殺したのかの覚え書もない」

「仲間《ギャング》たちが着きましたよ」ピーボディはポケットにコミュニケーターをしまった。「中へ入れてきます」

「ううん、わたしが行く。作業を進めて、それからロークに、別のコンピューターステーションに入れるように頼んで」

時間節約のため、イヴはエレベーターで上へ行った。〝ギャング〟っていうのはぴったりの言葉ね、とドアをあけて思った。

「お巡りの一団を連れてきたよ、警部補《ルー》」ジェンキンソンがそう言ってにやっと笑った。

「助かるわ。フィーニーとマクナブ、エレベーターを使って――階段の下よ――一階下がって。犯人はいまのところたくさんのコンピューターと、タブレットを二台持っている。いまはいつもの殺し用の服を着ている、だから狩りをしている、そして計画を立ててある。それを突き止めなきゃならない。

残りのあなたたちは散らばって。ピーボディが彼の自室を調べている、でもこの家は広いから。屋上に温室がある。ケシよ。コート剤をつけて、サンプルを採取して。もし家の電子機器に入れないものがあっても、それはあとでいい。どのみち犯人はそこに何も入れていないでしょう。

奥にドロイドがいる、スイッチを切ってあるわ。それはそのままにしておいて。あとで電子チームにそのメモリーバンクに何か証拠に加えるものがあるかどうか調べてもらう」

「警部補の話を聞いたろ。トゥルーハート、上に行ってサンプルをとってこい」ジェンキンソンが指示を出した。「バクスター、三階から始めてくれ、トゥルーハートをあとで加わらせる。サンチャゴ、カーマイケル、二階をやってくれ、ライネケと俺はここを引き受けた」

「わたしは下にいる」イヴは彼らに言った。「犯人は暗くなるまで待つでしょう。いちばん最近の襲撃は十時前だったけれど、それをあてにするわけにはいかない。クソ野郎を見つけましょう」

イヴが下へ行くと、マクナブが書斎エリアのコンピューターにかかっていた。

「この子はこんな場所をつくってて、なのに女の子たちを殺してんですか？　俺がここで自由にやれるんなら、あの年ではもっと違うことを女の子たちとたくさんしてたでしょうね」

「あなたは昔からイケメンだったでしょう」

彼はにやっと笑い、作業しながらつつましく肩をすくめようとしてみせた。「まあ、ピーボディをつかまえられるくらいにはイケメンでしたね」

「大事なのはイケメンであることじゃなかった。きっかけにはなるかもしれないけど、そのままうまくはいかないでしょ。何か見つけて」

「見つかっているのは学校関係のものですね。時間割、テスト、レポート、作文、そういうもの。それに彼は何もかもとってあるみたいですよ、幼稚園の頃から」

「ええ、でしょうね」

僕がどんなに賢いか、これまでずっと賢かったか見ろ。

「それの下に何も埋まっていないかだけ確認して。ないと思うけど。ただ確認して、そのあとはラボに交代して」

フィーニーは片方のカウンターのところに立ち、コンピューターの一台を掘っていた。ロークは二台めのコマンドセンターにかかっている。

「もっと大きな証拠品ボックスがいりますよ」ピーボディが言った。「彼はモルヒネ、フェンタニール（強力な鎮静剤）、ロヒプノール、ケタミン、それからまだたくさん持っています。それに自分用のストリートドラッグも作っていたみたいです。ゼウス、ホア、エロティカ。全部ラベルをつけてありました。自家製の〝立ちっぱなし《スティ・アップ》〟もたっぷりあります。店では恥ずかしくて買えなかったんでしょう。きっと使っていたんですよ……」彼女は手を動かしてみせた。

「自慰するときに」

「ええ、それです。リサイクラーは袋に入れました。それから彼は医療用の廃棄品容器を持っていましたよ」

「それは遺留物採取班にまかせて」

「喜んで。ダラス、わたしはこういうことは何も知りません、本当に、でも彼はこういう密封式の容器をいくつも持っています、だからたぶんウィルスか細菌が入っているんじゃないかと思うんですよね」

「それにはさわらないでおくわ。危険物チームを呼んで、それについては科学的な指示をもらう」

「さらに喜んで」

もう一度リスト・ユニットを見た。外は黄昏《たそがれ》になる頃だろう。

「学校関係だけでしたよ、ダラス。次はどれをやりましょうか?」

フィーニーがマクナブに答えた。「もうひとつタブレットを見つけたから、それをやってくれ。ここにあるこのユニット、こいつは科学関係だ。いくつか見てみたが、やつはこれだけでもそうとうな説明が必要になるだろうな」

科学、とイヴは考えた。ベレンスキーは非番のはずだ、でも……。

ホイットニーに連絡した。

「部長、この場所で大量の化学薬品と規制物質を発見しました。違法薬物も。ウィルスや細菌のサンプルの可能性があるものの対処には、特別班を呼んであります。彼の電子機器にもさまざまな化学式があるのを見つけましたが、われわれでは解読できません。ベレンスキー主任が現在非番なのはわかっていますが、ラボにこれから送るものに対する準備をしてもらいたいんです」

「それはわたしが手配しよう」

「ありがとうございます」

「パスコード付きですよ」マクナブがタブレットのことを言った。「二重安全装置《フェイルセーフ》も。二分ほどかかります」

「ローク?」

「それにかかっているよ」彼はイヴに答えた。ジャケットを脱いで、袖をまくりあげ、髪を後ろで縛っているので、彼が作業モードに深く入っているのがわかった。「犯人は自分の痕跡を隠すだけのことは知っているが、あまりうまくない。じきにそこに行く」

イヴは自分を抑えて、もっと早く行ってと言わないでおいた。

フランシスには隠れ場所があるかもしれない。作業エリアに取りつけてあったセキュリティを考えるとすじが通らないが、もしかしたら。

イヴはそれを探しにかかった。壁のパネル、秘密のドア、何でもいい。

「警部補」

ぱっとロークのほうへ振り向いた。

「スクリーン」彼が言うと、ジェンナ・ハーバーのID写真がいっぱいに映った。

「犯人は彼女を殺した次の日にこれをアップロードしていた。メディアの報道と一緒に。それから彼女のソーシャルメディアのアカウントや、彼女について彼が見つけられたものをたくさん。彼女の死亡記事も含めてね。

覚え書があるよ、やはり彼女が死んだ次の日に記録されたものだ」

ロークはそれを呼び出した。

〝第一のプロジェクトは首尾よく完了した。あの配合は完璧に効果を発揮し、事前に計画しておいた出口から去る時間をつくってくれた。対象は――現在ジェンナ・ハーバーと確

認された――注入に対し迅速に反応した。彼女は僕を見た、そうとも！　彼女は僕を見た。彼女はクラブの中で倒れると予測していたのだが、まるでボーナスのように、裏道へふらふらと出ていって死んだ、それもメディアの報道によれば、ジェイク・キンケードの腕の中で。

女たち、生まれながらの娼婦たちは、ああいうタイプに喜んで脚を広げる。背が高くて、髪がたくさんあって、ギターを弾く、頭がからっぽのデカい男。でも彼女は先に僕を見た。あともう一回か二回、少なくとも二回、プロジェクトを成功させたら、選んだ相手が必ず最後に僕を見る方法を手にできる〟

「凶悪なやつだな」フィーニーがつぶやいた。

「もうひとつ記録がある、アーリー・ディロンについての。ほとんど同じだ」ロークはそう言い、その記録を呼び出した。

「キキ・ローゼンバーグは？」

「あるよ、でもそれはほかのと違っている。写真がないし、名前もない。ただ〝第三プロジェクト／失敗〟とあるだけだ。そして覚え書がある」

〝すべてのプロジェクトは、いかに綿密に計画を立てようと、いかに慎重にすべてのステップを組み立てようと、失敗することがある。状況、タイミング、予期せぬ出来事。科学は成功からと同様、失敗からも学ぶのだ。

たぶんより多くのことを。

選んだ場所が失敗の一因だったのだと思う。混み合った屋内のスペース。第一プロジェクトはそうしたスペースで望まれていた結果を達成したが、今回は、あのシアターの通路だったため、邪魔が多すぎるとわかった。それに暑苦しいクラブではなく、温度が低かったことも一因だった、対象はジャケットを着ていたからだ。それが注入を妨害したのだろう。

しかしそれでは対象の極端な反応の説明はつかない。彼女の悲鳴でこっちの頭が割れそうになった！　彼女はあの悲鳴をあげながら、本当にすばやく振り返った。僕をぶつつもりだったようだ、それで僕は予定していた出口から逃げざるをえなかった。

正確さのために、そして人間は正確でなければならないから、認めざるをえないが、僕は自分がひどくショックを受けておびえ、外へ出たときには走ったりせず、実際ほどパニックを起こしているようにはみえないよう、自分を抑えなければならなかった。

彼女も僕を見た。僕が見えていた。今回はそれが気にかかる。というか、かかった。事実は以下のとおり：

シアター内は暗かった――より正確には薄暗かった、だがじゅうぶんな程度だった。ウイッグのカットでこちらの顔はだいたいが隠れるし、ウィッグの色も僕自身の髪より濃い色だった。トレンチコートで体格も隠れる。それに対象はヒステリックになりすぎていたから——女はそういう傾向がある——はっきり見てはいないだろう。

僕は、当然のことながら、落胆したが、さらに決心が固まった。この後退は僕を前に押し出してくれるだけだとわかった。前だけではなく、上へ。次のプロジェクトは成功するだろう。次の対象は僕の顔をはっきりと（最後に）見て、僕の声を知るだろう。彼女は自分のようなタイプが僕に与えることを拒否するものを与えるだろう。

最初の注入がそれを確実にする。

二度めで彼女は終わりになる。

彼女は誰になるだろう。名前はどうでもいい、事後になって、僕の記録に入るまでは〟

「それだけ？　いつとか、どことかは何もなし？」

「僕は見つけていない。これを続けるよ」

「ようし、ついにやった！　入ったぞ」

ふうっと息を吐いて、マクナブがタブレットを開いた。「彼はこれを保護するために、eギークに金を払ったに違いないですよ、最高の仕事でしたからね。ただの学校用コンピューターによくあるタイプ、それに……くそっ、こいつは日誌だ。最初の日付けは三年

いた。

「最新のエントリーに行って」イヴは部屋を歩いていき、マクナブの肩のところにくっついた。

「ありました。今日記録《ログ》してます」

「〝もう行こう〟」イヴは読み上げた。「〝あそこに行くには時間がかかるし、成功を確実にするために、今夜のプロジェクトに最適な場所を選んだと確認しなければならない〟

戻って、戻って。その場所を知りたいのよ」

「待ってください、待って。オーケイ、くだらない話だ、スカしたやつのくだらない自慢話」マクナブはできるかぎり速く見ていった。

「ストップ！」イヴは指示した。「〝最初にコニーアイランドへ行ったとき、僕は五歳にもなっていなかった。母が僕を連れていったのだ。僕は彼女が冒険と言ったものに連れていってくれるのがうれしくてたまらなかった。彼女がそこで売人と会い、ハイになったことなど、そのときはわからなかった。僕が車に酔うと、母は大笑いした。僕は泣いた。

今年の六月三日にもう一度行ってみてはじめて、そこが僕の勝利のために完璧な場所になってくれると気がついた。あのアミューズメントパーク、僕の子どもの頃の屈辱の場所を十二回訪れた。そこをぶらつくと昼間はけばけばしく、夜はライトが偽物の色と楽しみをひらめかせていた〟」

「若い子がこんな話し方しますかね？」マクナブが首をかしげた。

「彼はするのよ。〝屈辱を勝利に変える前にもう一、二週間待つ予定だったが、昨夜の失敗が僕に、いまがそのときだと確信させた。人は報酬に対するリスクの重さをはからなければならない。

もし彼女が、あの対象がゆうべやったように悲鳴をあげたところで、誰が気づく？　彼女は僕が得て当然のものをくれるだろう。そしてそのときは、僕もお返しをしてやる〟

コニーアイランドよ。みんなを集めて、ピーボディ。あなた、バンを持ってたわよね、フィーニー？」

「バンじゃ遅すぎる」ロークが立ち上がった。「ジェットコプターを数分以内にここに用意できるよ」

「どこに着陸する気？」

「屋上にスペースがある」

イヴは自分が飛ぶのを大嫌いなことを思った。それからブルックリンへのろのろ這うように進む車列を思った。

「そうして。ピーボディ、この家に制服を何人か待機させて、それから遺留物採取班に連絡して、この研究室にあるものをひとつ残らず調べて、ラボに搬送を始めさせて。さあ動いて、とりかかって」

「もうやってます」

「フィーニー」

「うちの坊やたちを何人かここへ呼んで、電子機器を運びこませよう。僕らはきみと一緒に行く」

よし、と思いながらイヴは階段を駆け上がった。コニーアイランドは人で混み合う映画館ではない。何平方キロもある。ボードウォーク、ビーチ、乗り物、アーケード。

しかしいまは、彼女のほうがハンターだった。

21

フランシス・プライスは自分の外見が、俗な言葉で言うならば、〝イケてる〟と思っていた。髪、サングラス、服。さらに少しレベルを上げようと思って、トレンチコートまで着てきたのだ。

この靴のせいで、かかととつまさきには水ぶくれができたかもしれないが、それもおおぜいの人間にとけこむためには払わなければならない代償だった。

それに水ぶくれはもう手当てをして、ヌースキンを貼っておいた。

今夜のことはあらゆる段階まで練り上げてあった。下調べをし、必要な配慮をして、タイミングを計算した。

自分が子どもとしてここで受けた屈辱と嘲笑を思うと、この場所で大人の男として勝利を味わうのはいっそう重要なことに思えた。

両手にはコート剤をつけていた。父親のコンドームも二つ失敬してきた。今夜選ぶ幸運な尻軽女の体の中や外に、ＤＮＡを残していくのはまずい。

追加の用心として、家からたっぷり十ブロック歩いてからタクシーを拾った。そのタクシーでソーホーまで行ってから降り、もう一度歩き、それから別のタクシーを拾ってブルックリンへ行った。

また歩き、三台めのタクシーでコニーアイランドへ来た。

警察はこれっぽっちも手がかりをつかんでいないだろうが、一オンスの予防は一ポンドの治療に匹敵する（何か起きてから元に戻そうとするより予防することが大事、という意味の慣用句）。帰りにも同じことをやるつもりだった。公共交通機関は使わない、おせっかいなカメラがついているから。

歩いたりタクシーを乗り換えたりはしたが、暗くなる前に遊園地に着いた。

人にとけこむことの値打ちはわかっていたので、コニーアイランド・ドッグと炭酸を買った。ろくでもない食べ物、もちろんそうだ、ただし最初のひと口はおいしいと認めざるをえなかったが。それでも、歩いたり、ぶらついたり、ドッグを食べおわったりする頃には、かすかに胸やけがした。

彼の母親もあの遠い昔に来たとき、ホットドッグを買ってくれた。それから青い綿あめも。

あのベンチに座ってね、フランシス。あそこにお行儀よく座って、綿あめを食べてらっしゃい。ママはこの人とちょっとお話があるの。そのあとで全部の乗り物に乗りましょ

う！

母親の売人、と彼は思った。当時はそうとは知らなかったが。彼は言われたとおりに座り、紙のコーンの上の青いふわふわの手触りに夢中になった。

それはとても甘くて、歯にしみる甘さだとわかったけれど、結局は食べた。

そのあと母親はひどく快活に、楽しそうになった。ベンジャミン・フランクリンの凧《たこ》みたいに舞い上がって。彼は子ども用の乗り物にたくさん乗った。いくつかは母親も一緒に乗れたので、彼女は乗りながら髪をなびかせてブッ飛んでいた。

それからバンパーカー、メリーゴーラウンド、まわるティーカップ、ぶらんこみたいな小型観覧車、揺れるロケットライドが続いたせいで、彼は胃の中身が全部出てしまった。ほかの子どもたちは笑ったり、うんざりした声をもらしたりした。そして母親はいつまでも笑っていた。

まあ、フランシスったら、あなたらしくないわね！　楽しい午後なのに吐いちゃうなんて。

彼は二度と遊園地の乗り物には乗らなかった。

これまでは。

やっと黄昏《たそがれ》になり、彼と同年代のグループは屋内へ移動しはじめた。たいていは、現場調査でわかったことだが、午後はナニーや祖母や親がひとり二人ついている子どもの時間だ。家族――昔ながらの〝ワンダー・ホイール〟（コニーアイランドの大型観覧車）の前で自撮りをするおおぜいの観光客たち。

昼間の時間に、彼はよく高齢者を観察した――とくに男を――ベンチに座り、ビーチのほうを見ている。たぶん自分たちが頭脳や幸運や、しょっちゅう汚い言葉を口にしたり不満を言ったりしない娼婦の妻を手にしていたら、持てたであろう人生を夢見ているのだろう。

どのみち、あいつらは道の終わりにさしかかっている、だからもう手遅れだ。

自分は道の始まりにいる。あと一年と一か月と一週間と三日すれば、十八歳になる。大学が待っている、それにそこでの選択はもうしてあった。

二年生になるまで待ってから、父親に悲劇的な事故を用意する。そうすればすべての金は彼のものになり、あの家も彼のものになる。船酔いするから、あの船はハンプトンズの別荘と一緒に売ってしまおう、何の興味もないし。

自分のやりたいことを、やりたいときにできるのだ。好きなだけたくさんの娼婦を買うこともできる。

そして自分のやりたいことを何でもやらせられる。

彼はやってみたくてたまらなかった――不正確な俗語で言うとしたら――フェラチオ《ブロー・ジョブ》を。

だが今夜は挿入を体験するのだ。自分はそれだけのことをやってきた。そうなってしかるべきだ。

今夜、ついに女の胸を両手につかむのはどんなものかわかるのだ。女の子の口に舌を入れるのは。自分の勃起したものを彼女の中へ押しこむのは。

彼女に挿入し、支配するのは。自分の体で彼女を痛めつけながら、彼女の体から快楽を受け取るのは。

それを思うともうその勃起がやってきて、彼はトレンチを着てきたことに感謝した。すでにライトが輝き、ひらめいていて、それがあの——彼にとっては——偽物の興奮と、一種のけばけばしい豪華さを思い出させた。

〝サイクロン（コニーアイランドのジェットコースター）〟から悲鳴がなだれ落ちてきた、その車と乗客たちがどっと下へ急降下し、ループをぐるっとまわったからだ。

どうかしてる。フランシスからみれば。

エアガンがパンパン鳴り、間抜けたちが、どれも安っぽい賞品を獲得するために、いろいろな動物やマンガの悪役を狙って撃っていた。〝ワンダー・ホイール〟が回転している。〝Gフォース〟からも悲鳴があがっていて、乗客たちをストラップで留めた輪がねじれたり、ひっくり返ったりしていた。

それを見るだけでも気分が悪くなった。

彼はいくつかの可能性を考えた。短いショートパンツとろくに布地のないトップスを着た脚の長い女の子たち。彼が与えたくてたまらないものをねだっているのは一目瞭然だ。

しかし大半はグループで歩いており、多くは若い男が一緒だった。頭がからっぽで背の高い運動バカに、薄笑いを浮かべた猫背の不良ども。

群れからひとりを切り離すという選択もいくつかあったが、ひとりで歩いている、好みの相手を見つけるほうがよかった。彼はトイレを注視していたが、なぜだか女たちはそこにもグループで来ることがしばしばだった。

彼に必要なのはひとりだけだったが、基準はあった。その女は彼から見て好ましくなければならない、顔も体も。彼より背が高くてはいけない。

しかしだんだんがまんができなくなり、それに不安にもなってきて、彼の好みより腰によぶんな体重がついている女か、もうひとり口がとがっていて耳が大きすぎる女で決めてしまおうかとした。

彼は自分が見て好ましく、自分の基準に合う女がほとんどひとりで歩いていないことにいらだってきた。今回のもっとも重要なプロジェクトのためには、連れのいる女に接近することはできない。

そのとき彼女が目に入り、彼は自分の幸運がほとんど信じられなかった。彼がそもそも幸運というものを信じているとしての話だが。

彼女を知っ、て、る！

ディレイニー――みんなはデルと呼んでいた――・ブルック。彼の学校の生徒で、実を言うとかなり知的な頭の持ち主だった。波打って垂れるブルネットの髪、ゴールデンブラウンの目、完璧な目鼻だち。長い脚、だが彼の身長条件には合致していた。彼のほうが少なくとも二センチ半は高かったのだ。

彼女はあの脚をひきたてるブルーのショートパンツをはき、脚はすばらしく筋肉が張っていた。学校では水泳チームのキャプテンをしていたのだ。細いストラップのついた短い白のトップスが、スイマーの肩を見せつけている。

一度、彼女と研究パートナーになったことがあり、二人はまずまずうまく一緒に作業をした。しかし彼がコーヒーでも飲みにいかないかと言うと、彼女は嘲笑をほとんど隠してもいない哀れみのこもった目で彼を見て、付き合っている人がいるのと言った。

嘘だった、まただの嘘。それに彼女があとで友達にこのことを笑いながら話していたのを、彼はわかっていた。

ここで、彼の欲するものすべてを手に入れるチャンスが、むこうからあらわれたのだ。

それに彼女は、いまはリンクでしゃべっていたが、ひとりで歩いていた。

彼はトレンチコートの右ポケットに手を入れた。一本めの注射器、それには彼が〝服従〟と名づけた、彼自身の配合による薬が入っている。

彼はいつかそれを商標登録することを考えていた。

これで彼女は、もちろん服従し、言われたことを受け入れ、柔順に、ちょっぴり眠たくなるだろう。

今回、彼は針に感覚を麻痺させる薬を塗っておいた。ちくっとするだろう、もちろん、だがほぼそれだけだ。

そのあとは彼の配合がやってくれる。

彼は注射針の安全キャップをはずし、彼女に近づいていった。

イヴは飛んでいるあいだの時間を使って作戦の手配をした。

「みんなは彼の顔と、ウィッグをつけているスケッチのコピーを持って。彼はウィッグをつけているはず。黒いバギーパンツ、黒い〈キック・イット〉、たぶん黒いTシャツ。トレンチコートもよ、あの家には見つからなかったから。

ネクタイをはずして。あなたはいいわ、ジェンキンソン。あなたのネクタイはまさにカーニバルがわが家みたいにみえるから。ピーボディ、ジャケットは脱いで。シャツが長いから携帯武器を隠すにはじゅうぶん。あなたはマクナブと動いて。彼はいつもカーニバルに住んでるみたいな格好だし」

自分が空の上で立っていると思うのはいやだったが、イヴは立って、スクリーンとそこにあるパークの画像をさした。

「サンチャゴ、カーマイケル、北側を受け持って。ジェンキンソン、ライネケは東側をやって、それから警官っぽくみえないようにしてよ。ピーボディ、マクナブは南。フィーニーはまじわる部分をやって、ロークとわたしはまっすぐ真ん中を進んで西へ向かう。子ども用のエリアは飛ばしていいわ。彼はそこには興味がない」

「あと二分」ロークが言った。

「みんなイヤフォンは持ってるわね、それを使って。連絡をとりつづけること。地元警察は位置についているはずよ、海岸沿い、入口、出口。忘れないで、犯人は武装している。注射器にやられたら命があぶない」

　イヴは座り、シートベルトをつけた。「マクナブ、日誌にはまだ何かあった？」

「イカれた、胸くそわるいことが山ほどありますよ、警部補《LT》、それにこの件を訴追する人間は誰であろうと大喜びで宙返りをするでしょうね、でもどことは書いてません、パーク内の正確な場所は。ただ、最終学年を――本人が書いてるんですよ――比喩的に言って、セックス《バーン》――で始めるつもりだってことだけです。それから、女性に射精したとき、その悲鳴を楽しむと。本当にそういうことを書いてるんです。頭がおかしいですよ」

　イヴはコプターが降下するのを下腹で感じた。

「ここでのパターンは実行後に詳しいことを書くってやつです、レポートみたいに。いま三月までさかのぼってるんですが、そこで彼は何かの配合薬を作って成功したことを自慢げに言っています。それを〝服従〟って呼んでます。引用します。

〝世間で人気の名前はデートレイプドラッグだが、レイプなんてものは男を去勢し、われわれの権利を否定しようとする女たちの、きりのない要求によって長々と続いてきた嘘だ〟これが彼の考え方なんですね」マクナブがしめくくった。

「彼には残りの一生をそういうふうに考えて過ごしてもらいましょう、彼の〝権利〟が厳しく制限される檻の中でね」

イヴが前方へ目をやると明かりが見えた。ここのシンボルとなっている観覧車の車輪が回り、光り、そばには突き立つ建物があり、砂と海がその後ろに広がっている。

やがてその海がとても、とても近くになってきたので、イヴは顔をそむけ、海岸に着陸するあいだただ息をしていた。

その部分が終わるとほっとして、シートベルトをはずし、立ち上がった。

「さあ行くわよ。クソ野郎を見つけて、女の子を助けましょう」

大きな笑う顔のロゴがついた入口へ向かいながら、イヴは地元警察と調整をおこなった。さしあたって、彼らに望むのはサポートだけだった。すでに警官十人とコンサルタントひとりを投入しているのだから。

これでじゅうぶん、とイヴは思った。パーク内をカバーするには。それに、それほどすぐには警官と見破られないだろう。地元警察はビーチエリアと、入口と出口をカバー。

「彼が女の子を連れ出す計画でいる場合にそなえて、ビーチと市街エリアもカバーしなきゃならない。でも彼は中にいる」

入口にいた二人の警官がうなずいて彼女を入れた。

「彼は屋外の乗り物でこんなことはしないだろうね」ロークはそう言いながら彼女の手をとり、イヴが振り払おうとするとただ笑った。「警官っぽくみえないようにするんだろう」と彼女に思い出させる。

「そうだった」

「でもダークライドもあるよ」

それで彼がこのパークに利害関係があることを思い出した。両方のパークに。

「ダークライド？」

「屋内のスリルライドだ。〝殺人通り《マーダラーズ・ロウ》〟、〝恐怖のトンネル《トンネル・オヴ・テラー》〟、〝悲痛の井戸《ウエル・オヴ・ウオー》〟、〝最後の戦い《ファイナル・バトル》〟。十二歳以上の全年齢、大人の付き添いなし」

「そういうのだとたくさん悲鳴があがるわね？」

「そのために設計されているんだよ、つまるところ」

「そこから始めましょう」

「それじゃ見てみよう。〝マーダラーズ・ロウ〟はこっちだと思うな」

イヴは進みながら、年が若めの人々に焦点を絞って客たちをざっと見ていった。ここでもたくさんの悲鳴があがってる、と彼女は思い、なんだって人間は悲鳴をあげるために金を払うんだろうと考えた。

乗り物の入口にはカメラがなく、ひとり乗りの車が刑務所を模した構造物の口へごろごろ進んでいった。入口の上では、古臭い黒白ストライプの詐欺師っぽいスーツを着た男が、狂気を帯びた笑いに歯をむきだして斧を振っていた。

「これは脱獄だよ、ほら」ロークが説明してくれた。「脱走した囚人たちが血や人質を探しているんだ」

「ひとり乗りね。これじゃない。犯人は女の子と一緒でなければならない、ぴったりくっついて。これじゃないわ」

それでもやはり案内係には確認した。

イヤフォンをタップすると、カーマイケルが報告してきた。「〝シュート・エム・アップ・アーケード〟の係員が彼を見たようです。ティーンエイジの係員で、目を留めたのはトレンチコートだったからで、そこはコートを着るには暑すぎるんです。プラス、犯人は何度もひとりで歩いて通りすぎ、それで係員の子はスリかもしれないと思って、目を光らせていたそうです」

「最後に彼を見たのはいつだったの？」

「たしかではないですが、三十分もたっていないと」

「そのまま探して。いまのはいいわ、いまのはいい」イヴはロークに言った。「あいつはここにいる、それも三十分もたっていない、そしてひとり。次は何？」

今度はロークはリンクにパーク内の地図を出した。「〝ウェル・オヴ・ウォー〟」

その井戸《ウエル》は地面にあいた大きな、壁で囲った穴のようにみえ、車が――三人まで乗れる――そこを、イヴからすれば、どうかしてる急角度で降りていくのだった。

「どういうもの？」

「脱出ルームが連続しているみたいなもので、さまざまな障害物や危険があるんだ、巨大な昆虫とか、火を吐くドラゴン、ブービートラップ、悪の魔法使いというような。だからこれじゃないな」ロークは気がついた。「ひとつのルームをうまく通り抜けると、次のルームに入る。通り抜けられない者はみんな、組になるんだ」

「これじゃないわね」イヴは同意したが、悲鳴と大笑いから引き上げる前に確認はした。

「それじゃ次は、〝トンネル・オヴ・テラー〟だね」

「それって？」イヴはロークに先導されながらきいた。

「ヴァンパイアやゾンビ、いろいろな怪物にとりつかれ、侵略されているんだ。僕の記憶が正しければ、そしてそれも少し前のものだが、暗闇の中で進路がぐるっとまわったりくねくね曲がったり、上にのぼったり、いきなり下ったりする。さまざまなホラー映画の音響効果、たぶん骸骨の指が顔を撫でたり、巨大な蜘蛛の赤い目が突然光ってこっちへ飛び出してくる」

「誰がそういうものを考えるの？」

「まあ、ここの設計には僕も少し加わったんだ、だからいくつかはおぼえている。客が恐怖にお金を払うなら、このトンネルはそれを提供するべきだろう。すぐそこだよ」

〝シュート・エム・アップ〟の係員がフランシスに目を留めたすぐあと、フランシスはその女の子を見つけた。

彼は計画を立ててあった。

リンクをしまえ、ビッチ。しまうんだ。

彼女はしばらく立ち止まり、片手を腰に置き、笑った。それから彼が願ったように、小さなバッグにリンクを入れた。

彼女がもう一度歩きだすと、フランシスは彼女の横へ追いつき、針を――今度はそっと刺した。それから宙を叩いてみせた。

「すみません！　あなたにハチがとまっていたので」

「刺されたみたい。もう！」顔をしかめ、彼女は腕をさすった。

「アレルギーはありますか？」彼はさも心配そうに尋ね、それから彼女の顔を見た。「あれっ、ヘイ！　やあ。フランシスだよ、学校で一緒だったね？」

「ああそうね、ハイ」まだ顔をしかめたまま、彼女はまた腕をさすった。

「ひとりで来てるのかい?」

「ううん。友達と合流するの。みんな〝サイクロン〟に並んでいるのよ、だから――」

「僕もそこへ行くところだったんだ。あれは本当にシンボル的なライドだよね? これまでのところ、いい夏だった?」

「ええと、ええ。実を言うととってもすてきよ」彼女は足を速め、あきらかに彼を振りきりたがっていた。しかしここでドラッグが効きはじめ、スピードが落ちた。「ええと、あなたは?」

「ものすごく! ただもうすばらしい夏だったよ、それにこれからもっとよくなるだけなんだ。こっちへ行こう」

「何?」

「こっちだ」

彼が腕をまわすと、はじめ彼女は体を引こうとしたが、すぐに彼にされたとおりに体のむきを変えた。

「一緒にライドに乗るんだ。ライドは好きだろう、ディレイニー?」

「ライドは好きよ。友達と乗るの」

「僕はもうきみの友達だよ」

「気分が変」

彼は彼女のウエストから胸のほうへと手を上へすべらせた。「すばらしい気分だろう。僕と一緒にいられてわくわくしてるだろう」

トンネルのところに行くと、彼はディレイニーと一緒に列に並んだ。前には十人くらいしかいなかったので、都合がよかった。これで彼女に準備をさせる時間が増える。

「一緒にこのライドに乗るんだよ。それがきみのやりたいことなんだ」フランシスは彼女の尻のカーブに手を這わせた。心臓がはねあがり、口がからからになる。「きみが僕にさわられたがっているのと同じように。言ってごらん、ディレイニー。言うんだ、〝フランシス、わたしにさわって〟って」

「フランシス、わたしにさわって」

「それでいい」彼はディレイニーの耳に口をつけ、彼女の香りで膝から力が抜けそうになった。「一緒に中へ入ったら、暗いところに行ったら、きみにさわってあげるよ。僕と一緒に来るんだ、暗闇の中へ、そして僕がさわりたいところをどこでもさわらせるんだ。僕たちは性交するんだ。そうしたいだろう。僕とセックスしたいだろう。そうささやくんだ、僕の耳元で」

ディレイニーは口を彼の耳元へ持っていった。服従。「あなたとセックスしたい」

それから彼女はあたりを見まわした。目がぼうっとして、混乱している。「わたし――

友達と会うことになってるの」

「いや。おまえのほしいのは僕だよ、ビッチ、それを忘れるんじゃない」

フランシスは彼女をぴったり引き寄せておき、スキャナーに手首をさしだすときには顔を伏せた。

彼女を押して先に車に乗せ、それから体をつけて座った。

このライドを選んだのにはいくつか理由があった。暗いこと、悲鳴、時間の長さ――たっぷり八分間――それから偽物の骨と切られた首の壁のむこうに、小さなプラットフォームがあること。

ライドが始まってからぴったり二分後に、彼女を降ろして、壁のむこうの、台の上へ出なければならない。そこには彼女を用ずみにしたあと逃げるために待っている非常口があるのだ。

ライドはぞくぞくする下りから始まった。それから暗闇と。

「手を僕のペニスに置け。こすれ。こするんだ、あばずれ」

フランシスは彼女のトップスを押し上げ、ブラを引っぱった。ついに、とうとう、女の乳房の手触りを感じることができるように。

「これが好きなんだろう?」

「痛い。痛いわ」

「おまえのほしいのはそれだろう。言うんだ。言え、〝わたしを痛めつけて、フランシス〟って」

彼女の目から涙がこぼれるのは見えなかった。「わたしを痛めつけて、フランシス」

いくつもの悲鳴があがりはじめた。それからたがのはずれた笑い声、うなり、叫び、うめき声も。

イヴは〝トンネル・オヴ・テラー〟を見るなり思った。ここだ。

暗闇、車の大きさ、反響する悲鳴。

人をかきわけて係員のところへ行った。

「この少年。彼はもう乗った、女の子と？」

「レディ、俺はここで仕事をしてるんですよ」

イヴは彼の顔にバッジを突きつけた。「わたしもよ。こいつを見て。こいつを見かけた？　女の子連れで？」

「あのイカした女の子連れの、トレンチを着た間抜け？　彼女にべったりでしたよ」係員は頭を振った。「なんであの子が間抜けと一緒にいるのかわかんないよね。二人はいま乗ってますよ」

「どれくらい前から？」

「さあ。何分か。二分かな」

「照明をつけて。ライドを停止しなさい」係員がぎょっとしているかたわらで、イヴはイヤフォンをタップした。「〝トンネル・オヴ・テラー〟よ。やつはそれに乗ってる。女の子を連れてる。いそいで！　照明をつけなさいって言ったでしょう、いますぐ」

「でも」

ロークが口を開く前に、イヴは係員のシャツをつかんだ。「照明よ、いますぐ、さもないとあんたをレイプと殺人未遂の共犯で告発してやる」

「そんなあ、俺は仕事をしてるだけなのに」

彼は照明を点灯し、ライドのブレーキをかけた。抗議の叫び声がどっとあがった。

イヴは線路の横にある斜めの狭いプラットフォームを見ると、走りだした。

「このライドの出口をカバーして。非常口を。医療員を呼んで。犯人は彼女に何か与えて乗らせた。フランシス・ブライス」イヴは声をあげ、天井からぶらさがった何かを叩いた。

「こちらは警察だ。あなたは包囲されている。その女の子から離れなさい」

レイプを止めるには遅すぎたとしても――神様、頼むから――彼女を生かしておいて。

「左側の先にプラットフォームがある」ロークが言った。「破滅の壁の陰に。最初の非常口だ」

フランシスは彼女をほぼ持ち上げて車から出さなければならなかったが、興奮が力をくれた。彼女は抵抗しなかったものの、ぐったりしていた。それに声に涙が混じっていた。

「暗いわ。見えない」

「それは心配するな」

彼はポケットからペンライトを出した。歩くところを間違えたら困る。

「さっさと動け！」

力に満たされ、彼はディレイニーをプラットフォームにのせた。力がどくどくと脈打ち、フランシスは彼女の上に倒れこみ、彼女のトップスを引き裂いた。

「おまえの口にペニスを入れたいところだが、六分しかないんだ、だから挿入するだけにする」

フランシスは彼女を押し倒した。「いや、あいつらはそういう言い方はしないんだよな、おまえたちが寝る相手は。僕たちはファックするんだ。これからおまえをファックする。言ってみろ。言うんだ。〝わたしをファックして、フランシス。思いきりファックして〟」

「わたし――したくない」

彼はディレイニーを叩いた。一発めは手のひらで、それから手の甲で。すばらしい気分だった。

「それでもやるんだよ。叫べ。おまえがくれようとしなかったものを僕が奪っているあいだ、叫んでいろ。僕には逆らうな、逆らえないいんだよ、でも叫ぶことはできる」

彼女が叫ぶと、フランシスはものすごく硬くなり、破裂しないのが不思議なくらいだった。

体を起こし、バギーパンツのボタンをはずしはじめた。「さあ、僕が言ったことを言うんだ」

彼女はすすり泣きで喉を詰まらせた。

そこで照明がトンネルを満たした。

ぎょっとして、フランシスは膝をつき、彼女の口を手でふさいだ。「黙っていろ。声をたてるな。たてたら殺してやる」

彼女の大きくて黄褐色の目がフランシスを見つめた。彼のペニスはすごく硬くなって痛いほどだった。

ただの故障だ、と思った。くだらない故障だ。すぐにまた暗くなる、そうしたら。

「フランシス・ブライス、こちらは警察だ！」

信じられないという思いがどっとあふれた。耳がわんわん鳴り、息がひきつれる。

二つめの注射器を出そうとトレンチコートの内側を探ったが、彼らが迫ってくる音が聞こえた。近づいてくる。近づいてくる。

あの映画館でなったように、パニックが起きた。彼は非常口をめざし、走った。

イヴは乗客たちの叫び声の抗議とやじの陰に、ひそやかで打ちひしがれた泣き声を聞き取った。それから非常口の警報の耳をつんざくような音も。

彼女は歩いていって、壁をまわった。

生きてる。注射の痕はひとつだけだ、だからこのまま生き延びるだろう。

「もう大丈夫よ。われわれは警察です。ローク、この子をお願い」

「やつは二本めの注射器を持っている。僕のお巡りさんによく気をつけてくれ」

すぐにイヴは消えた、ドアを抜けて。

ロークは震えて泣いている少女のそばに膝をついた。「さあ、ダーリン、もう安全だよ」

「声をたてたら殺されるの」彼女は小さく言った。

「あいつは二度ときみに手は出さない。約束する」

ジャケットを置いてきてしまったし、彼女のトップスはずたずたにされていたので、ロークは自分のシャツを脱いだ。「いまはこれを着て、いいね？　きみの名前は？」

「デル」

「さあ行こう、デル。歩けるかい？」

「わからない」

「そうか、それは気にしなくていいよ」彼は言い、彼女を抱き上げた。

外へ運んでいくあいだ、ディレイニーは彼の肩に顔をつけて泣いていた。

チームはイヴが外へ出るまでに出口をカバーできていなかった。

しかし彼女にはフランシスが見えた――あのトレンチコート、あの髪――足をひきずって走りながら巨大な観覧車へ向かっている。

あの少女があいつのタマに蹴りを入れてくれていたら、と思いながら全速力で追いかけた。

「追跡中。容疑者はトンネルライドから北東に、観覧車へ逃走中。もういいわ。わたしが見つけた」

これだけじりじり追跡させられたあとに、こんなにあっさりつかまえてしまうなんて拍子抜けもいいところだと思った。しかし何の障害物もないところで彼にタックルすると、彼が実際に「うわーっ！」と言いながら倒れるのが聞こえた。

彼は足を蹴り、体を丸め、身をよじり、そのあいだに人がまわりに集まりだした。

「さがって。警察です。さがって！」

イヴは拘束具をとろうと手を伸ばしかけ、そこでかわりに麻痺銃《スタナー》を出した。

片手で彼の首の片側にそれを押しつける。もう片方の手で、彼の手首を押さえた。フランシスは手に持った注射器のむきを変えようとあがき、針がにぎやかなライトを受けて鋭く輝いた。

「それを捨てなさい、このちびの悪党、さもないと忘れられない衝撃を食らうことになるわよ」

「まだ終わりじゃない！」しかし彼は手を離した。

「よく聞きなさい、あんたはもう終わり」

「近くに行けていなくてすみませんでした、LT」

フランシスの両手を後ろにまわしながら、イヴは目を上げた。

「それにさわらないで」注射器のほうを頭でさした。「こいつがポケットのどこかに安全キャップを持っているかたしかめないと」

「みんなで賭けをしていたんです」サンチャゴが言った。「誰かほかのやつが彼を見つけて、応援を呼んだら、誰がいちばんに駆けつけるかって」

イヴは拘束具を留めながら、ただ長々と彼らを見た。

「それは同点と言うべきだったんじゃない」

「そうですね」カーマイケルは同意した。「あれは……おっと、あー、これはこれは」

フランシスがおいおい泣きだすと同時に、イヴが後ろを振り返ると、裸の胸のロークが自分のシャツにくるんだ少女を運んできた。

「わたしを怒らせないでよ、捜査官」

「あなたの審美眼を絶賛してうらやましがっているだけです。警部補。医療員たちが来ましたよ」

「わかった。それからこれが安全キャップ」イヴはそれをサンチャゴに渡した。「気をつけて。針はたぶん何かが塗られている、だから中身を体に入れたくないでしょ。フランシス・ブライス、ジェンナ・ハーバーの殺害、アーリー・ディロンの殺害で逮捕する。キキ・ローゼンバーグの殺害未遂も」

引っぱって立たせると、フランシスはイヴに唾を吐きかけた。「ビッチめ、おまえらはみんなビッチだ！」

「あらあら」イヴはジャケットの袖で頬からその唾をふき、彼が倒れたときに鼻を打っていたのがわかっても、これっぽっちも悪いとは思わなかった。その鼻からは血がぽたぽた垂れていた。

おまけにいまではウィッグも曲がっている。

「いまのは警官に対する暴行っていうのよ、あとでそれも加えるわ。それから強姦《ごうかん》未遂と、デートレイプドラッグの使用、それにほかの山ほどの罪状も、あなたが勾留されたときに公式なものにしてあげる」

この目、とイヴは思った。そこから涙が流れていてさえ、この目はどこかおかしい。

そう、生まれながらにゆがんでいる者はいるのだ。

「さしあたって、あなたには黙秘する権利があります」

「うるさい、あばずれ！」

「そのまま続けて」イヴは衿を叩いてみせた。「記録が稼動しているから。あなたには弁護士をつける権利があります」イヴは動じずに続け、改訂ミランダ準則の残りを読み上げた。

「誰か彼をセントラルへ連行して、わたしたちはここを片づけるから」

「俺たちが連れていきますよ」ジェンキンソンが言った。

ライネケもうなずいた。「喜んで。さあ来い、お坊っちゃん。これから長く続く檻のひとつめへ案内するよ」

「家に帰りたい！　僕から手を離したほうがいいぞ！　僕の父親が誰だか知ってるのか？」

犯人を連行する歩き方で彼を連れていきながら、ジェンキンソンは顔を向けてにやっと笑った。「誰がパパだって？」

イヴも笑うところだったが、ロークがこっちへ歩いてくるのが見えた。黒いTシャツを着ており、本来なら似合っていただろう。パークのロゴである、あのにっと歯をみせて笑っている馬鹿げた顔がついていなければ。

「それって冗談？」

「彼女があのシャツを脱ぎたがらなかったんだ。マクナブがひとっ走りしてこれをもらってきてくれた」

「マクナブらしいわ」

「ピーボディが救急車の中で彼女についているよ。ディレイニー・ブルック。デルだ。犯人が彼女に使ったものは効果が消えてきた」

「彼女と話さないと」イヴは顔を向けた。「そのライドは封鎖しましょう。地元警察の遺留物採取班にもやってもらって、それから……」

フィーニーの視線を受けてしゃべるのをやめた。「ごめんなさい、あなたなら何をするかわかってるわよね。わたしは女の子のところへ行ってくる」

イヴが遠ざかっていくと、フィーニーは両手をパンパンと叩いた。「よーし、坊《ボーイズ》やに嬢ちゃんたち《アンド・ガールズ》。片づけにかかろう」

22

イヴは救急車へ歩いていった。車の中でピーボディが被害者と一緒に座り、やさしく話しかけていた。地元警察は群衆を遠ざけておくために防御線を設置していたが、救急車の横で三人の少女が泣きながら抱き合っているようだった。

イヴは医療員のひとりに合図をした。

「容態は？」

「病院に搬送して、きちんと精密検査をする必要がありますが、本人はしっかりしていて、意識も清明です。血圧がまだ少し高いですが、それもおさまってきています。携帯機で表面的なスキャンもできますよ」

医療員の褐色の、骨ばった顔が張りつめた。「犯人は彼女にドラッグを与えたんですよ。注入場所は、左の上腕です。ロヒプノールですが、ほかの物質は鑑識で特定してもらう必要があります。いくつかあざはあるものの、犯人にはレイプされていませんでした。そのチャンスがなかったんです」

「彼女と少し話をさせて」

「どうぞ。犯人はつかまえたんですよね？　うちにもあの女の子の年頃の子どもがいるんです」

「つかまえたわ」

イヴが救急車に乗りこむと、ピーボディがデルのほうを振り返った。

「デル、こちらはダラス警部補ですよ」

「あそこに来てくれた人ですね。いきなりライトがついて、そうしたらあなたが来てくれた。フランシスを追いかけていった」

「そのとおりよ。彼はもう拘束されているから」ブルネットの美人だ、とイヴは見てとった。十六歳くらい、ブラウンの目はまだ少しぼうっとしている。「彼はあなたに名乗ったの？」

「いいえ。そうかもしれないけれど、名前を言うまでもなかったってことです。学校で知ってるから。髪がいつもと違ったけど、学校で知ってる人なの」

「彼を知ってる？　ここで会ったの？」

「わざわざじゃありません。あの人、気持ち悪いんです。こんなことになる前だって、本当に気持ち悪くて」

彼女の視線が救急車の開いたドアへ動いた。「あ！」そして手を伸ばした。

ロークが乗ってきて、腰をおろし、その手を握った。

「あなたが助けてくれた。この人が助けてくれた」デルはロークのほうへ乗り出し、目をうるませた。「わたしはあいつを止められなかった。フランシスを。わたしをレイプしようとしたのに、わたしは止められなかった。わたしのシャツを破いて、おっぱいをぎゅっとつかんだんです。わたしの手を彼に、下のあそこに置かせました。わかりますよね。それからいろいろなことを言って。わたしはあいつを止められなかった。まるで自分自身を見ながら内側で悲鳴をあげているみたいで、それなのに彼が言うことはやりたくなくてもやっていたんです」

デルはうなだれた。「あいつは一緒に来いと言って、わたしはそうしてしまいました」

「デル、今度のことは何ひとつあなたのせいじゃないんですよ。何ひとつ。彼はあなたに薬を使ったんです、デートレイプドラッグをあなたに使ったの。今度のことはあなたのせいじゃありませんよ」

デルはピーボディを見つめた。「本当に？」

「絶対間違いなし《アブソ・ポーツ》」ピーボディは答え、デルを笑顔にさせた。

「何があったか話してもらえる？」イヴはデルの注意をこちらへ引き戻した。「おぼえているかぎり」

「全部おぼえています、だってさっき話したみたいだったから。わたしはそこにいて彼と自分を見ているみたいで。わたしはサイクロンのほうへ歩いていました。そこで友達が待っていて、そうしたら腕がつねられたか、刺されたみたいな感じがしました。するとフランシスがそこにいたんです、わたしの横に、手をばたばた振って。ハチがとまっていたんだと言いました」

デルは最後まで話し、イヴが望んでいた以上に細かいこともおぼえていた。話しながら、デルは左手でロークの手を握り、右手で彼のシャツを体にかきよせていた。

「あいつをつかまえたんですよね。あの人たちが、あなたが彼をつかまえたと言っているのが聞こえました」

「つかまえたわ。あとでまたあなたに話をきかせてもらうわね」イヴは彼女に言った。

「病院に行かなきゃならないって言われました、いまはもうほとんど大丈夫ですけれど。うちの両親がもうじき来るんです。でも友達が……」

「外にいる女の子三人？　あなたが希望するなら、彼女たちも運んでもらうようにするわ、病院へ」

「本当に？　そうしてもらえたら最高。あいつ……あいつはもう学校に戻ってきませんよね？」

「ええ」

「わたしの名刺を持っていって、デル、ただ話したくなったときのために。ご両親も何かききたいことがあれば、わたしかダラス警部補に連絡してください。これから車を手配してきます」

「ありがとう、ピーボディ捜査官。彼をつかまえてくれてありがとう」デルはイヴに言った。「あいつが卑怯《ひきょう》なやつかもってことはわかってたの。わたしやほかの女の子たちを見る目でそれがわかったんです、ときどき。でもこんなことをするなんてわからなかった」

デルはロークのほうへ乗り出した。「わたしを助けてくれてありがとう」

「こちらこそとてもうれしいよ」ロークが彼女の手にキスすると、ぼうっとしていたデルの目が夢見るようになった。

セントラルへ戻るまで、イヴはジェンキンソンとライネケがいるとは思っていなかった。しかし彼らはいて、ジェンキンソンのデスクでカードをしていた。

「あなたたちはもう非番でしょ」二人に言った。

「わかってるよ。だからジンラミーでライネケをボコボコにしてるんだ」

「たまたま運が向いただけだ。俺の運ももう来る頃だぞ」

「囚人は監禁した？」

「ああ、したよ」ジェンキンソンは椅子を後ろへ傾けた。「中に入れる途中で、一本だけ許可されてる連絡をさせた。父親に。大人の赤ん坊みたいにわあわあ泣いてたよ」

「連絡しながらずっと震えてたしな」ライネケが言い添えた。

「ひどい間違いだ、警察に怪我をさせられた、逮捕された、ってね。通信はミュートにしていたから、父親が何て言ったのかはわからないが、こっちに向かってるよ。ガキのほうは連絡したあとすっかりにやにやしやがってさ。父親がもうじき来るから、俺たちに痛い目を見せてくれるんだと」

「おおこわ。わたしも震え上がってきちゃったわ」

ジェンキンソンはイヴの言葉に鼻で笑った。「金で買える最高の弁護士をつけるってさ。俺たちみんな代償を払うことになる、でもやつの鼻から血を流させたビッチは――それってあんたのことだろ、ボス」

「ええ、まさにわたしがそのビッチ」

「彼女はもっと払うことになる。あいつはいくらかなくしてたな、あの……あれは虚勢っていうんだっけか、相棒？」

「そうだな。虚勢だ」

「やつは勾留のあいだに、それから俺たちが檻の扉を閉めたときにはそれをなくしてたよ。未成年のセクションにした、考慮してな、でもそこがあいつの終わりじゃないだろう」

「ええ、そうよ。よくやってくれた。さあ誰かロークに顔のついてないシャツを調達してきて。そうしたら帰りなさい。この件はわたしが報告書を書いて、父親を待つから」

「待ってることはないぜ、ダラス。もう真夜中すぎだ」ジェンキンソンが指摘した。「親父は朝まで待たせとけよ」

「そうね、でもあしたあの子にあたる前に、そこの感触をつかんでおきたいの」

それに元気が戻ってきた——というか、戻ってきたのはもう二度めかもしれないが——と思いながら自分のオフィスへ入った。そしてコーヒーへ直行した。

腰をおろして報告書にとりかかった。詳しいことや枝葉はあとで書きこもう、部長への短い報告をもとにして。

〝容疑者は勾留。被害者は生存、無事〟

だいぶ進んだときにロークが胸に〝NYPSD〟のロゴが入ったグレーのTシャツを着てやってきた。

「これのほうがいいかい?」

「何倍も。これが終わるまで待ってなくていいのよ」

「一緒にいるよ、それにピーボディとマクナブも同様らしい。二人は食事になりそうなものを探しに食堂へ降りていったよ。きみも食べるんだ、だからそう、ああ、僕もだ。時間と場所を考えると、ピザかな」

イヴは自分が今日の午後、すでにひと切れ――それも自家製のをひと切れ――食べたとは言わないことにした。

ピザのにおいがぺこぺこの胃にがつんと来たときには、なおさら言わないことにした。

「あと一時間はあるよ」ロークが言った。

「どうしてわかるの?」

「状況から推測したのさ、ノーラン・ブライス博士はヴェガスでプライヴェート・シャトルを予約するだろう、それもすぐに。すると、彼の名前で予約された便を見つける。それは約五十分後にニューヨークに着くはずだ。セントラルへ運んでくれるカーサーヴィスも予約してある」

イヴは立ち上がり、床に座った。「相手がいるときには、ここで食べるのよ」

ロークはわざわざため息をつくことはせず、ただ座ってイヴとのあいだにピザを置いた。

「もっと大きなオフィスを受け取るつもりはないんだろうね?」

「ないわ」

「なるほど、ここが合っているというわけかい?」

元気が回復、または再回復してきたので、イヴは彼に笑いかけた。「あなたを見てよ、この宇宙のご主人様なのに、警察署の床に座って、ピザを食べて、借りてきたTシャツを着てる」

「それもすべて愛のために」

イヴは手を伸ばして彼の手をつかんだ。「今回の件が終わったら、あなたとわたしだけよ。太陽《サン》、砂《サンド》、海《シー》、セックス」

「最初の三つの中か、その全部にのせてセックスがしたいね、それにほかの場所でも」

「わたしも」ピザをむしゃむしゃ食べながら、イヴはボードを見上げた。「あいつはセックスがしたかった、でも相手と親密になることや、ひとつになること、おたがいの体、考えを分かち合うことは求めていなかった。心は確実に求めてなかった。ことが終わったら彼女を殺していたでしょうね、だってそれが――破壊すること、消し去ること、罰することと――それが大事なことだから。あいつは憎んでいるのよ、女の子たちを。女を。女性を。男の子――男、男性――には優越感をおぼえている、でも女の子たちを憎んでいる」

「きっと今度の子を痛めつけただろうね。デルを。二本めの注射器を使う前に、あの子を痛めつけただろう。そういう人間なんだ。彼女？　彼の憎悪と怒りに対する魅力的なはけ口だよ」

「〝なぜ〟はあとでマイラが解明してくれるでしょう――彼を聴取室に入れたときには見ていてくれるよう、もう要請は送ってある」イヴは肩をすくめた。「でも〝なぜ〟はとってもはっきりしているわよね。彼がデルに言わせたりやらせたりしたこと、彼にさせたことが目的じゃない？　彼にはする権利があるの。彼はほかの人間より出来がよくて頭もいい、家には金と特権がある、そして彼は精神のゆがんだ人間よ。ほかの人間は彼の望むことを、彼が望むときにすべてやらなければならないの。もしやらなかったら？　力ずくでやらされるのが当然で、死ぬのが当然ってわけ」

「まだ十七にもなっていないのに」ロークがつぶやいた。「実の父親を殺す計画を立てるとはね」

「そうすれば彼の手に金がころがりこむ。その力も。彼は人を愛さない。心からの感情を持つことができないのよ。だからわたしは父親の感触をつかみたい。父親には見えなかったのか？　見えなかったのなら、それはどうしてか？

聴取室はいま誰も使っていないから、そこに父親を入れるわ。準備をしておきたい。あの自宅ラボで、あそこのコンピューターで、あの日誌でわたしたちが見つけたものを彼に見せたい」

「父親を告発することを考えているのかい？　ネグレクト、共犯で？」

「感触をつかみたいの」イヴは繰り返した。

ロークは彼女が聴取室Aをやりたいように準備するのを手伝い、それからピーボディとマクナブが戻ってきたので引き下がった。イヴは二人に戦略を説明した。

コミュニケーターが鳴った。

「上へ通して」イヴは答えた。「父親が来たわ。ひとりで。弁護士に一緒に来るよう話したんじゃないかと思ったけど。ピーボディ、電子機器を操作できる？」

ピーボディは親指を両方とも突き上げてみせた。

「何かトラブルがあったら」マクナブが話に入ってきた。「合図してくれればいいですから。俺たちは観察室にいます」

男たちが出ていったあと、イヴはファイルを置き、証拠品の箱の封をあけた。それから外へ出てエレベーターを待った。

扉が開くと、ブライスが走り出てきた。チノパンと淡いブルーのゴルフシャツを身につけ、苦悩し、ストレスがかかっているようにみえた。

「ブライス博士。ダラス警部補です」

「息子に会わせてくれ。フランシスに会わせてくれ」

「彼はひと晩勾留されます。あすの朝八時に会うよう手配しましょう」

「監房にひと晩じゅういるなんてだめだ！　この恐ろしい間違いが正されるまで、あの子の保釈金を払うから」

「ブライス博士、息子さんはあしたまで保釈審問を受けられません、それにわたしの経験から言いますと、保釈は認められないでしょう。息子さんの罪状がおわかりですか？」

「何もわかるものか！」金色に日焼けした肌に、明るいグリーンの目が怒りと恐怖でぎらぎら光った。

「こちらに来ていただければ、ご説明します」

ブライスはぐっと体を伸ばした。その高い身長を息子に引き継がなかった男。「フランシスはまだ十六なんだ。監房に閉じこめるなんてむちゃだ」

「息子さんは第一級殺人二件、殺人未遂一件、性的暴行および強姦未遂一件で告発されています」

「そんな話は馬鹿げている。フランシスは――」

「ほかにも違法薬物、致死性薬物を製造、所持し、相手の同意なく他者に使用した複数件でも告発されています。一緒に来てください」

イヴは彼を聴取室へ連れていった。「こちらはわたしのパートナー、ピーボディ捜査官です。お座りください、ブライス博士。フランシスは化学のずば抜けた知識を持っている、そうですね？」

「あの子はすばらしいよ、だがそれは――」

「お座りください」イヴは自分も座った。「彼の自宅ラボに最後に入ったのはいつですか？」

ブライスは日に焼けてハイライトの入ったブラウンのゆたかな髪をかきやり、座った。

「あれはあの子のスペースだ。フランシスにとってプライヴァシーはとても重要でね。こんな話はしたくないんだが、あの子の母親は依存症だったんだ」

「ヘロインの」

「そうだ」ブライスがテーブルに両手を置くと、その握りしめた拳が白くなった。「彼女はその依存症を克服することができず、結局はそれで死んでしまった。われわれが別居した頃や、離婚してまだ間がない頃、彼女はナニーに賄賂をやったり、おどしたりして、いろいろなものを、値打ちのあるものを、うちや、フランシスの部屋から持っていった、売るために。結局、わたしはナニーの代わりにドロイドを置いた、ドロイドなら賄賂もおどしも効かないから。プライヴァシーはフランシスにとって大事なものなんだ、それにあの子が経験したことのあとでは、ささいな望みだった」

「なるほど。ピーボディ、ブライス博士に息子さんの自宅ラボを見てもらいましょう」

彼女は記録を呼び出し、予定していたとおりにガラスの壁のキャビネットを拡大した。日焼けした肌の下で、ブライスは真っ青になった。

「ここにある薬物の名前はおわかりですね。あなたの会社のラベルがついているものもあります」

「わたしは――あの子がこれを持っているはずがない。あの子は――わたしは――あの子は研究所から持ち出してきたに違いない。ときどきあそこでインターンをするんだ。あの子がこれを持ち出すことを、これで実験することを、わたしが許すわけがない。移送させよう、すぐに」

「もうしました、それに証拠品に入っています。このワークステーションにある機器が見えますね？　それからその包装されたかたまり、型がわかりますか？」

いまや青白さが灰色味を帯びてきた。「まさか。そんな。あの子は使っているのか？　誓って言うが、そんな徴候はひとつでも見たことはない。依存症の徴候は知っているんだ。それと暮らしていたんだから」

「息子さんが自分に違法ドラッグを使っていたという証拠はありません。ですが、彼が自分で致死性の薬物を作り、それを他人に使ったという証拠はたくさんあります。

博士にあの配合をお見せして、ピーボディ。横に並べてね。左側のものが息子さんのラボのコンピューターにあった薬品の配合です。右側のものは、ジェンナ・ハーバー、十六歳と、アーリー・ディロン、十七歳の毒物検査報告書。息子さんは土曜の夜、当人に知らせることも同意を得ることもなく、ジェンナにそれを注入しました、それから日曜の夜には、アーリーにも、彼女に知らせることも同意もなしに。二人は苦しみながら数分で死亡しました」

「あの子じゃない。何かの間違いにきまっている」しかしブライスの呼吸は速くなっていた。「あの子がやったはずがない」

「いま言った殺人事件のことは聞いていないんですか、ブライス博士？」

「きのうまで医学会議だったんだ。そのあと何日か休暇をとっていて……あの子は行きたがらなかった。たいていそうなんだ」

「それで息子さんは家にひとりだったんですね」

「あの子はもう十七歳になるし、いままで一度も……あと一年すれば、カレッジに入る。わたしにわずかな面倒でもかけたことはない。学校では抜きん出た成績で、もう十もの大学に入学を許可されている。おとなしくて、ひとりでいることが好きで、でも…….」

イヴは証拠品の箱からバギーパンツ、トレンチコート、ウィッグ、サングラス、靴を出した。「このどれかに見覚えはありますか?」

「いや。これは息子のものじゃない」安堵が声に、顔にどっとあふれた。「きみたちは誰か別のやつとあの子を間違えているんだ。フランシスはそんなものはいっさい着ない。実際、そういうパンツを二度ほど買ってやったんだ、みんながはいているようなパンツを。あの子は返品してきたよ。服にはちょっとうるさいんだ。わたしは結局、個人向けショッパーを雇った、わたしが選ぶようなものはあの子は気に入らないし、買い物も嫌いだから。あの子は好みがうるさいんだ」ブライスは繰り返した。「それに、そう、社会的にちょっと不器用でね。なのにきみたちは殺人だと言うんだからな」

感触がつかめた、とイヴは思った。自分の息子をわかっていない父親。息子の本当の姿が見えていないから、息子を信用して甘やかしている父親。

でも見ることになる、とイヴは思い、話を続けた。

「息子さんは月曜の夜にキキ・ローゼンバーグにも薬を注入しようとしましたが、成功しませんでした。ほんのわずかしか注入されなかったんです。彼がここにある服を着ていたのを見た目撃者もいます、ジェンナ・ハーバーの殺人現場でも、キキ・ローゼンバーグの襲撃現場でも」

イヴはひと呼吸だけ置き、いまの話をブライスの頭にしみこませた。

「それからこれは、彼が別の少女に、今回は自分で作ったデートレイプドラッグを注入したときに身につけていたものです。つかまったとき、彼はそのからっぽの注射器と、致死性の薬剤が入った二つめの注射器を持っていました」

「それはうちの息子じゃない。フランシスは行儀がよくて、ちゃんとした教育を受けているんだ。おとなしくて、勉強熱心なんだ」

「覚え書きをアップして、ピーボディ、ジェンナとアーリーに関するところを。息子さんがこの二人の少女を無作為に選んだことがわかるでしょう、でも彼は非常に念入りな計画を立てていました。息子さんは二人を知りませんでした。写真、メディア報道のコピー、彼の個人的な覚え書きは、それぞれが殺害された翌日に追加されています」

安堵は消えた。必死に信じるまいとする気持ちのようなものにぶちあたって、恐怖すら消えていた。

「きみたちはあの子を怪物に仕立てようとしている」

「わたしは息子さんを何にも仕立てようとしていません。あなたに事実と証拠を示しているだけです」

「うちの息子が怪物だと言っているじゃないか。あの子は――暴力をふるったことなどない。スポーツだってしようとしないんだ。人見知りで、それでもいつも礼儀正しい。あの子が怪物なものか。あの子がしたときみが言っているこんなことをやれるわけないだろう？」

「わたしには息子さんがそれをやり、もっとやる計画を立てていたと言うことしかできません。日誌をエントリーして、ピーボディ。これは彼のラボから押収したタブレットにあったものです」

ブライスは読みながら自分の中へ縮んでいくようにみえた。「でも――あの子がわたしを殺そうとしていた？　そんなことはありえない。金のために？　そんなはず――わたしたちは口喧嘩をしたこともないんだ。わたしはどうすればいい？」

ブライスは両手で顔をおおった。「わたしが何をしたんだ？　どうすればいい？」

イヴは答えを持っていなかった。

「父親には全部を見せなかったんですね」ピーボディが指摘した。

「必要なかったもの。あれでじゅうぶんよ。今回のはネグレクトではなくて、甘やかしね。

父親は自分の見たいものを、フランシスが見せようとしたものを見て、息子を信じた。もう帰って、少し寝てきなさい。父親には午前八時に面会させて、弁護士に時間をやって、マイラとレオにここに来てもらう。そうね、聴取室に十時。その準備に間に合うようにここに来てくれればいいわ」

「わかりました。帰って、眠って、朝に準備。わたしたちはあの女の子を救ったんですよ、ダラス、それにあとに続いたかもしれない子たちを」

「送っていこう」ロークが観察室からマクナブと出てきて言った。

「実を言うと、歩きたいかなって。ちょっと新鮮な風にあたって、緊張をほぐす時間がほしいんです。賛成してくれる?」ピーボディはマクナブにきいた。

「きみと一緒なら。その箱は俺たちで証拠課に返しておきますよ、ダラス」

「ありがとう」

二人が箱を運んでいくと、イヴは聴取室を施錠し、使用中の表示を出しておいた。

一回め、二回め、そして三回めの元気回復も使いきってしまったので、車の中で眠りに落ち、目がさめたらロークに抱き上げられて運び出されていた。

「ありがとう。わたしが寝過ごさないようにしてね、オーケイ? あしたの準備をすっかりととのえて、ブライスの聴取の報告書を書かなきゃならないの」

「心配いらないよ。僕も予定を変えて、きみと一緒に署に行くから。終わりを見届けないと気がすまないんだ。それに、馬鹿みたいに聞こえるかもしれないが、デルのために証人になりたい」

まったく馬鹿みたいには聞こえなかった。

「彼女のことを捨てておけなくなったんでしょう?」

「たしかにそうだ」

猫が手足を広げていたベッドにロークがイヴをおろすと、彼女はブーツに手を伸ばした。

「あなたが予定を変えて、わたしが調整して、あのチビのサイコを聴取室で料理したあと――必ずしてやるけど――あの島に二人で飛んで、このあいだ言った四つのSをやるのはどう?」

「成立」

イヴは服を脱いで、ベッドに入った。そしてロークが彼女に腕をまわし、猫が背中側で丸くなる前に、ふたたび眠りに落ちていた。

朝、ロークはオムレツ――ハムとチーズ入り、それから頬へのキスのように、ほうれん草なし――をプログラムしたあと、イヴのクローゼットのほうをさした。

「提案があるんだ。きみはきみであるだけで、犯人を怒らせておびえさせるだろう、でもさらにもうちょっとやらないか?」

「聞かせて」

「Tシャツ。きみはすばらしい、引きしまった筋肉のついた腕を持っている。ベストだな。腕と同じように武器も見せつけてやろう。ストレートのパンツ、編み上げのアンクルブーツを合わせるんだ」

「戦闘態勢ね」

「ある意味では」

イヴは彼の黒いTシャツとジーンズを見た。「あなたもスーツじゃないのね」

「きみがきのう言った〝料理〟をすることはあてにしているからね。島にスーツはいらないだろう」

「それじゃ夜明け前にしていた会議は?」

「ボスは僕だ」彼は肩をすくめた。「好きなものを着るよ」

たしかに、とイヴは思い、クローゼットを見にいった。黒と白、と決めた。色彩のないことは声明でもある。黒いパンツ、厚底の編み上げブーツ、白いTシャツ、黒い革のベスト。

「力と権威を持った女性。彼はきみを大嫌いになるだろうね」イヴが出てくると、ロークはそう言った。

「それをあてにしてるの」

武器を装着し、残りのものを手にとった。「やってしまいましょう」

車の中で、地方検事補のシェール・レオに連絡した。

「あいつにはたしかな弁護士を雇える金があるわ」

いつものふんわりしたブロンドの髪を短く、スタイリッシュな三つ編みにしたレオはうなずいた。「それにもう雇ったのよ。マーシャル・ダーウッド。すごく有能よ、それにこれっぽっちも馬鹿じゃない。わたしはこの一時間、証拠と証言を見ていたんだけど、まだ終わってないわ。驚いたわね、ダラス。ダーウッドもこっちがこの件をがっちりつかんでいるとわかるでしょう」

「心神喪失の線でやってくるかも」

「やるかもね、でもその策はとらないわよ。さっきマイラを説得したばかりだけど、彼女は同意してくれた。聴取室で観察したことを考慮に入れてくれるって、でもわたしたちのつかんでいることからすると、彼は法的に心神喪失という基準には届かないわ。ダーウッドはきっとフランシスの年齢を考慮して減刑にしようとするでしょう、でも――」

「だめ」

「賛成よ。同じ年頃の女の子が二人死んで、ほかに二人が襲われたんですもの。犯人はこのプロジェクトとかいうものに二年ついやしてきた。うちのボスも全面的に賛成よ。フランシスは大人として犯行を試みた。彼は冷酷な殺人者、だから女の子たちが彼とヤろうとしなかったことを彼がどう思っていようと、わたしはまったく興味がない。

彼をうまくのせてよ」レオはそう付け加えた。「そうしたらこっちであのティーンエイジ殺人者を閉じこめてあげる」

「交渉成立ね。セントラルで会いましょう」

セントラルに着いてブルペンへ歩いていくと、イヴは足を止めた。ジェンキンソンのつや消しのピンクとブルーのカップケーキ柄のネクタイには目もくれなかった。

「サンチャゴとカーマイケルは？」

「事件があったんだ、〇四〇〇時頃。お人よしたちに哀れみを」

イヴは実際にそうした。「二人が戻ってきたときにわたしがいなかったら伝えて。ブライスの捜査ではよくやった、って」

「今朝あいつにあたるのか？」バクスターがきいた。

「十時、聴取室Aで」

「あいつをフライにしてくれよ、ボス」ジェンキンソンがにやっと笑った。「たっぷりとな」それからロークに指を向けた。「スーツじゃないのか？」

「あいつをフライにしたあと」とイヴが説明した。「わたしは二日間休みをとるから」

「すぐそうなるな」

「部長刑事、わたしたちがあいつをフライにしたあと、ピーボディは今週はもうシフトからはずして。待機で、シフトなし」

「イエス、サー。彼女もすぐそうなるよ」

イヴは自分のオフィスへ入り、考えを整理し、追加のファイルをまとめ、それからちょうどやってきたピーボディに証拠品の箱をとりにいかせた。

髪を三つ編みにし、スリムな赤のワンピースを着たレオがさっそうと入ってきた。

「コーヒー」返事を待たずに、オートシェフのところへ行く。「マーシャル・ダーウッドと短く話をしてきたところよ。ブライス博士のほうはもっと短い話を息子としたようだけど。何が話されたかは知らない、でも博士ははためにもショックを受けていた。ダーウッドがわたしと二人きりにしてほしいと博士に頼む前に、この目で見たわ」

「彼も怪物を見たのね」

「たぶんね。ダーウッドは限定能力を持ち出してきたわ。十六歳、前頭葉が完全にはかたちづくられていない、母親が依存症で、薬物過剰摂取で亡くなり、父親は忙しく、学校でいじめられていた」

「あらまあ、心が痛むわねえ。それじゃああいつがあの女の子たちを殺すのも無理ないわ」

「そうよ」レオはデスクの角に腰をかけた。尻に噛みつく客用の椅子よりはましだった。

「ダーウッドはやってみなきゃならなかったのよ、それが仕事なんだから。だから馬鹿馬鹿しい、って言ってやったわ、それがわたしの仕事だから。彼はひとつめの取り引きを持ちかけてきた。未成年用施設、強制カウンセリング、釈放後五年間の保護観察」

「かんべんしてよ」

レオはきれいな目をぱちぱちさせた。

「わたしもほぼ同じことを、ほぼ同じようなそっけない口調で言ったと思うわ。彼の次の手は、二十年、地球内施設を持ちかけてくるでしょうね、あの少年——ダーウッドは彼をそう呼ぶでしょう——はこれまで生きてきたよりも長い時間を、刑務所で過ごすことになるのです、って」

「二人の女の子はもう生きていないし、ほかの二人は襲われて心に傷を負ったのよ」

「だからそんな取り引きはないってこと。ダーウッドもそれはわかっている。彼はやってみなければならないのよ。わたしが聴取を観察するのはわかっている、だから聴取をいったん止めて、その手を持ち出してくるかもしれない。失敗するでしょうけど。

父親が彼に何を言ったか、息子が何を言ったかはわからないわ。でもあなたはあなたの仕事をする、そしてわたしはわたしの仕事をする」

「ダーウッドはその手を持ち出すために聴取を止めるかもしれない、でもわたしはフランシス・ブライスを知ってる、だからわたしがやりおえる前に、あいつは全部認めるわよ。記録のうえで」

足音が聞こえたので立ち上がった。ナディーンの歩き方は知っている。

だからレポーターがジェイクと――ああもう――クゥイラを連れて入ってきたときに、ただこう言った。「だめ」

「逮捕はもう報道したわ。メディアじゅうに出ているわよ――あなたの逮捕を目撃した民間人たちが撮った映像と一緒に」

ナディーンは停戦を求めて手をあげた。「あなたは今朝彼を聴取室へ入れるだろうと思ったの。一対一を頼むつもりはない――あきらめはしないけどね。ここにいなきゃいられないだけなのよ」

「あなたたちが見ることはできない」イヴはひとりひとり指をさした。「民間人、レポーター、未成年」

「それも頼むつもりはないの。ただここにいなきゃいられないだけ。わたしたちを叩き出せることはわかっているわ。そうしないでくれと頼んでいるの」

イヴは首の後ろをさすった。「下の食堂かどこかに行ってて。終わったら知らせるから。あなたのおかげで助かった」クゥイラにそう言った。

「あたし？」

「ええ。殺人課のインタビューをしてもいいわ」

クゥイラは両手の拳を宙に突き上げた。「やったー！」

「ジェンキンソン部長刑事が日時を連絡するから。わたしはいまはジェンナのために戦うの、ジェイク。それから彼女たち全員のために。あなたはいまは下がっていて」

彼はうなずいた。「犯人は本当に子どもなのか？」

「怪物に年齢は関係ないでしょ」

「さあ来て、みんな」レオは彼らを集めて部屋の外へ連れ出した。「わたしが自分の仕事をやれるよう、ダラスは自分の仕事をしなきゃならないの。クゥイラ、あなたの髪のそのパープルの色、とってもいいわ」

「あなたがやったらすごくすてきよ」

「次の休暇にやってみようかしら。法廷で迫力が出るわね」

そして聴取室では、とイヴは思った。怪物をフライにしてやる。

23

フランシスはオレンジ色（留置場で収容者が着せられる服の色）が似合わず、目の下の隈のせいでなおさら似合わなくなっていた。

隣にいる彼の弁護士は、頭脳鋭く敏腕にみえた。ゴールデンブラウンの肌、カールした波打つ黒い髪、お堅いダークグレーのスーツ。

フランシスのもう片方の側には、父親が青ざめ、疲れはて、打ちひしがれた様子でいた。

「記録開始」イヴは始め、必要事項を記録に読み上げていくにつれ、フランシスの目が憎しみに満ちた怒りでいっぱいになるのを見つめた。

「ブライス博士、息子さんの弁護士がすでにお話ししたと思いますが、あなたがこの聴取に同席を許されたのは息子さんの年齢のためです。しかしながら、あなたがこの聴取を妨害すれば、退席を要求されますので」

「あなたの言うように、警部補、わたしの依頼人は未成年であり、子どもであり、したがってそのように扱われるべきです」

「赤ちゃん扱いされたいの、フランシス？」イヴの声は言葉でできた嘲笑だった。「だったら来る場所を間違えたわね。あなたの依頼人はヘロインを、ケシから製造するための技術も、能力も、知性も、人を殺す意図もあったんですよ」

イヴは現場写真をテーブルに置いた。

「それから致死性の配合を考案するための。ピーボディ」

ピーボディがその配合をスクリーンに呼び出した。

「これはフランシス・ブライスのラボの、彼のコンピューターからのエントリーです」ピーボディが説明した。「並んでいるのがジェンナ・ハーバー、アーリー・ディロン、キキ・ローゼンバーグの毒物検査報告書、および彼がディレイニー・ブルックを襲撃したあとに身につけていた二本めの注射器の中身です」

「ご覧のとおり、一致しています」イヴは続けた。

「これは関係者全員にとっての悲劇です。依頼人の母親は依存症でした。この少年は最初の発達期の年月を彼女の依存症と、のちには過剰摂取による彼女の死とともに過ごしたのです。あきらかに、そのトラウマが感情的にも、精神的にも、影響を及ぼしたのです」

「今度はママの陰に隠れたいの、フランシス？」

「質問はわたしにしてください、警部補。依頼人は話す必要はないんです」

「彼には言いたいことがたくさんあると思いますけどね。自分はほかの誰よりもずっと頭がいいと思いたがっているんですから。ずっと出来がいいと」

「わかってるんだ」フランシスが小さな声で言った。「実際にそうだとわかっているんだよ」

「黙っていなさい」ダーウッドはフランシスの腕をぽんぽんと叩き、振りはらわれた。

「本人が思っているほど頭はよくないですよ」イヴは弁護士に向けて言った。「まったく、われわれは彼の靴を数時間で割り出したんですよ。体を引き上げてトイレの窓から出るほどの体力はなかったわけ」

　その言葉で、ピーボディは壁についた足の跡を呼び出した。

「さらに悪いことに、これはダサいやつ《ドゥーファス》の靴だった。自尊心のある若者で、お金があれば、そんな靴ははかない。おまけに安物のバギーパンツ。最初の目撃者は彼を何て呼んでいたっけ、ピーボディ？　彼がジェンナ・ハーバーにあの致死ドラッグを注入したあと、〈クラブ・ロック・イット〉のダンスフロアを出ていくのを見た人よ？」

「〝ドゥーザー〟。いやなやつ《ディック》とだめなやつ《ルーザー》を合わせた言葉です」

　イヴは弁護士に目を向けたままだったが、フランシスがはっと息を呑《の》み、その息が速くなるのが聞こえた。

「若い子たちはそういうドゥーファス、ドゥーザーの服に気がついていたの。彼の大いなる頭脳は、ふつうのティーンエイジャーみたいな服装ができるほどには賢くなかった、それに体力がなさすぎて、あのクラブを手際よく抜け出せなかった。

それでも彼は先にこれをやった」

イヴはジェンナの現場写真をテーブルに置き、フランシスが見えるような角度にした。

「依頼人の幼児期は――」

「ジェンナにも幼児期はあったわ。彼女はもう大人になることはない。アーリー・ディロンも同じ。彼は二人が自分を見るようにしむけた。二人に針を刺したあと、彼女たちが自分を見るようにしむけた。彼はなぜなら、女の子は彼に目を向けないから。だって、向けるわけがある？　でも彼はその二人が短い一生を彼の手で終わらされる前に、自分を見るようにしむけた。


あなたは彼の母親がジャンキーだったから、彼をかわいそうだと思わせたがっている。馬鹿らしい」イヴはアーリーの写真をテーブルにバシンと置いた。「彼女の母親にそう言ってごらんなさい。彼は構想を練り、計画を立てた、そしてそれは、相手がきれいなティーンエイジの女の子なら誰でもよかった。彼を振り返ろうとしなかったり、避けたり、彼のほしいものをくれようとしなかった女の子のタイプなら」

「警部補、わたしたちは最高の児童精神科医にこの少年を検査してもらうつもりです」

「かまいませんよ。うちの最高の精神科医にこの聴取を見てもらっていますし」

びくっとし、フランシスはカメラを見上げた。「いやだと言ったじゃないか！　精神科医もなし、セラピストもなしだと言っただろう。いやだと言ったよ！」

「フランシス」ブライスは息子に手を伸ばしたが、その手を叩きはらわれてぎょっとした。

「いやだと言ったんだ！」リズミカルに、フランシスはテーブルに拳を叩きつけた。「そんなものはつけない！　僕には権利がある！」

これであなたも怪物が見えるでしょう、とイヴは思った。怖くなったでしょう。

「わたしたちはおまえを助けようとしているんだよ」

「僕を助ける？　ふん、馬鹿馬鹿しい！　これがあんたの〝助ける〟ってことなら、僕は自分で自分を助けられるよ、何の役にも立たなくて本当にありがとう！　これがあんたにできる最善だって？」フランシスはダーウッドのほうへ親指をぐいっとやった。「この口先だけのへっぽこ弁護士が？　〝この少年〟があああだとか、〝この少年〟がこうだとか。僕は大人の男だ！」

彼はダーウッドに食ってかかった。「おまえはこのビッチにいいようにされてるじゃないか、警察の暴力について彼女を告発するべきなのに。この女は僕の鼻から血を出させて、手首にあざをつけたんだぞ」今度は父親のほうに矛先を向けた。

「僕は動物みたいに留置場でひと晩過ごしたっていうのに、あんたは何をしてるんだよ？　僕をあそこへ置き去りにして、やっと来たら僕には問題があるとか、僕は病気だとか、僕を愛しているから助けるためにできることは何でもやるとか言いだしやがって。それで雇ったのがこの間抜けなのか？　出ていけ、ダーウッド。僕は最悪の日だっておまえより賢いよ。こんな馬鹿な女は僕ひとりで扱える」

「フランシス」ダーウッドはすばらしい忍耐力をもって話した。「きみが興奮しているのも無理はない。この聴取は延期してもらおう、そのあいだに――」

　またもや拳が叩きつけられた。

「出ていけと言っただろう。出ていけ、ダーウッド。単純な、明白な文章ひとつ理解するのに問題があるのか？　別な言い方をしよう。おまえは首だ」

「わたしは理解力に問題などないよ、だがきみのお父さんがわたしを雇ったんだ」

「こいつも出ていけばいい。僕を愛しているだって？　へえ、そうかい、馬鹿馬鹿しいったらないね。あんたはあばずれどもにちやほやしてもらうのを愛しているんだろ。僕の母親みたいなあばずれどもに」

「フランシス！」ブライスの様子が心底ショックを受けていることを語っていた。「わたしは女性を家に連れてきたことはないだろう。おまえがいやがったからだ。わたしは一度も――」

「だけどあんたはたくさんのああいう女たちと熱くなって汗まみれになってたんだろ？　僕は馬鹿じゃない！　女たちはあんたには脚を開くんだ、あんたの見てくれがいいから、それに金を持ってるから。最初にあんたを殺しておけばよかったよ」

「もうしゃべるんじゃない」ダーウッドが声をあげた。「警部補――」

「おまえは役立たずだ」フランシスは言い、その口調はわざと退屈そうになっていた。「出ていけと言っただろう。僕は自分で釈放を申請できるし、そうする。いつかあんたの金はもらうよ、パパ。それについてくるものも全部。そうしたら〝はい、お父さん〟〝いいえ、お父さん〟と言いつづけて、あんたの仕事に魅力を感じているふりを――あんなものは僕の仕事の足元にもおよばないよ――してきた長い月日もやっと報われる。でもいまは、記憶にあるかぎりずっと昔から言いたかったことを言ってやるよ。地獄へうせろ」

ブライスは立ち上がった。体が震えている。「おまえはわたしの息子だし、わたしはおまえを愛している。だからいま、おまえが自分で選んだことの、やったことの代償を払わなければならないのが、本当に恐ろしくてたまらないよ」

彼は写真に目を落とした。「おまえは払わなければならない。わたしは手を貸すよ、できるだけ。おまえがさせてくれるだけのことを、でもおまえは自分がやったことの代償を払わなければならない」

フランシスはあくびをするふりをした。「悪いね、何か言った？　聞いてなかったんだ」

「警部補、親としてこの聴取を続ける許可はさしあげる。ミスター・ダーウッドはもう息子の代理人ではない。ミスター・ダーウッド、一緒に来てください」

「ブライス博士、まだわたしにできることがあり――」

「いいえ。いいえ、ないと思います」ひとことひとことに悲しみが息づいていた。「それにもしあったとしても、あなたがするべきとは思いません。どうぞ、一緒に来てください」

ダーウッドは立ち上がった。「フランシス、きみは間違いをしているよ」

彼は弁護士にあの死んだ目を向けた。「僕は間違いなんかしない」

「ブライス博士および法的代理人、ただし元、は聴取室を退室」

イヴは座りなおし、フランシスに笑いかけた。「それで」

「うせろ。ゆうべなんでこの言葉を使わなかったのかな。すばらしい、臨機応変なアングロサクソン語だ」

「わたしもその言葉が好きよ。ジェンナ・ハーバーから始めましょうか」

「誰だか知らないな」彼は目を見ひらき、せいいっぱい無邪気さで満たしてみせた。「その女に会ったことは一度もない。おまえが言ってるクラブに行ったこともない。あの靴はきのう見つけたんだ、それであれをはいたらカッコよくみえるんじゃないかと思ったんだよ」

「誰もが本当に頭がいいと言う人間にしては、いまのは下手な芝居ね、フランシス。あなたに靴を売った店員があなたをおぼえているのよ」

「おまえは嘘をついてるんだろ。警察は嘘がつけるし、実際につくからな。店員が靴を買った子どもなんかおぼえているもんか」

「あなたは大人だったんじゃありませんか」ピーボディが言った。

「ああ、大人だよ」

「さて、店員はあなたをおぼえている」イヴは彼に言った。「子どもだろうが大人だろうがね、それにあなたの高級な〈ステューベン〉のタッセル付きローファーも。ボタンダウンのシャツ、よそいきのズボン」イヴは頭を振った。「まったく、フランシスったら、おじさんがはくようなデザイナーものの靴をはいて、安物の靴を買いにいったの？　それじゃあ目立つでしょうよ」

「この街で〈ステューベン〉のローファーを持っている人間は僕だけじゃないだろう」

「タッセル付きの、です」ピーボディが言い足した。「それに〈Ｌ＆Ｗ〉で買い物をするのにあれをはいていくティーンエイジャーはたぶんあなただけですよ」

「そうそう、あの店が〈だめなやつとイタいやつ《ルーザーズ・アンド・ウィージーズ》〉って名前なのには理由があるんだから」イヴはたちまち熱を帯びた赤みがフランシスの顔に燃えひろがるのを見てにんまりした。

「そのことを知らなかったんでしょ？　あのウィッグはどこで買ったの？　〈ＭＨＦ〉？　〈髪の大失敗《メイジャー・ヘア・フェイル》〉？」

「見つけたんだ、全部。散歩に出て、そこであれが全部入ったバッグを見つけた。どんなふうにみえるかなって思ったんだ」

「全部あなたのサイズで都合がよかったですねえ」

フランシスはピーボディに冷たく笑った。「そうだよ。だからどうみえるか見てみたくなったんだ」

「それでゆうべあれを全部身につけてから、コニーアイランドへディレイニーを殺しにいったわけ」

「彼女は知り合いだよ。学校が同じなんだ。どうして僕がディレイニーに危害を加えたりするんだ？　ラボのパートナーだったこともあるのに。何があったか、僕は知らないんだ」彼はまた目を見ひらいてみせたが、そこには悪意が息づいていた。「僕はちょっと精神的に参っていたんだと思うんだよね。あの服とウィッグをつけてみた。そうしたら別人みたいになった。次におぼえているのはあそこのライトがみんなついていたこと、それからおおぜいの人間。そうしたらおまえが僕を殴り倒した」

「それじゃあの注射器はたまたまあなたのポケットにあっただけ？」

彼は肩をすくめた。「おぼえてない」

「あんたは本当に馬鹿ね」

「うせろと言っただろう。僕のＩＱは楽におまえたち二人の合計ぶんあるんだぞ」

「途方もなく馬鹿、プラス、背が低くてもっさい外見、最低な髪型。全部揃ってるじゃない。あんたがセックスできないのも当然ね」

「その口を閉じろ、ビッチ」

「いいことを教えてあげる、このカス、ここで力を持っているのはあんたじゃない。わたしよ。力を持っているのはわたし。権限を持っているのもわたし」

イヴは立ち上がり、ぐっとかがみこんだ。「力を持っているのはわたし。あんたが口を閉じていたければそうするのは自由、そのあいだにわたしがあんたの正体を教えてあげる。負け犬よ。〝うすのろ《ディック》〟は加えないわ、あんたのアレがとーってもちっちゃいことは見なくてもわかるもの（ディックには男性器の意味がある）。教えてあげる。しょっちゅうマスをかいてると、アレが大きくならないんですってよ」

「出ていけ。おまえなんか娼婦だ。男を骨抜きにしようとして、男の仕事をやれるふりをする娼婦のひとりだ。娼婦のお巡りなんかに話しかけられたくない」

「力を持っているのはわたしよ。ここではあんたには何の価値もない。外でもないけどね。どこでも。女の子たちはあんたみたいな値打ちのないやつを好きになったりしない。あんたの言うビッチたち、馬鹿なビッチたちは」

イヴはテーブルをまわっていって、それから彼の顔の下に写真をぐいと近づけた。「彼女たちはあんたをほとんど見もしなかったし、話しかけもしなかったでしょうね。したとしても、あんたを見る目には嫌悪があって、しゃべるときには哀れみがあったでしょうよ。

哀れみ、彼女たちから？　あんたのほうが彼女たちよりすぐれているのに」

「そうとも。僕のほうがすぐれているんだ」

「彼女たちの注目を集めて当然だったのに！」イヴは鞭《むち》のように言葉を繰り出した。「彼女たちの敬意も。そうよ、彼女たちのあこがれも。でもあの娼婦たち、ビッチたち、あばずれたちはあんたを無視して、あんたを拒絶した。何度も何度も。あんたは彼女たちの中に入りたかった、なのに彼女たちはあんたを見ようともしなかった」

「僕には権利があるんだ。注目されて当然なのに」

「あんたは彼女たちの注目を得る権利がある。彼女たちの体にしたいことをして当然よね」

「そのことがあなたを傷つけ、怒らせたんですね」ピーボディが話に入ってきた。「彼女たちはあなたが得て当然のものを与えようとしなかった。でもあなたは自分の知性と技術、プロジェクトに打ちこむことによって、手に入れて当然のものを奪う方法を見つけた」

「女は弱い」彼はあっさりそう言った。「なのにずるい手を使う生きものだ。男は強いんだ、肉体的にも、精神的にも、確実に感情的にも、そういう雌たちにとっては。あいつらは手練手管を弄して僕たちの力をそごうとするが、僕たちのほうがすぐれているんだ。頭の弱い尻軽女たちが寝てくれるああいう頭の悪い運動バカや、革の服を着た間抜けより、僕はずっとすぐれているんだ」

「あんたは彼女たちを憎んでいる、その頭の弱い尻軽女たちを」イヴは言った。「それでも彼女たちがほしいのよ。彼女たちがほしい、それでいて軽蔑している。ジェンナは、あのダンスフロアでお尻を振って、自分を見せつけていた。むこうが誘っていた、そうでしょ？　あんたは自分が憎んでいるものをほしがらせた代償を彼女に払わせた。払わせなくてはならなかった」

「とっとと僕から離れろ」

「どんな感じがした？　彼女にアレを入れることはできなかったけど、針で彼女の中に入ることはできたでしょ。あれでイッたの、フランシス？　それに自分が彼女の目にした最後の人間だとわかっていることで。彼女はもう尻を振ることも、自分を見せつけることもない。そうわかったら、硬くなったんじゃない？

　どんな感じだった？」

「すばらしかったよ！　思ったとおりだった！　達しそうだった！　何もかも僕が望んでいた以上だった。あいつらは自分をほしがらせておきながら、あとで拒絶して、離れていく。でも彼女は僕を見た。僕を感じた。それから今度は僕が離れていくほうになったんだ」

　イヴはちらっとカメラに目をやってから、またテーブルをまわって戻った。

「彼女を殺すつもりだったの？」

「おまえは馬鹿か？　もちろんさ。僕を見たんだからな」

「アーリー・ディロンも」

「あの女はあの能なしの馬鹿に体じゅうをさわらせてたよ。きゃあ、スズメバチよ、スズメバチ！」フランシスはのけぞって大笑いした。「そのままあそこにいて彼女が死ぬのを見ていそうになったよ、でもそれじゃ失敗しただろうからね。僕は失敗はしないんだ」

「あの映画館は失敗だったじゃない」

「違う。あれは予想外の混乱だ、それにあれはさらにタイムテーブルを先に進めただけだ」

「コニーアイランドへ」

「あの最適な配合を作るのにどれだけの時間が、技術が、手間ひまのかかる作業が必要だったか知っているか？　もちろん知るわけないよな。どうしておまえにわかる？　僕はこれまでの僕の時間、作業、集中力、献身のすべてに対する報いを受け取ってしかるべきだったのに」

「あんたはディレイニー・ブルックをレイプするだけの値打ちがあったってわけ」

フランシスは軽いいらだちを示すため息をもらした。

「まず第一に、レイプなんてものは男が性交する権利を否定するために、女によって永続化された嘘なんだよ。第二に、あれはレイプにはならなかっただろうよ、おまえの曲がった定義に照らしても。彼女は従順だった。それに僕はディレイニーがあそこにいるとは知らなかったんだ」

「あんたが誰をレイプしたかは問題じゃないのよ。肝心なのはレイプした、ってことよ、フランシス。誰かに自由意志を奪うドラッグを注入したら、それはレイプなの」

「おまえはレイプと呼べばいいさ。そんなもの、女が男の自然な本能をコントロールするために使う言葉にすぎないんだから。彼女は僕にさわらせたんだ――そうしてくれって言ったんだよ。僕にさわった。ファックしてくれって言った。それを呼びたいように呼べばいい」

「だからそう呼ぶわ。法もそう呼ぶ。二本めの注射器を持っていたわね。それで彼女を殺すつもりだったの？」

「彼女は僕を見たんだぞ！　そんなに頭が鈍くて馬鹿で、よく警部補になれたな？　どうせあおむけになったんだろう、ほかの女たちと同じように。脚を広げて、体を売って男の仕事を奪うんだ」

フランシスはまたしても拳を叩きつけた。「もうちょっとだったんだ。全部おまえのせいでだめになった！　彼女をあおむけにして、僕はあんなに硬くなってたのに！　彼女は用意ができてた、全部力が抜けて涙ぐんで。

おまえがそれを奪ったんだ。いつか殺してやる」

「どこかの間抜けにそう言われるたびに一ドルもらってたら、わたしはいまごろ何百万ドルもたまってたでしょうねえ。あなたはどう、ピーボディ?」

「五十万ドルくらいですかね。あなたのほうがこの仕事に長く就いていますし、それで加算されます」

「ここにいるフランシスが記録のうえで自白したとわかるくらいには長いわね、殺人と、殺人未遂と、強姦未遂、等々を」

「それが何だ?」彼は肩をすくめ、そうしているとふつうのティーンエイジャーといっても通りそうだった。

その日以外は。

「待てよ……言いなおしてやろう。そんなクソが何だってんだよ? 僕は十六歳なんだ。二年もたたないうちに釈放される。十八になれば信託基金から最初の入金もあるんだ。行きたいところへ行って、やりたいことがやれる。

それに勉強を離れて社会経験を積もうかな。それだけの努力はしてきたんだから」

そのままそう考えてなさい、とイヴは思った。

「それなら、元に戻って、細かいところをおさらいしましょう。科学は細部がすべてだものね」

「まるで科学のことを何か知っているみたいじゃないか」

「あんたが教えてちょうだい。これからのラウンドに何か飲みたい、フランシス？　ソーダとか？」

「あんなまずいものは飲まない。天然水、炭酸なし、常温」

「ピーボディ、いい？　わたしはまずいのをもらうわ。ピーボディ、聴取室を退室」

「おまえを殺してやる」フランシスは感情のない声で言った。「僕が出てきたあとすぐじゃない。まず休憩期間をとりたいしな。金はあるだろうから、好きなだけ娼婦を買おう。僕がいつ襲ってくるか、どうやって襲ってくるか、おまえにはわからない。しばらくは生かしておくかもな、まずおまえからファックしてやるかもしれない。その気になったら」

「それでわたしが怖がるとでも思ってるの？　うちの猫のほうがあんたよりアレが大きいわよ」

　フランシスは真っ青に、それから真っ赤になった。「おまえはゆっくり、ゆっくり殺してやるよ。猫で実験してやる。おまえで実験してやる」

「言ってなさい。あんたの量刑審問のときにとっても助けになるわ」

「ピーボディ、聴取室に再入室」ピーボディが言った。「水です、炭酸なしの」フランシスの前に缶を置き、それからイヴの前にペプシの缶を置いてから、自分はダイエットペプシを持って座った。

　そして室内の雰囲気、憎しみの波動、嫌悪の波動を読んで、言った。「わたし、何か見逃しました?」

「たいしたことじゃないわ。オーケイ、フランシス、ケシのことから始めない?」

とても長い時間がかかった。フランシスは言いたいことが山ほどあり、やっと聞いてくれる相手ができたのだ。その広範囲にわたる聴取のあいだに、何度イヴやピーボディをおどしはしても、自分のやったことへの誇りを見せた。自分の偉業と称するものにおける誇りを。

聴取室を出てきたとき、イヴはブライスがベンチに座り、両手に顔をうずめているのを見た。

「彼にはわたしが話すわ。フランシスを檻に戻して」

「それは俺たちがやるよ」バクスターとトゥルーハートが出てきた。「坊やと俺でやつを連れていこう。あんたたちはもうじゅうぶん長くあいつといたんだから。俺たちは観察室にしばらくいただけだ」

「助かるわ」イヴはベンチへ歩いていった。「ブライス博士」

彼は縁が赤くなって希望の消えた目でイヴを見上げた。「終わったのか?」

「今回は。お帰りになったほうがいいでしょう。ここであなたにできることはありません。誰か連絡してほしい人はいますか?」

「いや。いまは誰もいない。あの子がその部屋にいるあいだ、わたしはここに座っていた、そしていろんなことを違うふうにやれた方法を千通りも考えた。あの子が生まれたときから、今日わたしがあの部屋を歩いて出るまでの、千ものことを」

イヴは彼の隣に座った。「ブライス博士。フランシスのような人間についてわたしの経験から言います。あなたが違うことをしていたとしても、彼を変えることはできなかったでしょう」

「あの子にあんなにたくさんのドアに鍵をかけさせるべきじゃなかった」

「そうかもしれません。でも彼は別の方法を見つけましたよ」

「あの子の母親が死んだとき……あの子にお母さんは死んだとやむなく話したとき、あの子は涙ひとつ流さなかった。そのときは、わたしは安心したんだ。思ったんだ、彼女があの子の人生から消えたのはずっと前だったから、喪失感はないのだろうと。だがいまはわかる、あれはあの子の内側に欠けているものの警告だったんだ」

博士は震えながら息を吐いた。

「いま思うのは……あの女の子たち。その家族たち。息子がその人たちにしたこと。警部補。何てことだ」

この人は彼らと同じ喪失を感じている。ブライスがこちらを見ると、イヴはそう思った。そしてこれからもずっと感じていくだろう。

「あの子が自分でしたことの代償を払わなければならないのはわかっている、だがあの子を助けようとやってみなければ。あの子はわたしの息子なんだ、たったひとりの子どもなんだ、なのにあの子を助けるのにどこから始めればいいのかわからない」

「ドクター・マイラがいます。彼女は精神科医として非常にすぐれた名声を博しています。それについてはわたしの言葉は必要ないでしょう。ドクターに会ってみたらいかがですか。彼女はあしたかあさって、フランシスに話をきくことになっています。あなたとも話をしてくれるでしょう」

「わかった。今日まで息子の中にあんなものがあるのは見えなかった。一度も見えなかったんだ」

「彼があなたに見せなかったんです。帰りの足を手配しましょうか?」

「いや。けっこうだ。しばらく歩くよ、それから車を呼ぶ」

肩はこわばり、頭は疲れきって、イヴはしばらくその場に座ってから、ナディーンにメールを送った。


〝終わった。完全な自白。ジェイクにジェンナは正義を得たと伝えて。わたしは報告書を書かなきゃならない、そのあとはしばらくこの件から離れないと。ジェンキンソンが一対一をやってくれるかもよ。いまわたしには頼まないで〟

〝頼まないわ。わたしたちみんな疲れきっている。ダラス、ありがとう。わたしたち全員から、ありがとう〟


　イヴは立ち上がり、レオとマイラのところへ歩いていった。

「あれはむずかしかったでしょう」マイラが話を始めた。「若い体の内側にあんなにも能動的なサイコパスを見つけるのはむずかしいものよ。誰にでも見えるよう、あのサイコパスの秘密を解き明かすキーを見つけるのは難題だった。

　あなたとピーボディはあそこですばらしい仕事をやってのけたわ」

「見つけるのはむずかしい、たしかにそうです。でもその仕事は思っていたより簡単でしたよ。彼は教育があり、知性がある、でも本人の傲慢さ、ナルシシズムが現実の利口さをすべてブロックしてしまっているんです。問題はセックスじゃなかった。金を払って偽のIDを手に入れ、路上の公認《L》コンパニオン《C》を買うこともできたんですから。肝心なのは女性を痛めつけ、自分は望むものを奪えると示すことなんです。そしてそうするために自分の名声高き知性を使うこと」

「そうね」

「あなたとピーボディのおかげで仕事が楽になったわ」レオが言った。「連続の終身刑、地球外で押していくつもりよ。三つ連続の終身刑。それに必ず勝ち取る。あれはそうとう危険な人物ね」

彼女はイヴの腕をぎゅっと握った。「これから押しにかかるわ。あなたはどこか平らな場所を見つけて少し寝たほうがいいわよ」

「できるだけ早くそうする。ありがとう」

イヴは自分のオフィスへ歩いていった。ロークが彼女のデスクから立ち上がり、こちらへ二歩あるいてきて、彼女を腕に抱きしめた。

「ああ。ええと。いまこんなことしている場合じゃないんだけど。まだ報告書を書いて、ホイットニーに最新状況を報告しないと」

「彼はきみがこの仕事をやりとげたとわかるくらいの時間は観察室にいたよ。それにきみにはいまこれが必要だ」

「そうね」それにこのまま何時間でもいられそうだ。「でもやっぱり書いてしまわなきゃ。荷造りもしないとだめ」

「それはもうやった。荷物は、たいした量じゃないが、シャトルに積んである」

「オーケイ、それはリストから消す。途中でいくつか寄っていかなきゃならないところがあるわ」

「ご遺族と、あの女の子たちだね」

「彼らは直接聞く権利があるわ、メディアの報道ではなくて。デルはあなたに会ったら大喜びするでしょうね。彼女がまだ入院しているのか調べないと」

「もう家に帰ったよ。メールをくれた」

「よかった、それなら――あなたにメールを？　彼女に連絡先を教えたの？」

「そう」

「いつもよりやさしいじゃない」

「この事件では、たしかにそうだね」

　あの目、とロークは思った。悪夢を見たあとのイヴの目にそっくりだった。

「報告書を書いてしまってくれ、そうしたらその寄り道をしよう」彼はイヴにキスをした。

「ブルペンで待っているよ」


　報告書を書き、寄る場所に寄ったあと、ロークは自分でシャトルを操縦した。二人の〝あなたとわたしだけ〟の時間はそこから始まった。彼が飛行しているあいだ、イヴは眠っていた。まだ〝力を持っているのはわたし〟の服を着たままだ、とロークは気がついた。厚底のブーツと、まだ装着したままの武器も。

　夢はなしだ、と彼は思った。いまはなしであってくれ。そして二人きりになる数日間だけは。

　着陸するとイヴは眠りからさめた。それから起き上がり、ぶるっと震えて意識をはっきりさせた。

「着いたの？」

「着いたよ。バッグをとってこよう」

「わたしのはもう持ってる。たしかにそれほど重くないわ」

「いまはあまり必要なものはないだろう、あの四つのSのためには」

「そうね」

バッグを肩にかけ、イヴはシャトルを降りた。

すると、ああ、ああ、ああ、このあたたかい南の空気。白い砂、ありえないほど青い空に海、椰子の木は本当に緑色で、本当にやさしく揺れている。

それにあの美しい家、この島でたったひとつの家、そこの大きな窓と瓦の屋根、長いデッキ。ゆったりしたベランダには二人が座ることができ、色とりどりの植物や草を、それからそのむこうの砂浜から海へと見はらせる。

きらめくプールが家の後ろに広がり、蔦《つた》の這うパーゴラの下には椅子とラウンジチェアがあった。夜にはそれがみんな、美しい照明と、星でいっぱいの空と、南の島の白い月の下で、きらきらと輝くだろう。

いまのいま、イヴは天国だってこれほど美しくはないだろうと思った。

ロークは備品をすでに運びこませてくれただろうし、スタッフたちもシャトルですぐのところにいるから、すべてを準備してくれるだろう。

イヴは植物たちと同じようにカラフルな鳥がそばを飛んでいくのをながめ、海が白い砂浜にやさしく打ち寄せ、それからまたみずからのゆたかな青い中心へ戻っていくのを聞いた。

すべての緊張とストレスが体から引いていった。頭のてっぺんから足の裏まで。

「ワインを一杯飲まないか？」

「ボトルに一票」イヴは彼の頬に手を触れた。「あなたも少し疲れているみたい。めったにそんなことないのに」

「おたがい、一週間じゃなくて一か月たっているような気がするよ」

「そんな感じね」

彼がドアをあけると、イヴは白いタイルの床にバッグをおろした。みずみずしい花々が花瓶にあふれ、中の雰囲気を庭のように変えていた。きらめくガラスが広いオープンスペースに景色を見せてくれている。二人以外誰もいないスペースに。

イヴは彼のバッグを引っぱって下におろし、それから体を持ち上げて彼のウエストに両脚をまわした。

「リンクは緊急連絡だけにして」

「もうしてある」

「わたしはまだ、でもあとでやるわ」すっかり満足して、イヴは彼の髪をかきやった。

「あなたが疲れすぎていなければ、四つめのSをいまからやりましょうよ」

「それならなんとかなるんじゃないかな」

彼がキスすると、イヴは彼ならできる、そうしてくれるとわかった。だからそのキスに、彼に、沈みこみ、その広いオープンスペースで抱き合った。二人以外は誰もいない島の、この家のドアを抜けてくるそよ風に吹かれながら。

訳者あとがき

イヴ&ローク・シリーズの第五十九作をお届けしました。今回も楽しんでいただけたでしょうか？

前作『純白の密告者』からまだ日も浅いと思われる夏の夜、有名なクラブでおこなわれたギグのさなかに、ひとりの少女が殺害されました。ギグをおこなったのはイヴの友人でもあるジェイク・キンケードの大人気ロックバンド、アヴェニューA。少女の最期に偶然居合わせたジェイクは、大きなショックを受けてしまいます。現場に駆けつけたイヴは、少女の腕に注射の痕を見つけました。何らかの毒物を与えられて殺害されたことはあきらかだったものの、暗く混みあったクラブの中での出来事で、おまけに現場にいた客は二百人にのぼろうという人数。犯人もすでに逃亡してしまったらしく、用意周到な計画だったことをにおわせています。しかしいちばんわからないのは、被害者の少女がはじめから犯人のターゲットだったのか、単なるゆきずりの犯行だったのか、ということでした。イヴは次の被害者が出る可能性をほぼ確信し、必死に捜査にあたりますが……。

（以下、ネタバレを含みますので、未読の方は本編を先に読むことをおすすめします）

作品ごとに少しずつ拡大していっているイヴとロークのファミリー的キャラクターたちですが、今回はこれまであまり詳しく語られてこなかった、ナディーンの恋人で超のつく大物ロックスター、ジェイクに大きくスポットが当てられています。あのナディーンのハートを射止め、対等に付き合っていけるのだから、才能豊かで気骨のある人物だということは想像できたとはいえ、今回えがかれた彼のやさしさ、また、ナイーヴといってもいいような繊細な面に胸を打たれた方も多いのではないでしょうか。〝ロックの神〟扱いされるほどの大物でありながら、駆け出しの頃の苦労や恩を忘れず、昔演奏したクラブで若者のために無料のギグをしたり、少女の死に涙し、遺族を慰めるために彼らと会うことを申し出たりと、訳者は（さすがナディーンの彼氏！）と、思わず心の中で喝采を送ってしまいました。

また、イヴの部下や同僚たちも、あわや犠牲者になりかけた少女の容態を、捜査の進展より先にイヴにきいてくるシーンが次々に書かれており、こちらも（さすがイヴの仲間！）とうれしくなりました。

そしてもちろん、ロークも傷ついた人々への思いやりを忘れていません。被害者やその遺族への気づかいだけでなく、映画を見にきて命を落としかけた少女のために、映画館に交渉して彼女のために上映をしてもらう手配をするなど、彼のやさしさ、弱者に対するいたわりの心を感じさせてくれました。さすがイヴの伴侶！　ですね。〝さすが！〟が三つも続いてしまいましたが、作者ロブはスピーディーなストーリー展開のあいだに、こうしたキラッと光るキャラクター描写をはさんでくるのが本当に上手だと思います。本シリーズは登場人物が多いのですが、毎回は登場しないキャラも、こうしてときおり彼らの魅力がのぞくシーンを織りこむことで、シリーズ全体の奥行きや広さが増していますよね。また、そのことによって、犯人の自己中心的な冷酷さがいっそう際立っています。

最後に、作者ロブの近況をお知らせしておきましょう。本作の次には〝*Passions in Death*〟が昨年九月に、そして今年二月には本国でのシリーズ六十作めにあたる〝*Bonded in Death*〟が刊行されました。〝*Passions*～〟は前作『純白の密告者』のあとがきで小林浩子さんがご紹介してくださったように、イヴの旧友の黒い巨人・クラックの経営するクラブ〈ダウン&ダーティ〉で事件が起こります。結婚を目前に控えた花嫁たちのパーティーが開かれた夜、そのひとりがクラブ内の一室で殺害されました。かつてその部屋で自身が襲われた（『イヴ&ローク3　不死の花の香り』参照）ことのあるイヴは、いとわしい記憶に悩まされながらも、全力で捜査にあたり……。〝*Bonded*～〟は外国から来た男性が殺され、その正体がどうやら都市戦争中にサマーセットと同じ秘密組織にいた人物らしい、というストーリーです。こちらも面白そうですね。

ロブ自身の近況ですが、このあとがきを書いている時点で最新のブログを見ますと、家族や友人たちと一週間ほど旅行にいったことが記載されていました。雪の中を自分で運転してたいへんだったものの、宿泊した先では油絵の教室に参加したり、ジグソーパズルをやったりして、とても充電できたそうです。とはいえ、仕事大好き人間のロブのこと、やはり旅行先でも作業スペースを確保して、執筆にはげんでいたと書かれていました。帰宅後はお得意の料理をつくり、パンまで焼いて（!）、家族と楽しいひとときを過ごしたとのこと。あれだけハイペースで執筆しながら、どうやって旅行や家事の時間をとっているのだろうといつも不思議になりますが、二十代で創作を始め、ずっと第一線を走りつづけているロブにとって、執筆はすでに生きていることの一部で、息をするように物語をつむいでいるのかもしれませんね。

それでは、次回のイヴ&ロークの活躍をお楽しみに。

二〇二五年春

青木悦子

訳者紹介　青木悦子
東京都生まれ。英米文学翻訳家。おもな訳書にJ・D・ロブ〈イヴ&ローク〉シリーズをはじめ、クイーム・マクドネル『平凡すぎて殺される』『有名すぎて尾行ができない』『悪人すぎて憎めない』、ポール・アダム『ヴァイオリン職人の探求と推理』『ヴァイオリン職人と天才演奏家の秘密』『ヴァイオリン職人と消えた北欧楽器』(以上東京創元社)ほか多数。

---

mira

真夏《まなつ》の夜《よる》の悲劇《ひげき》　イヴ&ローク59

2025年4月15日発行　第1刷

著　者　J・D・ロブ
訳　者　青木悦子《あおきえつこ》
発行人　鈴木幸辰
発行所　株式会社ハーパーコリンズ・ジャパン
東京都千代田区大手町1-5-1
04-2951-2000(注文)
0570-008091(読者サービス係)
印刷・製本　中央精版印刷株式会社

定価はカバーに表示してあります。

ISBN978-4-596-72867-8

mirabooks

名もなき花の挽歌
イヴ&ローク54
J・D・ロブ
新井ひろみ 訳

ニューヨークの再開発地区の工事現場から変わり果てた女性たちの遺体が次々と発見された。彼女たちの無念を晴らすべく、イヴは怒りの捜査を開始する…。

幼き者の殺人
イヴ&ローク55
J・D・ロブ
青木悦子 訳

夜明けの公園に遺棄されていた女性。時代遅れの派手な格好をした彼女の手には〝だめなママ〟と書かれたカードがあった。イヴは事件を追うが捜査は難航し…。

232番目の少女
イヴ&ローク56
J・D・ロブ
小林浩子 訳

未成年の少女たちを選別、教育し、性産業に送りこむ邪悪な〝アカデミー〟。搾取される少女たちにかつての自分の姿を重ね、イヴは怒りの捜査を開始する――!

死者のカーテンコール
イヴ&ローク57
J・D・ロブ
青木悦子 訳

NYの豪華なペントハウスのパーティーで、人気映画俳優が毒殺された。捜査線上に浮かびあがったのは、かつて闇に葬られたブロードウェイの悲劇で――

純白の密告者
イヴ&ローク58
J・D・ロブ
小林浩子 訳

数々の悪徳警官を捕らえた元警部が殺された。犯人は人生を狂わされた警官本人、あるいは家族なのだろうか?捜査を進めるイヴは、恐るべき真相にたどり着く!

不滅の愛に守られて
ジュリー・ガーウッド
鈴木美朋 訳

偶然遭遇した銃撃事件をきっかけに、命を狙われることになったイザベル。24時間、彼女の盾になるのは、弁護士であり最強のSEALs隊員という変わり者で…。

mirabooks

レディ・ヴィクトリア
リンダ・ハワード
加藤洋子 訳
没落した名家の令嬢ヴィクトリアは大牧場主との愛のない結婚生活に不安を覚えていた。そんな彼女はあるガンマンに惹かれるが、彼には恐るべき計画があり…。

天使のせせらぎ
リンダ・ハワード
林 啓恵 訳
早くに両親を亡くし、たったひとり自立して生きてきたディー。そんな彼女の前に近隣一の牧場主が現れる。その目的を知ったディーは彼を拒むも、なぜか心は揺れ…。

ふたりだけの荒野
リンダ・ハワード
林 啓恵 訳
炭坑の町で医者として多忙な日々を送るアニー。ある日彼女の前に重傷を負った男が現れる。野性の熱を帯びた男らしさに心乱されるが、彼は驚愕の行動をし…。

炎のコスタリカ
リンダ・ハワード
松田信子 訳
国家機密を巡る事件に巻き込まれ、密林の奥に監禁された富豪の娘ジェーン。辣腕スパイに救出され、始まったサバイバル生活で、眠っていた本能が目覚め…。

美しい悲劇
リンダ・ハワード
入江真奈子 訳
帰郷したキャサリンを出迎えたのは、彼女の牧場を取り仕切るルールだった。彼の姿に、忘れられないあの日の記憶と、封じ込めていた甘い感情がよみがえり…。

瞳に輝く星
リンダ・ハワード
米崎邦子 訳
亡き父が隣の牧場主ジョンから10万ドルもの借金をしていたと知ったミシェル。返済期限を延ばしてほしいと頼むが、彼は信じがたい提案を持ちかけて…。

mirabooks

バナナクリーム・パイが覚えていた
ジョアン・フルーク
上條ひろみ 訳
ハネムーンクルーズを満喫中のハンナに、母が死体を発見したとの連絡が入る。大急ぎでレイク・エデンに戻ったハンナは、独自に事件の調査を開始するが…。

ラズベリー・デニッシュはざわめく
ジョアン・フルーク
上條ひろみ 訳
殺人に使われたのは、夫のロスに送られてきた毒入りチョコレート!? ハンナは夫のゆくえと事件の両方の調査を始めるが、思いがけない事実が次々と発覚し…。

チョコレートクリーム・パイが知っている
ジョアン・フルーク
上條ひろみ 訳
ハンナは傷つき悲しみに暮れていた。ロスの最悪な嘘が発覚したのだ。家族や友人たちの優しさに支えられ、なんとか立ち直ろうとしていたその矢先、信じられない事件が起きて…。

ココナッツ・レイヤーケーキはまどろむ
ジョアン・フルーク
上條ひろみ 訳
末妹ミシェルの恋人で保安官助手のロニーが殺人事件の第一容疑者!? 事件の担当刑事がいないという前代未聞の事態のなか、ハンナは独自に事件の調査をしはじめたけれど…。

トリプルチョコレート・チーズケーキが噂する
ジョアン・フルーク
上條ひろみ 訳
レイク・エデンのトラブルメーカー、バスコム町長が殺された。住人に話を聞けば聞くほど、容疑者候補は増えていき…どうする、ハンナ!? シリーズ24弾。

キャラメル・ピーカンロールは浮気する
ジョアン・フルーク
上條ひろみ 訳
エデン湖で開催中の釣り大会で、また死体を発見してしまったハンナ。すぐにマイクに通報するものの、なんだか様子がおかしくて…急展開のシリーズ25弾!